Una semana de siete lunes

RBA MOLINO

Una ⚡ semana de siete lunes

JESSICA BRODY

Traducción de Ana Mata Buil

RBA

Título original inglés: *A Week of Mondays*.
Autora: Jessica Brody.

© 2016 Jessica Brody Entertainment, LLC
Publicado por acuerdo con Farrar, Straus and Giroux, LLC
a través de Sandra Bruna Agencia Literaria S.L.
Todos los derechos reservados.
© de la traducción: Ana Mata, 2017.
© de esta edición: RBA Libros, S.A., 2017.
Diagonal, 189 - 08018 Barcelona.
rbalibros.com

Primera edición: junio de 2017.
Segunda edición: octubre de 2017.

RBA MOLINO

REF.: MONL371

ISBN: 978-84-272-1110-0

DEPÓSITO LEGAL: B-11.625-2017

COMPOSICIÓN • ANGLOFORT, S.A.

Impreso en España - *Printed in Spain*

PARA JIM MCCARTHY, QUE QUISO LEER MÁS

Ayer era listo; por eso quería cambiar el mundo.
Hoy soy sabio; por eso he optado por cambiar yo.

RUMI

Monday, Monday. Can't trust that day.
(«Lunes, lunes. Ese día no es de fiar».)

THE MAMAS & THE PAPAS

Índice

El primer lunes

MOUNTAIN HIGH, VALLEY LOW
Alto como una montaña, bajo como un valle   19

TALKING 'BOUT MY GENERATION
Hablo de mi generación   23

THE MAGIC'S IN THE MUSIC
La magia está en la música   29

YOU BETTER SLOW YOUR MUSTANG DOWN
Será mejor que frenes el Mustang   35

THEY CALL ME MELLOW YELLOW (QUITE RIGHTLY)
Dicen que tengo un buen plátano; y con razón   39

IT'S EASY TO TRACE THE TRACKS OF MY TEARS
Es fácil seguir el rastro de mis lágrimas   47

EVERYBODY'S TALKIN' AT ME
Todo el mundo me da lecciones   50

YUMMY, YUMMY, YUMMY
Ñami, ñami, ñami   57

I FALL TO PIECES
Me desmorono 62

WHO'S BENDING DOWN TO GIVE ME A RAINBOW?
¿Quién se agacha para darme un arcoíris? 66

I CAN'T HELP MYSELF
No lo puedo evitar. 72

THE FIRST CUT IS THE DEEPEST
El primer corte es el más profundo 80

I SAY A LITTLE PRAYER
Rezo una oración 88

THE WAY WE WERE
Tal como éramos. (Primera parte) 97

El segundo lunes

LET THE SUNSHINE IN
Deja que entre el sol 109

IF YOU BELIEVE IN MAGIC, DON'T BOTHER TO CHOOSE
Si crees en la magia, no te molestes en elegir 117

SUSPICIOUS MINDS
Mentes sospechosas 122

OH, I BELIEVE IN YESTERDAY
Sí, creo en el ayer. 130

LUCY IN THE SKY WITH DIAMONDS
Lucy en el cielo con diamantes 135

I CAN'T GET NO SATISFACTION
Nada me satisface 140

TAKE A SAD SONG AND MAKE IT BETTER
Toma una canción triste y mejórala   146

WORRYIN' 'BOUT THE WAY THINGS MIGHT HAVE BEEN
Preocuparse por cómo habrían podido ser las cosas   148

I FOUGHT THE LAW AND THE LAW WON
Me rebelé contra la ley, y la ley ganó.   151

DAYDREAM BELIEVER
Creer una ilusión.   156

IT'S THE SAME OLD SONG
La misma cantinela de siempre   158

COME SEE ABOUT ME
Préstame atención   168

THE WAY WE WERE
Tal como éramos. (Segunda parte)   176

El tercer lunes

THE GIRL WITH KALEIDOSCOPE EYES
La chica de los ojos caleidoscópicos.   183

NOW I'M A BELIEVER
Ahora sí creo en el amor   191

RAINDROPS KEEP FALLIN' ON MY HEAD
Las gotas de lluvia me mojan la cabeza   194

OH HAPPY DAY
¡Qué día tan feliz!   198

DO- WAH- DIDDY
Do-Wah-Diddy   202

LIGHT MY FIRE
Enciende mi fuego 207

THERE! I'VE SAID IT AGAIN
¡Ya está! Ya lo he dicho otra vez 214

STAND BY YOUR MAN
Apoya a tu hombre 219

MY LITTLE RUNAWAY
Mi pequeña fugitiva 224

I SAW HER STANDING THERE
La vi allí, de pie 230

TAKE ANOTHER LITTLE PIECE OF MY HEART
Llévate otro pedacito de mi corazón 235

ONLY THE LONELY
Solo los solitarios 240

THE WAY WE WERE
Tal como éramos. (Tercera parte) 248

El cuarto lunes

PAPA'S GOT A BRAND NEW BAG
Papá marca un ritmo nuevo 257

GET BACK TO WHERE YOU ONCE BELONGED
Vuelve al lugar al que perteneces 261

BORN TO BE WILD
Nacido para ser salvaje 266

KEEP ME HANGING ON
Me tienes atrapada 270

AND THEN HE KISSED ME
Y entonces me besó 278

TIME IS ON MY SIDE
El tiempo está de mi parte 283

I GET AROUND
Sorteo los obstáculos 287

MY BOYFRIEND'S BACK
Mi novio ha vuelto conmigo 289

UNCHAINED MELODY
Melodía desencadenada 294

COME TOGETHER RIGHT NOW
Ven conmigo ahora mismo 300

I THINK WE'RE ALONE NOW
Creo que estamos a solas 305

THERE'S A MOON OUT TO NIGHT
Esta noche ha salido la luna 310

SHE'S GOT A TICKET TO RIDE
Tiene permiso para montar 314

WILL YOU STILL LOVE ME TOMORROW?
¿Seguirás queriéndome mañana?. 320

THE WAY WE WERE
Tal como éramos. (Cuarta parte) 326

El quinto lunes

HERE I GO AGAIN
Allá voy otra vez 339

GOOD GOLLY, MISS MOLLY
Caramba, señorita Molly   345

THERE'S A BAD MOON ON THE RISE
Está saliendo una mala luna   351

HOLD ON! I'M COMIN'
¡Aguanta! Ya llego   355

WE GOTTA GET OUT OF THIS PLACE
Tenemos que largarnos de aquí.   359

MONEY (THAT'S WHAT I WANT)
Dinero (es lo que quiero).   363

IT'S BEEN A HARD DAY'S NIGHT
La noche después de un día duro   370

WHAT A WONDERFUL WORLD
Qué mundo tan maravilloso   377

I SECOND THAT EMOTION
Siento la misma emoción que tú   384

THE WAY WE WERE
Tal como éramos. (Quinta parte)   390

El sexto lunes

I LOOK INSIDE MYSELF AND SEE MY HEART IS BLACK
Cuando miro en mi interior, veo un corazón negro   399

BREAK ON THROUGH
Abrirse paso   406

GOD ONLY KNOWS WHAT I'D BE WITHOUT YOU
Solo Dios sabe cómo estaría sin ti.   411

THE WAY WE WERE
Tal como éramos. (Sexta parte). 415

El séptimo lunes

TAKE A SAD SONG AND MAKE IT BETTER
Toma una canción triste y mejórala. 425

IT'S GONNA WORK OUT FINE
Todo saldrá bien 429

WALKIN' BACK TO HAPPINESS
Caminar hacia la felicidad. 433

BLACK MAGIC WOMAN
La bruja de magia negra 437

BREAK ON THROUGH (TO THE OTHER SIDE)
Abrirse paso (hacia el otro lado) 440

SOMETHING TELLS ME I'M INTO SOMETHING GOOD
Algo me dice que esto pinta bien 447

WOOLY BULLY
Toro peludo 451

WOULDN'T IT BE NICE
¿A que estaría bien? 455

WHEN YOU CHANGE WITH EVERY NEW DAY
Cuando cada día eres distinta 459

BUILD ME UP BUTTERCUP
Deja que me haga ilusiones, bonita 464

EPÍLOGO 469

EL PRIMER LUNES

Mountain High, Valley Low

«Alto como una montaña, bajo como un valle»

7:04 H

¡Blop, pi, pi, blop, blop, ping!

Cuando el lunes por la mañana oigo que me llega un mensaje al móvil, todavía estoy en esa fase adormilada entre el sueño y la vigilia, en la que eres capaz de convencerte de casi cualquier cosa. Por ejemplo, de que un Mick Jagger adolescente está en la puerta de tu casa y quiere acompañarte al instituto. O de que el último libro de tu saga favorita terminaba con un final redondo de verdad, en lugar de con lo que el autor intentó colar como un final redondo.

O de que anoche, tu novio y tú no tuvisteis la peor pelea de vuestra relación; perdón, rectifico: la «única» pelea de vuestra relación.

O mejor aún, puedes convencerte de que no fue todo culpa tuya.

¡Blop, pi, pi, blop, blop, ping!

Pero el caso es que sí fue culpa mía.

Parpadeo varias veces hasta salir del trance y busco el móvil a tientas. Sin querer, tiro el vaso de agua que tenía en la mesilla de noche. Las gotas salpican una pila de libros de texto y de papeles que hay junto a la cama, y empapan el trabajo voluntario para subir nota de la asignatura de Lengua y Literatura sobre *El rey Lear*, que me pasé haciendo todo el fin de semana. Era mi única esperanza de conseguir que mi sobresaliente raspado pasase a ser un sobresaliente holgado antes de que pusieran las notas del primer trimestre.

Dibujo a toda prisa la clave en la pantalla del móvil para desbloquearlo.

«Por favor, que sea de él. POR FAVOR, que sea de él».

No hemos vuelto a cruzar ni una palabra desde que anoche salí pitando de su casa. Una parte esperanzada de mí pensaba que a lo mejor me llamaría, porque no querría dejar las cosas tal como quedaron. Al mismo tiempo, una parte algo ilusa de mí pensaba que incluso podía ser que se metiera por callejas y atajos desconocidos, condujera al doble de la velocidad permitida para llegar antes que yo a mi casa y me esperase allí, en el jardín delantero, con la guitarra, listo para cantarme una balada de amor en la que me pidiera perdón con un «Por favor, perdóname, soy un capullo integral», una balada que habría escrito a toda prisa mientras iba a mi encuentro.

(De acuerdo, una parte increíblemente ilusa de mí.)

En realidad, da igual, porque no ocurrió ninguna de las dos cosas.

Con los dedos, abro con torpeza la aplicación de los mensajes y estoy a punto de desmayarme de alivio cuando veo el nombre de Tristan. ¡Dos veces!

Me ha enviado dos mensajes.

El primero dice:

Tristan: No puedo dejar de pensar en lo que pasó anoche.

«¡Sí, gracias a Dios!». Él también está hecho un lío.

Me pongo tan contenta al leerlo que me entran ganas de llorar.

Espera, eso ha sonado un poco raro. No es que la tristeza de Tristan me ponga contenta. Bueno, ya sabes a qué me refiero.

Quiero abrazar a Hipo (el hipopótamo de peluche que hay encima de mi cama y que tengo desde los seis años) y ponerme a bailar un vals con él por la habitación mientras la apasionada canción *At Last* de Etta James suena como banda sonora de mi vida. Sí, «¡Por fin!». (Sin duda, los años sesenta fueron la mejor década para la música.)

Sin embargo, cuando veo el segundo mensaje, Etta suelta un chillido antes de callarse en mi mente.

Tristan: Tenemos que hablar cuanto antes.

Vale, respira hondo.

No te precipites en sacar conclusiones. Podría ser una buena señal. Podría ser: «Tenemos que hablar cuanto antes para que pueda pedirte perdón mil veces por todo lo que te dije anoche y confesarte mi amor incondicional mientras te acaricio la melena y una banda de cuatro músicos nos da una serenata. O mejor, una banda de seis músicos. Ya sabes que me encanta el sonido del trombón».

Bah. Incluso a mí me ha parecido una exageración.

Venga, seamos sinceros: ¿desde cuándo la frase «tenemos que hablar» augura algo bueno? Si es como el signo universal de una desgracia inminente...

Se acabó. Va a cortar conmigo. Ayer no paré de meter la pata. Reaccioné como una histérica. Soy justo lo que más odia Tristan.

Una llorona dramática.

Y en realidad, lo que ocurrió anoche no fue para tanto. No sé qué mosca me picó. Es que, no sé..., se me fue la olla. Seguro que fue culpa del estrés. Estrés agudo. Y del hambre. Fue un momento de mucho estrés y de debilidad por el hambre. Y ahora, lo más probable es que toda nuestra relación se haya ido al cuerno. Lo mejor que me ha pasado en la vida (bueno, vale, casi lo único que me ha pasado en la vida...) y la he cagado.

Supongo que era cuestión de tiempo, ¿no? A ver, Tristan es Tristan. Guapísimo. Divertido. Encantador. Y yo... soy yo.

No. Basta. Se acabó la fiesta de la autocompasión.

Todavía estoy a tiempo de darle la vuelta a la tortilla. Todavía no ha cortado conmigo. Puedo salvar lo nuestro. ¡Tengo que salvar lo nuestro! Tristan lo es todo para mí. Lo amo. Me enamoró en nuestra segunda cita, cuando me llevó al concierto de su banda y lo vi cantando en el escenario. Irradiaba sensualidad y poesía.

¿Se puede irradiar poesía?

Y ya puestos, ¿se puede irradiar sensualidad, eh?

Bueno, es igual. Una pelea no provoca una ruptura.

Resistiremos. ¡Nuestros corazones seguirán latiendo al unísono!

Contesto a Tristan de inmediato. Procuro que mi mensaje suene despreocupado y alegre. Soy Ellison Sparks, ¡sin dramatismos desde 2003!

(Sí, bueno, técnicamente nací antes de esa fecha, pero los primeros años de la vida de cualquiera son dramáticos por naturaleza.)

Yo: ¡Buenos días! ¡Tengo muchas ganas de verte hoy!

Le doy a «Enviar» con una floritura. Luego busco la canción *Ain't No Mountain High Enough* en la lista de reproducción «Remedios para animarme» y la pongo a todo volumen.

Es casi imposible sentirse triste cuando Marvin Gaye y Tammi Terrell te alientan desde la barrera. Es como si esta canción se hubiera escrito a propósito para impedir una ruptura. Es el Himno Salva Relaciones.

Entro dando saltos en el cuarto de baño, coloco el teléfono encima de la repisa del lavabo y canto a pleno pulmón mientras me ducho.

«Ain't no mountain high enough... To keep me from getting to you, babe». («No hay montaña lo bastante alta... para impedirme llegar a ti, nena».)

Ahora que lo pienso, esta canción también podría ser el Himno del Acosador.

Pero no importa. El caso es que funciona. Cuando salgo de la ducha y agarro la toalla, tengo el temple de pensar: «Hoy va a ser un buen día. Lo presiento».

Talking 'bout My Generation

«Hablo de mi generación»

7:35 H

¿Por qué tenemos que elegir qué ropa ponernos todos los días? ¿Por qué no podemos vivir en una de esas pelis de ciencia ficción futuristas pero cursis en las que todo el mundo lleva el mismo traje espacial de neón y a nadie parece importarle que todos parezcan clones?

¡Aaaaah!

Miro desesperada lo que tengo en el armario. Hoy nos hacen las fotos para el álbum de clase y además tengo que dar un discurso delante de todos los alumnos porque hay elecciones a representantes del curso en el consejo escolar. Rhiannon, la chica con la que me presento, me mandó un mensaje anoche para recordármelo: «¡Vístete como la mejor segunda representante del mundo!».

Ahora tengo que encontrar un conjunto que no solo le recuerde a Tristan que está locamente enamorado de mí, sino que también consiga que todos los estudiantes de mi curso (o por lo menos, una mayoría absoluta) tengan ganas de votarme, y ¡para colmo!, que no sea algo de lo que vaya a avergonzarme dentro de cincuenta años cuando les enseñe a mis nietos la foto de la clase.

En fin, ya ves, sin presión...

Saco mis vaqueros ajustados de la buena suerte de la sección de ropa elástica del armario y paso a la parte de los tonos rosados. Tengo el ropero ordenado por tejidos, colores y temporadas. Se supone que así es más fácil seleccionar las prendas, según un artículo que leí en la revista *Getting Organized* hace dos años. (Estoy suscrita desde los diez años.) Sin embargo, creo que hoy ni siquiera un estilista personal podría ayudarme a elegir el atuendo más adecuado.

Me decido por una camisa de botones rosa bebé, conservadora pero no demasiado puritana, que combino con una chaqueta de punto azul marino de la sección otoñal. Luego me atrevo a mirarme al espejo.

«Bueno, no está mal».

Puede que, al fin y al cabo, no me haga falta el traje espacial de neón.

Me seco el pelo con el secador y me lo aliso hasta que queda (relativamente) domado. Vuelvo a imprimir el trabajo de Literatura para subir nota y preparo la mochila.

7:45 H

En la planta baja, el Circo de la Familia Sparks está en plena actuación. Mi padre intenta comer copos de avena mientras juega a Apalabrados con sus amigos en el iPad, una costumbre que suele provocar que la mayor parte de los copos de avena terminen desperdigados por su ropa.

Mi madre, una agente inmobiliaria de primera, tiene un número de circo propio esta mañana. Se dedica a cerrar los armarios y cajones de la cocina dando golpetazos, mientras busca vete a saber qué.

Y en el centro de la pista está mi hermana de trece años, Hadley, que se embute cucharadas de cereales en la boca haciendo mucho ruido, mientras pasa las hojas de una novela contemporánea para adolescentes, la que sea que esté en el número uno de la lista de más vendidos en estos momentos. Está obsesionada con leer libros que traten de la vida en el instituto. He intentado convencerla de que ya tendrá bastante con los años que pase allí. ¿Por qué demonios se le antoja sumergirse antes de hora en ese mar agitado?

Hadley levanta la cara del libro con mirada ansiosa en cuanto entro en la cocina.

—¿Te ha llamado? —me pregunta.

Pongo los ojos en blanco. ¿Puede saberse por qué le conté lo de la discusión? Fue en un momento puntual de falta de juicio. Yo era un lastimero saco de emociones y ella..., bueno, ella estaba allí. Anoche asomó la cabeza por la puerta de su habitación al oírme subir la escalera. Me preguntó si me pasaba algo y le conté toda la historia. Incluso la parte en la que le tiré a Tristan el gnomo de jardín a la cabeza.

En mi defensa tengo que decir que era lo único que tenía a mano.

Después, ella se puso a resumirme todo el argumento de la película *10 razones para odiarte* en un esfuerzo por hacerme sentir mejor. Pero, aunque no era su intención, eso solo consiguió que me sintiera como si mi hermana me comparase con una arpía.

—No —le digo procurando quitarle importancia. Me acerco a la nevera a buscar pan—. Me ha mandado un par de mensajes esta mañana.

Mi padre alza la vista del iPad y me encojo, porque temo que me pregunte qué ha ocurrido. En realidad, no me apetece comentar mis problemas de pareja con mis padres. Sin embargo, en lugar de preguntarme por Tristan, dice:

—Necesito una palabra que empiece por M y tenga una J, una A y, a ser posible, una N.

Nadie responde. En realidad, nunca le responde nadie.

Mi madre cierra otro armario de un portazo. Esta vez, ocurre un milagro y mi padre se da por aludido.

—¿Qué buscas? —le pregunta.

—¡Nada! —suelta ella—. No busco nada de nada. ¿Para qué iba a buscar algo que no tengo ni la más remota esperanza de encontrar, eh? ¡Por lo menos, bajo este techo!

Hago una mueca de dolor.

Hablando de dramatismos...

Ay, Dios. ¿Estos son mis orígenes? ¿Serán genéticas las debacles?

Meto dos rebanadas de pan en la tostadora y devuelvo la bolsa a la nevera.

—¿Qué decían los mensajes? —pregunta Hadley.

—Nada —murmuro—. Fue solo un malentendido.

Hadley asiente, como si me entendiera.

—Un problema de *mensajismo*.

Me apoyo en la encimera y la miro a los ojos.

—¿Qué?

—Sí, un problema de *mensajismo*. Es esa parte rara de los mensajes de móvil en la que se pierde el contexto de una conversación porque no eres capaz de ver la cara de la persona ni oír el tono con el que dice las cosas.

Suspiro.

—¿Quieres dejar de consultar el Urban Dictionary? Mamá, dile que no mire más el Urban Dictionary. No tiene edad para esas cosas. ¿Sabéis qué clase de palabras aparecen allí? Pues palabras que ni papá ni tú habéis oído en la vida.

Mi madre no contesta. Saca a la fuerza una sartén de un cajón y la coloca sobre el fogón con un estrepitoso clanc.

—¡*Mensajismo*! —grita mi padre muy acelerado mientras teclea en la pantalla—. ¡Muy buena, Hads! —Pero al instante su cara se ensombrece—. No cabe. Y ¿cómo que no está en el diccionario? ¡Venga ya!

De repente suelto un gruñido. ¿Cómo es posible que mi vida sea así?

Las tostadas aún están a medio hacer, pero aprieto la palanca de la tostadora para forzar que salten antes de tiempo. Las embadurno de mantequilla de cacahuete, las envuelvo en una servilleta de papel y las meto en la mochila. En realidad, no es que llegue tarde, pero si me quedo aquí un segundo más, acabaré con ganas de meter la cabeza dentro de la tostadora.

—Ellie —me llama mi padre.

Me paro en seco en la puerta. He estado a punto de salir viva de esta.

Por los pelos...

—¿Sí?

Al principio creo que me va a consultar otra palabra para la partida, pero en lugar de eso pregunta:

—¿Estás preparada?

Le doy una palmadita a la mochila.

—Sí. Aquí llevo el guion del discurso.

Una confusión genuina se refleja en su cara.

—No, me refería a las pruebas del equipo de softball.

Ostras, y para colmo tengo una prueba de admisión para el primer equipo de softball. Lo que me faltaba.

—Si consiguieras entrar en el primer equipo del instituto este curso sería genial. Seguro que las universidades públicas se fijarían en ti.

Me muero de ganas de salir de esta casa. Y a mi padre solo se le ocurre recordarme otra cosa más que añadir a mis obligaciones del día. Así no me ayuda nada...

—Sí —digo para darle la razón.

Aparta el iPad y mira con melancolía al vacío.

—Recuerdo cuando el equipo de béisbol de mi instituto entró en el campeonato estatal.

Uf, ya empieza a desvariar...

—Nunca en mi vida he estado tan nervioso como cuando me vi allí de pie en el montículo de lanzamiento. Tu madre estaba en las gradas. Aunque yo todavía no lo sabía. Seguro que aún me habría puesto más nervioso de haberlo sabido. ¿Te acuerdas, Libby?

Mi madre saca la bandeja de la mantequilla de la nevera y la estampa contra la encimera con tanta fuerza que temo que haya roto el plástico.

—¿Te ocurre algo? —le pregunta mi padre.

Hay que ver lo observador que es...

—No —responde mi madre muy seca. Ni siquiera se molesta

en mirar a mi padre. Corta un pedazo de mantequilla y la echa a la sartén—. ¿Por qué iba a ocurrirme algo?

Es una de sus preguntas envenenadas como una mordedura de serpiente. Las llamo así porque mi madre se yergue, se abalanza sobre ti y, antes de que tengas tiempo de contestar, su veneno te mata.

—¿Seguro? —insiste mi padre.

—Se le va la pinza —comenta Hadley.

Mi padre baja la mirada hacia el iPad.

—¡Ay, qué rabia que no tenga ninguna ficha con la Z!

Parece que esa es la gota que colma el vaso. Mi madre sale de la cocina en un arrebato y deja el fogón encendido con la mantequilla derritiéndose en la sartén.

Me niego a meterme en medio en una situación así. No me hace falta añadir «mediar en una disputa entre padres» a la lista de cosas pendientes para hoy.

Empujo con el hombro la puerta que da al garaje.

—Una anécdota genial, papá. Bueno, ¡me voy!

Tiro la mochila en el asiento trasero del coche, me pongo al volante y enciendo el motor. No me doy cuenta de que llueve hasta que se abre la puerta del garaje y salgo al camino de entrada. Y no llevo paraguas.

Es igual. Ni loca vuelvo a entrar en esa casa.

The Magic's in the Music

«La magia está en la música»

7:55 H

Canto con todas mis fuerzas al compás de *Good Vibrations* de los Beach Boys mientras giro a la izquierda al final de mi calle, luego tomo la primera a la derecha y entro en el camino que lleva a la casa de Owen. Aparco el coche. Estoy a punto de tocar el claxon cuando me fijo en que la puerta principal de la casa está abierta y mi amigo se acerca tan tranquilo. Parece que le importa un bledo empaparse hasta los huesos.

—Ostras. Llueve que te cagas, ¿no? —dice mientras abre la puerta. Se queda inmóvil cuando oye la canción que suena—. Ay, ay, ay. ¿Qué ha pasado?

Lo miro con ojos interrogantes.

Deja la mochila en el suelo y se monta en el asiento del copiloto.

—Solo pones los Beach Boys cuando pasa algo malo.

Me burlo de su comentario.

—No hace falta que mi vida sea un desastre para escuchar a los Beach Boys.

Cierra la portezuela.

—Sí que hace falta.

—¿Y si simplemente tengo ganas de escuchar algo que me recuerde a la playa y al verano?

Sin embargo, Owen me conoce demasiado bien. Es mi mejor amigo desde el verano de tercero a cuarto de primaria, cuando me convenció para que me tirase desde el mástil en el taller de cuerdas que hicimos en el Campamento Awahili.

—Los Beach Boys están en tu lista de reproducción «Remedios para animarme». Y mira tú por dónde, sé que la reservas para las emergencias.

Sacude la cabeza como si fuese un perro mojado y varias gotas de lluvia que tenía en el pelo oscuro y alborotado van a parar al salpicadero del coche. Cojo un paño que suelo llevar en la guantera y las seco. Luego me desplomo en el asiento.

—Vale. Tristan y yo nos hemos peleado.

Abre como platos los ojos verdes y baja la música.

—¿Él y tú?

—Ajá.

—¿Os habéis peleado?

—Ajá.

—O sea, ¿te refieres a que habéis discutido porque no os poníais de acuerdo en algo?

—¿Es que no entiendes lo que es pelearse o qué?

Owen suelta una risa baja que nace en su estómago.

—Owen —gimoteo—. ¿Qué te hace tanta gracia?

Deja de reírse.

—Nada. Es que pienso que ya era hora, leche.

—Ya basta —le ordeno—. Y deja de usar la palabra «leche», me pone nerviosa.

—¿Qué pasa? Es una palabra como cualquier otra.

—Sí, ya, pero si la dices pareces un abuelo... Se me ocurren muchos otros tacos mejores.

—Pues a mí me gusta. Es como un taco atemporal.

Arrugo la frente.

—Es igual. Oye, ¿y por qué has dicho que ya era hora?

—He dicho: «Ya era hora, leche».

—¡Owen!

Suspira.

—Bueno. Me refería a que nunca discutís. Por nada. —Levanta un dedo—. No, espera. Lo retiro antes de que conste en acta.

—Borrado queda —digo de forma automática.

Nos encanta hablar como si estuviéramos en una serie de abogados de la televisión.

—Tú nunca discutes por nada —puntualiza, para rectificar su declaración.

—No es verdad. A veces sí discuto.

—Vale, sí, a mí me llevas la contraria. Pero a él, nunca.

—Protesto.

—¿Por qué motivo?

—Eh... —Intento argumentar mi protesta, pero no se me ocurre ni un solo ejemplo que demuestre que se equivoca—. Bueno, pero es porque no quiero ser como todas las demás chicas con las que ha salido.

—¿Superficial y repulsiva?

Le doy un golpe en el brazo.

—¡Dramática!

—Tener una opinión propia no es ser dramática. Es ser, bueno, ya sabes, una persona. ¿Por qué os peleasteis?

Suelto un gruñido. No me apetece nada darle vueltas al tema, pero sé que Owen no me dejará en paz hasta que lo suelte.

—Por su móvil.

—¿Habéis discutido por culpa del móvil? —De pronto su cara se ilumina, cuando cree comprender por qué—. Espera, deja que lo adivine. Tiene un sistema operativo Android y tú tienes Apple. Es un problema de compatibilidad. Nunca os llevaréis bien. Lo mejor será que cortéis cuanto antes.

Le doy otro puñetazo.

—No, discutimos por lo que tenía en el móvil.

Owen eleva una ceja escandalizada.

—Vaya, ahora sí que parece interesante.

—No me refiero a eso, pervertido. Fotos en el Snapchat. De chicas. No paraban de mandárselas mientras intentábamos ver una peli.

Se encoge de hombros.

—¿Y?

—¡¿Cómo que «y»?!

—Es músico. Toca en una banda local medio famosilla —dice Owen.

Suelto el aire con mucho ruido.

—Sí, ya, eso es lo que dijo él. Bueno, menos lo de «medio famosilla». Y ya lo sé. ¿Vale? Ya lo sé. Era algo para lo que ya estaba mentalizada. Sabía que tendría que tragarme este tipo de cosas desde que empezamos a salir. Y por norma general, soy capaz de contenerme. Pero anoche, no sé, se me fue la pinza.

—¿La pinza para colgar fotos?

A Owen le hace una gracia increíble. A mí, ni pizca de gracia. Borra de inmediato la sonrisa de su cara.

—Lo siento. Era un buen chiste, pero en un mal momento. Lo retiro.

—Es igual —continúo—. El caso es que la bronca fue de las gordas. Le dije que no me gustaba que las chicas le hicieran tanto caso. Me acusó de ser una exagerada. Yo insistí e insistí, y al final le tiré un gnomo de jardín a la cabeza.

Owen se queda boquiabierto.

—¿Qué? ¿Qué dices que hiciste?

—No pesaba mucho —digo en mi defensa—. Era casi todo hueco. Y ni siquiera le di. No acerté. Acabó aterrizando en el camino pavimentado y se rompió.

—Vaya, no parece muy buen augurio para las pruebas de softball que tienes hoy.

Noto como me desinflo.

—Y ahora quiere que hablemos...

Owen aspira el aire a través de los dientes apretados. Ese sonido me saca de quicio.

—Estoy sentenciada, ¿verdad? —le pregunto—. Seguro que corta conmigo, ¿no?

Tarda un poco más de lo normal en contestar.

—No. —Luego, al ver la cara de incertidumbre que pongo, repite la palabra, pero con más convencimiento—. ¡No! Todo irá bien. Lo más probable es que quiera hablar contigo de... ya sabes... del tema del gnomo. A lo mejor te pide que le compres uno. Seguro que su madre se mosqueó al enterarse de que lo habías roto.

Su comentario me hace reír. Me siento mejor. De repente, me alegro de haberme sincerado con Owen.

Termina *Good Vibrations*, de los Beach Boys, y empieza a sonar *Do You Believe in Magic*, de los Lovin' Spoonful. «¿Crees en la magia?», dice la canción. ¡Pues claro! Owen sube el volumen.

—¿En serio crees que todo irá bien? —le pregunto.

A pesar de que me encanta esta canción, mi voz se vuelve a quebrar por la inseguridad.

—¿Crees en la magia? —me plantea Owen a su vez, medio hablando, medio cantando la pregunta.

—Gracias, eso me da ánimos.

Se le ilumina la mirada.

—¡Ah! Por cierto... —Hurga en la mochila que tiene a los pies y saca dos galletas de la suerte envueltas en plástico—. Me había distraído tanto con las desgracias de tu vida que casi se me olvida nuestro ritual de los lunes por la mañana.

Owen trabaja los domingos de ayudante de camarero en el restaurante chino Tasty House para sacarse un dinerillo. Y la verdad es que no se le da mal. Creo que es su irresistible cara infantil y ese encanto travieso que saca a relucir cuando rellena los vasos de agua. Los clientes le dan propinas aparte solo para él. Desde que empezó a trabajar allí, siempre trae galletas de la suerte los lunes por la mañana.

—Elige tu sabrosa buena suerte —me anima.

Admito que ese gesto tan familiar le va de perlas a mis nervios desquiciados. Paso la mano por encima de las dos galletas, serpen-

35

teo con los dedos para darle más emoción y al final opto por la que tiene en la mano izquierda. Owen desenvuelve la otra y rompe la crujiente capa de galleta.

—«Si tus deseos no son exagerados —lee en voz alta el papelito que hay doblado dentro— te serán concedidos».

Suelta un bufido y arruga el mensaje. Lo tira en el asiento de atrás.

—Mis deseos siempre son exagerados. —Se mete los pedacitos de galleta en la boca y los engulle—. Te toca.

Desenvuelvo la mía y la parto por la mitad. En la pequeña tira de papel pone:

Hoy obtendrás todo lo que tu corazón desee de verdad.

Owen se inclina para leerlo por encima de mi hombro.

—Eh, suena prometedor.

Doblo el papelito y lo guardo en el compartimento lateral de la puerta. Después pongo en marcha el coche y nos incorporamos al tráfico.

—Pues espero que sea cierto —murmuro.

Sin embargo, Owen no me presta atención. Está muy ocupado cantando al ritmo de la canción (aunque desafina una barbaridad).

—*I'll tell you about the magic. It'll free your soul.* («Te hablaré de la magia. Liberará tu corazón»).

You Better Slow Your Mustang Down

«Será mejor que frenes el Mustang»

8:10 H

Cuando freno en el cruce de la calle de Owen con Providence Boulevard, me inclino hacia delante y frunzo el ceño ante el cielo gris.

—Jolín. Confío en que pare de llover antes de que abran la feria de atracciones esta noche. Se supone que Tristan y yo vamos a tener una cita romántica increíble, pero si llueve, se irá todo a la porra.

Owen hace oídos sordos ante mi lamento. Suele hacerlo cuando hablo de Tristan.

—¿Llegaste a ver el estreno de la nueva temporada de *Presunto culpable*? —me pregunta.

Aparté la mirada, avergonzada.

—Lo tengo grabado —respondo, como si eso sirviera para redimirme, aunque sé que no vale.

Presunto culpable es nuestra serie de abogados preferida. Solemos verla en directo y nos escribimos mensajes durante los anuncios, pero anoche me perdí nuestra cita semanal para verla a la vez, porque estaba demasiado ocupada tirándole criaturas de cuentos de hadas a mi novio.

Owen da un puñetazo en el salpicadero.

—¡Leñe! Tienes que verlo.

—¿Quieres dejar de decir cosas como «leñe»?

—Te has perdido el mejor episodio.

—Lo siento. Ya lo veré esta noche —le prometo.

—Pero si has dicho que esta noche vais a la feria de atracciones. ¿Cuándo lo verás?

—Lo veré después.

Owen mira por la ventanilla salpicada de gotas de lluvia.

—No es verdad —murmura.

Creo que lo ha dicho pensando que yo no lo oiría, pero sí lo he oído. Y la culpabilidad me golpea el estómago. Otra cosa más para mi lista ya sobrecargada de obligaciones que seré incapaz de cumplir.

La verdad es que, desde que empecé a salir con Tristan a finales del año pasado, no he tenido apenas tiempo libre para casi nada, ni siquiera para mantener el contacto con Owen ni seguir mi apretado horario televisivo. La banda de Tristan dio conciertos casi sin parar durante el verano y me ofrecí voluntaria para ayudarles con la promoción. Me pareció lógico. Soy más organizada que cualquiera de los miembros del grupo. Cuando me enteré de que ni siquiera tenían una lista de distribución, y Jackson, el batería, me preguntó cómo podía «poner un tuit en Instagram», uf, pensé que sería más fácil hacerlo yo que intentar explicar el arte del *marketing* en Internet a un grupo de músicos que se denominan Guaca-Mola.

Por desgracia, pasarme el verano pululando con Tristan y su banda implicó tener que renunciar al trabajo que suelo hacer en verano con Owen: ser monitores del Campamento Awahili.

—Lo siento —le digo, porque no se me ocurre nada mejor que decir. Y lo digo de corazón. Aborrezco defraudar a Owen—. ¿Quieres contarme un poco de qué va? —pregunto, intentando apelar a una de sus mayores debilidades: hacer *spoilers*.

A Owen le encanta ser el que te arruine la sorpresa, sea de lo que sea. Creo que así se siente omnisciente o yo qué sé. Pero que no se te ocurra pagarle con la misma moneda. Es capaz de reducirte en el suelo con un placaje de rugby antes de que tengas tiempo de pronunciar una sola sílaba. Cometí ese error hace unos años, cuando le perdieron el ejemplar de *Harry Potter y las reliquias de la muerte* que había encargado por correo y pude leer el libro antes que él.

—¿Al final Olivia se enrolla con ese condenado a muerte?

Owen se cruza de brazos.

—Ni hablar. Ningún *spoiler* saldrá de mi boca.

—Venga, va. Dame una pista de nada... ¿Qué te parece si digo algo y tú parpadeas dos veces si...?

—Semáforo en ámbar —me interrumpe Owen.

Señala con la cabeza el semáforo que tenemos delante.

Alzo la mirada y calculo a toda prisa la distancia que nos separa de la intersección entre Providence Boulevard y Avenue de Liberation. Mi pie se debate entre pisar el acelerador o el freno.

—Puedo hacerlo.

Owen sacude la cabeza.

—Ni en sueños.

Tomo una decisión repentina y piso a fondo el acelerador.

—Sí, sí, te juro que puedo hacerlo.

Pasamos por el cruce justo cuando el semáforo se pone en rojo y por un momento me ciegan los destellos de luz que rodean el coche, como un grupo de paparazzi que estuviera acosando a una famosa.

—Te lo he dicho —comenta Owen muy engreído.

—¿Qué era eso?

—Las luces del radar.

Se me contrae el pecho.

—¿Me estás diciendo que me van a mandar una multa a casa?

—Pues sí.

—¡Pero si ya había pasado más de la mitad del cruce!

—Parece que no.

Lo dice tan tranquilo. Casi con tono cantarín.

—Genial —mascullo—. Justo lo que me faltaba hoy.

Señala con la cabeza hacia la puerta en la que he guardado mi mensaje de buena suerte.

—A lo mejor es lo que tu corazón desea de verdad.

—Sí, claro, mi corazón desea con todas sus fuerzas que me castiguen.

Se encoge de hombros.

—Digamos que tu corazón es un poco masoquista.

They Call Me Mellow Yellow (Quite Rightly)

«Dicen que tengo un buen plátano; y con razón»

8:24 H

Cinco minutos más tarde, llegamos al aparcamiento del instituto. Debo de haberme entretenido mucho perdiendo el tiempo en casa de Owen mientras me lamentaba de la discusión con Tristan, porque solo quedan cinco plazas libres y en la fila más alejada. No me acuerdo de que no llevo paraguas hasta que abro la puerta del coche y veo un gotarrón que me moja la chaqueta.

—¿No llevarás un paraguas por casualidad? —le pregunto a Owen.

Ya ha salido del coche y ha inclinado la cabeza hacia atrás para que le entre agua de lluvia en la boca.

—Creía que tú llevarías —dice sin mirarme.

Gruño.

—Pues no.

—Uf. Y ¿qué harás con la foto para el álbum de clase?

Me cago en... Se me había olvidado por completo. Para ser sincera, me preocupa mucho más ver a Tristan que tener que hacerme la dichosa foto. El aspecto de rata ahogada no es precisamente el que habría elegido para mi discurso de reconciliación...

¡El discurso!

¡Mierda! Hoy también tengo que pronunciar el discurso de candidatura. Desde luego, este día no se parece en nada a lo que esperaba que fuera. Pues vaya con las buenas vibraciones.

Agarro la mochila del asiento de atrás y me la pongo encima de la cabeza para protegerme de la lluvia.

—No parece que te preocupe mucho la foto que te van a hacer para el insti.

Se encoge de hombros.

—Soy un tío. Siempre me queda bien el pelo.

Odio tener que admitirlo, pero es verdad. Owen podría entrar con un coche descapotable en un túnel de lavado y salir por el otro extremo con la misma pinta que si hubiera pasado una hora delante del espejo. Los tíos lo tienen mucho más fácil.

Cierro el coche con llave y lo rodeo para acercarme a mi amigo. Owen se ríe al ver mi paraguas improvisado.

—¿Vamos corriendo? —propone.

Asiento con la cabeza y nos zambullimos en la lluvia.

8:42 H

—Di: «¡Dos años más!» —canturrea la fotógrafa con un entusiasmo exagerado.

Sonrió con timidez y me hace la foto.

¿Por qué la gente te pide que digas cosas absurdas siempre que te hace una foto? Me refiero a cuando tienes más de tres años y ya no hace falta que te manden que digas «patata» para asegurarse de que no pones morros ni sacas la lengua.

¿En serio cree esta mujer que voy a decir «Dos años más» para la foto del álbum de clase? ¿Es que no se da cuenta de lo que la palabra *más* podría hacer con mis labios? Parecería que intento poner cara de pulpo.

—Perfecto —miente. Y luego exclama—: ¡Siguiente!

Me bajo del taburete y camino hasta la otra punta de la cafetería, donde ya espera el resto de la clase de Química del señor Briggs. Por supuesto, teníamos que ser el grupo al que le tocara hacerse las fotos primero. No me ha quedado ni un mísero minuto para ir al lavabo a arreglarme el pelo. Cuando Owen y yo hemos entrado por fin en el edificio, ya estaba sonando el timbre de primera hora y he tenido que ir directa al aula.

Al pasar por delante, consigo echar un vistazo a la pantalla de la cámara de la fotógrafa y, ¡por Dios!, la foto es aún más horrorosa de lo que pensaba. Tengo los ojos enrojecidos por la lluvia. Se me ha corrido el maquillaje. Llevo el pelo aplastado y en hebras, como si un niño de preescolar me lo hubiera pegado a la cabeza con pegamento.

Por suerte, no veré a Tristan hasta la siguiente pausa, conque confío en tener tiempo de escabullirme en el lavabo y arreglarme un poco antes. Necesito estar perfecta cuando lo vea. O por lo menos, presentable.

9:50 H

En cuanto suena el timbre, me pongo los auriculares y buceo entre las listas de reproducción hasta encontrar la que busco. «Sustancias que alteran el ánimo».

El relajante sonido de Donovan cantando *Mellow Yellow* en un susurro se filtra por mis oídos y noto que me relajo un poco. Mantengo la cabeza gacha para navegar entre la multitud hacia el baño de chicas, pero un golpecito en el hombro me hace dar un respingo. Me doy la vuelta al instante y me encuentro a...

«¡No, por favor!», pienso.

No puede ser verdad. No estaba planeado que yo me presentara con esta pinta. Se suponía que tenía que parecer despreocupada, fresca, feliz y, sobre todo, nada aterradora, cuando viera hoy a Tristan. Y en lugar de eso, da la impresión de que acabe de salir de la Casa del Terror.

Me quito al instante los auriculares y me esfuerzo por sonar contenta.

—¡Tristan!

Guau, hoy está guapísimo. Lleva el pelo rubio oscuro alborotado, una invitación a que lo acaricie. Se ha puesto los vaqueros desteñidos anchos y esa cazadora de cuero negro que me encanta. Aunque, para ser sinceros, se la pone casi a diario.

Me mira a la cara con mucha atención, como si intentase descifrar un antiguo jeroglífico egipcio.

—¿Vas a ensayar para la obra de teatro?

«¡Ay! Eso duele».

Me froto inútilmente el contorno de los ojos.

—No. Es que... me ha pillado la lluvia. No he cogido paraguas. Ahora iba un momento al cuarto de baño a lavarme la cara.

«Recuerda: nada de numeritos dramáticos. Tienes unos nervios de acero».

—A ver, que en realidad, no me importa —añado a toda prisa—. Solo eran unas gotas, ¿eh?

—Claro —contesta, mientras se recoloca la correa de la funda de la guitarra sobre el hombro.

—Solo espero que despeje antes de esta noche.

Su rostro vuelve a mostrar confusión.

—¿Qué pasa esta noche?

Me retuerzo de dolor por dentro. ¿Se le ha olvidado?

—¿La feria de atracciones? —le recuerdo—. Hoy es la última noche.

Digamos que llevo esperando este momento desde que tenía diez años, ¡casi nada! Bueno, vale, en realidad no conocía a Tristan cuando tenía diez años. Se mudó a la ciudad hace dos cursos. La feria ambulante está montada dos semanas al año. Siempre voy, desde que era niña, y cuando tenía diez años vi a una pareja paseando por allí; se les notaba superenamorados y digamos que me obsesioné con ellos. Los seguí toda la noche para espiar lo que hacían durante la cita, igual que un detective privado.

Los observé maravillada mientras se daban la mano en la cola para las atracciones. Sonreí como una boba cuando el chico le consiguió a su novia el peluche más grande en el juego de ensartar anillas. Me quedé embobada cuando se sentaron a compartir un batido y él se inclinó sobre la mesa para tocarle la cara a la chica con ternura, como si intentase protegerla. Sentí un escalofrío en la nuca al seguir con la mirada las vueltas que daban en la noria más alta (una atracción a la que todavía no me he subido porque me dan muchísimo miedo las alturas).

Luego, cuando su cesta se paró en la parte más elevada de la noria y se dieron un beso a la luz de la luna, lo único que se me ocurrió fue: «Quiero que me pase eso».

Quiero enamorarme así.

Y aunque ya hace varios años de aquello, es la situación más romántica que he visto jamás. Lo que ocurre es que, hasta hace cinco meses, nunca había tenido un novio con el que ir a la feria de atracciones.

—¿Sigue en pie lo de ir juntos, no? —le pregunto, aunque me da vergüenza notar lo lastimera que suena mi voz.

A lo mejor en el fondo sí me estoy volviendo una dramática.

Tristan asiente, pero noto que tiene la cabeza en otro sitio.

—Claro. Suena guay. —Carraspea—. Esto, lo que pasó. Anoche. Creo que deberíamos hablar.

«No, por favor, ¿quiere que hablemos justo ahora? ¿Aquí? ¿Con la pinta que llevo?».

Respiro hondo. Es el momento de desactivar una bomba.

—Sí, claro, yo también quería hablar contigo. Mira, lo siento mucho. Me pasé de la raya. Fue culpa mía, lo sé. Y no te preocupes, le compraré otro gnomo de jardín a tu madre.

Mis palabras le hacen sonreír y noto que se me deshace el nudo de la garganta.

«¿Lo he logrado? ¿Estoy arreglando las cosas?».

45

Vuelvo a la carga y hablo tan rápido que llega un momento en que ya no sé qué digo.

—Tenía hambre. Y sueño. Y estaba estresada por lo de las elecciones de hoy. De verdad, creo que fue por eso. Ya sabes que no suelo ser así. Normalmente me da igual lo que haga el resto de las chicas. Me refiero, a lo que haga contigo. Bueno, no, no me daría igual que salieras con ellas o te liaras, claro. Pero ya sabes, que puedes hablar con ellas y hacer tus... cosas de estrella del rock.

Levanto las manos y muevo los dedos para ilustrar mi punto de vista.

«Espera un momento. ¿Acabo de mover los dedos como si fueran pulpos para hacerme la enrollada?», me pregunto.

Mejor cambiemos de tema.

—Ojalá pudiéramos olvidar todo esto y fingir que no ha pasado nada. Y...

—Ay, sí —me interrumpe, y su expresión cambia para volverse totalmente críptica—. Se me había olvidado.

—¿El qué?

—Las elecciones a representantes de los alumnos. Son hoy, ¿verdad?

¿Todavía sigue dándole vueltas a esa parte? Pero ¿a qué velocidad he hablado?

—Sí, hay una asamblea de todo el instituto durante la hora de tutoría.

Da unos golpecitos con los dedos en la correa de la funda.

—Ajá.

«¿Ajá?». ¿A qué se refiere con «ajá», eh?

—Entonces ¿crees que es posible? —vuelvo a insistir—. ¿Nos olvidamos de todo lo que ocurrió anoche y empezamos de cero? Lo siento en el alma, de verdad.

Suena el timbre.

—Será mejor que entre en clase —dice Tristan.

«¿Eso era un sí?», me planteo.

Me coge de la mano y entrelaza los dedos con los míos. El calor de su piel consigue calmarme mucho más que cualquier canción de mis absurdas listas de reproducción. Quiero habitar dentro de esas manos fuertes y hermosas. Algunas veces, cuando lo veo rasguear la guitarra en el escenario, o cuando ensaya con la banda, me pierdo en el movimiento de sus dedos. Como si estuviera en trance.

Y espera, que como me ponga a hablar de sus muñecas...

Mientras caminamos de la mano hacia la clase de Español, casi consigo olvidar la atrocidad de mi rostro. Bueno, eso hasta que entramos en el aula y la señora Mendoza vuelve la mirada dos veces hacia mí. Luego sacude la cabeza, como si quisiera decir: «¡Estos críos de hoy en día! No hay quien los entienda».

Nos sentamos en nuestro sitio de siempre, en la última fila, mientras la señora Mendoza empieza a conjugar el futuro simple del verbo «ver» en la pizarra. Arranco un pedazo de una hoja del cuaderno y garabateo: «Entonces ¿todo arreglado?» y la deslizo sobre el pupitre de Tristan.

Baja la mirada y me guiña un ojo. Al verlo, mi corazón se derrite en el suelo.

—Sí —susurra.

Pero hay algo en el modo en que vuelve la atención hacia la profesora (en la rapidez con la que interrumpe el contacto visual) que me hace dudar de la sinceridad de su respuesta. ¿Soy una paranoica o le ha entrado un curioso interés repentino por la conjugación de los verbos en español?

Entonces, justo cuando la señora Mendoza está diciendo «Nosotros veremos»,*¹ un sonoro batacazo me saca de mis divagaciones de un sobresalto.

La clase entera se vuelve hacia la ventana en el momento en que un enorme pájaro negro se resbala por el cristal y cae al suelo del patio.

---

1. Todos los términos seguidos de asterisco aparecen en castellano en el original. (*N. de la t.*)

—¡Dios mío!*—chilla la señora Mendoza.

Se lleva la mano al pecho.

—¿Está muerto? —pregunta alguien, y corre a la ventana junto con un puñado de estudiantes.

—Muerto y bien muerto —responde Sadie Haskins.

Y esa es la gota que colma el vaso: en cuanto lo oigo, me echo a llorar.

It's Easy to Trace the Tracks of My Tears

«Es fácil seguir el rastro de mis lágrimas»

10:02 H

El pájaro está muerto. Y yo tengo la cara hecha un mar de lágrimas. ¡Qué desastre! Aunque, si lo pienso, no tiene mucho sentido, porque ni siquiera conocía a ese pájaro. Tal vez fuera un imbécil integral. Puede que fuese de esa clase de pájaros que te roban el perrito caliente del plato. O de los que se cagan en el cristal del parabrisas y ni siquiera piden perdón.

Pero claro, no todos los días ves morir a un ser vivo en directo. Y para colmo, en las garras de una ventana sucia de un aula. De verdad, ese cuervo tendría que haber prestado más atención. Es imposible que las ventanas de esta cárcel estén lo bastante limpias para que un pájaro se confunda y piense que no hay nada.

Es decir, en otras palabras, el pájaro en cuestión era tonto.

Por lo menos no tengo que preocuparme por si las lágrimas me estropean el maquillaje. La lluvia se les ha adelantado...

La buena noticia es que Tristan parece muy preocupado por mí. Me abraza fuerte por la espalda y me deja que llore apoyada en su pecho. Ni siquiera parece importarle que le embadurne la camiseta blanca.

—Tranquila, ya pasó —me consuela con esa voz melosa y sensual que suele reservar para el escenario—. No llores. No sintió nada. Murió al instante.

Me estrecha todavía más y percibo el olor a pino de su *aftershave*. Noto el contorno de sus pectorales a través de la camiseta. Tristan tiene lo que yo llamo un cuerpo que golpea a traición. Es la prueba definitiva de que las apariencias engañan. Visto desde fuera, parece un poco enclenque. Los vaqueros y las camisetas siempre le quedan medio holgados. La nuez le sobresale del cuello y se contrae cuando traga, qué mono... Pero luego se quita la camiseta y es como ¡PAM! ¡Golpe a traición! Directo a las entrañas. No tiene unos músculos gigantes, pero sí bien definidos. Alucinante. Y tiene el pecho muy suave y sin un pelo.

«Es el ADN vikingo —dice siempre en broma—. Nosotros los escandinavos no tenemos ni un pelo en el cuerpo. Damos miedo...».

Al principio, me gusta que Tristan intente consolarme. Me recuerda por qué lo quiero tanto. Tiene muy buen corazón. Y alma de poeta. Desde luego, no voy a quejarme de que me estreche contra sus pectorales. Pero al cabo de unos minutos, el sonido de mis propios resoplidos empieza a hacerse eco en mis oídos y me acuerdo de la discusión de anoche. Pienso en cómo pasé de novia normal enrollada a monstruo desatado en treinta segundos.

Tristan aborrece los dramas. No es ningún secreto. Me lo dijo tal cual el día en que nos conocimos. De hecho, fue una de las primeras conversaciones que mantuvimos. Estábamos en una fiesta en casa de Daphne Gray. Tristan acababa de romper con Colby, su novia desde hacía nada menos que seis semanas, y todo el mundo estaba enterado. Tristan tenía fama de durar poco con las chicas. Tal vez fuese porque siempre salía con el mismo tipo de tía una y otra vez y luego cortaba con ellas por la misma razón. Es como si alguien se queja de que no adelgaza, pero se zampa un paquete entero de Oreos cada noche.

Me aparto del cálido y acogedor pecho de Tristan y me seco las lágrimas.

—Ya estoy bien, gracias —le digo.

Tengo que poner remedio a esto. No puedo permitirme acabar convertida en otra exnovia melodramática en la vida de Tristan. Llevamos cinco meses saliendo. Cinco meses enteritos. Es mucho más que cualquiera de sus relaciones anteriores. Incluso aguantamos durante el verano, que es, admitámoslo, sinónimo del beso de la muerte para los amores de instituto. Tengo que demostrarle de una vez por todas que sigo siendo la misma chica de la que se enamoró.

—Señora Mendoza, ¿puedo utilizar el pase?

—Si me lo pides en español —me recuerda.

Hago memoria y repito la pregunta tal como nos la ha enseñado. Sonríe.

—Sí.*

Agarro el sombrero de paja del perchero de la pared, el que utilizamos de comodín para que nos dejen ir al lavabo durante la clase, y salgo pitando. Ya es hora de arreglar este desastre. Empezando por mi cara.

Everybody's Talkin' at Me

«Todo el mundo me da lecciones»

11:20 H

Sería lógico pensar que ver morir un pájaro estampado contra el cristal de la clase de Español es el peor momento del día, pero no es así. Desde ese incidente, las cosas van de mal en peor. El lunes es un día impar, lo que significa que solo tenemos clase a primera hora, a tercera, a quinta y a séptima. En la asignatura de quinta hora, Historia de Estados Unidos, nos hacen un control que se corrige en clase para ver cómo llevamos el temario. Una prueba que sabía que nos harían. Una prueba para la que se me olvidó estudiar porque tenía la cabeza en otra parte. En concreto, en la pelea con Tristan.

No es una de esas pruebas de desarrollar en la que puedes salir del paso enrollándote un poco con vaguedades y cierto ingenio. Son diez preguntas concretas de tipo test sobre la Revolución estadounidense, un capítulo de nuestro libro de texto que ni siquiera he leído. Digamos que me invento casi todas las respuestas. Supongo que tengo un veinte por ciento de posibilidades de acertar cada una.

Una vez terminada la prueba, el profesor Weylan, que sin duda es el hombre más viejo que aún colea (me parece que vivió la Revolución estadounidense en sus propias carnes) nos manda que intercambiemos los test con nuestros compañeros de mesa, para puntuarnos unos a otros.

Huelga decir que no he dado pie con bola. Vaya con las probabilidades del veinte por ciento...

Ni siquiera he acertado una mísera pregunta.

Aunque, oye, ¿a que es impresionante que haya conseguido algo tan poco probable?

Daphne Gray (sí, la misma Daphne Gray que dio la fiesta en la que Tristan y yo nos conocimos) garabatea un cero enorme y rechoncho en la parte superior de mi prueba, y al lado dibuja una carita sonriente.

Inclina la cabeza.

—La próxima vez te irá mejor, Sparks.

¿Sabes esa voz que usa la gente cuando quiere que estés segura de que dice lo contrario de lo que piensa? Pues esa es la voz que pone Daphne mientras me devuelve el test deslizándolo por encima de la mesa. Como si sintiera una enorme satisfacción al ver que he suspendido la prueba.

Es que, verás, pasa una cosa. Antes de que empezase a salir con Tristan, las chicas como Daphne Gray ni siquiera sabían cómo me llamaba. Daphne no se habría molestado casi ni en mirarme. Antes de la fiesta en su casa, Owen y yo existíamos en una especie de universo paralelo y me parecía estupendo. Nunca he sido una de esas chicas que aspiran a subir de estatus social. Ser popular en el instituto no estaba en mi lista de deseos. Pero en cuanto la gente se enteró de que Tristan y yo estábamos juntos, fue como si alguien me hubiese puesto un disfraz y me hubiese iluminado la cara con un foco gigante. De la noche a la mañana, todo el mundo supo cómo me llamaba. Se enteraron de dónde vivía. Se aprendieron mi horario de clase.

Las chicas como Daphne Gray se fijaron en mí de repente. Y no para bien. Se fijaron en mí del mismo modo en que una supermodelo se fija en una espinilla que acaba de salirle en la cara horas antes de una sesión fotográfica.

Ahora no paro de sentirme como si estuviera expuesta en un escaparate. Igual que uno de esos montajes del museo que reproducen la vida de los hombres de las cavernas, junto a los que se pasean grupos de niños curiosos que se ríen de los taparrabos de piel de conejo que prácticamente no tapan nada...

Me siento como si estuviera atrapada sin salida en el típico sueño en el que vas desnuda al colegio.

Mientras el profesor Weylan apunta en la pizarra los deberes (leer los capítulos 3 y 4 del libro de texto) escondo discretamente la prueba en el separador de la carpeta dedicada a «Historia», dentro del apartado en el que guardo «Pruebas y exámenes».

En otro momento tendré que pensar cómo lo soluciono. Tal vez podría convencer al profesor Weylan de que me mande algún trabajo para subir nota. Eso, si puedo levantar la voz lo suficiente para que la capte el audífono que lleva.

12:40 H

Cuando llega la hora de comer, me muero de hambre, pero estoy tan nerviosa por los discursos de las elecciones a representantes de los alumnos (que empezarán dentro de un momento) que soy incapaz de probar bocado. Se me ha olvidado por completo comerme las tostadas con mantequilla de cacahuete que he preparado por la mañana y me las encuentro aplastadas en el fondo de la mochila. Ahora la mantequilla hace las veces de pegamento entre el libro de Química y el trabajo para subir nota de Lengua y Literatura.

«Perfecto».

Por lo menos, tuve un poco de vista y guardé las tarjetas con el guion para el discurso en el interior del bolsillo que va con velcro. Los discursos son después de comer, durante la hora de tutoría, y ni siquiera he tenido tiempo de echar un vistazo a las notas en todo el día. A ver, que alguien me recuerde por qué se me ocurrió presentarme junto con Rhiannon Marshall. ¿Porque me lo pidió? No, tiene que haber una razón mejor. Me gustaría pensar que fui incluso medio racional cuando decidí decirle que sí. ¿Acaso tuvo que ver con las preinscripciones para la universidad? Ahora mismo todo me parece muy confuso.

Saco de la mochila las fichas de cartulina que escribió Rhiannon y me las guardo en el bolsillo posterior de los vaqueros elásticos. Las repasaré unas cuantas veces durante la comida y todo irá bien.

Aprendo las cosas rápido.

Lo que hace que todos mis órganos se pongan a dar vueltas como un carrusel es el tema de tener que plantarme ante mil quinientas personas, porque presentamos las candidaturas delante de todo el instituto.

Desde que empezó el curso el mes pasado, he ido a comer todos los días a la sala de música, mientras Tristan y su banda ensayan. Siguiendo esa costumbre, intento prepararme el discurso allí, pero me distraigo un montón con la voz tan sexi de Tristan, que canta la letra romántica de su canción más famosa: *Mind of the Girl*. Por eso, al final decido buscar un lugar más silencioso.

La biblioteca es mi mejor apuesta. Cuando entro, Owen está enfrascado en pleno debate acalorado con los del club de lectura que ha montado. Comentan las diferencias más importantes entre el libro y la película de *La ladrona de libros*. Me escabullo por la escalera que da al segundo piso y me encierro en una de las diminutas cabinas insonorizadas donde los estudiantes que dan retórica y oratoria graban la parte oral de sus exámenes.

Incluso en el silencio absoluto de esa pequeña celda, sigo sin lograr concentrarme. Fijo la mirada en las tarjetas con los puntos principales, pero no sirve de nada. Cuanto más intento centrarme en la letra de Rhiannon, más se me nublan las letras y me baila la vista. Soy capaz de distinguir las palabras «visión de futuro», «compromiso» y «campaña», pero que me aspen si consigo relacionarlas para formar un pensamiento coherente.

¿Qué voy a hacer? ¡Ni siquiera puedo leer esta birria de discurso! ¿Cómo se supone que voy a darlo delante de toda esa gente?, ¿eh?

Al final, me rindo y vuelvo a bajar. Me siento encima de una mesa y espero a Owen. Cuando los del club de lectura recogen, Owen se acerca a mí y se coloca en la mesa que tengo enfrente. Balancea las piernas como los niños cuando se sientan en un taburete demasiado alto.

—¿Por fin te has decidido a apuntarte al club de lectura? —me suelta mientras me enseña el ejemplar de *La ladrona de libros* con las esquinas dobladas y de aspecto muy usado—. Por cierto, ¿sabes que he robado este libro?

Contengo la risa.

—No es verdad.

—¿Cómo lo sabes?

—Porque solo finges ser un rebelde, nada más. Por dentro, eres igual que yo. —Parpadeo varias veces—. Tierno y blandito...

Owen saca un bocadillo a medio comer de la mochila, lo desenvuelve y me lo ofrece. El olor del atún me revuelve el estómago, así que intento respirar por la boca.

—No, gracias.

—No has comido nada en todo el día.

—¿Cómo lo sabes?

—Sé muchas cosas.

Me cruzo de brazos y le exijo una explicación mejor.

—Nunca comes cuando estás nerviosa.

—¿Quién dice que estoy nerviosa?

No me contesta. En lugar de eso, Owen intenta volver a plantarme el sándwich delante de la cara. Me aparto y noto una arcada.

—Tienes que comer algo, lo que sea —me dice—. No puedes presentarte delante de todo el colegio con el estómago vacío. ¿Y si te desmayas?

—Por lo menos así no tendré que dar el dichoso discurso.

Sonrío un instante y me abanico haciéndome la coqueta con las fichas en las que está escrito el guion, que todavía llevo en la mano.

Owen alarga el brazo y las pilla.

—Déjame verlas.

Ojea unas cuantas tarjetas y pone una mueca horrorizada.

—¿Lo has escrito tú? ¡Es una birria!

Finjo sentirme ofendida.

—¿Y qué pasa si lo he escrito yo?

Me devuelve las tarjetas.

—No es tuyo. Nunca escribirías algo tan soso.

Paso las cartulinas leyendo en diagonal.

—¿Tan soso te parece?

—¡Jolín! Este discurso hace que la vainilla parezca el sabor más exótico del mes.

—Lo escribió Rhiannon Marshall.

—Ah, vale, eso lo explica todo. ¿Por qué no preparaste tú el discurso que vas a dar?

Me encojo de hombros.

—Yo qué sé. Se ofreció a escribirlo y me pareció bien. Además, ella es la que se presenta a primera representante. Yo solo soy la segunda. Digamos que es su proyecto.

—Sí, ya, pero la cara que verá todo el mundo será la tuya, mientras das esta porquería de discurso. No sé, parece que lo haya copiado del libro «Discursos más sobados para las elecciones a representante escolar».

—Ese libro no existe.

Da unos golpecitos con el dedo en las tarjetas.

—Ahora sí.

Miro el reloj que hay colgado en la pared. Faltan dos minutos y el tiempo no se detiene. Se me acelera el corazón.

—¿Sabías que hablar en público está el número uno en la lista de miedos que tienen los habitantes en Estados Unidos?

—¿Y qué hay en el número dos?

—La muerte.

Owen se ríe a carcajadas y algunos de los estudiantes que intentan estudiar lo miran irritados.

—¿Me estás diciendo que el estadounidense medio preferiría tirarse por un barranco antes que dar un discurso?

—Eso mismo.

Suena el timbre y levanto la mirada hacia el altavoz, como una bruja condenada a la hoguera que mira la pira en la que está a punto de arder.

—Bueno, pues hoy no te toca morir —dice Owen. Se baja de la mesa y se planta delante de mí—. Por lo menos, mientras yo esté de guardia. Vamos.

Camino a regañadientes, apoyando la cabeza en su pecho. Su cuerpo se tensa un momento, como si lo hubiera pillado por sorpresa, pero luego se relaja y me da una palmadita en la espalda.

—Te irá bien, ya verás. Darás el discurso con más tópicos del mundo, todos los estudiantes se quedarán dormidos y, antes de que te des cuenta, habrá terminado.

Levanto la cabeza y lo miro a los ojos.

—¿Owen?

Sonríe. No es su típica sonrisa de bromista. Es una sonrisa casi forzada.

—¿Sí?

—Se te da fatal animar a la gente.

Y entonces vuelve a aparecer. La sonrisa traviesa e infantil que tanto me gusta. Hace una reverencia como las de los caballeros de las novelas de Jane Austen.

—Encantado de estar a su servicio.

Yummy, Yummy, Yummy

«Ñami, ñami, ñami»

13:12 H

Grrrrrrrrrrrl.

Owen se para en seco mientras vamos al gimnasio.

—¿Qué ha sido eso?

Intento disimular.

—Nada.

—¿Es tu estómago?

Sigo andando y lo adelanto.

—¡Qué dices! No.

Grrrrrrrrrrrl.

—¡Sí que lo es! —exclama como si fuera el impertinente de Sherlock Holmes a punto de resolver el caso del asesinato del siglo.

—Ya comeré después del discurso —le prometo.

Me agarra por el codo y me arrastra hasta la cafetería.

—No, vas a comer ahora mismo.

—¡No tengo tiempo!

Señala una mesa del rincón en el que un grupo de animadoras del equipo vestidas con muy poca tela cuentan el dinero que han recaudado debajo de un cartel hecho a mano en el que pone: «¡ANÍMATE A COMER!».

—Pilla algo rápido —me ordena Owen—. Algo que tenga mucha azúcar. Te dará un chute de energía para aguantar mientras pronuncias el discurso.

—No tengo dinero —le recuerdo.

He metido la mochila en mi taquilla al salir de la biblioteca, porque prefería llevar solo el móvil y las fichas con el discurso.

—Yo te invito.

Miro el cartel con escepticismo.

—¿Qué es eso de «Anímate a comer»? ¿Un mensaje para gente en huelga de hambre? ¿O es que quieren que cojamos los pompones?

A pesar del comentario, Owen no se rinde. Prácticamente me arrastra hasta la mesa.

—Espera —le dice a una de las chicas, que está de espaldas. La animadora ha empezado a recoger las barritas de cereales envueltas por separado y las va metiendo en una caja—. Tienes un cliente que atender. —Se vuelve hacia mí—. Elige algo.

La chica se da la vuelta como un resorte, con cara de estar supermosqueada, y veo que es nada menos que Daphne Gray. De espaldas no la he reconocido porque, con el uniforme, todas las animadoras se parecen bastante.

Me mira de arriba abajo y coloca la lengua por dentro de la mejilla.

—Ya hemos cerrado.

«Ya empezamos otra vez».

En serio, ahora mismo no tengo tiempo para estas chorradas. Tiro de la manga de Owen.

—¿Lo ves? Han cerrado. Vamos.

—Venga, va —le suplica mi amigo a Daphne—. Véndenos alguna cosilla. Así recaudaréis más dinero para... —entrecierra los ojos para leer el cartelito escrito a ordenador que hay pegado en la mesa— comprar pompones.

Me contengo para no soltar un gruñido.

Owen no se entera de la batalla silenciosa que se libra entre Daphne y yo. ¿Por qué los chicos andan siempre tan perdidos ante los dramas de las chicas?

Daphne suspira.

—Vale. ¿Qué quieres?

—Mira, esto tiene buena pinta, Ellie.

Barro la mesa con la mirada.

—¿El bizcocho de plátano lleva almendras? Tengo alergia.

—Bueno, no es que tenga una alergia mortal —añade Owen—. Solo se le hinchan los labios como si fuese un mono y cosas así. En realidad, es bastante gracioso.

A Daphne no parece hacerle gracia.

—No.

Owen coge una porción de bizcocho de plátano.

—Genial. Pues nos lo llevamos.

Le da un dólar y desenvuelve el bizcocho. Me enchufa un trozo en la boca.

—Oweee —me quejo mientras mastico y trago—. Sé comer sola, muchas gracias.

Me ofrece el resto del bizcocho y tomo otro pellizco. Admito que me siento mejor con algo en el estómago. Mientras recorremos el pasillo que da al gimnasio, no dejo de mirar con inseguridad hacia las puertas abiertas. Las gradas están casi llenas. Noto el bizcocho de plátano que me sube otra vez hasta la garganta.

—No puedo más —le digo a Owen y vuelvo a plantarle el bizcocho en la mano—. Tengo ganas de vomitar.

Al cabo de un momento, noto una mano en el brazo.

—¡Por fin te encuentro! —me dice Rhiannon con su típica voz entrecortada y arrogante—. Te he buscado hasta debajo de las piedras.

Tira de mí hasta que llegamos al centro del gimnasio. Entonces me doy la vuelta y veo a Owen, que se ha sentado en la primera fila de las gradas.

—¿Has practicado el discurso? —me pregunta mi compañera.

Vacilo, pero al final decido que con Rhiannon lo más fácil es mentir.

—Sí.

Nos colocamos junto a los demás candidatos y escudriño entre la multitud en busca de alguna cara amiga.

¿Por qué parece que todo el mundo me mira con el ceño fruncido?

Al final, mis ojos aterrizan en Tristan. Me sonríe para darme ánimos y noto que se me asienta un poco el estómago.

«Habla para él —me digo—. Haz el discurso como si fuera para él. Olvídate del resto de las caras que hay en la sala».

—A ver, un poco de silencio, por favor. —Por los altavoces resuena la voz de la directora del instituto, la profesora Yates, una mujer rechoncha con una única ceja muy poco favorecedora—. Silencio...

Las voces se convierten en susurros. De vez en cuando, se oye también una tos esporádica y los movimientos de los estudiantes que intentan buscar la mejor posición en las incómodas gradas de madera.

—¡Estamos ansiosos por escuchar los discursos de los candidatos a representantes de los alumnos de este curso! —exclama la directora Yates, con tanto fervor que salta a la vista que espera recibir una avalancha de aplausos, pero el gimnasio se parece más a una jaula de grillos. Carraspea—. Cada uno de los candidatos a representantes en el consejo escolar dará un breve discurso. Empezaremos por los alumnos de los primeros cursos y terminaremos por los alumnos del último curso.

Vuelvo a localizar a Tristan entre el público, pero no me mira. Está consultando el móvil. Así que miro a Owen, sentado en la primera fila. Cuando nuestras miradas se cruzan, me doy cuenta de la cara de espanto que ha puesto. Ha abierto los ojos mucho más de lo habitual y me mira fijamente a la cara, boquiabierto.

Hago un gesto con las manos para preguntarle «¿qué pasa?». Responde señalándose la boca muy despacio.

«Ay, mierda, ¿se me ha metido algo entre los dientes?», pienso horrorizada.

Intento mantener la compostura y me acerco una mano a los

labios, con la esperanza de poder frotarme las encías con el dedo sin que se note. Pero en cuanto la mano entra en contacto con la boca, comprendo lo que intentaba decirme Owen.

No sé cómo es posible que no haya sabido interpretar los síntomas... La dificultad para hablar. El cosquilleo. La presión en la piel que se llena con un exceso de sangre...

¡Se me están hinchando los labios!

Aterrorizada, miro a Owen, que baja la vista hacia el pedazo de bizcocho a medio comer que tiene sobre las rodillas. Luego vuelve a mirarme. Pronuncia una palabra sin decirla en voz alta. No me hace falta leerle los labios para saber qué ocurre. Es la misma palabra que parpadea en mi mente como una inmensa alerta roja.

«ALMENDRAS».

I Fall to Pieces

«Me desmorono»

En realidad, solo hay dos posibles explicaciones:

1) Daphne me mintió a la cara para ver cómo hacía el ridículo delante de todo el instituto.
2) Daphne no sabía que el bizcocho llevaba almendras.

Mientras aguanto el tipo, de pie, delante de un gimnasio entero lleno de adolescentes inquietos e intento no despistarme con las últimas palabras del discurso del candidato de segundo, echo un vistazo a la masa de asistentes en busca de Daphne. Tal vez pueda deducir sus malas intenciones (o su falta de ellas) por la expresión engreída (o incrédula) de su cara. Por desgracia, no la encuentro. En lugar de en ella, mi mirada vuelve a posarse en Owen, que gesticula para llamar mi atención de una forma tan exagerada que parece un actor de pantomima. Entorno los ojos en un intento de descifrar sus movimientos. Pero, si te soy sincera, me recuerdan más a un número de danza contemporánea de improvisación que al lenguaje de signos.

No sé si intenta decirme que se ha quemado la mano o quiere preguntarme qué carajo voy a hacer.

Vuelvo a llevarme la mano a los labios con la esperanza de calibrar si la reacción alérgica es muy grave o no. A lo mejor solo había alguna traza de almendras. A lo mejor soy capaz de pronunciar el discurso antes de que mis labios se conviertan en un par de buñuelos hinchados.

Sin embargo, en cuanto rozo la piel tensa e inflamada con los dedos, sé que estoy en un aprieto. No hay duda de que noto el contacto de los labios en la yema de los dedos; el problema es que no noto los dedos en los labios.

Alguien me tira del brazo y Rhiannon me mira con los ojos como platos, como si quisiera preguntarme: «Pero tía, ¿qué te pasa?».

—Te toca —murmura.

«¿Quéééé?».

Inclino la cabeza hacia ella.

—No puedo —intento susurrar, pero las palabras salen como un galimatías casi incomprensible.

¿Es que no me ha visto los labios? ¿No se da cuenta de lo desastroso que va a ser esto?

Me da un empujoncito.

—Vamos.

Mientras me voy acercando al pie del micrófono a cámara lenta, vuelvo a mirar a Owen a los ojos. A juzgar por la expresión de su cara, parece que no pueda creer que yo haya decidido seguir adelante con el discurso.

Ya somos dos.

Alguien del público suelta una risita. Seguro que se ha dado cuenta de que llevo los labios hinchados y ahora se lo está chivando a todo el mundo.

Agarro con fuerza las fichas del guion y camino hasta llegar al micro.

«Abrevia. Preséntate, lee algunas palabras sueltas de las fichas y escóndete en algún rincón a toda velocidad», me digo.

Bajo la mirada hacia la letra típica de niña de Rhiannon. La tinta se ha corrido, como si alguien le hubiera echado agua.

«¿También se me habrán inflamado los ojos?», me pregunto.

—Hola —digo pegada al micrófono.

Oigo mi voz amplificada en el sistema de megafonía del gimnasio. La palabra vuelve a mí como un repiqueteo una décima de segundo más tarde, igual que un bumerán distorsionado. Pero no suena a «hola» sino más bien a algo parecido a *«fola»*.

La risita contenida de los alumnos pasa de inmediato a un coro de risas.

Respiro hondo.

—Me llamo Ellison Sparks y me presento a segunda representante de los alumnos de mi curso.

Me encojo mientras espero para escuchar cómo han sonado mis palabras. Solo pillo el final de la frase: «... de mi *curfo*».

Ya está. Se acabó. Siempre me he preguntado cómo iba a morir. Y, tonta de mí, me imaginaba que sería algo épico y trágicamente romántico. Como compartir un veneno con mi desdichado amante. Nunca pensé que mi vida acabaría así.

Apedreada metafóricamente por mis compañeros.

Asesinada por los de mi estirpe.

Pronuncio el resto del discurso a toda pastilla e intento concentrarme en mover los labios torpes y lentos de reflejos al tiempo que procuro bloquear el eco de mi voz que reverbera y vuelve a mí.

Las risitas maliciosas se han convertido ya en carcajadas a mandíbula batiente. Noto los brazos musculosos de la directora Yates sacudiéndose por detrás de mí, en un intento de silenciar el barullo creciente con gestos cada vez más exagerados, pero no sirve de nada.

Dirijo la mirada hacia Tristan, con la esperanza de que me transmita una parte de esa seguridad en sí mismo que parece poseer por naturaleza. Me mira a los ojos, pero enseguida aparta la vista. Entonces es cuando me hundo de verdad.

No solo estoy quedando en ridículo yo. Lo estoy dejando en ridículo a él.

Todas esas chicas que dudaban de su cordura cuando empezó a salir conmigo (y que todavía se lo plantean) tenían razón. ¿Cómo va a ser mi novio? Si ni siquiera soy capaz de leer unas palabras de un esquema sin quedar como una pánfila.

Por lo menos no se ríe de mí como hacen los demás.

Sí, eso por lo menos.

—Gracias por vuestra atención y, por favor, votad a Marshall y Sparks como representantes de los alumnos de su curso en el consejo escolar.

Meto a la fuerza las tarjetas otra vez en el bolsillo y salgo corriendo del gimnasio. No espero a ver si me aplauden. Sé que nadie va a aplaudir. De todos modos, las risas me persiguen por el pasillo.

Who's Bending Down to Give Me a Rainbow?

«¿Quién se agacha para darme un arcoíris?»

13:39 H

No veo por qué no puedo quedarme escondida en este cuarto de baño durante el resto del día. En realidad, tengo todo lo que me hace falta. Un váter. Un lavabo. Mucha luz que entra por la ventana que hay encima del último cubículo. Es como tener un pequeño apartamento dentro del colegio. Bueno, claro, está el tema de la comida, pero después de lo sucedido con el bizcocho de plátano, estoy segura al cien por cien de que voy a pasar de comer durante una buena temporada.

No podré votar. Esa es una de las desventajas de esconderme aquí. Los estudiantes dejarán las papeletas con los votos cuando vuelvan a las aulas donde se da la hora de tutorías. Aunque creo que da igual. Después de esta debacle, es imposible que Rhiannon y yo ganemos las elecciones.

Saco una toalla de papel del dispensador y me seco las lágrimas que aún me quedan en los ojos. Luego me sueno la nariz con ganas.

Ya he llorado dos veces el mismo día.

Menuda racha.

Tiro la toallita a la basura y observo mi reflejo en el espejo durante un larguísimo minuto. Todavía tengo los labios muy hinchados, qué horror. Los tuerzo así y asá, los saco como si fuera un pez y los alargo como si fuera un caballo. Hago todo lo que se me ocurre para intentar que la sangre deje de acumularse en esa parte de mi cara. Supongo que en el fondo debería estar agradecida. Podría haber nacido con una alergia mortal. Ahora mismo podría estar en una ambulancia rumbo al hospital.

De verdad, parezco un personaje de dibujos animados. Jolín y yo que pensaba que a los chicos les gustaban las chicas de labios carnosos. Tal vez los míos se pasan...

Frunzo los labios mirándome al espejo mientras entorno los ojos en un gesto que pretende ser sensual.

—Hola, chato —digo con voz acaramelada dirigiéndome a mi reflejo—. ¿Vienes mucho por aquí? ¿Qué dices? ¿Te parezco atractiva?

Lanzo un beso al aire y me apresuro a secarme la baba que me ha salido de los labios sin querer.

Me inclino hacia delante y finjo darle al desconocido del espejo un pedazo de morreo con lengua. Pero mi momento romántico se corta de cuajo cuando oigo pasos junto a la puerta de los lavabos.

¿Ya ha terminado la asamblea?

En estado de pánico, miro dentro de uno de los cubículos. Busco ayuda desesperadamente. La taza de porcelana me mira sin inmutarse, como si quisiera decirme: «Bueno, ¿y qué plan genial se te ha ocurrido ahora? ¿Eh, lumbreras?».

Como no vivo en una película de Harry Potter, supongo que meterme dentro del inodoro no es una opción posible. Y eso significa que la única solución que me queda es subirme encima. Avergonzada, me subo al asiento de dudosa limpieza, me encaramo de puntillas, con los pies colocados en el borde, y me inclino hacia delante, de cuclillas, aunque es superincómodo.

«Menuda elegancia, Ellie. Impresionante», pienso.

Acallo mis pensamientos apretando los dientes. Lo único que tengo que hacer ahora es concentrarme en no caerme. No es tan fácil como parece en las pelis.

Se abre la puerta y entra alguien. Contengo la respiración. Los pasos se detienen un momento y luego se arrastran vacilantes antes de volver a pararse.

«¿Qué hace esa tía?», me pregunto. ¿Se ha puesto a mirar todos los cubículos para ver cuál está más limpio? ¡Venga, decídete de una vez! Estamos en un instituto público. ¡No hay ningún váter limpio!

Me muerdo la lengua para mitigar el ligero dolor que me sube por los muslos. Siendo realistas, ¿cuánto tiempo más seré capaz de aguantar en esta postura? Pero claro, ahora no puedo bajar, porque quien sea que haya entrado sabrá que estaba subida a la taza del váter.

—¿Ellie? ¿Estás ahí?

Parpadeo sorprendida al oír una voz claramente masculina.

—¿Owen?

—¿Qué haces?

Cuando me bajo del asiento, mis muslos aúllan de alivio. Abro la puerta. Ahí está Owen, alto como una torre, plantado en medio del lavabo de chicas. Me acuerdo del verano en el que pegó el estirón. Fue cuando estábamos de monitores en el Campamento Awahili. No me di cuenta del cambio porque me pasaba el día con él, pero cuando sus padres fueron a buscarlo al final del verano, su madre estuvo a punto de desmayarse al verlo.

—¿Qué haces aquí? —le pregunto de nuevo.

—He venido a buscarte —me contesta, aunque es evidente.

Me masajeo los muslos como puedo mientras intento salir de ese cuchitril.

—¿Te has escondido en el cuarto de baño? —Enarca una ceja—. Un recurso un poco sobado, ¿no?

Abro el grifo y me aclaro las manos.

—Si todo el mundo hace eso, es porque no hay ningún otro sitio en el que esconderse en un instituto.

—¿Cómo que no? El armario del conserje, los vestuarios del teatro, esa zona tan rara de árboles que hay detrás de la pista de atletismo...

Saco una toallita de papel del dispensador.

—No es la primera vez que te lo planteas, ¿no?

—Bueno, te cuento —dice para cambiar de tema—. He buscado en el móvil la receta más habitual para el bizcocho de plátano.

—¿Y?

Se encoge como si tuviera miedo.

—Y lleva extracto de almendras.

Me da un bajón.

—¿Crees que Daphne lo hizo a propósito?

—¿El qué? ¿Poner extracto de almendras en el bizcocho de plátano por si se daba la remota posibilidad de que Ellison Sparks iba a comprar algo del puesto de las animadoras justo antes de dar el discurso? Ostras, pareces una política paranoica.

Le doy un golpe en el brazo.

—No, me refiero a si piensas que me mintió a propósito cuando me dijo que el bizcocho no llevaba almendras.

—¿Quieres que te dé mi opinión? No. Creo que lo más probable es que no lo supiera.

Suspiro. Puede que tenga razón.

—Pero mira —saca una pastillita del bolsillo trasero—, he cogido esto en la enfermería. Benadryl. Te ayudará a bajar la hinchazón.

Agradecida, agarro la cápsula como si fuera mi tabla de salvación. Me la meto en la boca y me la trago a palo seco.

—¡Gracias! —digo con voz ronca.

—Ya sé lo que necesitas —afirma Owen.

Me saca el móvil que llevo guardado en el bolsillo posterior del vaquero. Al cabo de unos segundos y de unos cuantos cambios de pantalla, empieza a sonar por el altavoz del teléfono el pegadizo solo de bajo con el que empieza *Windy*, del grupo The Association.

Ha accedido a mi lista de reproducción «Burbuja de alegría», en la que he reunido las canciones pop más alegres de los años sesenta.

Es un gesto muy dulce por su parte y, la verdad, ver a Owen saltar por el cuarto de baño de chicas cantando y moviendo los brazos como un molino de viento es bastante gracioso. Por desgracia, estoy tan deprimida que ni siquiera sonrío.

Recupero el teléfono, interrumpo la canción en medio del estribillo y vuelvo a guardar el aparato.

—Gracias, Owen, pero no estoy de humor.

—Pero para eso está la lista «Burbuja de alegría» —se justifica Owen—. ¡Para alegrarte el día! Me lo dijiste tú.

—Sí. Ya lo sé. Pero lo dije cuando mi mayor problema era sacar un notable en el examen de cálculo y la obsesión de mi hermana con el Urban Dictionary. Ahora mi vida es un desastre. Se acabó. Es el fin. No podré volver a asomar la cabeza.

Noto que las lágrimas afloran por tercera vez. Jolín, ¿quién ha abierto las compuertas de la presa hoy?

No lo entiendo. Ayer mi vida era una pasada. Y de la noche a la mañana, se ha convertido en una auténtica caca de vaca.

Cojo otra toallita de papel y me sueno la nariz.

—Déjame ver —dice Owen.

—¿El qué?

Me doy la vuelta y, antes de que tenga tiempo de reaccionar, Owen me pone las manos en las mejillas para que me quede quieta. Su cara está a un palmo de la mía. Creo que nunca hemos estado tan cerca el uno del otro. Bajo la mirada. Se concentra en analizar mis labios hinchados, tiene la frente arrugada por la preocupación. Me sorprende lo calientes que tiene las manos. ¿Se las habrá metido debajo de las axilas antes de entrar en el lavabo o es que siempre las tiene tan calientes? Hace siete años que nos conocemos. ¿Cómo es que nunca me he dado cuenta de la temperatura de sus manos?

—Me parece que la hinchazón está bajando —dictamina. Habla tan serio que parece un médico.

Levanta la vista y, por un breve instante, sus ojos se cruzan con los míos. Noto las pinceladas de tono marrón en el iris verde. Tampoco me había fijado nunca en eso.

Es raro y, qué curioso, a la vez no es raro estar tan cerca de Owen.

Luego me resulta raro que no sea raro...

De pronto, Owen parece tomar conciencia de nuestra proximidad y se aparta. Sus dedos cálidos resbalan por mi cara.

—Gracias —murmuro como una sosa.

Aparto la mirada.

Owen toma aire de una forma muy exagerada y pasea la mirada por el cuarto de baño.

—¿Así que esta es la pinta que tienen los lavabos de chicas por dentro?

—¿No está a la altura de tus fantasías?

Frunce el entrecejo.

—Solo los pervertidos tienen fantasías con los lavabos de chicas.

—¿Qué quieres decir? ¿Que eres un pervertido?

Me dedica una sonrisa maliciosa.

Y así de fácil, volvemos a ser los mismos de siempre.

—No lo pillo —me quejo—. ¿Por qué a la gente le dan tanto morbo los baños de chicas? No es que entremos aquí, nos despelotemos y bailemos desnudas todas juntas.

—Calla —me susurra Owen desesperado—. Has roto la magia.

—A ver, aquí se viene a mear. Entre otras cosas.

—¡La, la, la! —canta Owen mientras se tapa los oídos—. ¡No te escucho!

Espera hasta estar seguro de que he parado de hablar y entonces baja poco a poco las manos.

—Algunas veces entro y huele taaaan mal que parece que un rinoceronte haya...

—¡LA, LA, LA, LA!

Vuelve a taparse los oídos a toda prisa.

Me echo a reír. Owen me observa. Su cara se ilumina con una sonrisa de niño bueno mientras baja las manos otra vez.

—¿Qué? —pregunto inclinando la cabeza.

—Te has reído.

Me burlo de él.

—Sí, porque no paras de hacer el payaso.

—Misión cumplida.

I Can't Help Myself

«No lo puedo evitar»

13:50 H

Suena el timbre y Owen se larga del baño de chicas antes de que pueda entrar alguien más. Me tomo unos minutos para serenarme. No se me ha ido del todo la inflamación, pero desde luego se me ha rebajado un poco gracias al Benadryl. Ahora solo da la sensación de que sea adicta al brillo con efecto de labios carnosos, en lugar de parecer que acabo de salir del ring después de un campeonato de boxeo de pesos pesados.

«Si crees que tengo mal aspecto, deberías ver cómo quedó mi contrincante».

Me paso los dedos por el pelo para peinarme y darle un poco de volumen. Se me ha quedado aplastado y como si fuera de paja por culpa del chaparrón de esta mañana. Pero para ser sincera, la única parte de mí que de verdad necesita un buen arreglo es mi actitud.

Owen tiene razón. Necesito recuperarme pronto. Cambiar mi estado de ánimo.

Saco las tarjetas del discurso del bolsillo, las rompo por la mitad y tiro los pedazos a la papelera con mucha ceremonia. Observo cómo se desperdigan igual que enormes copos de nieve contra la bolsa negra y aterrizan entre los demás desechos.

El discurso de Rhiannon. En la basura, donde le corresponde. Busco en el móvil y pongo la canción que acabo de despreciar con tan mala educación.

The Association continúa canturreando animadamente sobre Windy y sus ojos tempestuosos. Intento dejar que la música me anime. Sin quitar ojo de la puerta para asegurarme de que no se abre de golpe, incluso doy unos cuantos saltos al son de su alegre melodía. Una vez vi un documental en el que decían que bailar tiene la capacidad de alterar el estado emocional de una persona. Parece que funciona, por lo menos, durante un minuto... Siento que el corazón se me va alegrando.

Entonces oigo la voz de la secretaria, que se cuela por el altavoz.

—Ellison Sparks, por favor, dirígete al despacho del orientador.

Miro hacia el techo y levanto las manos.

—¿En serio?

¿Cómo narices he terminado en la lista de condenados del universo?

Y eso basta para que mi ánimo acabe otra vez por los suelos. Apago la música y vuelvo a meterme el teléfono en el bolsillo. Luego espero a que suene el timbre que indica que empieza la siguiente clase. Si no tengo más remedio que volver a salir al mundo, no será cuando los pasillos estén a tope.

13:56 H

—¡Hola! ¡Debes de ser Ellison!

El orientador brinca de la silla cuando me ve entrar. Me siento enfrente de él. Es un hombre de mediana edad con la cara siempre roja que, aunque parezca increíble, lleva pajarita. Me ofrece un asiento antes de darse cuenta de que ya me he sentado. Con disimulo, mueve la mano extendida como si quisiera recolocarse el mechón de pelo con el que algunos hombres ocultan la calvicie.

—Me alegro mucho de verte, ¿eh? Qué caña. Soy el señor Bueno. Pero puedes llamarme señor Genial si quieres. —Se parte de risa ante su propio chiste y luego hace un gesto con la mano para apartarlo—. ¡Una bromilla de las mías! Bueno, ¿qué tal te va, eh? ¿Te las apañas bien, eh?

—Sí, estoy bien —murmuro.

—Bueno, estupendo. Qué caña. Sí, sí, qué caña, ¿eh? En fin, vayamos al grano. Los estudios. Un poco durillos, ¿nooo? ¿O síííí?

¿Acaba de guiñarme un ojo? Y ¿por qué habla así, intentando pasar por un adolescente? Sí, creo que me ha guiñado un ojo.

Ahora me mira a la cara, esperando una respuesta. Tengo miedo de que mantenga congelada esa sonrisa de payaso hasta que yo responda.

—Sí —digo obligándome a sonreír—. Durillo.

Chasquea la lengua como si me entendiera. Es un gesto tan exagerado que su bigote recortado oscila de un lado a otro.

—¡Y eso por no hablar del tema de la uni!, ¿eh? Es hora de empezar a pensar en tu futuro. —Dice «tu futuro» con una voz infantil repulsiva. Luego forma dos pistolas con los dedos y dispara hacia mí—. ¡Pum, pum!

¿Se supone que tengo que fingir que me ha matado?

—En realidad, por eso te he mandado llamar —continúa. Se pone serio—. Los orientadores de confianza tenemos la labor de reunirnos con todos los estudiantes de tu curso para hablar de cómo serán los dos últimos. ¿Has pensado ya a qué universidad te gustaría ir?

—Eh, aún no, la verdad —tartamudeo.

—Bueno, ya sabes, tic tac, tic tac. Se te acaba el tiempo.

Abre una carpeta del escritorio y la repasa con el dedo.

—Vamos a ver. Vaya, vaya, eres una hormiguita trabajadora, ¿eh? Una nota media de notable, tres asignaturas optativas este curso, vas a hacer una prueba para el primer equipo de softball del instituto, te presentas a representante de los alumnos, estás en la asociación de estudiantes... —Cierra la carpeta juntando ambas manos—. No sé cómo te lo montas. ¿Te queda tiempo para ti?

Arrugo la frente porque no entiendo la pregunta.

—¿A qué se refiere? Todo lo que hago es para mí. Porque quiero.

Frunce los labios, pensativo.

—¿Ah, sí?

«¿Qué se supone que significa eso?».

—Mira —dice antes de soltar un suspiro—. He escuchado tu discurso de candidatura y, a decir verdad, creo que estás un pelín sobrecargada de trabajo.

Dice «sobrecargada» de una forma tan rara que parece que haya dicho «supercagada».

—Estoy bien —contesto un poco susceptible—. Pero hoy ha sido un día difícil.

Se encoge de hombros y se dirige a una repisa con un despliegue increíble de panfletos que cubre toda la pared del fondo del despacho. Saca uno de color verde que está en el centro y lo desliza por el escritorio hacia mí, como si fuera un disco de hockey de mesa.

—¿Por qué no echas un vistazo a esto cuando tengas un rato?

Alargo la mano y, no muy convencida, lo cojo. En la portada pone:

Tú sin más: cómo aprobar la asignatura más difícil de todas

En la imagen sale una chica tirando a pija que camina por un campo con los brazos extendidos, como si quisiera dar la bienvenida a una nave llena de alienígenas.

«Pues vale», pienso.

—Fantástico —contesto fingiendo entusiasmo—. Me irá superbién. Gracias, señor Bueno. Qué digo, señor Genial.

Suelta una risotada y vuelve a mover la mano para olvidarse del tema.

—Venga, sal pitando de aquí, bribona.

No hace falta que me lo diga dos veces.

La recepcionista que hay junto a la puerta del despacho del orientador me da un justificante para que pueda entrar tarde en clase. Me cuelo en la biblioteca e imprimo otra copia del trabajo para subir nota, porque las dos anteriores han quedado destruidas por culpa del agua y de la mantequilla de cacahuete. Luego, aguanto el tostón de la última hora: clase de Lengua y Literatura.

Después del último timbre que marca el fin de la jornada, me acerco a la taquilla a dejar las cosas antes de ir pitando a los vestuarios para cambiarme de ropa y prepararme para las pruebas de softball. Echo un vistazo por si localizo a Tristan, pero no lo veo por ninguna parte.

¿Me estará evitando? ¿O estará ocupado y nada más?

No he hablado con él desde la hora de comer y después del discurso tan bochornoso que he dado (bueno, si se le puede llamar discurso a eso), me preocupa que le dé vergüenza estar conmigo.

La voz de la secretaria del instituto resuena por los altavoces mientras meto a presión la mochila en la taquilla.

—Atención, alumnos, tengo un par de noticias que dar antes de comunicaros los resultados de las elecciones de hoy.

Ansiosa, tamborileo con los dedos en la esquina de la taquilla. No es que espere nada. Es más, no es que tenga derecho siquiera a esperar nada después de esa experiencia tan humillante.

—En primer lugar —continúa la secretaria—, las animadoras quieren daros las gracias por haber contribuido a que recauden dinero con el puesto de pasteles. ¡Han conseguido más de mil dólares!

Bueno, me alegro de que mi envenenamiento no haya sido en vano.

—En segundo lugar, os recuerdo que las audiciones para el musical de otoño empezarán mañana por la tarde. La fecha límite para apuntarse a la audición es hoy, a las cuatro de la tarde. Este otoño, el Departamento de Teatro nos ofrecerá el famoso musical *Rent*.

¡Rent! ¡Jo, me encanta ese musical! He cantado *Take Me or Leave Me* tantas veces en la ducha que, a estas alturas, seguro que el bote de champú ya se la sabe de memoria.

—Y por último, estos han sido los resultados de las votaciones.

Estiro un poco más la espalda e inclino la cabeza para que el oído quede dirigido hacia el techo, donde está el altavoz. Anuncia los resultados de las clases de los primeros cursos antes de pasar por fin a las de nuestro curso.

—Y con una victoria aplastante, tras obtener un arrasador ochenta y nueve por ciento de los votos, los representantes serán ¡Kevin Hartland y Melissa O'Neil!

Cierro de golpe la puerta de la taquilla.

Todo el mundo sabe que los lunes son el día más asqueroso de la semana; pero te lo aseguro, este se lleva la palma.

15:35 H

El entrenador me encaja un casco de bateadora en la cabeza y me da una palmadita amistosa en la espalda.

—Mira, ya sé que ahora mismo te sientes como la reina del softball —me dice—, pero la media de bateo que tuviste el curso pasado no está a la altura de los estándares del primer equipo júnior del instituto.

—Ya lo sé —digo mientras agarro el bate—. Pero he estado practicando todo el verano. Este curso lo hago mejor.

Ejem, «técnicamente» no es del todo cierto. Mi padre y yo llegamos a ir a la cancha de softball unas cuantas veces en junio, pero en realidad me pasé la mayor parte del verano con Tristan y su grupo de música. Aunque el entrenador no tiene por qué conocer todos los detalles, ¿no? Basta con que lo deje con la boca abierta ahora mismo.

Hoy necesito ganar. En lo que sea.

—Le diré a Rainier que te lance unas cuantas. A ver, muéstrame qué sabes hacer.

Me acerco al plato y bateo varias veces al aire para practicar.

«Céntrate, Ellie —me digo—. No te darán otra oportunidad. Es ahora o nunca».

Jordan Rainier, la primera lanzadora del equipo júnior, se prepara y me lanza una bola rápida. La golpeo sin problemas. Vuela por encima de la cabeza de la chica que está en la tercera base y cae al suelo. Suelto un suspiro de alivio.

—Bien —dice el entrenador desde la banda—. Repetimos.

Otra bola rápida. ¡BAM! Otro bateo contundente.

El entrenador señala a Jordan, se toca la parte interna del codo dos veces y luego se rasca la oreja.

—Otra bola rápida —le indica.

Jordan toma impulso con el brazo y la bola se dirige como una flecha hacia mí, pero empieza a frenar justo cuando sobrevuela el plato. Me adelanto un segundo en el bateo y casi doy un traspié al ver que he fallado.

Eso no era una bola rápida. Era una bola con efecto. El entrenador me ha hecho trampa.

Oigo que chasquea la lengua.

—Vamos, Sparks. ¡Escucha la pelota! ¡No mi voz!

Asiento con la cabeza.

—Eso está hecho.

Le hace otra señal a la lanzadora. Intento no hacer caso.

«Escucha la pelota».

Jordan se prepara de nuevo. Observo su lenguaje corporal, me fijo en el giro en la postura cuando estira el brazo. No ha lanzado como las veces anteriores. Es una bola curva. ¿Pero hacia dónde se curvará?

La pelota viene hacia mí a una velocidad pasmosa. Parpadeo y me pierdo la trayectoria. Bateo al aire mientras la pelota de softball me silba junto al oído izquierdo. Doy un golpe en el suelo con el bate.

Me parece oír mentalmente la voz de mi padre: «No pasa nada. A la próxima lo harás mejor».

Sin embargo, el entrenador da dos palmadas para indicar que hemos terminado.

—Bien hecho, Rainier.

—¿No puedo intentarlo una vez más? —suplico—. Por favor...

Él niega con la cabeza, como si lo sintiera, y me huelo que no va a darme buenas noticias.

—Creo que tendrás que seguir de centrocampista en el segundo equipo del instituto. —Luego me da una palmadita en la espalda y se da la vuelta—. Siempre puedes intentarlo de nuevo el año que viene.

The First Cut
Is the Deepest

«El primer corte es el más profundo»

19:02 H

Mientras me dirijo a la feria de atracciones, pongo a todo volumen *Ticket to Ride* de los Beatles en el equipo del coche. No la tengo en ninguna de las listas, pero me parece que encaja bien con el momento.

Al salir de casa, el ambiente estaba muy tranquilo. Mis padres seguían en el trabajo y mi hermana, que estaba encerrada en su habitación cuando he llegado del instituto, no ha asomado la cabeza en todo el rato. He agradecido un poco de paz. No quería tener que dar explicaciones a nadie (y mucho menos, a mi padre) ni reconocer que la he pifiado en las pruebas de softball... En eso, y en casi todos los demás aspectos del día.

Aparco y me miro en el espejo de la visera para asegurarme de que llevo bien el pelo y el maquillaje. He decidido empezar de cero. Me he dado una ducha y he elegido otro aspecto totalmente distinto. Estoy lista para salvar nuestra relación. Si una noche romántica en la feria no es capaz de convencer a Tristan de que todavía está enamorado de mí, no sé qué podrá conseguirlo.

Desde el aparcamiento, sigo las risas y los gritos, mezclados con el olor a carne a la brasa. Veo la noria a lo lejos, iluminada, que da vueltas. El estómago también me da vueltas.

Un día vi un reportaje sobre las ferias ambulantes. Al parecer, una pobre chica de Nebraska perdió los dos brazos en los autos de choque. ¡Los autos de choque! Y eso que no se separan del suelo...

«Basta ya, Ellie», me reprendo.

Nadie va a morir ni a terminar desmembrado. Esta noche será perfecta.

Si ha habido algún momento en mi vida ideal para que le pierda el miedo a las alturas, es este.

Vuelvo a pensar en la pareja a la que espié cuando tenía diez años. La feria los transformó. Las luces, la música, el azúcar... Todo eso los convirtió en Romeo y Julieta, Marco Antonio y Cleopatra, Elizabeth Bennet y el señor Darcy de *Orgullo y prejuicio*, Taylor Swift y... Bueno, con quien sea que esté ahora la cantante.

Por supuesto, no llegué a saber los nombres de la pareja ni averigüé nada sobre ellos. Por eso me inventé cómo podían llamarse e imaginé la historia de su vida.

Él era un tipo fuerte y silencioso. Un caballero a quien le gustaba escuchar a su novia. Le hacía falta un nombre sencillo, pero con fuerza. Elegí doctor Jason Halloway. También me inventé que se habían conocido en la sala de urgencias de un hospital veterinario en plena noche. Él era el veterinario que estaba de guardia a las dos de la madrugada, cuando ella (Annabelle Stevenson, una ávida amante de los animales dueña de seis perros) llevó a su golden retriever de ocho meses a la consulta porque se había tragado sin querer una pelota de golf. El doctor Halloway, que era muy mono y estaba irresistible con la bata blanca y el pelo desmarañado, le practicó una maniobra de emergencia al perro y también al corazón de Annabelle.

Desde entonces, habían sido inseparables.

Llevo imaginándome que estaba en la piel de Annabelle desde hace seis años. Lo que ocurre es que me faltaba el chico. Ahora ya lo tengo.

La velada romántica de Jason y Annabelle terminó con un beso montados en la noria. Y estoy decidida a que la mía también termine así.

Respiro hondo y me pongo a caminar. Tristan y yo hemos quedado delante de las taquillas a las siete y cuarto. Miro el móvil y veo que me ha mandado un mensaje. Dice que se retrasa. No puedo evitar hundir un poco los hombros por la decepción. Le contesto para decirle que lo espero en los puestos de juegos de la feria.

Encuentro sitio en la carrera de caballos y me animo a participar. Meto un dólar por la ranura.

Suena una bocina muy potente y una voz grabada chilla: «¡Empieza la partida!». En ese momento, una bola roja baja por la rampa hacia mí. Observo a la persona que tengo al lado e intento adivinar cómo funciona el juego. Parece que lo único que hay que hacer es tirar la bola roja por la rampa y meterla en uno de los agujeros que llevan escrito el número uno, el dos o el tres. Si metes la bola en el agujero del tres, tu caballo avanza tres pasos.

«Esto está chupado».

Lanzo la bola por la rampa y, para mi desconsuelo, veo que rodea los bordes de todos los agujeros, pero luego regresa rodando hacia mí. Levanto la mirada hacia mi caballo: el verde con el número ocho. No se mueve.

Lo intento unas cuantas veces más, pero sigo siendo incapaz de meter la pelota en los agujeros. Los demás caballos pasan a toda velocidad junto al mío, corren hacia la línea de meta, mientras mi torpe número ocho sigue en la casilla de salida.

«Pero ¿qué pasa con este juego? ¿Es que mi caballo tiene la pata rota o qué?», me digo.

A ver, juego en el equipo de softball de un instituto que participa en el campeonato estatal. Sería de esperar que supiera meter una puñetera bola en un puñetero agujero, ¿no?

La bolita vuelve a mí y lo intento una vez más, ahora con más tranquilidad, más soltura, sin mover apenas la muñeca. La bola sube por la rampa y se mete en el agujero que tiene el número uno. Levanto los brazos y suelto un grito victorioso. ¡Lo conseguí!

Me sobresalto cuando suena otra vez la bocina.

—¡Ya tenemos ganador! —anuncia el presentador virtual—. ¡El afortunado número dos!

«Espera, ¿qué ha dicho?».

¿Alguien ha ganado ya? Pero ¿no acaba de empezar la partida? Levanto la mirada hacia los caballos. El que lleva el dorsal con el número dos espera pacientemente en la línea de llegada, mientras el lentorro de mi caballo todavía está casi en la salida, porque solo se ha movido un paso gracias a la única bola que he metido, en el agujero del uno...

«Puf, este juego se me da de pena».

Estoy a punto de probar suerte otra vez cuando una sombra me cubre y me doy la vuelta para ver a Tristan de pie detrás de mí. Salto del taburete y lo rodeo con los brazos.

—¡Hola! ¡Qué bien que hayas venido! ¿A que es alucinante?

Se encoge de hombros y poco a poco lo libero de mi abrazo. Cuando me aparto me doy cuenta de que tiene la frente arrugada y de que todo su lenguaje corporal indica que está de bajón.

—¿Qué pasa? —le pregunto.

Señala con el pulgar por encima del hombro.

—Acabo de pasar por delante del escenario.

Miro en la dirección que señala. Han montado un escenario gigante en la parte más alejada de la feria. Está vacío y a oscuras.

—¿Y?

—¿Cómo que y? —repite agitado—. ¡Pues que no hay nadie tocando! Me pasé semanas intentando que nos dejaran hacer un concierto de Guaca-Mola y no paraban de decirme que tenían el escenario reservado todas las noches.

Noto cómo se esfuma mi fantasía de velada perfecta. Tengo que sacar a Tristan de ese pozo negro. No puede pasarse la noche así. Tenemos que ganar premios, atiborrarnos de comida basura y montarnos en la noria.

—Puede que el grupo haya cancelado en el último momento —me aventuro a decir.

—Ya —gruñe.

Tristan casi nunca se pone de mal humor. No es su estilo.

—¡Bueno, pues misterio resuelto! —exclamo con alegría.

Sin embargo, con eso solo consigo el efecto contrario. Baja la cabeza y mira hacia el suelo.

—Ojalá nos hubiéramos enterado de la cancelación. Podríamos haber tocado esta noche. Lo habríamos petado en esta feria. Mogollón de gente habría escuchado nuestra música. Qué mala pata.

El pánico me llena el pecho. Tristan está cada vez más disgustado por el tema. Tengo que arreglarlo como sea.

Le acaricio el brazo.

—Tengo algo que a lo mejor te alegra la noche.

Me mira a través de las tupidas pestañas y estoy a punto de derretirme.

—¿El qué?

Repaso mi lista mental de las actividades que componían la noche de ensueño de Jason y Annabelle.

—¿Te apetece ir a los autos de choque?

Jason y Annabelle hicieron cola diez minutos para poder montarse en esa atracción. Luego se subieron de un salto en el mismo coche y él condujo mientras ella lo iba guiando y señalaba los posibles objetivos, chillando de emoción y agarrándose a la pierna de él cada vez que chocaban con alguien. Cuando terminó el viaje, los dos se reían tanto que eran incapaces de salir del vehículo. Un empleado de la feria tuvo que acercarse a ellos y pedirles que se marcharan.

Seguro que los autos de choque animan un poco a Tristan. Se trata de acorralar a la gente y chocar contra ellos por detrás a propósito. ¿Qué mejor forma hay de canalizar la agresividad?

—Te dejaré conducir —añado para que la oferta resulte aún más tentadora.

Aprieta los labios, como si se planteara la idea, pero luego niega con la cabeza.

—En realidad, creo que no me voy a quedar.

Mi corazón se llena de plomo y se me hunde en el estómago.

—¿Qué? Pero si acabas de llegar...

No quiero sonar lastimera, pero no puedo remediarlo.

—Ya —me dice. Y por primera vez, me doy cuenta de que evita mirarme a los ojos—. Me parece que debería reunirme con la banda y pensar en una estrategia. Hace semanas que no tocamos un concierto y tenemos que ponerle remedio.

Asiento, comprensiva.

—Claro, claro. Te acompaño. Se me ocurren algunas ideas para...

Tristan me pone las manos en los hombros, como si intentase evitar que se me llevara el viento. Sigue sin mirarme a la cara.

—No. Será mejor que te quedes. En el fondo, solo he venido para decirte una cosa. No quería hacerlo por teléfono.

Intento tragar saliva, pero se me ha quedado la boca seca de repente.

—Vale.

—Ellie —arranca con voz rota e insegura. Carraspea—. No puedo seguir con esto.

—¿Con qué? ¿La feria?

—No. —Se muerde el labio—. Me refiero a nosotros.

Empiezo a respirar de manera superficial. Alguien ha encerrado mis pulmones en una jaula demasiado pequeña y ha tirado la llave. Alucinada e incrédula, observo a Tristan mientras aprieta el pulgar contra cada una de las uñas de la mano, como si quisiera asegurarse de que siguen ahí. Es uno de sus pequeños tics nerviosos. Siempre lo hace antes de subir al escenario. Otras veces me parecía tierno. Ahora lo interpreto como una señal del apocalipsis.

Cierra los ojos.

—Estoy hecho un lío, Ellie. Un auténtico lío. Y no sé qué decirte. Ojalá tuviera todas las respuestas, pero no es así. Solo sé que esto no funciona. Tú y yo. No encajamos. Algo se ha roto y no sé cómo arreglarlo. Tampoco sé si tiene arreglo...

Abro la boca para contestar, para expresar todas las cosas que mi corazón quiere decirle.

«¿Qué es lo que se ha roto?».

«Claro que podemos arreglarlo. Sé que podemos».

«Te quiero».

Sin embargo, mi lengua no reacciona. Solo se escapa el aire.

Y luego las lágrimas.

Unas lágrimas que intento contener. Unas lágrimas que no quiero que vea toda la gente que hay en la feria de atracciones.

Unas lágrimas que caen de todos modos.

—Ay, Ellie —me dice Tristan.

Tiene la voz muy dulce. Llena de compasión. Solo consigue que llore aún más.

Siento su mano, que rodea la mía. Veo cómo cambia el escenario que tenemos alrededor mientras me lleva hasta un banco que hay cerca y me pide que me siente. Casi no noto el suelo que pisan mis pies. Peor, casi no noto los pies y punto. ¿Siguen unidos a mis tobillos?

Tristan se desploma junto a mí, sin dejar de agarrarme la mano.

—Lo siento. Lo siento mucho, de verdad. Me rompe el alma hacer esto, porque me importabas mucho. Aún me importas. A ver, siempre serás importante para mí. Lo nuestro estaba muy bien. Era genial. Algo que no he sentido nunca. Pero es que... No sé... Se esfumó, no sé cómo. Ojalá lo nuestro hubiera sido de otra manera. Ojalá no me sintiera así, pero es lo que siento. Y tengo que ser sincero con mis sentimientos.

—Pe-pe-pero... —tartamudeo entre sollozos.

Por desgracia, es lo único que logro pronunciar. El resto de las palabras (sean las que sean) siguen atrapadas dentro de mí.

Tristan me suelta la mano y presiento que es la última vez que va a estar tan cerca de mí. Es como si no fuera a tocarlo nunca más. Como si no fuera a sentir su calor nunca más. Ni a estremecerme con sus caricias. Ni a caer rendida ante su mirada.

—Todo irá bien —me dice—. Lo superarás.

Quiero gritarle que no. Que nunca lo superaré. Que nunca dejaré de quererlo. Pero lo único que sale de mi boca es otro sollozo.

Y ahora la gente ha empezado a darse cuenta. Algunas personas se paran al pasar. Los cotillas de turno murmuran.

No puedo quedarme aquí como si nada. Tristan no puede cortar conmigo aquí. Delante de todo el mundo.

Me pongo de pie y me mezclo con la multitud. Estoy segura de oír la voz de Tristan llamándome, pero no me doy la vuelta. ¿Por qué iba a hacerlo? ¿Qué otra cosa podría querer decirme? ¿Repetirme lo mucho que lo siente? ¿Lo seguro que está de que lo superaré? ¿Lo mucho que le duele tener que hacer esto?

¿De qué serviría cualquiera de esas cosas?

Hay una multitud congregada junto al puesto de ensartar anillas. Ver a alguien ensartar anillas en unas botellas de cristal parece un deporte de lo más emocionante. En otras circunstancias, pediría permiso para pasar, daría golpecitos en los hombros de la gente, la apartaría con delicadeza. Pero hoy no. Hoy me abro paso a empujones entre las personas que se interponen en mi camino mientras me seco las lágrimas con el dorso de la mano.

Cuando ya he conseguido salvar la masa de espectadores a empellones, alguien me agarra por el brazo. Me doy la vuelta y veo a Owen, con las cejas juntas mientras asimila mi penoso estado.

—¿Ellie? —pregunta. Toda su cara es un signo de interrogación.

Pero tampoco puedo hablar con él. Me libero de su mano y continúo avanzando por la marea de gente.

En parte, espero que Tristan vaya a buscarme, que cambie de opinión de repente y quiera retirar todo lo que me ha dicho. Pero no lo hace.

Avanzo entre la gente sola.

Corro hasta el aparcamiento sola.

Me desplomo en el coche, aplasto la mejilla contra el volante y lloro, sola.

I Say a Little Prayer

«Rezo una oración»

20:22 H

¿Te has percatado alguna vez de cuántos mundos hay ahí fuera? Infinitos. Un número infinito de mundos. Y cada uno de ellos funciona de manera independiente. Como motas de polvo separadas que flotan en el aire. Algunas veces, puede que dos motas choquen e influyan la una en la otra de manera momentánea, pero la mayor parte del tiempo se limitan a flotar, sin tener la menor idea de que existen otras motas de polvo similares.

En realidad, nunca te paras a pensar en este fenómeno hasta que tu mundo (tu diminuta mota de polvo que cree ser un planeta más que una partícula) se desmorona por completo y nadie parece darse cuenta. A nadie le importa. Porque sus mundos siguen girando y pululando. Siguen flotando en el espacio, indiferentes a todo, mientras a ti se te ha tragado un agujero negro.

Eso es justo lo que me ocurre ahora mismo.

Mi mundo se ha desintegrado. Mi vida ha terminado. Y, sin embargo, los coches de la calzada no se apartan para dejarme pasar. Siguen avanzando.

Indiferentes.

Cuando llego a casa, las luces del salón y de la cocina están apagadas, así que subo a oscuras las escaleras y oigo a mis padres discutiendo detrás de la puerta cerrada de su dormitorio.

Indiferentes.

Cuando me arrastro por el distribuidor, paso por delante de la puerta de Hadley y oigo el diálogo tan famoso de *El club de los cinco*. ¡Menuda sorpresa! ¿Por qué siempre ve las mismas pelis mil veces? Ella también es indiferente a mi desgracia.

Indiferente a mi corazón roto. Indiferente al fin de todo mi mundo.

Bueno, claro, podría contárselo a Hadley. Podría plantarme en medio del pasillo y gritar a pleno pulmón: «¡Mi vida ha terminado! ¡Me han hecho picadillo el corazón! ¡El mundo nunca volverá a ser el mismo!».

Pero ¿de qué serviría? Sería una pérdida de tiempo...

No me comprenderán. Mis padres empezarán con el típico rollo de que no son más que cosas de adolescentes, líos de instituto y me dirán que tengo toda la vida por delante y que podré volver a enamorarme.

Bla, bla, bla.

Y mi hermana intentará animarme plagiando alguna cita de una peli juvenil. Como si todos los problemas de los adolescentes ya los hubiera resuelto John Hughes.

Doy otro paso hacia mi habitación y las tablas del suelo crujen al pisarlas. Hadley levanta la mirada del brillo de la pantalla de la tele.

—¡Eh, hola! —exclama contenta. Dudo que sea capaz de ver los goterones de las lágrimas y el maquillaje que llevo en la cara, porque quedo en la sombra—. ¿Quieres verla? Puedo ponerla desde el principio.

Niego con la cabeza.

—No —murmuro.

Luego me retiro a mi habitación y cierro la puerta sin hacer ruido antes de desplomarme en la cama en un mar de sollozos silenciosos y pena ensordecedora.

Tengo intención de quedarme aquí metida el resto de mi vida.

O, por lo menos, hasta que me arrugue como una pasa y muera. Ni en sueños pienso volver al insti. Ni en sueños pienso volver a asomar la cara por esta ciudad. ¡Ni hablar! No, después de lo que ha ocurrido esta noche. No, después del numerito que hemos montado en la feria con Tristan a la vista de todos.

No lo soportaré. Jamás seré capaz de volver a mirar a Tristan a la cara sin echarme a llorar. Y ¿cuánto tiempo tardará él en mover ficha y seguir adelante? ¿Cuánto tiempo pasará antes de que una de los centenares de chicas que lo adoran le hinque el diente? ¿Cuánto tiempo tardó en olvidarse de Colby y empezar conmigo?

Menos de una semana.

La idea de ver a Tristan con otra tía, de que pueda besar a otra chica en los pasillos igual que me besaba a mí, me supera. Noto como si mi estómago quisiera devorarse a sí mismo solo de pensarlo.

¿Cómo ha podido hacernos esto? ¿Cómo ha podido tirar por la borda lo nuestro tan rápido? No lo entiendo. Nada de lo que me ha dicho tenía sentido. ¿Algo se ha roto? ¿Es imposible arreglarlo? Son las frases más sobadas que he oído en mi vida. Menuda excusa. ¿Por qué no he insistido más para que me contara el verdadero motivo? ¿Por qué no me he impuesto y le he exigido una explicación?

¿Es por la pelea de anoche? ¿Es porque le tiré un gnomo de jardín a la cabeza? ¡No puede cortar conmigo por esa chorrada! No es justo. Tiene que darnos (tiene que darme) otra oportunidad.

Oigo que llaman a mi ventana y casi suelto un grito sobresaltado. Al instante, mi corazón se catapulta hasta la garganta. Es él. ¡Es Tristan! Ha cambiado de opinión. Ha venido hasta mi casa para decirme que ha metido la pata hasta el fondo. Ha trepado por el árbol que da a mi ventana igual que en las películas para confesarme su amor. ¡Es superromántico! ¡Tan típico de Tristan!

Me seco las lágrimas, bajo de la cama a toda prisa y corro a la ventana. La abro de par en par y el corazón se me hunde otra vez.

Es Owen.

Pues claro que es Owen.

Lleva trepando por ese árbol de nuestro jardín desde que teníamos nueve años. Lleva entrando y saliendo por la ventana de mi habitación desde que nos hicimos amigos.

—Hola —murmuro, y me aparto de la ventana para dejar que Owen se deje caer hacia dentro.

Nunca logra entrar con elegancia. Su irrupción siempre se parece más a una especie de zambullida de cabeza que a una entrada estelar. Sería de esperar que a estas alturas hubiera aprendido a colarse por la ventana sin jugarse la vida, ¿no?

Me desplomo otra vez en la cama con la cara enterrada entre los almohadones. Noto que, al sentarse, Owen levanta el colchón con su peso.

—Supongo que no hace falta que adivine por qué te has marchado llorando de la feria —me dice.

—¿Me estás diciendo que no te has enterado? —murmuro con la cara todavía enterrada en los almohadones antes de incorporarme sobre los hombros—. Creía que lo habían anunciado por los altavoces.

Hace una mueca.

—¿Tan mal ha ido?

—¡Es que no lo entiendo! Le pedí perdón por la discusión de anoche. Me he comportado con normalidad...

—Espera, espera —Owen me interrumpe—. ¿Desde cuándo entra dentro de la normalidad que tú pidas perdón?

Cojo a Hipo y se lo lanzo a la cabeza. Lo atrapa con destreza y se lo coloca junto al oído, como si el animal de peluche le susurrara algo.

—Hipo dice que estarás mejor sin él.

Suelto un gruñido.

—Hipo no tiene ni idea.

—¿Qué has dicho? —Owen vuelve a acercarse el hipopótamo al oído—. Ah, bueno. Hipo dice que quiere tener un nombre de verdad. Se merece un nombre en condiciones después de todos los marrones que ha superado contigo.

—Pero ya tiene un nombre de verdad —me defiendo.

—Llamar a algo por su genérico no es ponerle nombre.

—Le puse el nombre cuando tenía seis años. ¿Qué esperabas?

Owen se coloca a Hipo en el regazo.

—Bueno, pero ahora ya has crecido. Así que venga, cámbiale el nombre.

—Eso sería como cambiarte el nombre a ti después de dieciséis años.

—Watson —contesta Owen sin dudarlo ni un segundo.

—¿Qué?

—Si me cambiara de nombre, me llamaría Watson.

No puedo evitar sonreír.

—¿Para poder resolver misterios junto a Sherlock?

—¿Cuál elegirías tú?

Suspiro.

—¿Qué te parece Peggy?

Arruga la frente con desagrado.

—¿Te pondrías por nombre Peggy, como la cerdita de los Teleñecos?

Le doy un puñetazo en el brazo.

—¡Es para Hipo! ¡No para mí!

—Pero no lo puedes llamar Peggy.

—¡Pero si parece un cerdito!

—Ya, bueno, pero así solo conseguirás que tenga una crisis de identidad. Por no hablar del trastorno alimentario.

Cruzo los brazos por encima del pecho.

—Vale. ¿Y qué te parece Rick?

—¿Por qué me lo preguntas? ¡El hipopótamo es tuyo!

Suelto un gruñido.

—Eres el colmo. No hay por dónde cogerte.

—No estoy de acuerdo. Sí hay por dónde cogerme. Se me ocurren un montón de partes por donde podrías hacerlo. —Se queda callado un momento—. ¿Y tú? Si pudieras cambiarte el nombre, ¿cómo te llamarías?

Suspiro.

—Ahora mismo, cualquier cosa menos Ellison.

—¿Qué le pasa a Ellison?

—Ellison es la chica a la que Tristan Wheeler ha dejado plantada en la feria de atracciones.

—¿Crees que ha cortado contigo por llamarte como te llamas?

—No. Creo que ha cortado conmigo por ser quien soy.

Y así, sin más, la tristeza vuelve a apoderarse de mí y me derrumbo sobre las almohadas. Miro hacia el techo. Las lágrimas me salen a borbotones y corren por los laterales de las mejillas. Ni siquiera intento limpiármelas. Owen me ha visto llorar mil veces. ¿Qué importa que me vea una más?

Owen no contesta, se limita a quedarse a mi lado. Sé que intenta encontrar la mejor manera de devolverme la alegría. Como hace siempre. Pero esta vez no es tan sencillo. Es imposible devolverme la alegría. Lo que me pasa no tiene solución.

—Tengo que contarte un secreto —me dice al cabo de un buen rato.

No lo dice con la voz alegre y despreocupada que suele poner cuando se embarca en una de sus misiones tipo «Subirle el ánimo a Ellison». Lo dice en voz baja y seria. Casi vacilante. El cambio en el tono me llama la atención y me siento en la cama.

—¿Qué?

Mi voz contiene toques de preocupación. Owen y yo no tenemos secretos el uno para el otro. Nunca los hemos tenido. ¿Qué será lo que me ha ocultado?

Suspira y baja la vista hacia el edredón.

—No te lo pensaba contar porque es un poco... humillante.

Trago saliva.

—Ahora sí que tienes que contármelo.

—Ostras, vale. Pero tienes que jurarme que no te reirás.

Me río ante su comentario. Me fulmina con la mirada. Me contengo.

—En serio —le digo—. ¿Por qué iba a reírme?

—Porque, como te decía, me da vergüenza.

—Venga, que no me reiré —le juro. Lo digo con voz serena y sincera.

Suelta el aire haciendo ruido y abraza con más fuerza a Hipo, como si intentase encontrar en ese objeto inanimado el valor que le falta.

—Muy bien, pues ahí va.

No sé por qué, pero tengo la impresión de que alguien ha extraído todo el aire de la habitación. El corazón se me encoge de tanta expectación. ¿Estaré nerviosa? ¿Y por qué iba a estar nerviosa? Tal vez porque nunca he oído a Owen hablar con voz tan grave. ¿Y si es algo malo? No estoy segura de poder lidiar con otra mala noticia hoy.

—Anoche soñé que nadaba desnudo en la piscina del insti con la directora Yates.

Lo miro a la cara boquiabierta durante un buen rato y luego se me escapa una risita incontrolable.

Owen bufa indignado.

—Me has dicho que no te reirías.

Me río todavía con más ganas.

—¿Cómo quieres que no me ría? Estás de broma, ¿no?

Se encoge de hombros, abochornado.

—No. ¿Lo ves? ¡Por eso no quería contártelo!

—Lo siento —contesto mientras intento recuperar la compostura—. Pero ¿por qué me lo has contado si sabías que seguro que me reiría?

En cuanto la pregunta sale de mi boca, la respuesta me parece evidente.

Owen sabía que me reiría. Por eso me lo ha contado. Otra misión cumplida. Por un momento, Owen ha logrado hacerme olvidar la peor noche (corrección, el peor día) de mi vida.

—Aunque te juro —me advierte Owen— que, si se lo cuentas a algún bicho viviente, te mataré mientras duermes y haré que parezca un ajuste de cuentas de la mafia.

—Bueno y... —digo dándole un golpecito en el hombro—.

¿Qué tal la directora? ¿Lo hacía bien? Menudo cuerpazo debe de tener, ¿eh?

Estallo en carcajadas de nuevo.

Owen se estremece.

—¡Eh, eh! Corta el rollo. De verdad, no me apetece hablar de eso. No tendría que habértelo contado.

Niego con la cabeza.

—Tienes razón. No deberías haberlo hecho. Porque voy a guardarme esta baza para chantajearte durante el resto de tu vida.

21:12 H

Owen se marcha media hora después. Tomo un ibuprofeno para paliar el inmenso dolor de cabeza que sin duda tendré por la mañana, apago la luz y me meto debajo de la colcha. En la oscuridad, todo lo que me ha sucedido durante el día parece agrandarse. Como si mi agonía se alimentase de las sombras y se volviera aún más oscura y siniestra en mi mente. Entonces empiezan los interrogantes. El arrepentimiento que tanto debilita. Los ojalás.

Ojalá no me hubiera comido el bizcocho de plátano de las narices.

Ojalá no hubiera hecho el ridículo delante de todo el instituto.

Ojalá hubiera insistido más al pedirle perdón a Tristan.

Ojalá no hubiera insistido tanto al pedirle perdón.

Ojalá me hubiera puesto otra ropa, me hubiese cardado el pelo en lugar de alisármelo, ojalá hubiese llevado paraguas.

Ojalá supiera cómo arreglar lo nuestro.

Ojalá tuviera otra oportunidad.

Esa es la clase de pensamientos que conduce a la destrucción. Que solo consigue hacernos daño. Porque en el fondo, no hay segundas oportunidades. Todos lo sabemos. No hay forma de rehacer la vida para solucionar los problemas. Te equivocas, apechugas y mueves ficha. Lo sé perfectamente. Vaya si lo sé.

Y al mismo tiempo, mientras me quedo dormida, entre la nebulosa de lágrimas y dolor de cabeza, bajo el enorme peso del remordimiento que me aplasta el pecho, me encuentro pensando lo mismo una y otra vez.

«Por favor, universo, deja que lo vuelva a intentar».

«Por favor, dame otra oportunidad».

«Te juro que lo arreglaré».

The Way We Were

«Tal como éramos»
(Primera parte)

CINCO MESES ANTES...

La primera vez que hablé con Tristan Wheeler me acusó de ser una ladrona.

Antes de que te pongas a pensar que fue uno de los típicos romances cleptomaníacos que están tan de moda últimamente, deja que aclare las cosas. Yo era del todo inocente. No había robado nada. Absolutamente nada.

Tristan, por el contrario, me lo robó todo.

El aliento, el sentido común, la capacidad de formar frases coherentes. Se comportó como el mayor ladrón de todos. Un ladrón de corazones. Un mangante de sueños.

Lo que pasa es que él no lo sabía. Jolín, por eso se le daba tan bien. No tenía ni idea de las cosas que se llevaba metidas en el bolsillo. Las cosas que las chicas le entregaban encantadas en cuanto veían su único hoyuelo. En cuanto captaban el brillo de su pelo rubio oscuro al viento. En cuanto oían un acorde de su guitarra eléctrica Fender azul.

Se han firmado tratados de guerra por menos que eso.

¡Se han emancipado colonias por mucho menos que eso!

Antes de esa noche aciaga de la fiesta de Daphne Gray, Tristan

Wheeler no era para mí más que el típico guaperas del instituto. El chico guapo del álbum escolar que le enseñas a tus futuros hijos mientras dices: «Me pregunto si lo encontraré en Facebook». El dios del rock de diecisiete años que existe con la mera finalidad de dar a las adolescentes un motivo por el que pelearse.

Antes de esa noche aciaga, Tristan Wheeler estaba tan a mi alcance como uno de los miembros de One Direction.

En principio yo no tenía intención de ir a la fiesta. Fui solo para buscar a Owen. Ese mismo día me había dicho que, tenía intención de ir. No me di cuenta hasta mucho más tarde de que lo decía para reírse. A Owen le encanta decir que hará cosas para partirse de risa.

Las fiestas nunca habían sido nuestro plato fuerte. Owen y yo éramos más que felices cuando pasábamos las noches del fin de semana viendo reposiciones de *Ley y orden* o intentando batir nuestros récords en la bolera (yo: 145 puntos, él: 142. ¡Ja!).

En cuanto llegué a casa de Daphne, me acordé de por qué nunca voy a fiestas. Me siento como una cebra sobria entre una manada de caballos borrachos.

El ruido por sí solo ya bastó para que me entraran ganas de salir pitando. Y estuve a punto. Y lo habría hecho encantada. De no haberme topado precisamente con él.

Ya había echado un vistazo a todos los rincones de la primera planta y, al convencerme de que, por supuesto, Owen no estaba entre esa gente, opté por salir por la puerta de atrás, porque la idea de tener que volver a atravesar ese caos me apetecía tanto como caminar sobre las brasas encendidas.

Me escabullí por la puerta corredera de cristal que daba al jardín posterior y la cerré. El silencio fue como una bendición. Me quedé mirando la puerta por lo menos diez segundos y me pregunté si estaría hecha con el mismo cristal que usan para el coche del presidente, porque me parecía un milagro la manera en que amortiguaba el ruido de todos esos adolescentes escandalosos y su música adolescente igual de escandalosa.

No esperaba encontrar a nadie en el exterior. Estábamos a finales de abril y la noche era fría, y a juzgar por el ambiente claustrofóbico del salón, todos los adolescentes de un radio de ciento cincuenta kilómetros estaban ahí apiñados como sardinas. Sin embargo, había una persona sentada al raso.

Y no pensaba dejar que yo me escabullera discretamente.

—¿Qué has robado?

Exactamente esas fueron las primeras palabras que me dirigió Tristan Wheeler.

Más adelante, él y yo debatiríamos si convenía que las bordase en un cojín decorativo.

—En serio, confío en que hayas robado algo —insistió—, porque sería el golpe perfecto. Robar piedras preciosas durante una fiesta loca de instituto. Demasiados sospechosos a los que seguir la pista.

—Ajá...

Y esa fue la primera palabra que yo le dirigí a Tristan Wheeler. ¡Menudo ingenio! Desde luego, eso no merecía que lo bordasen en ningún cojín.

Me di la vuelta y lo vi sentado en el borde de la piscina. Se había quitado los zapatos y los calcetines, tenía los pies metidos en el agua, que debía de estar tan fría como el mar que mató a mil quinientos pasajeros del Titanic.

—He visto cómo has salido de la casa —aclaró—. Un modo de lo más... sospechoso. Estoy convencido de que huyes de algo. —Se detuvo y me miró, pensativo—. ¿O de alguien? Espera, deja que lo adivine. Has engañado a tu novio, sientes unos remordimientos horrorosos y ahora quieres desaparecer entre las sombras antes de que se dé cuenta de que te has marchado de la fiesta.

—Nunca he tenido novio.

Esa fue la segunda cosa que le dije a Tristan Wheeler.

Jolín, estaba sembrada, ¿eh? Me entraron ganas de desaparecer de la faz de la tierra en ese preciso momento. Quería meterme en esa piscina y no salir a flote jamás.

Enarcó una ceja.

—¿Nunca?

Yo seguía ahí plantada como una idiota, sin saber si era mejor correr hacia la puerta del jardín para huir a toda leche o seguir en semejante situación, que a esas alturas estaba convencida de que era un sueño.

—¿Ni siquiera una de esas relaciones que duran dos horas en tercero de primaria, en las que intercambias notitas de amor y luego descubres que la chica le ha mandado la misma notita con el mismo mensaje a tres chicos más?

Contuve una carcajada.

—Qué ejemplo tan concreto, ¿no?

Agachó la cabeza avergonzado.

—Sí, ya lo sé.

—¿Cómo se llamaba la chica?

—Wendy Guarro.

No pude evitar soltar una risita.

—Buf... menudo apellido, ¿no? Eso te marca.

Y entonces ocurrió. Fue la primera vez que la vi. Esa sonrisa pícara que le formaba un solo hoyuelo y que te arrebataba el corazón, la misma que cambiaría mi vida para siempre.

—Debería habérmelo imaginado, ¿verdad? —bromeó.

Me miré los pies y disimulé la sonrisa que se me iba dibujando en la cara.

—Bueno —me dijo, pero no tuve valor para levantar la cabeza. Notaba que el mundo había empezado a cambiar. Sin darme cuenta, me puse a memorizar toda la conversación para poder repetírmela después mentalmente una y otra vez—. No has contestado a mi pregunta.

¿Por qué me costaba tanto respirar de repente? ¿Había entrado en la fiesta y al salir había aterrizado en otro planeta? ¿Un planeta con una atmósfera mucho más ligera?

—No —contesté mirando el camino de piedra que tenía bajo los pies—. Ni siquiera he tenido una relación de dos horas.

Su risita divertida hizo que por fin levantase la mirada y la cara se me puso como un tomate. ¿Se estaba riendo de mí? ¿De mi humillante falta de experiencia?

—Me refería a qué has robado —aclaró.

—Ah. —Y entonces, se esfumó toda la sangre que en otro momento había habitado en mi cabeza—. Vale. Eh, nada.

Sacó los pies del agua y se abrazó las rodillas contra el pecho.

—Una historia verosímil.

Señalé con el pulgar hacia atrás, para referirme a la fiesta.

—Solo he venido para buscar a mi amigo. Ni siquiera me habían invitado.

—No creo que sea la clase de fiesta para la que haga falta invitación. O si lo es, yo tampoco la tengo.

—Lo dudo mucho.

Todo el aire del pecho se fue con esas palabras y fui incapaz de volver a respirar. Era como si mis pulmones hubiesen cerrado el chiringuito. O se hubiesen estropeado. O estuviesen en huelga. «Vuelva más tarde».

Agaché la cabeza para que no viera que me había ruborizado tanto que mis mejillas brillaban como el dedo de ET en la película.

Por suerte, eligió hacer oídos sordos a mi bochornoso comentario.

—Entonces, ese amigo que presuntamente no has podido encontrar...

—¿Presuntamente?

—Sí —dijo con total seriedad—. Presuntamente. No tengo pruebas que corroboren tu coartada.

—¿Me estás interrogando?

—¿Hay motivos para que te interrogue?

Me entró la risa. No lo pude evitar.

—Soy menor de edad, así que, según la ley, no puedes interrogarme si no es en presencia de un tutor legal.

—¿Me estás diciendo que llame a tus padres?

«Boba, boba y boba».

Ya me vale, estoy 89,97 por ciento segura de que Tristan Wheeler quería ligar conmigo y no se me ocurre otra cosa que cagarla nombrando a mis padres, ¿eh?

De verdad, ¿puede saberse qué me pasa?

Me parece que veo demasiados dramones de abogados y no los suficientes dramones típicos de adolescentes.

—Tengo que irme —dije mientras me dirigía a la puerta del jardín.

Debía salir de allí antes de seguir haciendo el ridículo.

—No sé si es muy buena idea —dijo Tristan a mi espalda.

Me quedé de piedra, tan asustada que no me atrevía ni a darme la vuelta.

—No puedo asegurarte que vaya a dejar que te apartes de mi vista —continuó—. Sigo teniendo sospechas... Y si la policía descubre que falta algo de valor, me gustaría pedir la recompensa por entregarte a la justicia.

Me fue imposible reprimir la sonrisa. Me di la vuelta.

—¿Me entregarías?

Volvió a meter los pies en el agua.

—Puede. Desde luego, llevas escrito en la frente que ocultas algo turbio.

—¿Y qué pasa contigo?

Parpadeó sorprendido.

—¿Qué pasa conmigo?

—También tienes pinta sospechosa.

Se apoyó en las manos y se inclinó hacia atrás. Parecía divertirse mucho.

—Prueba número uno —expuse—: estabas aquí fuera tú solo. Prueba número dos. —Señalé el agua fría como el hielo en la que tenía sumergidos los pies—. Salta a la vista que eres un vampiro.

Se rio a carcajadas.

—¿Un vampiro?

—El agua está casi congelada y tú ni siquiera has pestañeado al meter los pies. ¿A qué otra conclusión quieres que llegue?

Inclinó la cabeza mientras le daba vueltas a mi pregunta.

—Acércate.

Retrocedí.

—¿Qué?

Dio unos golpecitos en el bordillo de cemento, junto a él.

—Acércate, venga.

El corazón me latía como un caballo al galope mientras sopesaba mis opciones. Era uno de esos momentos clave, ¿no? Cuando sientes que el resto de tu vida depende de una decisión, de diez míseros pasos, de la invitación acompañada de una sonrisa torcida de un tío que está tan bueno que podría salir en los anuncios de ropa interior masculina.

En mi opinión, tenía dos opciones. Podía sentarme junto a él y atreverme a seguir el impulso que mi corazón no se había atrevido a seguir nunca. O podía correr hacia la puerta, montarme en el coche, volver a casa, esconderme debajo de la colcha con Hipo y fingir durante el resto de mi vida que no era la mayor cobarde que ha pisado el planeta.

La decisión era fácil de tomar. Lo difícil era lograr que mis piernas obedecieran. Tuve que azuzarlas para que caminaran. Las insulté en silencio hasta que por fin se pusieron en marcha. Hasta que por fin empecé a aproximarme a él.

Me senté y dejé por lo menos dos palmos de espacio entre su cuerpo y el mío. Luego lo miré, como si esperase que me contara cómo iba a ser el resto de mi vida.

—Quítate los zapatos —me ordenó.

Me incliné hacia delante y fijé la mirada en la piscina.

—Estás loco.

—Me has preguntado a qué otra conclusión podías llegar. Te estoy dando otra opción.

Suspiré y me quité los zapatos. Me tapé la punta de los calcetines con las manos para ocultar el agujero que asomaba en uno de los dedos. Ay, por favor, ¿por qué no habría elegido unos calcetines más chulos?

Tal vez porque nunca jamás, ni en un trillón de años, habría pensado que podría estar sentada descalza junto al chico más guapo de todo el instituto.

—Los calcetines también —me ordenó.

—Se me helarán los pies. Necesito sangre caliente que corra por mis venas. A diferencia de algunos...

Ahí estaba otra vez esa sonrisa. Pero no dijo nada. Se limitó a mirarme los calcetines con mucha atención.

Me los quité y los metí a toda prisa en las zapatillas.

Entonces, de repente, noté que las manos de Tristan Wheeler me tocaban. Bueno, técnicamente tocaron mis vaqueros cuando se inclinó hacia delante y me los subió hasta las rodillas. Pero sus dedos me rozaron las piernas más de una vez y recé para que los escalofríos que sentía por dentro no se notaran por fuera. Además, di millones de gracias por haberme depilado las piernas esa mañana.

—Y ahora —dijo dándome un empujón en la rodilla con el dorso de la mano—, mete los pies.

Sacudí la cabeza.

—Ni hablar.

—Vamos. Confía en mí.

En ese momento fue cuando lo miré a la cara. En ese momento fue cuando nuestras miradas se cruzaron... Sería la primera de muchas explosiones provocadas por el choque, con fuego, humo y vibración eléctrica en el aire que nos rodeaba.

No apartó la mirada.

Podría haberlo hecho. Cualquiera de los dos podría haberlo hecho.

Sin embargo, me mantuvo atrapada con sus ojos, como si me cobijara, como si me protegiera del dolor puro y afilado que acompañaría al contacto con el agua cuando mis piernas desnudas acabaran por meterse en la piscina.

Pero ese dolor nunca llegó.

El agua estaba estupenda. Caliente, apetitosa, burbujeante. Suspiré sorprendida.

—¿Lo ves? —me dijo. Y me miró muy orgulloso de sí mismo—. Esa es la otra conclusión.

—La piscina está climatizada —susurré.

—Sí, la piscina está climatizada.

—No eres un vampiro.

—Desde luego que no soy un vampiro.

EL SEGUNDO
LUNES

Let the Sunshine In

«Deja que entre el sol»

7:04 H

Cuando tenía nueve años, fui al Campamento Awahili por primera vez. Mi familia acababa de mudarse a la ciudad y yo iba a empezar en el colegio nuevo en otoño. Mis padres querían que hiciese amigos cuanto antes, así que me llevaron al campamento municipal. Allí fue donde conocí a Owen.

Una noche, una de las chicas que dormía en la misma fila de literas que yo en la casa de colonias dejó abierta la puerta de nuestra habitación y todos los mosquitos chupasangre de setenta kilómetros a la redonda recibieron encantados la invitación al bufé libre de niños dormidos. Me desperté a la mañana siguiente con picaduras por toda la cara, incluso en los párpados. Tenía los ojos tan hinchados que durante la primera mitad del día no pude ni abrirlos.

¡Blop, pi, pi, blop, blop, ping!

Cuando oigo que me llega un mensaje al móvil nada más despertarme, tengo miedo de abrir los ojos. Tengo miedo de que ocurra como en esa horrorosa mañana del campamento. No porque ayer me viera atacada por un ejército de mosquitos hambrientos, sino porque me pasé la mitad de la noche llorando y tanto llorar nunca favorece mucho a la cara...

Suspiro y me obligo a abrir los ojos. Para mi sorpresa, no ofrecen apenas resistencia.

¡Blop, pi, pi, blop, blop, ping!

¿Quién me escribe a estas horas? Supongo que será Owen, para preguntarme cómo me siento.

Bueno, pues se lo puedo decir sin necesidad de pensarlo mucho: igual que si un camión me hubiese atropellado el corazón.

Hoy no pienso ir a clase, ni hablar. No soy capaz de enfrentarme a la gente. No, después de lo que ocurrió ayer. Todo lo sucedido vuelve a mí con la fuerza del oleaje de la marea. La lluvia, la foto para el álbum de clase, el discurso, los labios hinchados, los resultados de las elecciones y, además —se me encoge el pecho—, Tristan.

A estas alturas seguro que todos saben ya que ha roto conmigo. En nuestro instituto, ese tipo de noticias no tardan en propagarse.

Así pues, ni hablar. No pienso volver al insti y punto.

Me pregunto cuántos días tendré que fingir que estoy enferma antes de que se destape el pastel y la gente empiece a cotillear. ¿Una semana? ¿Un mes? Será mejor que me mentalice para fingir que tengo la peste, por si acaso.

Alargo la mano para coger el móvil y sin querer tiro un vaso de agua.

«Qué raro...», pienso.

No recuerdo que anoche me trajese agua a la habitación.

Desbloqueo la pantalla y se me hace un nudo en la garganta cuando veo el nombre de Tristan.

¿Me ha escrito un mensaje?

Ay, ay, ay, mierda, qué nervios.

De repente mis dedos son como salchichas inútiles y me cuesta horrores seleccionar el mensaje para leerlo. Cuando por fin consigo abrirlo, veo que no me ha mandado uno, ¡sino dos!

Tristan: No puedo dejar de pensar en lo que pasó anoche.
Tristan: Tenemos que hablar cuanto antes.

Salgo de la cama de un brinco, igual que un superhéroe que atraviesa un techo de cristal, y suelto un «¡síííí!» triunfante.

¡Ha cambiado de opinión! ¡Quiere volver conmigo! ¡Qué día tan fabuloso!

Le contesto, eligiendo a conciencia las palabras de la respuesta. «No parezcas demasiado ansiosa, Ellison. Recuerda, hazte la dura. Dura como un buen pepino, así tengo que ser», me digo.

¿De dónde habrá salido esa comparación? ¿Todos los pepinos están duros? Se harían todavía más los duros si llevaran gafas de sol...

Suelto una risita al visualizar esa imagen mientras tecleo la respuesta.

Yo: Claro. ¿Quedamos al lado de tu taquilla antes de clase?

Un minuto más tarde, me contesta:

Tristan: OK.

¡Yujuuuu! ¡Ya está! Mi segunda oportunidad. La que supliqué y por la que recé anoche mientras conciliaba el sueño en un mar hecho de mis propias lágrimas, como Alicia en el País de las Maravillas. Gracias, universo. ¡Esta vez no te fallaré!

Me doy una ducha rápida y me planto delante del armario. Barajo las posibilidades de las hileras de prendas coordinadas por colores. Si ayer pensaba que la decisión del atuendo era estresante, lo de hoy es algo totalmente distinto.

¿Qué tienes que ponerte el día en que tu novio quiere volver contigo?

Debe ser algo favorecedor, pero que al mismo tiempo no dé la impresión de que me he esforzado demasiado.

Al final, me decido por unos vaqueros, un jersey con los hombros al descubierto y unos zapatos planos.

Mientras me recojo el pelo en un moño alto medio suelto, no

paro de mirar el móvil. Lo compruebo otra vez para asegurarme de que los mensajes son reales.

«No puedo dejar de pensar en lo que pasó anoche».

«Tenemos que hablar cuanto antes».

No puede querer decir otra cosa, ¿no? ¿Por qué iba a querer alguien hablar con su exnovia el día después de haberla dejado tirada, a menos que sea porque ha cambiado de opinión?

Aunque el caso es que esas palabras me suenan. ¿No me escribió exactamente lo mismo ayer, después de la pelea?

Estoy a punto de repasar los mensajes de ayer cuando me doy cuenta de la hora.

¡Mecachis!

Tengo que largarme. Si Tristan y yo vamos a vernos antes de la primera clase, no puedo llegar tarde. Necesito dejarle tiempo suficiente para confesarme su amor eterno. ¿Cuánto suelen durar las conversaciones de reconciliación? ¿Dos minutos? ¿Tres? A ver, no es que Tristan vaya a encontrar mucha resistencia por mi parte. Me limitaré a quedarme allí en silencio, escucharé lo que tenga que decirme, asentiré cuando toque y luego, cuando suelte lo de «Entonces ¿quieres volver conmigo?», por supuesto fingiré pensármelo un par de segundos, porque claro, tengo que ser fría como un témpano y tal, y después le diré algo espontáneo y medio controlado, tipo: «Sí, supongo».

Meto el móvil en la mochila y me detengo un momento al ver una pila de libros de texto junto a la cama.

«¿Anoche hice los deberes? ¿En medio de mi ruptura emocional?», me pregunto.

Suelto un suspiro.

«¿Será que hago deberes mientras duermo?».

¡Menuda caña! Eso sí que sería tener superpoderes...

Agarro los libros y la pila de papeles empapados que hay encima y los meto sin mirar en la mochila. Luego bajo las escaleras a toda velocidad.

Bueno, ¿qué más da que haya utilizado las mismas palabras que ayer? Tristan es así. Siempre hay algún significado poético oculto en todo lo que hace. Como en las letras de las canciones. Repites el estribillo varias veces porque es lo que tiene más significado. Me parece romántico. Las mismas palabras que nos separaron ahora nos reunirán.

7:46 H

Cuando entro en la cocina, oigo que la puerta del armario se cierra con un ¡pam!, y veo a mi madre mirando con ojos malvados a mi padre, que está totalmente absorto delante del iPad con otra de sus partidas de Apalabrados.

¿Todavía no se han reconciliado? Pues habrá sido una discusión de las gordas.

Hadley levanta la mirada del bol de cereales y del libro que está leyendo en cuanto entro en la cocina.

—¿Te ha llamado?

«¿Eh?».

No recuerdo haberle contado a Hadley lo de la ruptura de anoche. Es más, recuerdo nítidamente que no se lo conté. ¿Por qué me pregunta eso? ¿Nos habrá oído hablar a Owen y a mí desde su habitación? Seguro que me espió pegando un vaso a la pared y acercando el oído. ¡Qué cotilla!

—No —respondo intentando quitarle hierro.

Confío en que mi tono transmita que no quiero hablar del tema con ella y punto. Y mucho menos después de que se dedique a espiar mi vida.

Me acerco a la nevera y saco la bolsa de pan de molde. Pongo dos rebanadas en la tostadora.

Mi padre me mira por encima del iPad. Tiene la cara contraída por la concentración.

—Necesito una palabra que empiece por M y tenga una J, una A y, a ser posible, una N.

Mi madre cierra de un portazo otro armario.

—¿Qué buscas? —pregunta mi padre.

—¡Nada! —suelta ella—. No busco nada de nada. ¿Para qué iba a buscar algo que no tengo ni la más remota esperanza de encontrar, eh? ¡Por lo menos, bajo este techo!

Lentamente, me doy la vuelta para mirar el circo que ha montado mi familia. Hay algo de esta conversación que me suena tanto que me mosquea.

—*Locadar* —dice Hadley muy concentrada, con lo que interrumpe mis pensamientos.

Me la quedo mirando.

—¿Qué?

—Se dice cuando un tío tiene un buen radar para detectar si una chica está loca o no solo con mirarla. A lo mejor has activado el *locadar* de Tristan y por eso no te ha llamado.

—No —comenta mi padre, y niega con la cabeza, decepcionado, mientras mira la pantalla—. Me falta la D y la R.

Miro a mi hermana con los ojos entrecerrados.

—¡No tienes ni idea de nada! Y deja de consultar de una vez el Urban Dictionary, jolín. Mamá, ya te dije...

¡CLONC!

Mi madre acaba de estampar una sartén sobre uno de los fogones.

Tengo que salir de aquí. Este sitio es todavía más insoportable que ayer.

Saco las rebanadas de pan de la tostadora antes de tiempo, las embadurno con mantequilla de cacahuete y las envuelvo en papel de cocina.

—Me voy pitando —digo sin dirigirme a nadie en concreto.

—Ellie —dice mi padre y me detengo a medio camino hacia la puerta.

Genial. Ahora va a preguntarme cómo me fueron las pruebas de softball de ayer. Confiaba en poder aparcar esta conversación para más tarde. Mucho más tarde. Por lo menos, hasta que cumpliera los cincuenta.

—¿Sí? —contesto con timidez.

—¿Estás preparada?

Inclino la cabeza, confundida.

—¿Para qué?

Ahora es él quien parece confundido.

—Para las pruebas del equipo de softball.

«Espera, ¿qué ha dicho?», me pregunto.

¿Se ha olvidado por completo de la conversación que mantuvimos aquí mismito ayer, en esta misma cocina? Me da la impresión de que juega demasiado al Apalabrados. Ha empezado a afectarle al cerebro.

—Ah, vale —digo despacio.

—Si consiguieras entrar en el primer equipo del instituto este curso sería genial. Seguro que las universidades públicas se fijarían en ti.

Madre mía, ahora sí que se le va la olla. ¿No son esas las palabras exactas que me dijo ayer? Paseo la mirada por la cocina, para ver si alguien más se ha dado cuenta de que papá está perdiendo la chaveta. A ver, ya sé que a los cuarenta y cuatro tacos uno ya es un poco viejo, pero ¿tanto? Nunca lo hubiera dicho. Hadley ha retomado la lectura y mi madre rebusca en la nevera con mucho estrépito.

Me pongo una nota mental para acordarme de buscar en Google los síntomas de la demencia en otro momento.

Mi padre deja el iPad en la mesa.

—Recuerdo cuando el equipo de béisbol de mi instituto entró en el campeonato estatal. Nunca en mi vida he estado tan nervioso como cuando me vi allí de pie en el montículo de lanzamiento.

«¿Qué es esto? ¿Una broma o qué?».

¿Por qué nadie se queda de piedra al oír que mi padre da la brasa con el mismo rollo que nos contó ayer?

No lo aguanto más. Por lo menos, ahora no. Los conflictos entre padres tendrán que esperar hasta que haya arreglado las cosas con Tristan.

—Una anécdota genial, papá —lo interrumpo antes de que tenga oportunidad de seguir hablando—. Pero tengo que irme ya.

Mi madre estampa el recipiente de la mantequilla contra la encimera. Emite el mismo crujido que ayer.

—¿Te ocurre algo?

Mi padre dirige la atención hacia mi madre.

—No —responde mi madre muy seca. Corta un pedazo de mantequilla y la echa en la sartén—. ¿Por qué iba a ocurrirme algo?

—¿Seguro?

—Le ha entrado un *ma-cabreo* —dice Hadley mientras levanta la vista del libro.

Mi padre, emocionado, vuelve a coger el iPad.

—¡Ay, qué rabia! ¡Ojalá tuviera una R!

Mi madre sale de la cocina en un arrebato y deja el fogón encendido con la mantequilla derritiéndose en la sartén.

Observo boquiabierta la escena que tengo ante mí. Esto sí que es un buen *déjà vu*. Es como si mi familia estuviera ensayando una escena de una obra de teatro. Recitan las frases y ejecutan las salidas del escenario igual que hicieron ayer.

Espera, ¿no estarán ensayando de verdad para una obra? ¿Acaso es un ejercicio para estrechar los lazos familiares y lo están haciendo sin mí?

Sea lo que sea, resulta muy raro. Tengo que largarme de aquí. Voy hacia la puerta casi corriendo, la abro de un empujón y entro acelerada en el garaje. Me subo al coche, enciendo el motor y salgo del camino de entrada tan deprisa que las ruedas chirrían. Tengo que salir de esta casa a toda pastilla.

Mi familia está loca de atar, lo juro. O como diría Hadley: «Mi *locadar* me indica que están locos de remate».

If You Believe In Magic, Don't Bother to Choose

«Si crees en la magia, no te molestes en elegir»

7:54 H

¿Por qué llueve hoy también?

Y ¿por qué he vuelto a olvidarme el paraguas?, ¿eh?

Me bajé una aplicación del tiempo solo para evitar estas cosas. En fin, supongo que ayudaría si, ya sabes, la consultara de vez en cuando.

Selecciono de nuevo la lista de reproducción «Remedios para animarme», le doy a mezclar y subo el volumen a tope.

Justo cuando giro a la izquierda al fondo de mi calle empieza a sonar *Good Vibrations* de los Beach Boys. Qué raro. Seguro que se ha estropeado la función de reproducción aleatoria. Es la misma canción que salió la primera ayer. Menos mal que me encanta. La canto a pleno pulmón mientras entro en la calle de Owen y aparco junto a la puerta de su casa.

—Ostras. Llueve que te cagas, ¿no? —dice mientras abre la puerta del coche—. Ay, ay, ay. ¿Qué ha pasado?

—¿A qué te refieres?

Deja la mochila en el suelo y se monta en el asiento del copiloto.

—Solo pones los Beach Boys cuando pasa algo malo.

Siento un escalofrío. ¿No es lo mismo que me dijo ayer?

Sacude la cabeza y observo las gotas de lluvia que van a parar al salpicadero del coche como si cayeran a cámara lenta.

¿Me estoy volviendo una obsesiva o esas gotas salpicaron justo en el mismo sitio ayer por la mañana?

Alargo el brazo y cojo el paño que llevo en la guantera.

—Y ¿por qué te has puesto a escuchar la lista que reservas para las emergencias? —me pregunta Owen—. ¿Es que Tristan y tú os habéis peleado o qué?

Me lo quedo mirando, incrédula. ¿Me toma el pelo? ¿Intenta quitarle hierro a mi estado trágico? Bueno, pues no me hace gracia. Y me parece de mal gusto que convierta en un chiste la peor noche de mi vida.

Abro la boca para decirle precisamente eso cuando me doy cuenta de que no se ha cambiado de ropa desde ayer. Lleva los mismos vaqueros negros anchos y la misma camiseta de manga corta gris por encima de otra camiseta térmica de manga larga.

—¿Has dormido con la ropa puesta? —le pregunto.

—No. ¿Por qué?

—¿O es que tu madre se ha olvidado de hacer la colada?

Me mira como si la loca fuese yo.

—Bueeeeeno —dice haciendo oídos sordos a mi insulto—. ¿No irás a decirme que os habéis peleado? Me niego a creerlo. Pero si vosotros dos estáis de acuerdo en todo, leche.

—No es... —empiezo a rebatirle, pero me quedo alucinada ante la impresionante sensación de haber intercambiado antes unas palabras parecidas.

Decido dar marcha atrás con el coche y salir del camino de su casa. Tenía pensado enseñarle a Owen los mensajes de Tristan y pedirle su opinión como tío, pero si va a comportarse como un capullo con este tema, paso de contárselo.

Cuando llego a la señal de Stop del final de la calle de Owen, termina la canción de los Beach Boys y comienza a sonar *Do You Believe in Magic*. Aturdida, miro el teléfono. Desde luego, la función de mezcla se ha vuelto tarumba. Sabía que no era buena idea instalar aquella nueva actualización el otro día. Todo el mundo sabe que se supone que debes esperar por lo menos tres días, hasta que les dé tiempo de arreglar todas las pifias.

Paso el dedo por la pantalla del móvil para ir a la ventana de notificaciones y compruebo si han lanzado otra actualización para solucionar los problemas de la anterior y entonces me doy cuenta de que sigue poniendo la fecha de ayer.

Lunes, 26 de septiembre.

«¿Qué mierd...?».

Jolín, esa actualización se lo ha cargado todo. ¡El calendario también hace el tonto!

—Sabes que, según las normas de circulación, solo hace falta parar en un Stop un segundo o dos, ¿verdad?

Levanto la mirada hacia la calzada vacía que tenemos delante y arrojo el móvil al compartimento que hay debajo de la radio. Piso el acelerador y me meto en Providence Boulevard.

Mi amigo sube el volumen y empieza a cantar al son de la canción.

—Owen —digo con mucho tiento mientras subo un punto la velocidad del limpiaparabrisas—. ¿Has oído hablar alguna vez del *déjà vu*?

—Sí, mil veces —contesta, y mete la mano en la mochila—. Ay, casi se me olvida.

Cuando vuelve a apoyarse en el respaldo, suelto un suspiro contenido al ver las dos galletas de la suerte que tiene en la mano.

—¿Qué-qué-qué haces, Owen? —tartamudeo.

—¡Elige tu sabrosa buena suerte! —dice él como si nada.

Como si no hubiéramos repetido el mismo ritual hace veinticuatro horas.

—Espera —protesto—. Creía que solo trabajabas en el Tasty House los domingos.

—Claro.

Uf, intuyo que hoy va a ser un día muy raro.

Estoy a punto de coger la galleta de la izquierda, pero entonces me acuerdo de que fue la que elegí ayer, así que pillo la de la derecha y me la pongo encima de las piernas.

Mientras conduzco, Owen desenvuelve su galleta haciendo mucho ruido y la abre por la mitad.

—«Si tus deseos no son exagerados —lee en voz alta— te serán concedidos».

Me desvío para colocarme en un lateral de la calzada y piso el freno.

—Eeeeeh. ¿Te has cansado de conducir? —se queja Owen.

—¡Déjame ver!

Le arrebato el papelito de la mano y lo leo.

Si tus deseos no son exagerados te serán concedidos.

No. Es imposible.

Le devuelvo su mensaje de buena suerte y desenvuelvo a toda prisa mi galleta. Me tiemblan las manos cuando la parto para sacar el papel.

Noto los labios torpes y pesados mientras leo:

Hoy obtendrás todo lo que tu corazón desee de verdad.

Pero... no puede ser. Es... ¿qué probabilidad hay de que ocurra algo así? ¿Una entre un trillón? No lo sé, la verdad es que nunca he estudiado la estadística de las galletas de la suerte. ¿Existirá acaso algo así? ¿O es que la fábrica de estas galletas se limita a imprimir los mismos dos mensajes una vez tras otra? Sin embargo, a Owen y a mí nunca nos habían salido los mensajes repetidos hasta ahora.

—¿Sabes si el Tasty House ha cambiado de distribuidora de galletas de la suerte?

Ahora Owen me mira como si pensase que tengo que ir al manicomio.

—Nooooo —responde alargando mucho la palabra.

Tal vez se les estropeó la impresora y sacó mil millones de mensajes duplicados.

—¿Es una broma? —le pregunto mientras sacudo el papelito delante de sus narices—. ¿Lo has hecho tú?

—¿El qué? ¿De qué me hablas?

—Este mensaje. Ya me había salido antes. Yo... —mi voz pierde fuelle.

Zambullo la mano en el compartimento lateral de la puerta. Rebusco con la esperanza de encontrar el diminuto pedazo de papel arrugado que metí ahí ayer. El que llevaba el mismo mensaje. Tiene que estar.

Sin embargo, lo único que noto es el interior limpio y liso del compartimento. Como si el mensaje se hubiera volatilizado. Como si la mañana de ayer no hubiese existido nunca.

Suspicious Minds

«Mentes sospechosas»

8:11 H

—¿Llegaste a ver el estreno de la nueva temporada de *Presunto culpable*? —me pregunta Owen.

Me da vergüenza. Con el día de pena que tuve ayer, se me olvidó por completo.

—Aún no. Pero lo veré pronto, ¡te lo prometo!

«Después de que Tristan y yo hayamos hecho las paces y vuelva a sentirme en la nube al tener un novio fantástico», pienso.

Owen da un puñetazo en el salpicadero.

—¡Leñe! Tienes que verlo.

Frunzo el ceño al ver su reacción.

—Ya lo sé, ya lo sé. Y ¿quieres dejar de decir cosas como «leñe», por favor?

—Te has perdido el mejor episodio.

—Que ya lo sé... —repito cada vez más mosqueada.

No hace falta que me repita tantas veces que es el mejor episodio. Bastante mal me siento ya.

Owen señala el cruce que tenemos delante.

—Semáforo en ámbar.

«¿Quéééé?».

Miro el cartel de la calle. Avenue de Liberation. Es la misma intersección que ayer, jolín.

Esta vez sí que podré ser más rápida que el semáforo de marras. ¡Tengo que conseguirlo! Tengo que demostrar que no me estoy volviendo loca. Que el mundo no está atascado por culpa de algún extraño botón de repetición. Que hoy es diferente.

Piso a fondo el acelerador. Owen se agarra con fuerza al tirador de la puerta.

—Eh... —dice.

Paso como un rayo el cruce justo cuando me ataca una descarga de destellos de luz.

«¡Mierda!».

Había jurado que lo conseguiría. Me han puesto dos multas por saltarme un semáforo en rojo dos días seguidos. Mis padres me van a matar.

—Te lo he dicho —dice Owen y se encoge en el asiento.

—Cállate —contesto cortante.

—Protesto. Falta de respeto.

—Lo retiro —murmuro.

8:25 H

¿Cómo me las he apañado para volver a llegar tarde? Debe de haber sido por el rato que he estado parada en el arcén, flipando con la galleta de la suerte. Le propuse a Tristan quedar junto a su taquilla antes de clase y ahora tendré que ir directa al aula. Pensará que lo he dejado plantado.

Aunque, ahora que lo pienso, puede que sea algo bueno. Si me hago de rogar un poco, puede que salga ganando. Por lo menos, no pareceré tan ansiosa.

Fría como un témpano.

Owen también ha vuelto a olvidarse el paraguas, así que nos toca correr otra vez bajo la lluvia.

Los martes son días pares, así que voy directa a la segunda clase: Cálculo con el profesor Henshaw. Irrumpo por la puerta justo cuando suena el timbre y me cuelo en mi mesa.

—Perdona —dice una voz arrogante. Levanto la mirada y me topo con Daphne Gray, ahí de pie con su uniforme de animadora y los brazos en jarras—. Estás en mi sitio.

Espera, Daphne Gray no va a mi clase de Cálculo. Si esta chica apenas sabe contar.

Echo un vistazo por el aula. En realidad, no conozco a ninguno de los alumnos.

—Ellison —me llama el señor Henshaw y me mira con cara rara desde la pizarra—. Si no recuerdo mal, estás en mi clase del martes a segunda hora.

—Pero estamos a segunda hora... —respondo. Sin embargo, a mis palabras les falta confianza.

«¿O no?».

Daphne se ríe a carcajadas y el resto de la clase la sigue.

—Hoy es día impar —dice el profesor Henshaw.

«Impar y raro de narices», pienso.

¿Puede saberse qué pasa aquí? Los martes siempre han sido días pares. Desde que empecé a ir a este instituto. ¿Lo habrán cambiado este año?

—Esta es mi clase de Álgebra, que siempre doy a primera hora —insiste el profesor Henshaw.

Daphne carraspea.

—Ejem. Mi sitio.

Me levanto despacio y me cargo la mochila al hombro.

—Deberías ir a la clase que tengas a primera hora.

El profesor Henshaw pronuncia «primera hora» como si yo fuera medio sorda.

Mientras camino hasta la puerta pasando una vergüenza horrorosa, oigo que Daphne camufla la palabra «borracha» con un ataque de tos. Así consigue que toda la clase vuelva a reírse de mí.

Corro por el pasillo y subo la escalera para ir a la clase de Química. Cuando llego, todos los alumnos salen ya del aula, montando mucho jaleo.

—Vamos, vamos —les advierte el profesor Briggs. Da unas palmadas—. ¿Es que no podéis bajar la voz? Hay gente en clase...

—¿Qué ocurre? —pregunto cuando consigo abrirme paso hasta el profesor.

—Las fotos para el álbum —dice el profesor Briggs.

Se nota que se debate entre reñirme o no por haber llegado tarde. Pero entonces, Aaron Hutchinson empieza a aporrear una hilera de taquillas como si fueran tambores y el profesor Briggs arruga la frente y va como un rayo hacia él, pues considera que ha cometido una falta más grave que la mía.

«¿Las fotos del álbum?», me pregunto.

Pero si ya nos las hicieron ayer. ¿Tan rápido van a repetirlas? Pensaba que esperaban por lo menos unas semanas para retocarlas. Tal vez haya ocurrido algo con las fotos. Tal vez la fotógrafa perdió la tarjeta de memoria y por eso tienen que volver a hacerlas.

Mientras hago cola en la cafetería con el resto de mi clase y espero a que me hagan una foto por segunda vez esta semana, de repente me acuerdo de cómo llevo el pelo. Está hecho un desastre.

«Otra vez...».

—Di: «¡Dos años más!» —canturrea la fotógrafa mientras me siento en el taburete.

Me quedo tan alucinada que salgo en la foto con la boca abierta.

—¡Estupendo! ¡Siguiente!

Mientras me sacan de ahí a toda prisa, vuelvo a echar un vistazo al visor de la cámara. Esta vez parezco un pez moribundo. Mejor dicho, si tenemos en cuenta que mi pelo da miedo y que llevo todo el maquillaje corrido, parezco un pez zombi moribundo.

Pues así se quedará. No creo que pueda contar con que la fotógrafa pierda la tarjeta otra vez. Supongo que estoy destinada a ser el hazmerreír del álbum oficial del instituto.

9:50 H

En cuanto suena el timbre, corro hacia el lavabo de chicas. La primera prioridad es arreglar esta cara antes de ver a Tristan. No puedo volver con mi novio cañón si parezco un pez zombi.

Sin embargo, de camino a los lavabos, veo a Tristan plantado en la puerta de mi clase.

«¿Me estará esperando?».

Vaya, vaya, vaya, cómo han cambiado las tornas. Supongo que mi pequeño número de escapismo ha surtido efecto.

—Eh, hola —me dice.

Se aparta y se pone a caminar a mi lado.

—Hola —contesto. Como un auténtico témpano.

Noto que me mira por el rabillo del ojo y analiza mi cara.

—¿Estás haciendo pruebas para la obra de teatro?

Bajo el ritmo. ¿De verdad me ha preguntado lo mismo por segunda vez?

—No, es que vuelve a llover. ¿No te acuerdas?

Al principio parece confundido. Luego dice:

—Esta mañana no has aparecido. Te he esperado en la taquilla.

Suena igual que un cachorro herido. El corazón se me acelera un poco. Está triste porque lo he dejado plantado.

Madre mía, no me puedo creer que esté ocurriendo esto.

—Lo siento —recubro las palabras con un manto de ligera despreocupación—. Llegaba tarde. He tenido que ir pitando a la segunda, esto, a la primera clase.

Asiente con la cabeza.

—Confiaba en que pudiésemos hablar.

—¿Y no es lo que estamos haciendo?

Mi intención era que la pregunta sonase coqueta y sugerente, pero salta a la vista que él no lo ha interpretado así.

Tristan toma aire con brusquedad.

—Sigues mosqueada.

Finjo inocencia.

—¿Por qué?

—Por lo de anoche.

—¿Mosqueada? No. Un poco confusa, tal vez.

—Ya... —dice y se pasa la mano por la nuca—. Yo también.

¡Ajajá! ¡Confusión! La confusión equivale a pensárselo dos veces, que equivale a los remordimientos, que equivale a ¡claro que vamos a volver!

Pero está a punto de sonar el timbre de la siguiente clase, así que mejor démonos prisa, ¿eh?

—¿Por qué estás confuso? —pregunto con la esperanza de animarlo a escupirlo de una vez.

Suspira.

—Por algunas de las cosas que dijiste anoche.

—¿Yo? —le suelto.

No lo puedo evitar. La idea de que parte de la culpa de lo que pasó anoche sea mía me parece absurda. Yo me limité a aguantar el chaparrón, sin decir ni una palabra, mientras él era quien destruía en cuestión de minutos todo lo que habíamos construido.

—Pero si fuiste tú el que rompió conmigo.

Guau. Ahora sí que parece confuso. Lo lleva escrito en la cara. Deja de caminar.

—¿Romper? —pregunta descolocado—. Ellie, nos peleamos, nada más.

—Sí, ya —digo impotente—. Y luego cortaste conmigo, ¿no?

—No, no es verdad. Estaba disgustado, claro. Pero nunca dije que quisiera cortar...

Sus ojos se fijan en un punto por encima de mi cabeza, como si intentase recordar la conversación exacta que mantuvimos.

No obstante, yo sí que me acuerdo perfectamente y me dijo...

«Espera un momento», pienso.

Se me para el pulso. Mi mente vacila. ¿Llegó a decir las palabras «Quiero cortar»? ¿O algo remotamente similar?

Repaso sus palabras.

«No puedo seguir con esto».

«La cosa no funciona».

«Algo se ha roto y no sé cómo arreglarlo».

¡Menuda mierda pinchada en un palo! ¿Me habré montado yo sola la película? ¿Habré malinterpretado todo lo que dijo? ¿Y si no era más que otra pelea?

¿Me he pasado la mitad de la noche llorando por nada?

—Entonces ¿no has roto conmigo? —pregunto despacio, sin estar muy segura de poder confiar en las palabras que salen de mi boca.

Tarda demasiado en contestar.

—No...

Suena como si quisiera añadir algo más, pero se queda callado.

Y entonces, digo con elocuencia:

—Ah.

«¿Ah?».

Acabo de enterarme de que la peor noche de mi vida ha resultado ser una ilusión y no se me ocurre nada mejor que «¿ah?». Ya me vale...

—De todas formas, sigo pensando que deberíamos hablar de...

Justo entonces suena el timbre. Nos miramos a la cara y corremos a clase de Español. La señora Mendoza nos mira con mala cara cuando nos colamos en los asientos, pero gracias a Dios no dice nada.

Miro a Tristan por el rabillo del ojo y me dedica una media sonrisa cómplice. Noto que el alivio me inunda y confío en que termine por acunarme y dejarme en un estado de tranquilidad. Pero no sé por qué, no lo consigo. Es como respirar hondo y no ser capaz de exhalar el aire.

Todo ha sido un gran malentendido. Todo va estupendamente.

«¿A que sí?».

Entonces ¿por qué me siento tan incómoda? Tengo la impresión de haberme perdido algo.

Arranco un pedazo de una hoja del cuaderno y garabateo: «Entonces ¿todo arreglado?». La deslizo sobre el pupitre de Tristan.

Es adorable. Me guiña un ojo y susurra:

—Sí.

Justo en ese momento, la señora Mendoza dice «Nosotros veremos»* con su voz alegre y cantarina.

Miro al frente.

«¿No conjugamos el mismo verbo ayer...?».

Pero ese pensamiento queda interrumpido cuando un inmensa mancha negra se estampa contra el cristal de la ventana.

Oh, I Believe in Yesterday

«Sí, creo en el ayer»

Solo hay una posible explicación racional.

Los cuervos de esta ciudad han firmado un pacto suicida. Una vez vi un reportaje sobre ese tema. No hablaba de pájaros, claro, sino de personas. Un puñado de almas solitarias que se reúnen y deciden suicidarse casi a la misma hora.

No soy una experta en aves, pero supongo que también ocurrirá lo mismo con los pájaros.

A ver, si no, ¿cómo se explica que dos pájaros mueran al estrellarse contra el cristal de la clase de Español dos días seguidos?

O es eso, o es que no pueden soportar la voz de la señora Mendoza.

Por suerte, esta vez no me pongo a llorar.

He aprendido a controlar ese pequeño problema.

De todos modos, se me revuelve el estómago cuando Sadie Haskins confirma que el pájaro está muerto.

Tristan me mira, casi como si esperase que me pusiera a llorar otra vez, pero aguanto el tipo.

¿Lo ves? Ya voy mejorando.

Sé controlar el dramatismo.

11:20 H

En la clase de Historia, el profesor Weylan nos pasa el mismo control que ayer, increíble. Pero ¿cuándo piensa jubilarse este pobre vejestorio? ¿Eh? Es bochornoso.

Aunque lo que sí es bochornoso de verdad es que siga sin acertar todas las preguntas. Recuerdo algunas de las respuestas correctas del test de ayer, pero me da vergüenza reconocer que no he sacado un diez. Y Daphne Gray tampoco. Lo sé porque hoy también me toca puntuar su control. Intento compartir una mirada cómplice con ella cuando nos intercambiamos las hojas. Algo que diga: «¿Te puedes creer que todavía dejen dar clase a este tío?». Pero no debo de transmitir bien el mensaje, porque se limita a mirarme con cara de lela. Como si le costase comprender el motivo de mi existencia.

Me devuelve el test con un 7,6 escrito en la parte superior de la primera página. Bueno, por lo menos es un progreso. Confiemos en que el vejestorio Weylan también se haya olvidado de los resultados de ayer y utilice los de hoy. O mejor todavía, confiemos en que mañana vuelva a olvidarse. Así, seguro que bordo el examen.

—Deberes para mañana —anuncia el señor Weylan con su voz temblorosa cuando termina la clase.

Se da la vuelta y escribe algo en la pizarra. Le tiembla tanto la mano que me cuesta horrores entenderle la letra.

Para el martes: leer los capítulos 3 y 4 del libro

Resoplo y Daphne dirige sus ojos oscuros de gata hacia mí.

—¿Qué pasa?

—Ayer nos mandó los mismos deberes. Y se ha equivocado de día.

Aunque si soy sincera, no es que anoche hiciera los deberes. Estaba demasiado ocupada en asimilar que mi novio me había dejado (o no, porque fue todo muy ambiguo).

—¿Eh? ¿Cuántos porros te has fumado...? —me pregunta en lugar de contestar.

Antes ha dicho que estaba borracha. Ahora parece que he ascendido de categoría y soy drogadicta...

«Ninguno», me entran ganas de contestarle en el mismo tono impertinente, pero entonces paseo la mirada por la clase y me doy cuenta de que todos apuntan los deberes con mucha concentración. Como si no se hubieran inmutado ante el despiste del profesor.

Justo entonces noto un cosquilleo en la boca del estómago. Como un murmullo que anuncia la premonición de una verdad incuestionable.

Me vuelvo hacia Daphne y susurro:

—Hoy es martes, ¿verdad?

Niega con la cabeza. Ahora sí que está convencida de que voy fumada.

—No, es lunes.

—Pero... —intento rebatir con voz bastante insegura—. Ayer fue lunes.

Daphne suspira, como si no tuviera tiempo para esas tonterías. Saca el teléfono de la mochila, lo desbloquea y me lo planta delante de la cara. Señala la hora y la fecha que salen en la parte superior.

Lunes, 26 de septiembre.

El cosquilleo del estómago se convierte en un ejército de mariposas esquizofrénicas.

«¿Cómo es posible?».

«¿Será que la actualización le ha desconfigurado el móvil también a ella?», me pregunto.

Le quito el teléfono de la mano y le doy la vuelta. Analizo el aparato desde todos los ángulos. Es un modelo totalmente distinto del mío. Luego miro con fijeza la pantalla y parpadeo varias veces.

La fecha no cambia.

«¿Qué carajo está pasando?».

—Disculpa —dice Daphne cortante y me arrebata el teléfono de un tirón. Suena el timbre que indica que ha terminado la clase, y a pesar de que el resto de los alumnos se levanta, yo me siento incapaz de moverme.

Tengo la pantalla del móvil de Daphne grabada en la cabeza.

Lunes.

Vuelve a ser lunes.

Pero no puede ser lunes.

Alargo la mano para coger la mochila y rebusco dentro hasta que doy con mi móvil. Lo enciendo y miro la aplicación del calendario.

Lunes, 26 de septiembre.

Entro en CNN.com, Yahoo.com, incluso en Time.gov, que controlan desde el Gobierno de Estados Unidos. Todas y cada una de esas páginas me confirman lo que mi cerebro no quiere que le confirmen.

Hoy es lunes, 26 de septiembre.

Pero ayer pasaron cosas. Un montón de cosas. Cosas horribles.

El bizcocho de plátano, los discursos electorales, las pruebas de softball y los mensajes de Tristan.

Mis dedos vuelan por la pantalla hasta que encuentro los mensajes de esta mañana.

Tristan: No puedo dejar de pensar en lo que pasó anoche.
Tristan: Tenemos que hablar cuanto antes.

Son las palabras exactas que me escribió ayer.

«Ayer...».

Y también era lunes.

Paso las pantallas a toda prisa y retrocedo en busca de los otros mensajes idénticos, pero no hay nada. Lo único que encuentro es un mensaje del domingo por la tarde, cuando me invitó a su casa porque le apetecía quedar. Antes de que tuviéramos la gran pelea y yo terminara por tirarle el gnomo de jardín a la cabeza.

«Ellie, nos peleamos, nada más».

Esas han sido las palabras que me ha dicho Tristan hoy. ¡Lunes! Me ha jurado que no había roto conmigo. Ha actuado como si ayer no hubiese sucedido.

Y ahora que lo pienso, todo el mundo ha actuado como si ayer no hubiese existido.

Mi padre me ha preguntado por las pruebas de softball.

Owen me ha ofrecido las galletas de la buena suerte.

El profesor Henshaw ha dicho que hoy era un «día impar», aunque todo el mundo sabe que los martes son días pares.

El pájaro de marras ha chocado contra el cristal.

El profesor Weylan nos ha puesto el mismo control en clase.

Pero yo estuve allí. Yo tuve que lidiar con ese día atroz. ¡Fue real! No me lo he inventado. No creo que hubiera sido capaz de inventarme un día tan terrible ni queriendo. Ni el puñetero Stephen King habría podido inventarse semejante pesadilla.

Pero si hoy es lunes, ¿qué ha ocurrido con el día de ayer?

¿Adónde ha ido a parar?

Lucy in the Sky with Diamonds

«Lucy en el cielo con diamantes»

12:40 H

¿Y si Daphne tenía razón? ¿Y si estoy fumada o drogada? ¿Y si alguien me ha drogado sin que me diera cuenta, eh? No debería haberme tomado ese ibuprofeno anoche. Seguro que estaba mezclado con algún alucinógeno. Una vez vi un documental sobre una partida de ibuprofeno que tuvieron que retirar del mercado porque encontraron restos de metanfetaminas dentro. ¡Anfetas!

Ahora que lo pienso, ¿cuánto tiempo hace que tengo la caja de ibuprofeno en el botiquín de mi habitación? ¿Se habrá estropeado?

De repente, noto que me flota la cabeza. Cuando levanto la vista, veo en el reloj de pared que ya ha pasado la mitad de la pausa del almuerzo. Me levanto de la silla de un salto y corro a la puerta.

El profesor Weylan parece no darse cuenta de mi presencia hasta que me acerco a él.

—Vaya, vaya —dice titubeando—. Ellison, ¿tienes alguna pregunta?

Le sonrío con educación.

—No, profesor Weylan. Gracias.

Parpadea y me mira por detrás de las gafas de culo de vaso.

Voy directa a la biblioteca e irrumpo por las puertas justo cuando Owen está defendiendo a capa y espada a la narradora de *La ladrona de libros*. Me ve y sonríe.

—¿Por fin te has decidido a apuntarte al club de lectura?

No respondo. Lo agarro por el brazo y tiro de él para levantarlo de la silla. Lo arrastro hasta las escaleras y me encierro con mi amigo en una de las minúsculas cabinas de grabación.

—Eh... —dice Owen con cautela.

—Me pasa algo muy raro.

—Vaaaaale —alarga la palabra como si tuviese miedo de que, si la termina muy rápido, pudiera darme un colapso.

—Creo que tengo alguna lesión cerebral o algo parecido.

Esboza una sonrisa.

—Vaya, eso podría habértelo dicho yo.

—Hablo en serio, Owen —digo. Le cambia la cara—. Se me va la olla. Me estoy volviendo loca. Hoy, cuando me he despertado, era ayer. Me refiero a que ayer es hoy. Es el mismo día absurdo... Todo se está repitiendo. Todo. Las galletas de la buena suerte. El control de Historia. Las fotos para el álbum de clase.

No aguanta más tiempo con la cara seria. Sin querer, sonríe como si supiera más que yo.

—¿Llegaste a ver la peli de *El día de la marmota* que te recomendé hace siglos?

—¿Qué? —Niego con la cabeza—. No. Escúchame. Me. Estoy. Volviendo. Loca.

Owen es mucho más alto que yo, tanto que tiene que inclinarse para que sus ojos queden a la altura de los míos.

—Tienes las pupilas un poco dilatadas.

—¡Porque estoy cagada de miedo!

Grrrrrrrrrrrl.

Owen me mira con cara rara.

—¿Qué ha sido eso?

—Nada.

—¿Es tu estómago?

—No.

Grrrrrrrrrrl.

—¿Has comido algo hoy?

Pienso en las rebanadas de pan que he tostado esta mañana. Lo más probable es que la mantequilla de cacahuete haya vuelto a pringarme el fondo de la mochila.

Aparto la mirada.

—Técnicamente, no.

—Bueno, pues ahí está el problema.

Me agarra por la muñeca, abre la puerta y me lleva de vuelta a la biblioteca. El club de lectura al completo ha dejado el debate y se dedica a mirarnos con atención.

Me libero de las garras de Owen, pero no deja de caminar.

—Venga, locuela. Vamos a ver qué encontramos para que puedas comer.

Sigo a Owen como una niña obediente, salimos de la biblioteca y caminamos por al pasillo. Llegamos a la cafetería justo cuando la encargada del comedor cierra la rejilla metálica y bloquea el paso para la cola del bufé. No es que me haya perdido gran cosa. La selección culinaria de este local deja mucho que desear.

Se oye a alguien por el altavoz. Reconozco de inmediato los graznidos irritantes de Daphne Gray.

—¡Es vuestra última oportunidad de ayudar al equipo de animadoras comprando algún producto casero riquísimo!

Owen dirige la atención hacia la mesa que han montado en el rincón desde donde Daphne habla por el micro, debajo de un cartel que anuncia «ANÍMATE A COMER».

—Un puesto para recoger fondos —comenta. Me agarra otra vez de la muñeca y tira de mí para llevarme al puesto de comida—. Bingo. Vamos, yo te invito. Te compro una porción de bizcocho de plátano.

Pongo el freno.

—Uy, no. Ni hablar. No pienso meterme en la boca nada que hayan preparado ellas.

Owen me reprende con la mirada.

—Ellie, tienes que quitarte de una vez esos prejuicios contra las animadoras. Son gente normal...

—¡Gente normal que te envenena!

—¿Qué?

—Ayer Daphne Gray me dijo que el bizcocho de plátano no tenía almendras y ¡adivina! ¡Sí tenía almendras! ¡Se me hincharon los labios una barbaridad!

—Ayer era domingo.

—¡No! ¡Ayer era hoy!

—Se te va la pinza.

Suspiro.

—Eso es lo que llevo intentando decirte toda la mañana.

—Es el estrés —diagnostica—. Últimamente has forzado demasiado la máquina. ¿Estás nerviosa por el discurso?

«¿El discurso?».

«¿Qué discurso?».

Mierda... El discurso de candidatura a representante de los alumnos. ¡Tengo que hacerlo otra vez!

No cabe duda, esta es la peor pesadilla de mi vida. El universo me ha castigado. Pero ¿por qué? ¿Por no estudiar para el control de Historia?

¿En serio, universo? ¿No se te ocurre nada mejor? ¿No podías encontrar a alguien más malvado a quien torturar?

Suena el timbre que indica el final de la hora de comer.

Creo que empiezo a hiperventilar. Nunca me había pasado antes, pero mi respiración va tan rápida que parece que esté de parto.

—Todo saldrá bien —me tranquiliza Owen. Me pone las manos en los hombros—. ¿Dónde tienes el guion del discurso?

Doy unos golpecitos en el bolsillo del pantalón, pero resulta que está vacío.

—Eh... Lo he tirado.

Parpadea muy rápido.

—¿Y por qué, si puede saberse?

Levanto las manos.

—¡Porque ya di el dichoso discurso ayer!

—Bueno —me dice—, intenta respirar hondo. Todo irá bien.

—¿Cómo quieres que vaya bien? No sé qué decir. Me moriré cuando salga a hablar. ¡Otra vez!

Tengo que sentarme. No. Tengo que huir. Tengo que alejarme al máximo de esta trampa mortal. Echo un vistazo a las puertas de la cafetería. Observo a los cientos y cientos de estudiantes que van llenando el gimnasio, que está al otro lado del pasillo. Luego miro la puerta de atrás, la que da al aparcamiento.

¡Sí! Me escaparé por ahí.

Me doy la vuelta, dispuesta a largarme, pero de pronto noto una mano huesuda y pálida en el brazo.

—¡Por fin te encuentro! Te he buscado hasta debajo de las piedras.

Los ojos de color azul acero de Rhiannon Marshall se clavan en mí.

Apenas tengo tiempo de pasarle mi mochila a Owen antes de que Rhiannon me arrastre hasta la puerta del gimnasio. Resignada, me dirijo a mi segunda muerte de la semana.

I Can't Get No Satisfaction

«Nada me satisface»

13:33 H

—Y como candidata a segunda representante de los alumnos de su curso, os presento a Ellison Sparks. ¡Sparks, Sparks, Sparks! —La voz de la directora Yates retumba en mis oídos mientras me acerco al micrófono.

El gimnasio se me emborrona y no consigo enfocar la imagen. Busco a Owen. Sentado en la primera fila de gradas, intenta animarme de un modo exageradamente entusiasta poniendo los pulgares hacia arriba.

Estoy condenada y ambos lo sabemos.

Me quedo sin poder hablar ni moverme, intentando averiguar qué hacer. Quizá no sea más que una pesadilla. Quizá me despierte en la cama y resulte que es martes por la mañana.

Aprieto los ojos con fuerza.

«¡Despierta, despierta, despierta!».

Oigo unas risitas que se van extendiendo por todo el público. Esta vez no se ríen de mis labios inflamados, ¡se ríen de mí!

Abro los ojos de par en par. Sigo en el gimnasio. Todo el alumnado me mira muy atento, con ojos expectantes. Encuentro a Tristan entre la multitud. Parece muy preocupado. Si me desmayara,

¿correría a socorrerme? ¿Me llevaría en brazos a la enfermería, apartaría a la gente a empujones como un héroe de guerra en una película de acción?

Carraspeo.

—Hola —digo. Mi voz suena aguda y estridente. Pruebo con un registro más bajo—. Hola.

«¡Hala! Me he pasado de grave...».

—Hola.

La tercera vez suena más atractiva.

Los alumnos ya han empezado a chasquear la lengua. Y eso que aún no he dicho nada... El instituto es lo peor.

—Soy Ellison Sparks y me presento a segunda representante de los estudiantes de mi curso.

Rebusco en mi mente en un intento de recordar el discurso que escribió Rhiannon, pero, por más que me empeño, no consigo recordar ni una maldita palabra.

—Eh... —titubeo—. Soy Ellison Sparks y me presento a segunda representante de los estudiantes de mi curso.

«Mierda. Eso ya lo he dicho».

Se oyen risotadas en el gallinero.

—Lo siento —continúo temblorosa—. Pero hoy ha sido un día muy raro, os lo aseguro.

Silencio.

«Ajá».

Han dejado de reírse.

Sigo.

—¿Alguna vez os habéis sentido atrapados dentro del mismo día? ¿Como si el día anterior no hubiese ocurrido?

Miro a mi alrededor. Da la impresión de que a algunos alumnos incluso les interesa de verdad. Tristan se inclina hacia delante. Detrás de mí, Rhiannon murmura algo con los dientes apretados.

—Pero ¿qué haces?

Miro a Owen, que me indica con gestos que continúe hablando.

—Como si estuviéramos en una rueda de hámster y nada de lo que hiciésemos tuviera sentido...

Distingo entre el público a la señora Naper, la profesora de Psicología. Sonríe y asiente con la cabeza con mucho ímpetu.

—Así es como me siento hoy. Es como si ya hubiera hecho esto antes y conociese el resultado.

Trago saliva. Sigo rodeada por el mismo silencio cautivado. No sé cómo he conseguido captar su atención.

—No nos votaréis a Rhiannon y a mí. —Señalo hacia mi espalda, donde están nuestros rivales—. Los elegiréis a ellos. Por lo menos, eso es lo que pasó la otra vez.

Ahora creo que los he confundido a todos.

«Corta el rollo y despídete», me regaño.

—Pero confío en que hoy, en esta versión de hoy, actuaréis de otra forma. Gracias.

Me aparto del micro mientras el público empieza a aplaudir con timidez, como si los alumnos no estuvieran seguros de si aplaudir o darme por imposible como a los locos.

—Bien hecho, Ellison —me dice la directora Yates, igual de vacilante.

Retrocedo y me coloco junto al resto de candidatos. Creo que lo único que he conseguido hoy es desconcertar a todo el mundo. Se trata de una táctica política que diría que no he visto nunca, pero por lo menos esta vez no se han reído de mí mientras salía del gimnasio. Por lo menos, ahora mismo no estoy escondida en los lavabos de chicas.

No sé qué opinarás tú, pero yo lo considero un gran progreso.

13:45 H

Una vez concluidos los discursos, nos mandan a cada uno a su clase de tutoría para que votemos. Abro la mochila para sacar el boli y veo las tostadas con mantequilla de cacahuete al fondo, aplastadas entre un libro y el trabajo que salpiqué de agua por la mañana.

El trabajo de Literatura para subir nota. De repente, tengo una sospecha irritante.

Abro el bolsillo interior de velcro e, insegura, deslizo la mano. Se me encoge el estómago cuando saco un taco de fichas de cartulina sujetas con un clip.

El discurso que me escribió Rhiannon.

El que rompí en pedazos y tiré a la papelera ayer en el cuarto de baño.

Sí, aquí está. Sano y salvo en la mochila. Justo donde lo puse ayer por la mañana.

Un escalofrío me recorre la columna mientras vuelvo a meter las fichas en el bolsillo. Suena el timbre. Marco a toda prisa la casilla de «Marshall/Sparks» en la papeleta y dejo mi voto encima de la mesa del profesor.

Apenas he dado un par de pasos hacia el pasillo cuando la secretaria de la escuela habla por megafonía.

—Ellison Sparks, por favor, dirígete al despacho del orientador. Ellison Sparks, al despacho del orientador, por favor.

«¡Bien, gracias a Dios!», pienso.

¡Por fin alguien con quien hablar! Alguien con formación en la amplia y complicada tierra baldía de la mente adolescente.

Echo a correr. Irrumpo en el despacho del señor Bueno y me desplomo en la silla.

—¡Hola! ¡Debes de ser Ellison! —Tiene la voz igual de alegre e irritante que ayer... o que hoy... o lo que sea—. Me alegro mucho de verte, ¿eh? Qué caña. Soy el señor Bueno. Pero puedes llamarme señor Genial si quieres. —Se parte de risa ante su propio chiste y luego hace un gesto con la mano para apartarlo—. ¡Una bromilla de las mías! Bueno, ¿qué tal te va, eh? ¿Te las apañas bien, eh?

Suspiro con mucho dramatismo y le suelto todo el rollo.

—No, la verdad es que no. Todo lo contrario. Mire, necesito hablar con alguien que sepa de esto y usted es lo más parecido a un psiquiatra que tiene este instituto. Verá, esta mañana me he despertado y era ayer. O sea, era hoy, pero era el mismo día que ayer. He vivido el mismo lunes dos veces... Y no me refiero a que todos los días me parezcan lunes. Me refiero a exactamente el mismo día. ¡Incluso se ha repetido la multa que me pusieron ayer por la mañana! Y no sé qué me sucede, pero estoy bastante segura de que tiene que ver con el ibuprofeno que me tomé anoche, y que tal vez no era un ibuprofeno, porque una vez vi un documental sobre una partida de ibuprofeno que en realidad no era ibuprofeno y pensé: «¿Y si mi caja de ibuprofenos era una de esas que en realidad llevaban otra cosa?». Porque, ¡quién sabe cuánto tiempo hace que tengo esa caja en el botiquín! No sé cuánto tarda el ibuprofeno en convertirse en metanfetamina. Y a ver, no es que tome mucho ibuprofeno. No soy una de esas hipocondríacas que se pasa el día pensando que se va a morir, o que cree que cada dolor de cabeza es un tumor cerebral, pero sí que tomo algún que otro ibuprofeno de vez en cuando, porque, ya sabe, a todo el mundo le duele la cabeza alguna vez. Pero creo que, fuera lo que fuese, la pastilla que había en la caja me ha provocado una especie de reacción química loca en el cerebro. O sea, es perfectamente posible que en el fondo hoy no exista... Que yo no esté aquí ahora mismo. Que esté sentada medio en coma en mi habitación, soñando toda esta escena. Pero no sé, ¿usted se siente real?

Hago una pausa y tomo una inmensa bocanada de aire. Creo que he consumido todo el oxígeno del instituto.

El señor Bueno parpadea mucho y me mira a la cara. Se quita las gafas y se frota los ojos. Lo miro a la expectativa, esperando recibir sus sabias palabras. Confío en que me diga que lo que me ocurre es totalmente normal. De hecho, puede que, sin ir más lejos, este mes ya haya visto a tres chicos con el mismo problema.

—Vaya —dice el señor Bueno. Vuelve a ponerse las gafas—. Este... dilema al que te enfrentas es... eh... muy interesante. Durillo, ¿eh?

Da la vuelta a la silla giratoria para quedar frente al inmenso despliegue de panfletos que hay en la repisa de la pared del fondo. Los repasa con el dedo índice y escoge uno de color naranja de la fila de atrás. Lo desliza por el escritorio hacia mí.

—Creo que esto puede ayudarte.

—¿Otro folleto? —pregunto incrédula.

—¿Ya te había dado uno?

Suspiro y cojo el panfleto. En este pone:

Di no a las drogas: Guía para adolescentes

En la imagen sale una fotografía borrosa de una chica con la mano extendida para rechazar a un desconocido al que no se le ve la cara, pero que sin duda le está ofreciendo alguna sustancia ilegal. La única parte de la foto que está enfocada es la palma de su mano.

Hay que admitir que por lo menos este es más artístico que el anterior.

Mientras observo el panfleto, me doy cuenta de que la reunión ha sido una auténtica pérdida de tiempo. Este tío no me va a ayudar en nada. Pero ¿seguro que tiene estudios de orientador? ¿Existe alguna carrera donde enseñen eso?

—Gracias —murmuro. Me levanto—. Me ha ayudado mucho, de verdad.

El señor Bueno sonríe como un bobo y sacude la mano en el aire.

—Bah, bah, no es para tanto.

Desde luego, no debe de tener ningún panfleto que explique qué significa el sarcasmo.

Decepcionada, salgo del despacho arrastrando los pies. Si este hombre tiene que ayudar a perfilar la mente de la juventud de Estados Unidos, estamos todos perdidos.

Take a Sad Song and Make It Better

«Toma una canción triste y mejórala»

14:02 H

Ya lo tengo. Por fin he averiguado qué pasa.

Estoy en un *reality show*.

Todo el mundo debe de formar parte de él. Mi familia, Owen, Tristan, Daphne Gray, incluso la recepcionista del orientador que me ha entregado el justificante para que me dejen entrar tarde en clase. Seguro que hay cámaras ocultas colocadas por todo el instituto. Luego, dentro de tres meses, apareceré en un programa de máxima audiencia en un canal importante.

Tendrá un nombre elegante, como «Sparks alza el vuelo» o «La isla de Ellie».

Aunque, en realidad, eso no explica el cambio de fecha en todas esas páginas web que consulté. Dudo mucho que un *reality show* piratee un sitio web del Gobierno solo para tomarme el pelo y hacerme creer un complot tan sofisticado.

Vale, pensémoslo un momento.

¿Qué pasaría si de verdad estuviera repitiendo el mismo día? Aunque fuera en un sueño o por culpa de unos analgésicos caducados o adulterados, o lo que sea... ¿No tendría que aprovechar y sacarle el mayor partido posible? ¿No debería emplear el conocimiento adquirido ayer para mejorar hoy? Eso sería lo más inteligente y oportunista, ¿no?

Recuerdo todas las cosas horribles que ocurrieron la primera vez que conseguí sobrevivir a duras penas a este día. Desde luego, hay una desgracia que sobresale por encima de todo lo demás: la feria de atracciones.

Tristan no le dio ni una sola oportunidad a nuestra velada. No llegamos a hacer ninguna de las cosas de mi lista para la cita romántica ideal. Tal vez, si las hubiéramos hecho, se habría dado cuenta de que no teníamos que cortar. De que lo nuestro sí funciona. Estaba demasiado disgustado por lo del escenario vacío y el hecho de que a su banda le hubiesen negado la oportunidad de tocar.

Me tapo la boca con la mano para evitar que se me escape un suspiro.

Eso es.

Eso es lo que tengo que solucionar. Eso es lo que hizo que toda la velada se fuese al traste.

Echo un vistazo al justificante. Qué rabia que lleve la hora estampada. De lo contrario, a lo mejor hubiese podido salirme con la mía sin meterme en líos. Tendré que intentar por todos los medios que no me pillen.

Nunca en mi vida me he saltado las clases.

Como le dije a Owen, soy tierna y blandita, una niña obediente.

Y mira de qué me ha servido hasta ahora.

Este es mi momento. Si aún mantengo la esperanza de recuperar el afecto de Tristan y hacerle olvidar esa absurda pelea, tengo que actuar sin pensarlo más.

Si lo logro, puede que no solo salve mi relación, sino que también salve todo mi lunes.

Worryin' 'bout the Way Things Might Have Been

«Preocuparse por cómo habrían podido ser las cosas»

15:09 H

¡Éxito total!

Soy una campeona. ¡He triunfado!

Esta noche, en el escenario principal (vale, en el único escenario) de la última noche de feria tocará...

¡Guaca-Mola!

(¡Que empiecen los aplausos y el confeti!)

En el fondo, me sorprende lo fácil que ha sido convencer al encargado de la feria para que dejara tocar al grupo de Tristan. Llegué al recinto ferial dispuesta a suplicarle al encargado con el mismo desespero que el abogado perdedor de un juicio civil que se va de las manos, armada con una de las maquetas de Guaca-Mola que siempre llevo en el bolso por si se produce una ocasión como esta. Entré en la oficina prefabricada de la feria, desordenada (y maloliente), me presenté como representante del grupo (bueno, sí, técnicamente no es cierto, pero ya sabes, es una mentira piadosa) y empecé a poner sus dotes musicales por las nubes.

El tipo (un mastodonte mugriento) me hizo callar antes de que hubiera terminado con mis alabanzas y me dijo:

—Mira, preciosa, me da igual si salís ahí y os ponéis a aporrear cazuelas y sartenes, mientras el escenario no se quede vacío esta noche.

—Entonces ¿me cede el escenario? Quiero decir, ¿se lo cede a ellos? —pregunté incapaz de creer en mi repentino golpe de suerte.

—Claro, claro. Y ahora, desaparece de mi vista, niña. Tengo mucho trabajo.

Salí dando grandes zancadas, con la sensación de tener un nuevo propósito en la vida. Mientras volvía al insti, puse una canción de la lista de reproducción «Dominar el mundo»: canciones que suelo reservar para una nota alta en un examen o cuando le gano una partida especialmente reñida a mi padre.

Canto al son de *Proud Mary* de Credence Clearwater Revival a pleno pulmón mientras entro en el aparcamiento del instituto y encuentro el mismo sitio libre que dejé al ir a la feria.

Miro el reloj. Apenas quedan unos minutos de la séptima hora. Puedo hacerlo. Soy totalmente capaz de conseguirlo. Esperaré a que suene el timbre y me meteré en el enjambre de estudiantes cuando salgan de la última clase.

Tengo que reconocer que es el plan perfecto.

No sé por qué no me salto las clases más a menudo. Está claro que se me da de perlas.

Para redondear el momento, la canción termina justo cuando suena el timbre. No cabe duda de que se ha dado la vuelta a la tortilla. Lo único que me hacía falta era un pequeño empujón en la dirección adecuada para solucionar el día. Un pequeño cambio de perspectiva y todo ha vuelto a su cauce.

Guaca-Mola tocará esta noche en la feria. Después, en cuanto Tristan se baje del escenario con el subidón típico de los conciertos, él y yo pasaremos la velada romántica con la que he soñado desde que tenía diez años.

Ya veo las hordas de estudiantes que salen de los módulos prefabricados y se dirigen al edificio principal. Me cuelo en la corriente como un pez y miro alrededor para asegurarme de que nadie me mira con sospecha.

De momento, todo controlado.

Me muero de ganas de encontrar a Tristan y contarle la buena noticia. Es imposible que se enfade conmigo después de que le haya conseguido el concierto a su banda.

En algún momento tendré que inventarme una explicación para la señorita Ferrel, la profesora de Lengua y Literatura, por no haberme presentado en clase y tendré que justificar por qué no he entregado el trabajo para subir nota, pero no creo que sea muy difícil hacerlo. Ahora soy una rebelde. ¡Ya improvisaré!

Cuando estoy a dos pasos de la seguridad del edificio principal, una manaza me agarra por el hombro.

—Señorita Sparks —dice una voz ronca de mujer.

Con la boca del estómago encogida, me doy la vuelta muy despacio. Tengo detrás a la directora Yates. Parece un ogro entre todos los estudiantes.

—Confío en que tenga una buena razón para haberse saltado la última clase.

I Fought the Law and the Law Won

«Me rebelé contra la ley, y la ley ganó»

15:18 H

Lo retiro todo. No soy una rebelde. Ni siquiera soy radical. Ni siquiera llego a agitadora... No estoy hecha para la vida de delincuente. Me desmorono demasiado rápido bajo presión. En la cárcel sería el hazmerreír de todos los presos. ¿Y en la sala de interrogatorios? Buf, ni pensarlo. Me rompería en cuanto el policía se sentase a horcajadas en la silla.

Bueno, al grano: basta con que la directora Yates me perfore con una mirada acusadora para que me venga abajo.

—Lo siento —murmuro—. No volveré a hacerlo, lo juro. Era la primera vez...

Rezo para que la directora se apiade de mí, teniendo en cuenta que es la primera ocasión en la que infrinjo las normas.

—Me da igual si era la primera vez o no —dice como si lo lamentase—. Tengo que castigar las infracciones. Es cuestión de principios.

Me entran unas ganas locas de hacer una broma: «Es cuestión de principios porque si no, no acabaría nunca. ¿Lo pilla?». Por suerte, me muerdo la lengua.

Probablemente sea lo más inteligente que he hecho en todo el día.

—Castigada después de las clases —sentencia—. De tres y media a cuatro y media.

Me quedo boquiabierta.

—¡¿Qué?! No, no puede hacerme esto. Tengo las pruebas de softball. No me las puedo saltar. Mi padre se enfadará si no entro en el primer equipo del instituto.

Me mira con severidad.

—Pues habérselo pensado antes de ausentarse del centro sin permiso, señorita Sparks.

15:20 H

Corro a la taquilla de Tristan. Sé que llegaré antes que él porque salía de la clase de Matemáticas, que está en la otra punta del edificio. Cuando aparece por la esquina del pasillo, todo el mundo se ilumina. Es como si Tristan aportara calor, energía y luz allá donde vaya. Siento ganas de cantar *Here comes the sun!* a pleno pulmón: «¡Por ahí viene el soooool!». Pero, como es lógico, me contengo.

Me ve y una tímida sonrisa se abre paso en sus labios. ¿Está contento de verme? ¿O sigue mosqueado por la pelea?

¿Sabes qué? Me da igual. Porque cuando oiga lo que voy a decirle, me perdonará y se olvidará de todo el tema. Todo se arreglará.

Camina hacia mí como si estuviera en una de esas escenas a cámara lenta de las pelis de adolescentes, con el pelo al viento y paso orgulloso. Cuesta pasar por alto las miradas de las chicas al verlo. Por lo menos, yo me doy cuenta, aunque parece que Tristan no.

«¿Lo ves, Ellison? —me digo—. No le importa lo que piensen las demás chicas. Solo le importa lo que pienses tú. ¿Por qué no te lo crees de una vez?».

Lo hago. Me lo creo. Se acabó la tontería de los celos por culpa de la inseguridad. Solo me trae problemas.

—Hey, hola —dice cuando llega a mi lado—. Me alegro de que hayas venido.

—Bueno —digo mientras me ahueco el pelo, juguetona—. Pues aquí me tienes.

Parece algo incómodo y pasea la mirada justo por encima de mi hombro.

—Creo que podríamos continuar con la conversación. Ya sabes, la que hemos dejado a medias esta mañana.

De repente noto una piedra enorme en la garganta. El día vuelve a mí en espiral. Ese día horrible y tormentoso al completo. Como si me succionara el continuo espacio-tiempo y me colocase en el punto de partida.

—Claro —contesto como si tal cosa—. Pero primero, tengo buenas noticias.

Tristan arruga la frente.

—¿Ah, sí?

No puedo contenerme más. Las palabras salen a borbotones.

—¡Os he conseguido un concierto!

Inclina la cabeza como si no me hubiera oído bien.

—¿Un concierto?

—¡Sí! —chillo—. ¡Esta noche!

Sigue sin pillarlo.

—¡No me digas! ¿Te refieres a un concierto de verdad?

—Bueno, eso depende —respondo coqueta—. ¿Dirías que el escenario principal de la feria de atracciones es un concierto de verdad?

—¡¿QUÉ?! —grita Tristan—. ¿Lo dices en serio?

Me encojo de hombros, como si no fuera para tanto. Como si simplemente cumpliera con mi obligación de novia.

—Sí. Me enteré de que había una cancelación de última hora y fui a la feria a hablar con el encargado. Me costó un poco convencerlo, pero en cuanto le conté lo alucinantes que sois...

Mis palabras se interrumpen de repente porque ya no tengo los pies apoyados en el suelo. Tristan me ha abrazado por la cintura y me ha levantado en volandas. Y ahora el pasillo del insti da vueltas.

—¡Ellie! —grita emocionado.

Por lo menos una docena de personas se vuelve para mirarnos.

Bien. Que miren. Que se les quede grabada esta imagen en la retina. Soy Ellie, la chica despreocupada y adorada por su novio... No Ellie la pánfila que tartamudea cuando da un discurso.

—¡Es alucinante! —Me deja en el suelo y me mira a los ojos—. Mejor: ¡Eres alucinante!

Siento un impulso irrefrenable de besarlo. De inclinarme hacia delante y perderme en sus preciosos labios rosados. Sería el momento ideal para un beso. Mientras la energía crepitante de la excitación corre entre nosotros. Mientras Tristan me mira como si fuera una diosa de naturaleza superior. Mientras sus manos siguen abrazándome la cintura.

Pero no puedo. No, después de lo que ocurrió anoche. Tiene que ser él quien me bese. Tiene que dar el primer paso. Solo así podré estar segura de que mi plan ha funcionado.

Le aguanto la mirada. Mantengo una sonrisa distendida y sugerente. También mantengo el lenguaje corporal abierto y accesible. Incluso me inclino hacia delante un poquito.

Y entonces...

«¡Ay!».

Cierra el espacio que queda entre nosotros. Aprieta sus labios cálidos contra los míos. Me aprieta el cuerpo con las manos para acercarlo más y más, al máximo. Hasta que somos un cúmulo de brazos, lenguas y pasión.

Si hay algo que Tristan haga mejor que cantar, mejor que puntear unos solos de guitarra flipantes, mejor que caminar por el pasillo como si fuese a cámara lenta, es besar. Te juro que podría dar clases...

Cuando se aparta, no solo yo sino la mitad de los que hay en el pasillo estamos en estado de felicidad posmorreo. Es como si las feromonas salieran de mis poros y contagiaran a todos los estudiantes de medio kilómetro a la redonda.

Apoya la frente en la mía y susurra:

—Eres la mejor, Ellie. No sé qué haría sin ti.

Cierro los ojos y me recreo en sus palabras. Los fuegos artificiales y las trompetas de celebración atruenan en mi cabeza a tal volumen que apenas oigo la voz de la secretaria del instituto cuando irrumpe por megafonía. Dice no sé qué sobre los resultados de las votaciones de hoy.

Sin embargo, no me atrevo a salir de este refugio de felicidad provocada por la reconciliación. Ni siquiera consigo que me importe cuando anuncia que Rhiannon y yo hemos perdido de forma aún más estrepitosa que ayer.

Porque ya he ganado.

Daydream Believer

«Creer una ilusión»

15:30 H

El castigo no es tan malo como creía. ¡Es peor! Imaginaba que sería más parecido a la peli *El club de los cinco* y que nos sentaríamos en la biblioteca para hablar de nuestros sentimientos. Pero no. Nos obligan a trabajar. De hecho, tenemos que pasarnos toda la hora recogiendo basura por el instituto. Es humillante.

En cuanto termine este *reality show*, tendré una conversación seria con los productores.

Porque esto es inaceptable.

Cuando la aguja del reloj llega por fin a marcar las cuatro y media, tiro la bolsa de basura que llevaba en la mano al contenedor más próximo y salgo pitando como una loca hacia el campo de softball. Ni siquiera me da tiempo de cambiarme de ropa, lo que significa que no solo tendré que convencer al entrenador de que me permita hacer las pruebas, sino que también tendré que convencerlo de que soy capaz de correr de una base a otra con bailarinas.

Tal como sospechaba, las pruebas de admisión ya están acabando cuando por fin llego al campo, resoplando y sin resuello después del esprint.

—Entrenador —digo entre jadeos con las manos sobre las rodillas—. Ya estoy aquí. Lista para la prueba.

Me mira de arriba abajo y se fija en que llevo vaqueros y un jersey.

—Sparks —me dice con el tono típico de «voy a decirte algo que no te va a gustar»—. Me temo...

—Por favor —le suplico antes de que tenga oportunidad de acabar la frase—. Tengo que hacerlo. Tengo que entrar en el primer equipo este año. Mi padre... —hago una pausa para recuperar el resuello— confía en mí. Estoy preparada. Puedo hacerlo.

Veo que la compasión y la lástima le nublan la expresión cuando mira a las chicas que entran en los vestuarios procedentes del campo.

—Lo siento, Ellie. Pero creo que tendrás que seguir de centrocampista en el segundo equipo del instituto. —Luego me da una palmadita en la espalda y se da la vuelta—. Siempre puedes intentarlo de nuevo el año que viene.

«Yo no pondría la mano en el fuego», me entran ganas de responderle mientras me marcho cabizbaja. «Ni siquiera sé si conseguiré llegar a mañana».

It's the Same Old Song

«La misma cantinela de siempre»

20:12 H

Jackson golpea las baquetas una contra la otra cuatro veces y marca el ritmo de la siguiente canción del concierto. El espacio que rodea el escenario está a reventar de gente que se mueve al compás de la música. Nunca he visto a Tristan tan radiante como esta noche. Casi podría decirse que resplandece y su brillo me hace brillar a mí. Es un brillo contagioso. Sobre todo, cuando pienso en la razón por la que está ahí arriba. Gracias a mí ha conseguido el concierto. Bueno, sí, el efecto colateral es que me castigaron y no pude entregar el trabajo voluntario de Literatura para subir nota, pero cuando lo veo subido al escenario, cantando con voz melodiosa pegado al micro mientras el sudor le resbala por la frente, punteando la guitarra como si fuera a romper las cuerdas... Ay, ha valido la pena.

Me planto en la primera fila de la masa de asistentes y dejo que la música meza mi cuerpo. Tristan me mira a los ojos por tercera vez desde que han empezado el repertorio y yo le devuelvo la mirada con una sonrisa de oreja a oreja, mientras muevo la cabeza al ritmo de la música. Cuando empezamos a salir y me llevó al primer concierto, no supe muy bien qué hacer. Nunca había visto en directo a un grupo de rock. Casi todos los músicos que me gustan están muertos o ya no tocan. Me quedé al fondo observando a todo el mundo. Igual que un sociólogo que estudia a una tribu indígena con rituales arcaicos e incomprensibles. Así me sentía. Todo me era muy ajeno. Me intimidaba mucho. Y al mismo tiempo, era fascinante. Yo era una extranjera en un país extraño con costumbres todavía más extrañas.

Me quedé rezagada y jugué a ser científica. Me encantaba mirar a la gente casi tanto como me encantaba mirar a Tristan. Ver cómo respondían a sus gestos y palabras. Ver cómo absorbían el ritmo de la canción: les había entrado el virus rítmico que pululaba en el aire. No cabía duda de que la mitad de esas personas no habían escuchado nunca su música, pero aun así vibraban con ella como si fuera el latido de su propio corazón.

Eso es lo que provoca en los demás la música de Tristan.

Los mueve y los conmueve.

Literalmente.

Me enamoré de Tristan cuando lo vi subido al escenario. Sí, me enamoré de la forma tan natural que tenía de metérselos en el bolsillo.

En el segundo concierto, ya me puse en primera fila. Una conversa. Un miembro de la tribu. Me puse el atuendo sagrado, bailé la danza secreta, mi boca aprendió a formar los sonidos del ritual.

Me convertí en una auténtica fan.

Lo admito, la música de Guaca-Mola no es mi favorita en el mundo. Las guitarras suenan un pelín demasiado bruscas. El bajo es demasiado agudo. Pero, por lo menos, ya no me parece ruido. Supongo que es porque me he aprendido las letras de memoria y soy capaz de cantar todas sus canciones en la ducha.

Esta canción termina con un riff de batería que anticipa el clímax y da paso al solo de guitarra de Tristan. La masa de espectadores se vuelve loca. Salto sin parar, aplaudo como una loca y grito con el resto de fanáticos.

—Bueno, vamos a cantaros una última canción —dice Tristan jadeando. Se aparta un mechón de pelo sudoroso de la frente—.

Está dedicada a la chica que nos ha conseguido el concierto. Gracias por ser tan alucinante, Ellie Sparks. ¡Eres genial!

La banda empieza a tocar la canción y en cuanto oigo los primeros acordes del riff lento con el que arranca la reconozco; es *Mind of the Girl*, sí, «En la mente de la chica». Es una de sus canciones más nuevas (un tema movido de estilo punk pop) y se convirtió en mi favorita en cuanto los oí tocarla por primera vez. Tristan la escribió una semana después de que nos conociéramos.

Y ahora ha decidido tocarla.

Tiene que ser una buena señal, ¿no?

Tiene que significar que he conseguido cambiar el desenlace de este día. ¿Cómo puede dedicarme una canción, es más, haber escrito una canción pensando en mí, y al mismo tiempo querer romper conmigo?

Las guitarras eléctricas se paran y Tristan se acerca al micrófono. Susurra la primera estrofa pegado al micro.

She.
She laughs in riddles I can't understand.
She.
She talks in music I can't live without.

«Ella.
»Se ríe con un misterio que no sé comprender.
»Ella.
»Habla con una música sin la que no sé vivir».

Joder, está buenísimo. Y más, subido al escenario. Es como un dios del rock. Sus manos acarician las cuerdas de la guitarra, la frente le brilla por el sudor (¿los dioses sudan?). Todas las chicas del público se lo comen con los ojos; les encantaría ser la chica a la que Tristan se acercase al bajar del escenario. Pero soy yo, ¡YO!, la chica con la que va a salir esta noche. Soy yo la que se queda con el hombre cuando el dios aparta la guitarra.

O por lo menos, confío en serlo todavía.

Confío en que ayer fuese solo una falsa alarma. Que hoy termine de otro modo. Por ejemplo, con un beso entre Tristan y yo en lo alto de la noria más impresionante.

A veces me cuesta tener confianza. Hace cinco meses que salimos y todavía tengo que pellizcarme de vez en cuando para convencerme de que no estoy soñando. Me atrevería a decir que casi todas las chicas del insti se han enamorado de Tristan en algún momento desde que se mudó a la ciudad el primer curso del instituto. Las empezó a cautivar incluso antes de montar la banda. Ya entonces tenía algo especial. No sé si era su confianza, su actitud relajada y segura ante cualquier cosa, su aspecto... El caso es que todos caían rendidos a sus pies. Incluso los profes. Tristan Wheeler tiene algo magnético, no cabe duda.

Casi todos los alumnos nuevos llegan el primer día de clase con el miedo sobre los hombros y una inseguridad que les hace desviar la mirada hacia el suelo. Pero Tristan, no. Recorrió ese pasillo como si fuese el dueño del lugar. Entró en mi grupo a primera hora como si ya dominara el centro. Con la guitarra cruzada en el pecho y el pelo rubio oscuro sobre los ojos. Cuando pronunció su nombre mirando a la profesora —Tristan Wheeler—, te juro que oí suspirar incluso a las paredes.

Y luego, dos años después, me eligió a mí.

De todas las personas del mundo (vale, me he pasado, pero sí de todas las personas del insti), me eligió a mí. Ellison Sparks.

A ver, no me malinterpretes. No soy una de esas chicas patéticas que se pasan la vida escondidas en un rincón a la espera de que el tío perfecto las deslumbre y las saque de su caparazón. Estaba encantada con pasar desapercibida. No sentía deseo alguno de estar en el punto de mira. La gente no sabía quién era yo o le daba igual. Y a mí me parecía estupendo.

Sin embargo, todo cambió la noche en la que me vieron hablando con Tristan en la fiesta de Daphne Gray. Fue justo después de que él rompiera con Colby. A nadie le sorprendió cuando lo dejaron. Tristan había roto con todas las chicas del insti con las que había salido. Siete, para ser exactos. No es que yo las vaya contando. Lo que sorprendió a la gente fue el montón de rato que estuvimos hablando esa noche. Sesenta y dos minutos, para ser exactos.

Bueno, vale, igual sí que lo iba contando...

Cuando hablas sesenta y dos minutos con el soltero más buscado del instituto, que acaba de quedarse libre, la gente se da cuenta.

Y no solo se da cuenta, sino que te critica.

Por eso el verano fue tan magnífico. Durante la mayor parte del tiempo, fuimos capaces de huir de esas miradas amenazantes y de los comentarios hirientes. Estábamos solos él y yo. Nadie más. Pero ahora, inmersa en este mar de jóvenes que miran tan atentos a Tristan, no puedo evitar sentirme como si también me mirasen a mí. Como si me juzgasen y pensasen que no doy la talla. Que no soy lo bastante guapa, ni lo bastante guay.

Y para ser sincera, hay veces que me pregunto si tienen razón.

—¡Gracias a todos! Somos Guaca-Mola. ¡Confiamos en que os hayáis divertido esta noche! ¡Os esperamos en el próximo concierto!

Alzo la vista hacia el escenario y parpadeo. Han terminado. La gente se vuelve loca. Noto la energía que irradia Tristan. El subidón que le entra después de cada concierto ya ha empezado. Es el momento en el que más me gusta estar a su lado, es genial. Cuando flota entre el eco de los aplausos y gritos de la multitud y sus pies no tocan el suelo. Entonces, todo lo que dices es alucinante, todos los chistes que le cuentas son para partirse de risa, todos los besos que le robas hacen temblar la tierra.

Tristan baja de un salto del escenario y de inmediato se ve rodeado por cientos de personas. Fans nuevos, fans de siempre, chicas guapas, chicas no tan guapas. Me apretujo para abrirme paso entre el enjambre de gente e intentar acercarme a él, pero no paran de empujarme hacia atrás. Todo el mundo quiere conocer a Tristan. O por lo menos, todos quieren estar lo más cerca que puedan de él.

Por fin logro darle la mano para evitar perderme en la marea.

Baja la mirada hacia mis dedos entrelazados en los suyos y después me mira a la cara. Me dedica una sonrisa cariñosa pero apresurada.

—¿Me das un minuto? —me pregunta—. Ya iré a buscarte.

«Ah, vaya», pienso.

Pero no me quito la máscara de despreocupada.

—¡Pues claro! Estaré en los puestos de juegos.

—Fantástico. Nos vemos allí.

Se lleva mi mano a los labios, la besa y la suelta.

Intento volver a mirarlo a los ojos para arrebatarle una última sonrisa, pero ya me ha dado la espalda y se está haciendo un selfi con alguien.

Consigo abrirme paso de nuevo entre el enjambre y me dirijo al pasillo de casetas donde están las tómbolas y los juegos de habili-dad. Vuelvo a buscar un sitio libre en la carrera de caballos. Elijo el caballo número siete porque se supone que el siete da buena suerte, ¿no?

Esta vez se me da mejor. Consigo meter dos bolas en lugar de una y mi caballo se mueve cuatro casillas, aunque la bocina anuncia el ganador antes de que me dé tiempo de cogerle el tranquillo a la partida. Pero ¿cómo puede ganar tan rápido esta gente? ¿Practican en casa o qué? ¿Se han instalado rampas con agujeros para tirar bolas en el sótano?

Juego dos partidas más, pero pierdo estrepitosamente. Frunzo el ceño al ver que el empleado del puesto le da un oso polar de peluche gigante a una adolescente y la felicita por haber ganado. Esa cría debe de tener la edad de mi hermana Hadley. Seguro que la feria la ha contratado para dar ambiente.

Por suerte, Tristan viene a mi encuentro antes de que me funda los últimos dólares que me quedan en este pozo sin fondo.

Salto del taburete, lo abrazo por el cuello y le doy un beso.

Espero que empiecen los fuegos artificiales. Los relámpagos. Espero que mis rodillas se derritan al notar su boca carnosa contra la mía. Pero no sucede nada de todo eso. El subidón alucinante y contagioso posterior al concierto ya ha desaparecido. De hecho, apenas me devuelve el beso.

Me aparto y le quito los brazos del cuello.

—¡Has estado genial! —exclamo con intención de darle ánimos.

Intento recuperar una pizca de la magia que sé que he visto en él cuando estaba en el escenario.

Sonríe con pocas ganas.

—Gracias.

—Te iba a preguntar si estabas listo para hacerte el amo de la feria, pero me parece que ya lo has conseguido.

Otra sonrisa apagada que no se refleja en sus ojos.

—En realidad —contesta con voz sombría—, creo que no me voy a quedar.

El terror me recorre de arriba abajo.

«No. No puede ocurrirme esto. Otra vez no, por favor».

—¿Qué? —protesto—. Pero si acabas de llegar...

Jolín, mi voz suena todavía más lastimera que anoche.

—Ya, pero...

—Es imposible que necesites volver a reunirte con los del grupo. ¡Acabáis de tocar en un concierto! ¡Os lo he conseguido yo!

La confusión le nubla los ojos. Claro, es normal. Para él, lo que digo no tiene sentido.

—En realidad, sí que debería quedar con la banda —dice con recelo—. El concierto ha sido una pasada y te agradezco mucho que nos lo consiguieras. Creo que nos ha situado en otro nivel. Por lo menos cinco personas han venido después del concierto a pedirnos que toquemos en otra sala. Así que deberíamos quedar y pensar una estrategia para ver qué pasos damos ahora.

Noto un grito de frustración que se forma dentro de mí.

Me recuerdo que tengo que mantener la calma. Eso no significa que Tristan vaya a cortar conmigo otra vez. Solo significa que tiene que quedar con los de la banda. No hay nada de lo que preocuparse, tranquila...

—Pero antes de irme me gustaría decirte una cosa. No quería hacerlo por teléfono.

Se abre una brecha en el suelo, debajo de mis pies, y de repente me precipito hacia la lava ardiendo, líquida y burbujeante, del centro de la Tierra.

Cierro los ojos. A lo mejor si los aprieto lo suficiente, me despierto de esta pesadilla. A lo mejor si no lo veo, no puede seguir con su discurso.

—Ellie —arranca, y percibo la misma voz rota de ayer. Carraspea—. No puedo seguir con esto.

Aún con los ojos cerrados, sacudo la cabeza.

—Esto no está pasando —murmuro para mí misma intentando tranquilizarme—. Esto no está pasando.

—Estoy hecho un lío, Ellie —contesta Tristan en un susurro. Y no me hace falta abrir los ojos para saber que vuelve a tener el tic de las uñas—. Un auténtico lío. Y no sé qué decirte. Ojalá tuviera todas las respuestas, pero no es así. Solo sé que esto no funciona. Tú y yo. No encajamos. Algo se ha roto y no sé cómo arreglarlo. Tampoco sé si tiene arreglo...

Abro los ojos como platos.

—¡NO! —grito.

Tristan se queda de piedra.

—¿Qué?

—No —repito—. No puedes hacerme esto otra vez.

—¿Otra vez? No te enti...

—¿Qué se ha roto, eh? —exijo saber—. ¿Qué es lo que no tiene arreglo?

Se pasa los dedos por el pelo.

—Ahí está el problema. Es que no lo sé...

—Eso no es una respuesta —contraataco.

Parpadea muy sorprendido.

—Lo siento, Ellie. No sé qué más decirte.

—¿Es por la discusión de anoche?

Niega con la cabeza.

—No.

Pero ya no sé si creérmelo. Evita mirarme a los ojos cuando contesta.

—Entonces ¿por qué? —En ese momento es cuando se me quiebra la voz. Las lágrimas se me acumulan en los ojos. Pensaba que esta vez sería capaz de mantenerlas a raya, pero no voy a tener esa suerte—. ¿Eh, Tristan? ¿Por qué? —repito, ahora con un tono mucho más calmado. Mucho más triste.

—Ay, Ellie.

Me coge de la mano y me lleva hasta un banco. Me doy cuenta al instante de que es el mismo banco que la otra vez. Eso hace que llore aún más. Se sienta a mi lado y me aprieta la mano.

—Lo siento. Lo siento mucho, de verdad. Me rompe el alma hacer esto, porque me importabas mucho. Aún me importas. A ver, siempre serás importante para mí. Lo nuestro estaba muy bien. Era genial. Algo que no he sentido nunca. Pero es que... No sé... Se esfumó, no sé cómo. Ojalá lo nuestro hubiera sido de otra manera. Ojalá no me sintiera así, pero es lo que siento. Y tengo que ser sincero con mis sentimientos.

Entonces, se produce un clic. No sé si es por lo repetitivas que son sus palabras o porque ya conozco la escena o porque veo que los mismos pesados de ayer se me quedan mirando al pasar como si tuviera la lepra, pero el caso es que ya no aguanto más. Aparto la mano y me pongo de pie.

—No. No vas a hacerme esto por segunda vez. No vas a decirme las mismas chorradas que no significan nada. Quiero una explicación.

—Ellie. —Tristan titubea—. Yo...

—Di la verdad.

—Eh... No sé qué me pasa.

—Sí que lo sabes —lo presiono.

—Bueno, a ver, a veces eres un poco plasta y dependes mucho de mí. Pero esa no es la ra...

—¡¿Plasta?! —grito la palabra y de inmediato bajo la voz hasta convertirla en un susurro impaciente—. No soy plasta. ¿Cuándo he sido plasta?

—Mira, no digo que sea el único motivo, solo di... —Deja la frase a medias. Expulsa el aire como si se rindiera en una guerra y luego se incorpora. Camina hacia mí y me da un beso tierno en la frente—. Lo siento, Ellie. Lo siento mucho.

Entonces, con cara triste, se marcha y me deja sola otra vez.

Come See About Me

«Préstame atención»

21:20 H

No espero ver a nadie al llegar a casa; por eso no me preocupo de limpiarme la cara manchada de maquillaje antes de colarme por la puerta. Voy de puntillas hacia las escaleras y casi me caigo de culo cuando mi padre me llama desde la habitación de invitados, oscura como la boca de un lobo.

«¿Qué hace ahí sentado él solo? ¿A oscuras?», me pregunto.

Enciendo el interruptor de la luz y veo que está tumbado en la cama de invitados. Está envuelto en una colcha y se ha colocado un par de almohadones para estar más cómodo.

Va a dormir aquí.

De repente me acuerdo de lo que oí anoche cuando regresé de la feria. Al subir a mi habitación, pillé a mis padres discutiendo. Pero era más temprano. ¿Habrán vuelto a pelearse hoy? ¿Lo habrá echado mi madre del dormitorio?

—¿Estás bien? —me pregunta.

Supongo que se ha dado cuenta de los surcos que han dejado las lágrimas en mi cara.

—¿Y tú? —respondo con otra pregunta.

Señalo con el mentón la cama en la que piensa pasar la noche.

Suspira.

—Sí. Solo ha habido un pequeño malentendido entre tu madre y yo.

—¿Pequeño?

Chasquea la lengua.

—Tu madre tiende a las reacciones exageradas...

—Creo que podría ser genético.

—¿Qué ha pasado? —me pregunta.

Noto que los ojos me escuecen y se llenan de lágrimas nuevas. Estoy a punto de contárselo a mi padre. A punto de soltarlo todo. Confesarle que he intentado salvar mi relación... ¡dos veces! Que he fracasado... ¡dos veces! Casi le cuento lo que me ha sucedido durante el día, lo del ibuprofeno sospechoso, el *déjà vu* que parecía un sueño, pero después veo la arruga que se le ha formado entre los ojos. Las marcas de preocupación de un padre que se angustia demasiado y sé que no puedo hacerle cargar con esto. No, cuando salta a la vista que tiene que solucionar su propio desastre.

—Nada —digo en voz baja—. No es nada.

Asiente con la cabeza, como si me creyese, o por lo menos respetase mi decisión de guardármelo.

—Por cierto, ¿qué tal te han ido las pruebas de softball?

La punzada de culpabilidad me perfora el pecho.

—Bien. Me han seleccionado.

No tengo agallas para contarle la verdad. Que me las perdí porque me habían castigado. O que lo más probable es que, de todos modos, no me hubiesen aceptado. Reservaré la mala noticia para mañana.

Los ojos cansados de mi padre se iluminan.

—¡Es genial! ¡Sabía que lo conseguirías!

Cambio de tema antes de que tenga tiempo de hacer mucho aspaviento.

—¿Y cómo estás tú? —pregunto volviendo a señalar la cama de invitados—. ¿Qué ha pasado aquí?

Vuelve la cabeza y mira por la ventana.

—Bah, nada de lo que debas preocuparte. Hay días en los que me encantaría hacer borrón y cuenta nueva, ¿sabes?

Sonrío.

—Sí...

—Ve a dormir, anda.

Me agacho y le doy un beso en la frente.

—¿Quieres que apague la luz?

Asiente con la cabeza.

—Gracias, cariño.

Apago el interruptor y subo la escalera. Cuando paso por delante del dormitorio de mi hermana, oigo otra vez los diálogos de *El club de los cinco*. Ya ha visto más de la mitad de la película. Igual que anoche, me invita a pasar a verla con ella, pero igual que anoche, rechazo su ofrecimiento.

Me desplomo en la cama y me quedo mirando el techo. Pienso en lo que ha dicho papá.

«Hay días en los que me encantaría hacer borrón y cuenta nueva, ¿sabes?».

Claro que lo sé. Es justo lo que deseé anoche. Puede que haya heredado el dramatismo de mi madre, pero desde luego, el idealismo lo he heredado de mi padre.

Pienso en las palabras que susurré en la oscuridad mientras me quedaba dormida.

«Por favor, universo, deja que lo vuelva a intentar».

«Por favor, dame otra oportunidad».

«Te juro que lo arreglaré».

¿Y si hoy no hubiese sido un castigo? ¿Y si hoy hubiese sido en realidad un deseo concedido? ¿Una súplica escuchada? ¿Me habrá dado el universo otra oportunidad para que vuelva a cagarla?

¿Me dará otra oportunidad mañana? ¿O aquí acaba la historia?

Tal vez sea una cosa excepcional. Pura casualidad.

Oigo un golpeteo en la ventana y me siento en la cama.

—¿Owen? —lo llamo.

—Sí. Déjame entrar.

Ya había quitado el pestillo. Subo la hoja de la ventana de guillotina y mi amigo entra a trompicones, con muy poca elegancia, y aterriza de cabeza. Luego da un salto bastante inestable para ponerse de pie.

—Supongo que no hace falta que adivine por qué te has marchado llorando de la feria —me dice después de permanecer unos segundos callado, igual que anoche.

Mientras iba al aparcamiento de la feria he vuelto a cruzarme con Owen. Esta vez lo he visto pululando junto a uno de los puestos de comida rápida, pero tampoco he tenido ganas de hablar con él.

Sin querer, suelto un gemido en voz baja.

—Sí, es verdad. Ha roto conmigo... otra vez.

Owen parece confundido.

—¿Otra vez?

Me siento en la cama.

—Owen, si te cuento una cosa, ¿me prometes creer todo lo que te diga?

Me mira con escepticismo.

—¿Es una pregunta trampa? ¿Vas a decirme que has formado tu propia secta y ahora voy a quedar abducido solo porque te he hecho esa promesa?

Pongo los ojos en blanco.

—No, no es una pregunta trampa.

Se sienta, se coloca a Hipo sobre las piernas, lo pone de cara a mí y levanta la pata izquierda del peluche, como si fuese a hacer un juramento.

—Bueno, vale. Prometemos creerte.

Miro las cuentas negras de los ojos de Hipo y después los ojos verdes expectantes de Owen.

—Hoy me ha pasado una cosa muy rara. Creo que estoy atrapada en el mismo día.

Suelta un gruñido y le da la vuelta a Hipo, para poder compartir con el muñeco una mirada incrédula.

—¿Ya empezamos otra vez?

—Has prometido que me creerías. Lo habéis prometido los dos.

Hipo y Owen vuelven a mirarse a los ojos.

—Eso ha sido antes de que supiéramos que estás, ya sabes —se coloca el dedo en la sien y le da vueltas. Luego susurra—: loooooca.

—Te lo puedo demostrar —le aseguro.

—Ah, sí, el momento de la demostración. Ahora es cuando me cuentas un oscuro secreto inconfesable que resulta que te conté en confianza en una versión distinta del mismo día.

—Anoche soñaste que nadabas desnudo en la piscina del insti con la directora Yates.

Owen abre tanto la boca que temo que se le descoyunte la mandíbula. Creo que es la primera vez que el aturdimiento lo deja sin palabras.

—¿Te referías a algo así? —pregunto mientras me esfuerzo por contener una sonrisa victoriosa.

Ver su cara de alucine no tiene precio. Le haría una foto, pero no estoy segura de si aún la tendría en el teléfono por la mañana.

—¿Có-có-cómo te has...?

—Me lo contaste tú. Anoche.

—Te aseguro que no. Además, es imposible, porque justo lo soñé anoche.

—Ya —le contesto—. Ese es el problema. Que «anoche» para ti significa la noche del domingo. Para mí, anoche es esta noche. Me refiero a la noche del lunes. Todo este día y esta noche han sido un completo duplicado.

—¿Te refieres a que Tristan ha roto contigo dos veces?

Oírselo decir es como notar un puñal en el corazón. Trago saliva.

—Sí.

—¿Y ya hemos mantenido esta conversación en otro momento?

—Bueno, no esta misma conversación tal cual, pero sí una parecida. Algunos detalles han cambiado.

Se cruza de brazos y los apoya en la cabeza de Hipo.

—¿Como por ejemplo?

—Como por ejemplo, anoche intentaste animarme insistiendo en que le cambiara el nombre a Hipo.

—Es que se merece tener un nombre de verdad.

—Eso es justo lo que dijiste ayer.

—Mi otro yo es un tío listo.

—Luego yo dije que ya tenía un nombre de verdad y tú contestaste...

—Espera. Llamar a algo por su genérico no es ponerle nombre.

Me echo a reír.

—¡Exacto! Esas fueron las palabras que dijiste.

—Qué fuerte, Ellie.

—Ya lo sé.

—Pero qué fuerte, qué fuerte. Es la leche.

Asiento con la cabeza para darle la razón.

—La leche, tú lo has dicho...

—¿Y cómo funciona?

—Uf, ¡ojalá lo supiera! ¡No tengo ni idea! Simplemente me he despertado y era... hoy.

—¿Qué piensas hacer? Me refiero a mañana.

Me encojo de hombros.

—No lo sé. No sé si mañana sucederá lo mismo. A lo mejor solo había una oportunidad más y la he cagado.

—¿Y si no es así? ¿Y si te dieran otra oportunidad mañana? ¿Qué cambiarías?

Me paro a pensarlo.

—Todo.

—¿Todo?

—Si el universo me da otra oportunidad, solo hay una explicación lógica posible. Tengo que arreglar lo que estropeé, ¿no crees?

—Supongo.

—Y lo más gordo que estropeé fue mi relación con Tristan. Tengo que conseguir que vuelva conmigo. O, bueno, ya sabes, evitar que me deje.

Por una décima de segundo, Owen se muestra decepcionado

ante mi respuesta. ¿Qué esperaba que dijera? ¿Que me apuntaría al club de lectura? No creo que el universo se reajuste solo para convencerme de que tengo que debatir el argumento de *La ladrona de libros* a la hora de comer.

—Entonces ¿ese es tu gran plan? —me pregunta.

—¿Se te ocurre alguna idea mejor?

—No. Imagino que no. —Aparta a Hipo y se levanta—. Bueno, ya es hora de que me vaya. No quiero desvanecerme a medianoche ni nada parecido. No me sentaría bien.

Se dirige al alféizar de la ventana y se agarra de una de las ramas del árbol que sobresalen para mantener el equilibrio.

—*Svnoyi Ostu* —le deseo buenas noches en cheroqui.

Era una de las expresiones que utilizábamos en el Campamento Awahili.

Sonríe.

—*Svnoyi Ostu.*

Estoy a punto de cerrar la ventana cuando me fijo en que Owen se detiene y se da la vuelta para mirarme.

—¿Ells?

Asomo la cabeza.

—¿Sí?

—¿Le cambiaste el nombre a Hipo? Me refiero a la vez anterior que mantuvimos esta conversación...

Sonrío al recordar lo poco que le costó a Owen alegrarme y cómo consiguió que me olvidase un rato de mi corazón roto.

—Sí, no parabas de picarme, así que al final lo llamé Rick.

—Pero aún sigues llamándolo Hipo.

—Porque ayer no ocurrió, ¿te acuerdas?

—Ah, vale. —Se despide con un saludo militar—. Hasta mañana.

Cierro la ventana e inclino la frente sobre ella.

—O hasta hoy —susurro.

Mis palabras empañan el cristal.

22:42 H

Me quedo tumbada en la cama, despierta, un buen rato. Pienso en los acontecimientos del día y en mi conversación con Owen.

«¿Y si te dieran otra oportunidad mañana?».

Miro la mesita de noche. El vaso de agua que derramé por la mañana sigue ahí, vacío. El móvil está enchufado al cargador. Agarro el teléfono, entro en la aplicación de Instagram y enfoco la cámara hacia mi cara.

Sonrío con poca gracia, me hago un selfi y le pongo título.

He estado aquí.

The Way We Were

«Tal como éramos»
(Segunda parte)

CINCO MESES ANTES...

—Bueno, y ¿qué haces aquí fuera? —le pregunté mientras salpicaba con las piernas el agua templada de la piscina climatizada de Daphne Gray.

Qué gusto notar el agua en la piel. El contraste con el aire frío de la noche que nos rodeaba casi me provocó escalofríos. La fiesta seguía a tope dentro de la casa, a millones de kilómetros de nosotros.

Tristan miró nuestros pies, que se veían torcidos y distorsionados bajo el agua.

—Tenía que salir de ahí. Era demasiado... demasiado...

—¿Agobiante?

Chasqueó la lengua.

—Sí. Demasiado agobiante.

Suspiré.

—Para mí también. Había venido a buscar a mi amigo y...

—Eso es lo que tú dices.

—Había venido a buscar a mi amigo —repetí con retintín y lo fulminé con una mirada de soslayo—. Pero me he agobiado un montón. Buf, y además, ¿qué ruido tienen puesto? ¡Eso no es música! ¡Es horrible!

Inclinó la cabeza hacia atrás y se echó a reír. Una risa sonora, desde el estómago.

—¿Qué?

—Es mi grupo. Nos llamamos Guaca-Mola. Daphne ha puesto nuestra maqueta.

De repente, todo el calor fue succionado de la piscina. Mi cara pasó por cien tonos de blanco. Me entraron ganas de desaparecer bajo la superficie del agua. Me acordaba de que Tristan tocaba en una banda, lo que pasa es que nunca había llegado a escuchar su música. Pero entonces todo cobró sentido. Tristan era una estrella del rock en el instituto. En parte, por eso era tan popular.

—Bueno —dije mientras sacaba las piernas del agua y me disponía a levantarme—. Creo que después de esto, me toca irme.

Pero tiró de mí para que me sentara otra vez.

—No te vayas.

—Acabo de criticar tu arte. Es imposible que quieras pasar más tiempo a mi lado...

—¡Al contrario! Eso hace que quiera pasar aún más tiempo contigo.

Lo miré con una expresión de sospecha.

—¿Por qué? ¿Es que estás... chalado?

—Porque eres sincera —puntualizó.

—Yo no apostaría mucho por mi sinceridad. Si hubiera sabido que la música que sonaba era de tu grupo, te habría mentido a la cara.

Su sonrisa me derritió el corazón.

—Vaya, pues entonces me alegro de que no lo supieras.

—Lo que dices no tiene mucho sentido. Lo sabes, ¿verdad?

Levantó la vista hacia el cielo nocturno.

—Sí que lo sé. Estoy un poco cansado del tema.

Me había perdido...

—¿De qué? ¿De que a la gente le guste vuestra música?

—De que la gente diga que le gusta algo que en realidad no le gusta. De que sean falsos. —Señaló con la barbilla la puerta corredera de cristal fabricado en la NASA que amortiguaba tanto el sonido que casi me había olvidado de que la mitad de nuestro insti estaba al otro lado de esa puerta—. Las chicas que están ahí dentro. Son todas iguales. Dicen lo que se espera que digan. Llevan la ropa que se espera que lleven. Suben los selfis con la sonrisa traviesa perfecta a Instagram.

Empecé a pensar que no hablaba de todas las chicas de la fiesta en general. Sí, empecé a pensar que hablaba de una chica en concreto.

Colby Osbourne.

La novia de Tristan Wheeler hasta dos días antes.

Apartó los ojos de las estrellas y me miró a la cara.

—Supongo que estoy cansado de tanto dramatismo.

Asentí.

—Ya...

—Entonces ¿lo pillas?

No sé muy bien por qué lo dijo con voz tan sorprendida.

—Claro. Lo pillo.

Por supuesto que lo pillaba. Tenía que lidiar con esa clase de tías todos los días. Sabía perfectamente a qué se refería Tristan.

—Pero tú pareces distinta.

Solté una carcajada.

—¿Distinta de las chicas que hay en la fiesta? Confío en serlo.

No le había mentido. Nunca había sentido que encajase en esa multitud, en ese entorno, en ese club exclusivo solo para socios.

—Sé que lo eres —dijo con tal confianza que me asombró. Aparté los ojos del agua y lo miré mientras seguía hablando—. Pareces mucho más relajada, ¿sabes? Vas a tu aire. No eres nada dramática, ni una llorona.

En el fondo, yo no sabía cómo era por dentro en realidad. Y mucho menos en cuanto a las relaciones. ¿Era de las dramáticas? ¿De las que hacían pucheros? ¿De las celosas? Al parecer, él creía que no. ¿Acaso era posible que Tristan me hubiese calado más en los diez minutos que llevaba hablando conmigo que yo misma a partir de lo que había aprendido en toda mi vida?

Estaba dispuesta a ser la persona que él creía que era. La persona que supuse que él necesitaba que yo fuera en ese momento.

—Uf, ya te digo. Odio los numeritos... Menuda pérdida de energía.

Le salió otra vez el hoyuelo.

—Qué alivio.

Asentí con la cabeza muy seria, como si comprendiese sus frustraciones.

—El dramatismo es lo peor. Si el dramatismo fuese un sabor de helado, sería de pasas al ron.

Me sentí culpable en cuanto lo dije. En realidad, me gustaba el sabor de pasas al ron. Era muy probable que Owen y yo fuésemos las únicas dos personas del universo a quienes les gustaba. Pero mi comparación hizo que Tristan se riera de nuevo, así que no retiré el comentario.

—Mi última novia, Colby, era una dramática de cuidado. Vivía del cuento, le encantaba montar numeritos. Si veía la oportunidad de montar una escena o de ponerse a discutir o de boicotear un plan, la aprovechaba. Intuyo que podía ser alguna forma retorcida de asegurarse de que le prestaba atención.

A esto siguió un silencio eterno y me di cuenta de que esperaba que yo hablase, esperaba que comentase esa revelación que acababa de servirme en bandeja.

Por eso, elegí algo elocuente.

—Uf. —Y no solo eso, sino que puse una cara igual de interesante para acompañar el comentario—. Eso es supermolesto.

Me miró como si yo fuese lo más fascinante que había visto en su vida. Como si él fuese un investigador de vida extraterrestre a quien nadie tomase en serio y yo fuera una alienígena.

—Me gustas... —vaciló al caer en la cuenta de que no sabía mi nombre.

Intenté pasar por alto la daga clavada en el pecho.

—Ellie —le facilité las cosas.

—Ellie —repitió, y mi corazón, el hígado, los riñones, el bazo y el lóbulo frontal se unieron a la huelga y se paralizaron—. Me gustas, Ellie.

Me mordí el labio para disimular la sonrisa que empezaba a dibujarse en mi cara.

—Aunque —añadió al cabo de un momento— tienes un gusto musical pésimo.

EL TERCER LUNES

The Girl with Kaleidoscope Eyes

«La chica de los ojos caleidoscópicos»

7:03 H

Me despierto sobresaltada y busco a toda prisa el teléfono. Sin querer, tiro el vaso de agua que tenía en la mesilla de noche. Las gotas salpican una pila de libros de texto y de papeles que hay junto a la cama.

«Un vaso de agua lleno», me digo.

«Los libros de texto y el trabajo de Literatura al lado de la cama».

¿Ha ocurrido de nuevo? ¿Ha vuelto a empezar el mismo día?

Abro Instagram y busco mi foto. Me refiero al selfi que subí anoche justo antes de irme a dormir.

No está.

Compruebo la hora. Falta un minuto para las 7:04. A esa hora es cuando llegan los mensajes. A esa hora es cuando Tristan me dice que no puede dejar de pensar en lo de anoche y que quiere hablar conmigo cuanto antes. A esa hora es cuando sabré a ciencia cierta si me han dado una tercera oportunidad de arreglar las cosas.

Cuento los segundos y noto que, con cada uno que pasa, aprieto el móvil con más fuerza. Hay un montón de mariposas agitadas revoloteando por mi estómago. Y hay un gorila de quinientos kilos sentado encima de mi pecho. Hay...

¡Blop, pi, pi, blop, blop, ping!

¡Síííííííííí!

Salto de la cama y levanto el móvil por encima de la cabeza mientras celebro la victoria dando una vuelta por toda la habitación.

Clico en el mensaje y todo lo que me rodea empieza a brillar cien veces más.

Tristan: No puedo dejar de pensar en lo que pasó anoche.

Espera, espera. Tiene que llegar...

¡Blop, pi, pi, blop, blop, ping!

Tristan: Tenemos que hablar cuanto antes.

¡Ahí está! Es real. Sí, sí, sí, está sucediendo de verdad, de verdad de la buena. Por una vez yo, Ellison Sparks, y el universo épico en expansión continua estamos en el mismo bando. Nuestras trayectorias se han alineado. Nuestras visiones son una misma.

Hoy es el día de la victoria. Hoy es cuando se invierten las tornas. Si triunfo hoy (cosa que pienso intentar por todos los medios), mañana será martes. Estoy segura. Pedí ese deseo. Pedí otra oportunidad para solucionar los temas pendientes. Por eso, una vez que lo consiga, la vida seguirá adelante y Tristan y yo estaremos juntos para siempre.

Guau, menuda historia les contaremos a nuestros nietos.

«Bueno, casi lo mandé todo al traste y el abuelo casi me abandonó. Si no me hubieran dado la oportunidad mágica de arreglar las cosas, ¡nunca hubieseis nacido, chicos!».

Ahora solo me hace falta un plan. Un plan sólido a prueba de bombas.

Me siento delante del portátil y tecleo «Cómo impedir que un chico corte contigo» para buscarlo en Google.

El primer resultado es un vídeo de YouTube de una entrevista a una mujer llamada doctora Louise Levine. Clico en el enlace. Es un corte de un programa de tertulias de hace unos meses.

—¡Bienvenidos! —exclama la periodista mirando a la cámara—. Hoy, en nuestro programa, tenemos a la doctora Louise Levine, escritora y psicóloga experta en comportamiento masculino.

Me inclino hacia delante.

«¿Psicóloga experta en comportamiento masculino?», repito mentalmente.

¡Ni siquiera sabía que existiese algo así! Es justo lo que necesito.

—La doctora Levine ha escrito un libro muy famoso titulado *Los 10 mandamientos para las chicas*, en el que enseña a las mujeres a asegurarse el amor de un hombre. Doctora Levine, ¿por qué no nos habla un poco sobre su nuevo libro?

La cámara enfoca a la autora, que está sentada en la silla adyacente. Es una mujer bien arreglada de cuarenta y pocos años; viste un traje de americana y falda de color rojo con pintalabios y tacones a juego. Lleva el pelo tan voluminoso que parece que sea un postizo que le hayan pegado a la cabeza.

—Claro —contesta la doctora Levine— y gracias por invitarme al programa. La idea en la que se basa *Los 10 mandamientos para las chicas* es muy sencilla. Las mujeres hemos desatendido nuestra feminidad, nuestra flor femenina tan especial. Justo las cosas que nos hacen tan deseables para los hombres. Las mujeres de los años cincuenta y sesenta (nuestras abuelas y tías abuelas) sabían cómo mantener a un hombre a su lado. Sabían que no era fácil y que requería esfuerzos a diario.

Asiento con mucho énfasis y me empapo de las palabras de esta mujer como si no hubiese bebido ni una gota de agua desde hace semanas.

—*Los 10 mandamientos para las chicas* enseña a las jóvenes, mediante una serie de normas básicas, fáciles de seguir y progresivas (los «mandamientos»), a utilizar las mismas tácticas que las mujeres han empleado con éxito desde hace siglos. Ya saben que, en la generación de nuestras abuelas, el divorcio no se contemplaba. Te enamorabas de un hombre y vivíais felices toda la vida. No existía el drama actual de las relaciones, con su toma y daca, su tira y afloja, su «ahora te dejo, ahora volvemos», su lucha de poder. Las mujeres sabían cuál era su mejor baza y la utilizaban para conseguir lo que querían.

Esta mujer es un genio. ¿Cómo es que no me había enterado de estas cosas hasta ahora?

—Entonces, díganos —interviene la entrevistadora—, ¿qué la ha llevado a verse capacitada para escribir un libro sobre este tema?

—Bueno, Anne —contesta la doctora Levine—, tengo un doctorado en patrones de comportamiento masculinos y me he pasado la mitad de la vida estudiando a la especie masculina.

La entrevistadora suelta una carcajada sincera.

—¡La especie! Me encanta. Es como si fueran primates en la selva.

La doctora Levine sonríe con educación.

—En cierto modo, lo son. A todos nos gusta creer que los hombres son unas criaturas complicadas y difíciles de comprender, pero en realidad no es así. Son muy básicos. En el sentido biológico, apenas han cambiado desde la era del hombre de las cavernas; y nosotras, tampoco. Es nuestra sociedad la que ha complicado los roles de género. Yo estudio a los hombres del mismo modo que un zoólogo estudiaría a los simios en la selva.

Guau... Ni siquiera sabía que pudieras estudiar una carrera para aprender a descifrar el cerebro masculino. Desde luego, ¡esta mujer es una experta en el sexo opuesto!

Escucharla hace que de inmediato tome conciencia de lo poco que sé yo. A ver, Tristan es el primer tío con el que he salido. Mi primera relación de verdad. (Y no, no cuento los siete minutos que me pasé besando a Alex Patterson dentro de un armario en octavo.)

Yo intentando adivinar cómo solucionar el dilema de Tristan por mi cuenta y resulta que estoy pez total en el tema chicos.

Paro la entrevista (lo que he visto ya ha servido para convencerme) y entro en la página de mi librería online favorita, donde todavía me queda algo de dinero de la tarjeta de regalo de mi cumpleaños. Busco *Los 10 mandamientos para las chicas* de la doctora Louise Levine.

Jo, parece que el libro es muy famoso. Está el número 4 en la lista de libros de autoayuda más vendidos. Por lo menos, no soy la única en esta situación.

Compro la edición electrónica y me la descargo en el móvil. Un minuto después, ya estoy ojeando el índice. Hay una introducción y diez capítulos, uno para cada mandamiento. No tengo tiempo de leerlo todo ahora, así que me limito a leer por encima los títulos de los capítulos. Me siento como si con cada uno de ellos me dieran un mazazo con una nueva revelación.

Cuarto mandamiento para las chicas: NO le escribirás ni le devolverás las llamadas al momento.

Vaya, pues ya he cometido el primer error. Siempre contesto a los mensajes de Tristan en cuanto me escribe. Es lo que he hecho los dos lunes anteriores.

Miro el móvil y releo los mensajes de Tristan.

¿Quiere hablar de lo que sucedió anoche? Bueno, pues tendrá que esperar.

¡Ja!

Siguiente paso.

Quinto mandamiento para las chicas: Serás siempre una criatura misteriosa.

Me doy una palmada en la frente. ¡Pues claro! ¡Hay que ser misteriosa! Nunca soy misteriosa. Siempre soy tan... bueno... todo lo contrario de misteriosa.

Voy a ese capítulo y lo leo en diagonal. Contiene consejos adicionales sobre cómo llegar a ser una Criatura Misteriosa. Cosas del tipo:

- Responde a sus preguntas con otra pregunta.
- No digas de forma directa lo que quieres decir.
- ¡Evita el dramatismo! No dejes que note que estás disgustada.
- No te rías con demasiada efusividad de sus chistes.
- Nunca comas delante de él.

Mierda. ¡Como delante de Tristan a diario! Ya está bien, deberían enseñar estas cosas en el colegio. Es mucho más útil que la química. Mejor, es como la química de la vida.

Ahora que tengo unas pautas que seguir, este día será pan comido. Meto el teléfono en la mochila y voy dando brincos a la ducha.

Diez minutos más tarde, estoy de nuevo delante del espejo, calibrando las opciones de mi vestuario.

Segundo mandamiento para las chicas: Siempre te mostrarás femenina y refinada en una cita.

El libro dice que a los chicos les gustan las chicas que «parecen» chicas. Eso les recuerda su propia masculinidad y cuál es su papel dentro de la relación.

Busco en internet a ver si me inspiro y al final decido ponerme un vestido por la rodilla de encaje rosa que mi madre me compró hace dos años y que no me he puesto nunca porque siempre me parecía demasiado femenino. Lo complemento con un cinturón. Luego me ondulo el pelo, con rizos sueltos y atractivos. Para el maquillaje, elijo una paleta de tonos rosados y tierra, muy cálidos.

Doy el toque final al conjunto con un colgante dorado en forma de corazón que me realza el cuello.

Cuando me miro en el espejo, tengo que admitir que estoy guapísima. ¡Genial! Creo que Tristan no me ha visto nunca con un estilo semejante. Ahora que lo pienso, yo tampoco me he visto nunca tan arreglada.

—¡Buenos días, querida familia! —exclamo unos minutos después mientras entro flotando en la cocina, como una brisa de verano.

Mi nuevo yo recién estrenado los sorprende a todos, hasta el punto de que soy capaz de parar el número de circo en mitad de la actuación. Mi padre levanta la vista del iPad, mi madre despega los ojos de la puerta del armario que iba a aporrear y mi hermana apoya el libro en la encimera.

—¡Guau! —exclama Hadley—. Supongo que eso significa que te ha llamado.

Me limito a responder con una sonrisa y abro la puerta de la nevera con una floritura.

—Estás de muy buen humor para ser lunes —comenta mi padre.

Saco el paquete de pan de molde y cierro la puerta. Asiento con mucho énfasis.

—Creo que hoy será un buen día.

—Llueve —apunta Hadley.

—¿Ah, sí? —pregunto con aire nostálgico mientras meto el pan en la tostadora—. Bueno, así será aún más romántico.

—¿Qué eme...? —pregunta Hadley e intuyo que ha estado consultando otra vez el Urban Dictionary.

Le doy una palmadita en la cabeza.

—Eres adorable.

—Mamá —gimotea Hadley—, Ellie ha tomado alguna droga. ¿Cuándo fue la última vez que registrasteis su habitación para ver si escondía narcóticos?

Miro la pantalla del iPad por encima del hombro de mi padre.

—Narcótico —le sugiero señalando el espacio de la triple puntuación de palabra.

Lo teclea.

—¡Noventa y seis puntos! ¡Sí!

Levanta la mano para chocar los cinco y le respondo con el mismo gesto.

Mi madre cierra el armario de un portazo.

Mi padre levanta la mirada del iPad.

—¿Qué buscas? —pregunta.

—¡Nada! —suelta ella—. No busco nada de nada. ¿Para qué iba a buscar algo que no tengo ni la más remota esperanza de encontrar, eh? ¡Por lo menos, bajo este techo!

Cuando saltan las tostadas, las embadurno con mantequilla de cacahuete y pego un mordisco. Esta vez, no pienso permitir que acaben aplastadas en el fondo de la mochila.

—Ellie —dice mi padre.

—No te preocupes —le digo y me acerco a él para plantarle un beso en la mejilla—. Entraré en el primer equipo. No me cabe la menor duda.

Me subo la mochila al hombro y voy a la puerta del garaje. Me detengo a medio camino y los miro unos segundos, antes de decir:

—Espero que tengáis un día fantástico y fructífero. Yo estoy lista para cambiar el mundo.

Now I'm a Believer

«Ahora sí creo en el amor»

8:02 H

—Ostras. Llueve que te cagas, ¿no? —dice Owen mientras se mete en el coche y se sacude el pelo mojado.

Observo las diminutas gotitas de lluvia que van a parar al salpicadero del coche, pero hoy resisto la tentación de secarlas. Al ver que no reacciono, Owen se vuelve y me mira de arriba abajo. Sus ojos se detienen en mi ropa unos segundos más de lo normal, como si notara que hay algo distinto, pero no supiera adivinar el qué.

—¿Te gusta? —le pregunto.

Me toco un rizo que me cae sobre el hombro.

—Eh —tartamudea, pero no llega a terminar la frase. En lugar de eso, decide comentar la música que he puesto—. ¿Es una selección nueva?

Enciendo el motor y salgo del camino de su casa.

—Sí, he preparado la lista esta mañana. Se llama «Nuevo orden mundial».

Me coge el teléfono y va pasando pantallas para ver las canciones.

—Es muy... alegre.

Meneo la cabeza al ritmo de *I'm a Believer* de The Monkees.

—¿Qué puedo decir? Estoy alegre.

Tengo que admitir que me decepciona un poco que Owen no haya comentado mi aspecto. Habría sido un detalle que confirmase que mi nueva imagen es impactante, pero da igual. No me he vestido para impresionar a mi mejor amigo. Me he vestido para impresionar a mi novio.

—¡Ay, casi se me olvida! —Hurga en la mochila y saca dos galletas de la suerte—. Elige tu sabrosa buena suerte.

Miro las dos galletas envueltas que sostiene en la mano y elijo la de la izquierda. Owen abre la otra y lee en voz alta. Casi repito las palabras con los labios mientras lo oigo.

—«Si tus deseos no son exagerados, te serán concedidos». —Arruga el mensaje y lo tira en el asiento de atrás—. Mis deseos siempre son exagerados.

Encesto mi galleta en el posavasos.

—¿No piensas abrirla? —me pregunta Owen.

—No... —contesto—. Ya sé lo que va a poner.

Resopla.

—Eso es imposible.

Oigo un crujido a mi lado y vuelvo la cabeza para ver a Owen leyendo mi mensaje de buena suerte.

—«Sé la mejor versión de ti misma».

Por poco no me salgo de la carretera de un volantazo.

—¿Qué?

—Eeeeeh. ¿Te has cansado de conducir?

Le arrebato el mensaje y lo leo otra vez en voz baja.

Sé la mejor versión de ti misma.

¡Pero si es diferente! ¿Cómo puede serlo?

—Pensaba que habías dicho que ya sabías lo que iba a poner —comenta Owen, y percibo claramente su petulancia.

—Eh... eh... —tartamudeo—. Creía que lo sabía, pero supongo que habrá cambiado.

De repente, caigo en la cuenta.

¡Pues claro que ha cambiado! ¡Es mi buena suerte! ¡Mi destino! Ya he puesto en marcha unos cuantos engranajes. Ya he empezado a cambiar mi destino.

—Cuidado, semáforo en ámbar —dice Owen interrumpiendo mi revelación.

Parpadeo y vuelvo a la realidad. Dejo el mensaje de buena suerte sobre mi regazo. De manera instintiva, piso a fondo el freno y me paro con un chirrido justo antes de que el semáforo se ponga en rojo. El coche que tengo al lado decide arriesgarse e intenta pasárselo. Asombrada, observo como el cruce estalla en una serie de brillantes fogonazos.

—Ese tío no se libra de la multa —dice Owen.

Se me pone la carne de gallina.

Funciona.

Estoy cambiando el rumbo. Voy a arreglar este día.

Bajo la mirada hacia el papelito que tengo sobre las piernas.

Sé la mejor versión de ti misma.

«*Touché*, universo».

Eso es justo lo que pienso hacer.

Raindrops Keep Fallin' on My Head

«Las gotas de lluvia me mojan la cabeza»

8:05 H

Antes de llegar al instituto, se me ocurre que sería buena idea probar algunos de los consejos de *Los 10 mandamientos para las chicas* con Owen. Ya sabes, para practicar un poco antes de la hora de la verdad. Porque a ver, Owen es un tío, y, según la doctora Levine, todos los hombres están programados biológicamente para responder a esos mandamientos. Y seamos sinceros, si quiero llegar a ser una criatura misteriosa (quinto mandamiento), tengo que practicar todo lo que pueda.

—¿Llegaste a ver el estreno de la nueva temporada de *Presunto culpable*? —me pregunta mientras esperamos a que el semáforo se ponga en verde.

Responde a sus preguntas con otra pregunta.

—¿Y tú? ¿Viste el estreno de la nueva temporada de *Presunto culpable*?

Owen me mira sin entender nada.

—Eh, sí, claro. Te escribí anoche para decirte que lo estaba viendo.

Suspiro. Vale, de momento esa táctica no me ha llevado a ninguna parte.

—No, aún no lo he visto.

Owen da un puñetazo en el salpicadero.

—¡Leñe! Tienes que verlo. Te has perdido el mejor episodio. —Primero espera a que le responda, pero como no lo hago, añade—: ¿Es que ya no te interesa la serie?

El sentimiento de culpa regresa y me golpea en las entrañas por tercera vez. Quiero decirle a Owen que lo siento, pero...

No digas de forma directa lo que quieres decir.

—Bueno —empiezo. Carraspeo—. Esto... Siento que... te haya decepcionado... mi falta de entusiasmo hacia... este entretenimiento televisivo por entregas, pero deberías saber que... tengo intención de... ver el episodio en cuestión esta... noche.

Vale, acabo de hablar como un tesauro con patas.

Owen vuelve a mirarme con cara rara.

—¿Qué bicho te ha picado?

—¿Y qué bicho te ha picado a ti?

—Vamos, ¿por qué te comportas de forma tan extraña?

—¿Por qué te comportas tú de forma extraña? —contraataco.

—¡Yo no estoy haciendo nada raro!

—Y yo tampoco.

Suelta una risotada.

—Protesto. Respuesta evasiva.

—Denegada.

—No puedes denegar mi protesta.

Me encojo de hombros.

—Pues claro que sí.

—¿Por qué motivo?

—¿Y por qué motivo protestas tú?

Owen levanta las manos.

—¡Aaaaaah! ¿Pero qué te pasa? ¿Quieres sacarme de quicio?

197

—¿Y qué te pasa a ti?

—Oye, ¿no jugábamos a esto cuando teníamos diez años?

Me muerdo el labio. Creo que no lo estoy haciendo bien. Parece que Owen se ha mosqueado de verdad. No creo que ese sea el objetivo del libro. ¿Se supone que tienes que exasperar a tu novio para que quiera seguir contigo?

No suena muy lógico.

Giro para entrar en el aparcamiento del insti.

—Bah, déjalo —murmuro—. No lo entenderías.

Aparco y paro el motor. Casi puedo percibir la confusión que emana de mi amigo. Cojo el paraguas del asiento de atrás mientras Owen sale del coche y cierra de un portazo.

Pongo la mano en el tirador para abrir mi puerta, pero me detengo al recordar:

Octavo mandamiento para las chicas: Mereces que te traten con gentileza.

La doctora Levine dice que una chica nunca debería abrir la puerta ni pagar en los restaurantes. A los hombres les gusta hacer esas cosas porque les hace sentir importantes.

Owen da unos golpecitos en el cristal de su lado, pero sigo sin moverme.

Tarde o temprano lo pillará.

No lo pilla.

Al cabo de unos segundos más, abre la puerta del copiloto.

—Ells, ¿se puede saber qué carajo haces ahí dentro? ¿Se te ha olvidado cómo se abre una puerta? Me estoy calando...

Suspiro y abro la puerta de un empujón. No tiene remedio. No sé, quizá los mandamientos no funcionen con todos los tíos, quizá solo funcionen con el tío con el que sales. Eso tendría sentido, ¿no? ¿Por qué se iba a molestar Owen en abrirme la puerta como un caballero?

Abro el paraguas y salgo. Aaaaah..., qué maravilla no mojarse cuando llueve.

Después de cerrar el coche con llave miro a Owen, expectante. Estoy segura de que va a echarse a correr otra vez, porque hoy tampoco lleva paraguas, pero se limita a caminar a mi lado, me sigue el paso y, sin que le importe, acaba calado hasta los huesos. Le ofrezco compartir el paraguas, pero se encoge de hombros.

—Unas gotas de lluvia no hacen daño a nadie —comenta.

Se nota que lo dice porque no ha visto las dos últimas fotos que me hicieron para el álbum de clase.

Cuando llegamos a la entrada del instituto, cierro el paraguas y alargo el brazo para abrir la puerta, pero Owen me detiene tirándome del codo con cuidado.

—Espera.

—¿Qué?

Se mira los pies y juguetea con el asa de la mochila.

—Owen —gimoteo—. Hace un frío que pela y llueve y...

—Me gusta.

Escupe la frase sin más, como si temiese tragársela y atragantarse si no la suelta de una vez.

Inclino la cabeza.

—¿La lluvia?

—No. El... eh... el vestido.

Reconozco que me sorprende un poco que lo admita. Sin embargo, antes de que pueda darle las gracias por el cumplido, Owen ya ha abierto la puerta de un empujón y ha desaparecido dentro del edificio, como si se muriese de ganas de alejarse de mí.

Oh Happy Day

«¡Qué día tan feliz!»

8:47 H

¡Sí! ¡No hay duda!

Hoy lo estoy bordando.

Todo va justo según el Plan Genial. (Sí, ejem, acabo de acuñar el término.)

¿Paraguas? Me he acordado.

¿Multa por saltarme el semáforo? La he evitado.

¿Foto de clase? He salido perfecta.

Cuando me bajo del taburete y miro la pantalla de la cámara, me encanta comprobar que soy la personificación de la pose y la elegancia. Ni un pelo fuera de su sitio. Ni un resto de maquillaje. Por cierto, ahora que lo pienso, así es como debería ser una foto para el álbum del instituto, ¿no? Bueno, ya me entiendes, salvo que seas yo...

Incluso la ayudante de la fotógrafa alaba mi fotografía. Desde luego, las otras veces no lo hizo.

Mientras vuelvo a la clase de Química, echo un vistazo al móvil y veo que Tristan me ha escrito otro mensaje.

Tristan: ¿Te han llegado mis mensajes? ¿Quieres quedar antes de Español?

Vaya, vaya. ¿Noto cierto tono de desesperación en su voz? Interesante.

No le contesto al momento, porque me acuerdo del cuarto mandamiento, y cuando suena el timbre, voy directa a la clase de Español. No paso por Caja (es decir, la taquilla de Tristan). No recojo doscientos dólares de la banca. Soy una criatura misteriosa, y las criaturas misteriosas no van detrás de sus novios. Dejan que sus novios vayan detrás de ellas.

No soy plasta ni estoy desesperada. Estoy segura de mí misma y merezco que me traten con gentileza.

Casi a punto de llegar al aula de Español, oigo unos pasos apresurados que se acercan y, de pronto, tengo a Tristan delante. Y, a decir verdad, parece que le falta el resuello.

¿Habrá corrido para alcanzarme?

Muy, pero que muy interesante.

—Eh, hola —dice sin aliento—. ¿Te han llegado mis mensajes?

Tercer mandamiento para las chicas: Siempre debes dar la impresión de ser importante y estar ocupada.

Finjo confusión y saco el móvil del bolsillo para mirar la pantalla.

—¡Ups! Aquí están. Acabo de verlos. Lo siento. He tenido una mañana un poco loca.

Le dedico una sonrisa triunfal.

Parece decepcionado. Sigo sonriendo.

—Ah, ¿has estado liada?

Suspiro como si llevara el peso del mundo sobre los hombros, pero no me importase en absoluto.

—Uy, sí. Hoy es el discurso de candidatura a representantes de alumnos y tengo un control de Historia en la siguiente hora para el que no he estudiado. Y además, las pruebas de selección de softball son esta tarde. Ya ves, llevo mil cosas en danza.

—Claro —dice, pero te juro que suena descolocado—. Bueno,

¿y crees que tendrás tiempo de hablar conmigo hoy en algún momento? Me apetecía charlar sobre lo que pasó anoche.

Finjo mirar el calendario del teléfono y pongo una mueca. Succiono el aire entre los dientes.

—Uf, hoy lo tengo complicado. Pero supongo que encontraremos alguna solución.

Me doy la vuelta y me dirijo a la clase. Tomo asiento en la última fila, como siempre. Una vez más, Tristan corre para alcanzarme y se deja caer en el pupitre de al lado. Miro fijamente hacia la pizarra, pero noto que me observa, me analiza. Como si intentase averiguar de qué me conoce.

—¿Estás... cabreada? —pregunta con una voz cargada de confusión.

Me sacudo el pelo mientras le dedico otra sonrisa beatífica.

—¿Por lo de anoche? Claro que no. Fue un malentendido, una chorrada.

—¿Ah, sí?

—Pues claro. No te culpo en absoluto.

Se produce un silencio largo, aturdido.

—¿Ah, no?

—No.

Miro hacia delante y simulo concentrarme más que nunca en las conjugaciones que la señora Mendoza escribe en la pizarra; pero en silencio, por dentro, grito de alegría.

«¡Funciona! ¡Funciona de verdad!».

Sin embargo, por desgracia estoy tan ocupada en parecer ocupada que se me olvida por completo el pájaro que choca contra la ventana hasta que el enorme golpetazo me hace dar un brinco.

—¡Dios mío!* —exclama la señora Mendoza y se lleva la mano al pecho.

—¿Está muerto? —pregunta alguien y corre a la ventana junto con un puñado de estudiantes.

—Muerto y bien muerto —responde Sadie Haskins.

Me inunda el sentimiento de culpa. ¡Tendría que haberme acordado del maldito pájaro! Podría haberlo salvado. Sin embargo, mi pena dura poco, porque noto que Tristan apenas presta atención a la conmoción que ha provocado el pájaro muerto. Tiene la mirada fija en mí. Una vez más, da la impresión de intentar descifrar el inquebrantable Código Ellison.

La señora Mendoza vuelve a captar la atención de la clase y continúa con el temario. Cuando se da la vuelta, veo por el rabillo del ojo que Tristan garabatea algo en una hoja que ha arrancado del cuaderno. Se asegura de que la señora Mendoza sigue concentrada en otra cosa y desliza la nota hacia mi pupitre.

Cuento hasta diez antes de mirarlo, porque, ya sabes, ¡hay que ser una criatura misteriosa! Parecer importante y muy ocupada. Pero con toda sinceridad, son los diez segundos más largos de mi vida.

Bajo la mirada como si tal cosa, fingiendo que acabo de darme cuenta del papel.

Entonces ¿todo arreglado?

Me estremezco sin querer. Son exactamente las mismas palabras que empleé cuando fui yo quien le pasó la nota.

Me vuelvo hacia Tristan con calma, le sonrío y pongo los pulgares hacia arriba.

Durante el resto de la clase, mi mente solo puede pensar en una cosa.

«Sí, se han invertido las tornas».

Do-Wah-Diddy

«Do-Wah-Diddy»

12:40 H

Después de que me salga perfecto el control de Historia (¡a la tercera va la vencida!), voy a mi taquilla a guardar los libros. Tal como esperaba, encuentro el guion del discurso dentro del bolsillo de velcro de la mochila, justo igual que ayer, y meto las fichas en el bolsillo del vestido.

Cuando me doy la vuelta, veo que Tristan se acerca por el pasillo. Me vuelvo otra vez y me quedo mirando la taquilla. Procuro parecer ocupada en ordenar algo. ¡Lo que sea! Pero por supuesto, mi taquilla ya está inmaculada. Ni siquiera hay un lápiz fuera de su sitio. Por eso, se me ocurre coger un cuaderno, abrirlo al azar y fingir que estoy concentrada en lo que sea que haya escrito en esa página.

Noto unos labios cálidos que me besan el cuello. Reprimo un grito de emoción.

—Ay, hola —lo saludo sin despegar la vista del cuaderno.

Tristan me coge del hombro y tira de mí con cuidado para que me dé la vuelta y quedemos cara a cara. Al instante, pone sus labios sobre los míos. Me da un beso apasionado y urgente. Como si no me hubiera besado desde hace semanas. Una mano serpentea por mi cintura y me estrecha contra él; la otra mano me acaricia el pelo, sus dedos se enredan entre los rizos a los que tanto tiempo he dedicado esta mañana para que quedasen perfectos.

El cuaderno en el que fingía estar absorta se me escurre de los dedos, que pierden fuerza en cuanto mi cuerpo cede ante Tristan. Menos mal que tiene un brazo alrededor de mi cintura. De lo contrario, lo más probable es que me cayera al suelo junto con el cuaderno. Estoy tan embelesada por el contacto de sus labios contra los míos que casi me olvido del séptimo mandamiento.

Séptimo mandamiento para las chicas: Siempre debes ser la primera en poner fin a un beso y una cita. ¡Déjalo con ganas de más!

Me hace falta reunir toda la fuerza mental que poseo, pero al final consigo despegarme de Tristan. Intento que no se note que me ha dejado en las nubes con el morreo que acaba de darme, pero lo cierto es que las rótulas se me han derretido por completo. Freno mi cuerpo tembloroso apoyándome en la taquilla que tengo detrás.

—Ha estado bien —digo con poco entusiasmo.

Me agacho a recoger el cuaderno del suelo.

Tristan suelta una risotada.

—¿Que ha estado bien? Si ha sido como el mundial de los besos.

Inclino la cabeza de un lado a otro.

—Tal vez.

«¿Tal vez?».

¿Soy una criatura misteriosa o un personaje de *Downton Abbey*?

Tristan se inclina hacia delante y apoya la frente contra la mía.

—¿Qué piensa esa preciosa cabecita tuya?

—¿Y qué piensa esa preciosa cabecita tuya?

Se ríe a carcajadas otra vez.

—¿Después de ese beso? No sé si quieres saberlo...

Noto que el rubor, de un rojo intenso, me sube por el cuello. ¿Las criaturas misteriosas también se ponen coloradas?

Bajo la cabeza y aparto la mirada.

—Me refiero a si estás segura de que estás bien —dice levantándome la barbilla para que lo mire a los ojos.

—¿Y tú? ¿Estás seguro de que estás bien?

Su cara se contrae por la confusión.

—Síííííí —alarga la palabra, como si intentara ganar tiempo para que esta conversación empezase a tener sentido—. ¿Vas a ir a la sala de música con nosotros a la hora de comer?

—¿Y tú vas a ir a la sala de música con nosotros a la hora de comer? —pregunto a mi vez.

Vale, no tengo muy claro que el quinto mandamiento funcione con todas las conversaciones.

—¿Eh?

Me muerdo el labio.

—Déjalo.

—Entonces ¿vendrás o no?

Mi corazón casi da saltos mortales dentro del pecho, mientras grita «¡Sí, sí, sí!», pero mi cerebro baja las revoluciones y me recuerda la Operación Recuperar al Novio (de acuerdo, acabo de inventarme ese concepto también).

Décimo mandamiento para las chicas: Nunca aceptarás una cita que te propongan con menos de cuarenta y ocho horas de antelación.

Aunque, técnicamente, no me ha propuesto una cita. Y técnicamente, dado mi ilógico embrollo actual, Tristan no tiene la capacidad física (¿o cósmica?) de pedirme salir con más de cuarenta y ocho horas de antelación. Así que, «técnicamente», podría decirle que sí ahora mismo.

Pero no lo haré.

Todo está saliendo tan redondo que no quiero estropearlo desobedeciendo los consejos del libro.

—Me encantaría, pero... —tengo que obligar a mis labios a que formen esas palabras. Todavía notan el cosquilleo del beso y están a punto de montar una rebelión a gran escala—. Debería ir a un sitio más tranquilo para practicar el discurso. —Saco las tarjetas del bolsillo y las sacudo en el aire, a modo de prueba—. No quiero quedar en ridículo delante de todo el instituto.

«Otra vez», añado en silencio para mis adentros.

Tristan mete los dedos por dentro de mi cinturón y tira de mí.

—Pero te echaré de menos. Me da la impresión de que no te he visto casi en todo el día.

Ajá, ¿quién es el plasta dependiente ahora?

—Ya me verás esta noche —le recuerdo—. En la feria. Después del concierto, seré toda tuya.

Sus dedos se resbalan del cinturón.

—Espera, ¿qué concierto?

«Ay, ay, ay».

Se me ha olvidado. Esa parte todavía no ha llegado y soy yo la que tiene que conseguirle el concierto. Aunque claro, salir pitando del insti y arriesgarme a que me castiguen solo para lograr que los de la feria dejen dar un concierto a la banda de mi novio debe de infringir por lo menos tres mandamientos a la vez.

Tendría que contárselo ahora mismo. Contarle ya que le he apalabrado un concierto, luego escaparme durante la hora del almuerzo y dejarlo atado de verdad. Pero entonces no podré practicar el discurso, cosa que tengo que hacer sin falta. No pienso cagarla por tercera vez.

—Ay, eh —tartamudeo—. ¿He dicho concierto? Quería decir «contento». Ya sabes, después del contento, de la alegría...

Junta las cejas.

—¿Del contento?

—Sí —insisto y mi mente busca a toda prisa algo que no me haga quedar en un ridículo tan espantoso como ahora mismo—. Ya sabes, el contento de montarte en las atracciones, el subidón, la adrenalina...

Y me pongo a saltar y a sacudir los brazos como si estuviera flipando.

Buf, esta conversación está cayendo en picado.

—Eh... —Tristan no sabe qué decir—. Creo que me he perdido.

Le lanzo una mirada traviesa, como si todo esto formase parte de una sorpresa muy guay que llevo meses organizando.

—¡Supongo que pronto lo entenderás! ¡Tengo que largarme! —Le doy un beso en la mejilla—. Diviértete en el ensayo.

Luego echo a andar por el pasillo y noto que los ojos de Tristan me siguen durante todo el camino.

Por lo menos he captado su atención. De algo servirá, ¿no?

Light My Fire

«Enciende mi fuego»

12:42 H

Me dejo caer por la cafetería a pillar algo de comer. Se acabó lo de dar discursos importantes con el estómago vacío. Ya he aprendido la lección, dos veces.

La cafetería es una casa de locos. Por eso nunca como aquí. Antes incluso de que Tristan y yo comenzáramos a salir juntos y de que yo empezara a almorzar en la sala de música mientras él ensayaba, siempre comía en la biblioteca.

Este sitio es la peor pesadilla para un introvertido. Si el simple número de personas embutidas como sardinas en lata no basta para que te entren ganas de llorar, las miradas que te dan un repaso de arriba abajo mientras te juzgan le ponen la guinda al pastel.

Pago el sándwich ya preparado y la botella de zumo (sin lugar a dudas, la opción más segura) y me voy derechita a la salida. Cuanto menos tiempo pase aquí, más me lo agradecerá mi salud.

Cuando estoy a mitad de camino de la puerta, oigo un gran estruendo que resuena sobre las baldosas implacables. Me doy la vuelta y veo a una chica esbelta, de piel clara y pelo negro azabache, desplomada en el suelo, con los restos de la comida que llevaba en la bandeja desparramados a su alrededor.

El comedor al completo se paraliza y se queda mirando, y yo me odio a mí misma por hacer lo mismo. Cuando la chica se levanta con esfuerzo, le veo la cara, pero no la reconozco. Apuesto a que es nueva.

Siento vergüenza ajena por ella. ¿Estamparse de bruces el primer día de instituto? Ay, pobre de ella.

¿Ha pasado lo mismo los dos días anteriores? Seguramente. Solo que no me enteré porque no estaba aquí para verlo.

Veo a Cole Simpson, un tío con un puesto fijo en el aula de castigados, chocar los cinco con los idiotas de sus amigos. Es probable que haya sido él quien le ha puesto la zancadilla a la pobre chica.

Doy un paso para acercarme a ella, con la firme intención de ayudarla y presentarme, pero veo que ya le está echando una mano un tipo que estaba sentado a una mesa cercana. Mientras se agacha para ayudarla a recoger la comida, veo que tiene la parte delantera de la camiseta manchada con el flan de chocolate que la chica llevaba en la bandeja.

Nada, parece que él ya lo tiene todo bajo control. Me meto el zumo bajo el brazo y pongo rumbo a la biblioteca.

Cuando llego, Owen está soltando su misma reflexión acalorada sobre la Muerte como narradora en *La ladrona de libros* y me dirijo escaleras arriba hacia las cabinas de grabación.

Esta vez, no voy a dejar que nada ni nadie me estropee el discurso.

Hojeo las fichas, las leo una por una con atención y, por primera vez, asimilo de verdad lo que dicen. Owen tenía razón. Este discurso es un tostón. Pero no es que me vaya a poner a reescribirlo ahora, veinte minutos antes de tener que soltarlo.

Aunque es verdad que ya podía tener algo más de gracia el discursito, ¿no? Es increíblemente ambiguo. Le vendría de perlas incluir alguna que otra idea concreta sobre cómo vamos a mejorar el instituto, en vez de la triste promesa de hacerlo.

Le doy un bocado al sándwich y sigo leyendo. Lo reconozco, hoy ya no me siento tan mal ante la idea de tener que plantarme delante de todo el instituto. Después de haberlo hecho dos veces y, además, haberla cagado ambas veces, me impone muchísimo menos. Tal vez sea verdad que hablar en público se hace más fácil con la práctica.

En cuanto termino de leer el montón de tarjetas un par de veces, la puerta del diminuto cubículo se abre de par en par y Owen asoma la cabeza.

—¿En qué andas? —me pregunta, y se acerca sigilosamente para echar un vistazo por encima de mi hombro.

—Nada, ensayaba el discurso más aburrido de la historia.

Me quita las tarjetas de la mano y las hojea.

—¡Jolín! Este discurso hace que la vainilla parezca el sabor más exótico del mes.

Sonrío. Es exactamente lo que dijo la última vez que leyó estas fichas.

—Lo escribió Rhiannon Marshall. Yo me limito a hacer lo que se le antoje a ella, como buen perrito faldero que soy. —Me apunto con el pulgar hacia el hombro—. ¿Has ganado?

Echa un vistazo detrás de mí sin entender nada.

—¿Eh?

—Tu debate a muerte sobre la película contra el libro. A esos cabezas de chorlito, ¿les has hecho ver lo equivocados que estaban?

Sonríe con picardía.

—Siempre. —Pero entonces la sonrisa se le esfuma de la cara—. Espera. ¿Cómo sabías que discutíamos sobre eso? ¿Tanto gritaba? Pensaba que, en teoría, estas cabinas estaban insonorizadas.

Por un instante me planteo contárselo de nuevo. Si pude convencerlo anoche, seguro que podría convencerlo ahora. Pero no tengo muy claro que sirviese de nada.

La Operación Recuperar al Novio está destinada a triunfar. Ya he conseguido darle un giro de 180 grados a este día. No hace falta arrastrar a Owen hasta mi inexplicable dramatismo cósmico.

Me encojo de hombros.

—Te conozco, eso es todo. Es algo que tú discutirías sí o sí. Aunque te equivocases de argumento. La verdadera razón por la que la Muerte no es una narradora tan potente en la película es porque en el libro su voz era nuestra voz. Cada lector la oía como creía que había que oírla. La película se lo carga al darle a la Muerte, literalmente, una voz.

Inclina la cabeza y me mira, mientras una sonrisa torcida se le empieza a dibujar en la cara. De repente me doy cuenta de lo pequeña que es esta habitación y de lo apretados que estamos dentro. No está hecha para dos personas, sino más bien para una sola persona y una grabadora.

Los ojos le brillan al comprender de pronto.

—Pero tendrás cara...

—¿Por qué? —pregunto.

—Lo has leído.

—¿El qué?

—*La ladrona de libros*.

—No, no lo he leído —le contesto—. ¿Para qué iba a leerlo?

—Porque en el fondo quieres apuntarte al club de lectura, pero no lo haces porque no te dejaría acudir a tus preciadas citas para comer con Míster Estrella del Rock.

Hago un ruido extraño y excesivamente largo con la lengua que suena algo así como pfff, sssh, fff, shssh.

—¡Venga ya! Protesto. Irrelevante.

—Protesto. Totalmente relevante.

—Protesto. Está acosando a la testigo.

—Protesto. No ha contestado a la pregunta.

—¡Pero si no has hecho ninguna pregunta!

Se apoya contra la pared y cruza los brazos.

—Muy bien. ¿Has leído o no has leído *La ladrona de libros*?

Adorno mi respuesta monosílaba con un rotundo movimiento de cabeza.

—No.

—Protesto. Miente.

—Eso no es una protesta real.

—No estamos en un juicio real.

Pongo cara larga.

—Bueno, me da igual. Me lo leí en verano.

Entrecierra los ojos y me mira. Es su mirada de olla a presión. Te hace sentir como si estuvieses atrapada en un recipiente cerrado al vacío, sin aire y sin escapatoria, y si no le das la respuesta que él quiere, acabarás explotando.

—¡Vale! —admito exasperada—. Me lo leí la semana pasada.

—¿Qué otros libros del club de lectura te has leído sin decírmelo?

Me meto las fichas en el bolsillo, arrugo el envoltorio del sándwich y paso junto a Owen para acceder a la puerta. La abro con el hombro.

—No tengo tiempo para esto. Tengo que dar un discurso dentro de, digamos, siete minutos.

Me sigue de cerca.

—¿Por qué no te apuntas al club de lectura y ya está? No lo entiendo.

—Porque no tengo tiempo. Y si Rhiannon y yo ganamos hoy... —Hago una pausa, me corrijo—. Cuando. Cuando Rhiannon y yo ganemos hoy, tendré todavía menos tiempo.

Intenta dedicarme la mirada de olla a presión otra vez, pero me niego a mirarlo a la cara.

—Eso es una chorrada total y lo sabes. Ahora cuéntame el verdadero motivo por el que no te apuntas al club de lectura. Es por él, ¿verdad?

—¿Qué? —gruño mientras salimos de la biblioteca y giro a la izquierda hacia el gimnasio—. No. Y no seas ridículo. A Tristan le daría igual que me apuntase al club de lectura.

—Ya, a él no le importaría —puntualiza Owen—. Pero a ti sí.

—Protesto... —empiezo a decir, pero no puedo acabar la frase.

—¿Qué? —Owen me provoca—. ¿Lo ves? Ni siquiera se te ocurre nada, porque es la verdad.

Dejo escapar un profundo suspiro. No tengo tiempo para esto

justo ahora, pero al parecer Owen tiene todo el tiempo del mundo, porque sigue insistiendo.

—No quieres comprometerte con nada que interfiera con los planes de su grupo. Quieres estar disponible para él a todas horas.

Me burlo.

—Eso no es cierto.

—Pues claro que es cierto. Por eso este verano pasaste de trabajar conmigo como monitora de campamento. Por eso anoche no viste *Presunto culpable* a la vez que lo veía yo. A veces parece que todo lo que haces, lo hagas por él.

—Owen —replico exasperada, mientras levanto la mano y me doy media vuelta.

Él choca contra la palma de mi mano. Me asombro un montón al notar cuánto se le marcan los músculos bajo la camiseta.

«Ostras, ¿Owen tiene pectorales?», pienso.

¿De dónde los ha sacado?

Está claro que no los tenía al principio del verano, la última vez que lo vi en bañador.

El inesperado descubrimiento me hace perder el hilo por un instante. Bajo la mirada y compruebo que mi mano sigue sobre su pecho. Él también baja la mirada y la vuelve a subir como diciendo: «¿Y ahora qué?».

Quito la mano rápidamente.

—¿Qué? —pregunta.

—Para que lo sepas —le recrimino—, justo hoy he dejado pasar la oportunidad de hacer algo por él porque interferiría con mis planes.

—¿Ah, sí? ¿El qué?

Owen cruza los brazos delante del pecho y descubro cómo mi mirada se va directa a sus bíceps, también más corpulentos de lo que recuerdo.

¿A qué se ha dedicado en el campamento? ¿A hacer pesas?

—Hmm —digo mientras vuelvo a concentrarme—. Me he enterado de que el grupo que tenía que tocar en la feria esta noche ha cancelado la actuación, así que podría saltarme las clases para ir a conseguirle el concierto a los Guaca-Mola, pero no voy a ir porque tengo otras cosas que hacer.

«Y porque obedezco *Los 10 mandamientos para las chicas*», añado para mis adentros, preocupada por que no se me escape en voz alta, pues sonaría como si fuese miembro de una secta que me hubiese lavado el cerebro.

Owen pone los ojos en blanco.

—Guau, qué pasada.

Resoplo en voz alta y abro la boca para discutir con él, pero rápidamente cambio de opinión.

—Mira, ¿sabes qué? Ahora no tengo tiempo para estas cosas. Lo que me preocupa de verdad es mi discurso. Tengo que concentrarme y tú me estás poniendo de los nervios.

Mi amigo baja la mirada al suelo.

—Vale, lo siento. —Pero no suena como si lo sintiese de verdad. No es más que una palabra apagada que sale de sus labios.

—Lo siento —digo también para intentar hacer las paces—, pero estas elecciones son muy importantes para mí y...

—¿Ah, sí? —me interrumpe—. ¿Son importantes para ti?

—¡Sí! ¿Por qué iba a hacerlo si no lo fuesen?

Owen se encoge de hombros.

—No sé. Supongo que lo único que pido es ver que te tomas un día para ti.

Su comentario me desconcierta tanto que hasta me tropiezo.

—Ni siquiera entiendo qué me quieres decir con eso.

—Lo que quiero decir... —Pero deja la frase a medias—. Mira, ¿sabes qué? No importa. Buena suerte con el discurso.

Me esquiva mientras me quedo mirando, pasmada y sin dar crédito a mis ojos, cómo se larga por el pasillo sin mí.

There! I've Said It Again

«¡Ya está! Ya lo he dicho otra vez»

13:15 H

Bien, perfecto. Ya me he puesto de mal humor. Muchas gracias, Owen. ¿Tenía que hacerlo justo antes de mi discurso? No podía esperar para sacarme el tema de las decisiones vitales hasta, no sé, ¿tal vez hasta después de tener que ponerme delante de todos los alumnos para leer el discurso de campaña más aburrido de la historia de las elecciones al consejo escolar?

Rebusco los auriculares en el bolso y me los coloco en los oídos. Echo un vistazo a las listas de reproducción del teléfono hasta que encuentro la que creé esta mañana, «Nuevo orden mundial», escojo el modo aleatorio y subo el volumen a tope. Después sigo pasillo adelante al son de *Sugar, Sugar*, de los Archies, reventándome los tímpanos. Tengo que regresar al estado de criatura misteriosa segura de sí misma.

Ese estado al que el bruto de Owen consiguió hacer sentir como una piltrafa por sus repentinas ganas de hacerse el psiquiatra.

—¡Por fin te encuentro! —Rhiannon me agarra del brazo—. Te he buscado hasta debajo de las piedras.

Me arrastra hasta el centro del gimnasio. Me quito los auriculares y los vuelvo a meter en el bolso.

—¿Has ensayado tu discurso?

Saco las fichas del bolsillo.

—Sí y, por cierto, estaba pensando que... —Noto el gesto de desaprobación en la cara de Rhiannon mientras nos colocamos al lado de los demás candidatos—. Me gusta mucho. —Por lo menos tengo reflejos—. ¡Todo eso de «vamos a convertir este instituto en un lugar mejor» es genial! Solo me preguntaba si quizá debería añadir algunas ideas concretas sobre lo que vamos a hacer para conseguirlo. Ya sabes, como por ejemplo...

—Para. Para ya. —Rhiannon tiene cara de haberse tragado una guindilla—. Esta no va a ser una de esas campañas.

—¿De las que ganan? —me atrevo a decir y al momento me arrepiento al ver el monstruo que brilla en los ojos de Rhiannon.

—De las que —me echa el sermón, cabreada— utilizan las falsas promesas y los cambios imposibles que solo buscan ganar votos sin tener ninguna esperanza de llegar a hacerse realidad. La nuestra es una campaña sincera. No un concurso de popularidad. No vamos a ir soltando palabras como *pizza* o *karaoke* tan solo para conseguir una ovación del público.

Me tomo un momento para echar un vistazo por el gimnasio. Las gradas ya están casi llenas y sigue entrando gente sin parar. El mar de caras empieza a resultarme familiar. No tengo que barrer el gimnasio con la vista en busca de Tristan, sé dónde está sentado exactamente. Me lanza una sonrisa para darme ánimos.

—Tú cíñete al guion, ¿vale? —remata Rhiannon y vuelvo a prestarle atención.

Me encojo de hombros.

—Vale.

La directora Yates se acerca al micro y manda callar a todo el mundo. De forma instintiva, miro hacia la primera fila, donde Owen se ha sentado las dos últimas veces, esperando poder compartir una sonrisita con él, pero no está allí. Echo un vistazo rápido entre la muchedumbre, pero no lo veo.

¿Habrá venido?

¿Estará tan enfadado que ha decidido no asistir?

Noto una punzada en el pecho. Puede que me pasara de borde antes en el pasillo. Puede que solo estuviese intentando ayudarme, como siempre. Pero entonces ¿por qué me atacó de esa manera? No nos peleamos ayer ni antes de ayer. ¿Por qué esta vez sí?

¿Habrá sido porque me fui de la lengua y se me escapó que había leído el libro? ¿Se nos fue de las manos la discusión por culpa de un comentario tonto? ¿O no fue más que la gota que colmó el vaso que se estaba llenando desde hace tiempo?

—Y como candidata a segunda representante de los alumnos de su curso, os presento a Ellison Sparks. ¡Sparks, Sparks, Sparks!

Igual que ayer, el aplauso es forzado, en el mejor de los casos. Me acerco al micro, mientras agarro las fichas y sigo buscando a Owen entre la multitud. No sé muy bien por qué, pero no creo ser capaz de empezar con esto hasta que sepa dónde está. Hasta que pueda pedirle perdón con una simple mirada, como solo él y yo sabemos hacer.

Está claro que no es la primera pelea que tenemos. Cuando se es amigo de alguien durante tanto tiempo como nosotros, de vez en cuando surgen roces. Pero no sé muy bien por qué, esta vez me parece que es algo más que eso. En cierto modo, es algo más profundo.

¿Será por Tristan?

Doy un último repaso a las gradas con la mirada, pero no veo ni rastro de mi mejor amigo. Noto el estómago como si lo tuviese lleno de plomo. No está. Ni siquiera ha venido. ¿Cómo ha podido dejarme tirada de esta manera?

En vez de a Owen, mis ojos van a parar a Tristan, que asiente con la cabeza y me vuelve a sonreír.

Es todo lo que necesito.

Respiro hondo, echo una ojeada a las fichas y empiezo a hablar por el micrófono lo más claro que puedo.

—Queridos compañeros y profesores. Me llamo Ellison Sparks y me presento a segunda representante de mi curso. Es un gran honor para mí estar aquí ante vosotros como candidata y compañera, y...

Ficha fuera.

—...estoy muy ilusionada con todo lo que mi compañera de campaña, Rhiannon Marshall, y yo tenemos planeado para el próximo año. Tenemos un gran instituto.

La sala se pone a refunfuñar, disiente y se queja por lo bajini. La directora Yates los hace callar con una mirada severa.

—Un gran instituto —repito—. Pero si nos elegís a Rhiannon Marshall y a mí, podemos hacer que sea aún mejor. Rhiannon es el tipo de chica que consigue lo que se propone. Tiene muy claro lo que este lugar podría llegar a ser y no le tiene miedo ni al trabajo duro ni al compromiso necesario para llevar a cabo su proyecto. Cuando Rhiannon me pidió que...

Ficha fuera.

—...me uniera a ella en su campaña, me dio una gran alegría. La idea de trabajar codo con codo con una visionaria me resultó tanto inspiradora como vigorizante.

Lanzo una mirada hacia Rhiannon, que está de pie a un lado. Sonríe orgullosa al oír mis palabras. O, más bien, sus palabras.

Este discurso es malo a rabiar. Y a través de los altavoces suena todavía peor.

¿Y quién dice *vigorizante*? Aparte de alguien que intente venderte suplementos proteicos en un publirreportaje.

—Rhiannon y yo juntas lograremos cosas increíbles.

Vuelvo a mirar a Rhiannon y tengo la tentación de añadir algunas de esas cosas que le sugerí, pero me hace un gesto severo con la cabeza.

Pasando.

Mientras mis ojos regresan a la tarjeta, se topan con una figura apoyada sobre la entrada del gimnasio.

Es Owen.

Nos miramos el uno al otro y, con una sutilísima inclinación de la cabeza y un casi imperceptible movimiento de labios, el mensaje llega al destinatario.

Perdonados.

Los dos.

Me pongo más erguida, vuelvo a meterme las fichas en el bolsillo y hablo con claridad por el micrófono.

—Gracias por vuestra atención y, por favor, votad a Marshall y Sparks como representantes de los alumnos en el consejo escolar.

Un aplauso rompe entre la multitud. Vuelvo a toparme con Tristan, que levanta el pulgar en señal de aprobación.

¡Lo he hecho!

Por fin he superado este maldito discurso, con mi dignidad y mi tamaño normal de labios intactos.

Al alejarme del micro, vuelvo a mirar hacia la entrada, dispuesta a dedicarle a Owen una sonrisa triunfal, pero ya no está.

Stand by Your Man

«Apoya a tu hombre»

15:15 H

Cuando suena el último timbre del día, pego un salto de la silla como si fuese una velocista olímpica saliendo disparada del taco de salida.

¡La victoria es mía!

¡He sobrevivido a la jornada escolar!

No, no solo he sobrevivido... he triunfado. Rematado. Machacado.

En mi cabeza, voy corriendo por el pasillo a cámara lenta, chocando las manos de todos los que me aplauden y me aclaman desde las gradas mientras, de fondo, suena la música de *Carros de fuego*.

Obviamente, en realidad no hago eso.

Sin embargo, me doy cuenta de que camino pavoneándome mucho más de lo habitual. Después de los discursos para las elecciones, el día no hace más que mejorar. No me salté las clases para conseguirle el concierto al grupo de Tristan. Después del encuentro con el orientador (el señor Bueno volvió a darme otro panfleto), fui directa a la clase de Lengua y Literatura. Entregué mi trabajo para subir nota, lo que me garantizaba el sobresaliente en el trimestre.

No necesito conseguirle ningún concierto a Tristan para convencerlo de que no rompa conmigo. Solo tengo que comportarme como la persona guapa, serena y misteriosa que soy. Que es también la razón por la que no voy a buscar a Tristan a su taquilla después de clase. Me quedo tan tranquila en la mía, esperando a que sea él quien venga a mí. Tarde o temprano tendrá que venir, ¿no?

Y entonces, como si estuviese escrito en el guion, casi como si lo mandase llamar y cayese del cielo, ahí está. Me da un toquecito en el hombro mientras guardo los libros y la mochila en la taquilla.

Me doy la vuelta y Tristan me planta un delicado beso en los labios.

—Buen discurso. Has estado genial.

—Gracias —contesto.

—¿Vas a los vestuarios para las pruebas de softball?

—Sí.

—Guay. Te acompaño.

Guau. Estos mandamientos sí que funcionan. Tendré que escribirle una carta a la doctora Louise Levine, como su más fiel y entusiasta admiradora, para expresar mi eterna gratitud hacia ella y su libro.

Estoy a punto de cerrar la puerta de la taquilla cuando oigo una voz chillona y chirriante detrás de nosotros.

—Hola, Tristan.

El sonido me da un escalofrío: sé perfectamente a quién me voy a encontrar cuando me dé la vuelta.

—Hola, Daphne —responde Tristan poniéndose algo tenso al vernos a las dos juntas.

Al principio no entiendo por qué se comporta de forma tan extraña y entonces, de repente, me viene a la cabeza. Cree que la voy a liar parda otra vez. Igual que el domingo por la noche, que para él fue anoche. La pelea todavía está fresca en su memoria.

Bueno, eso no hace más que demostrar que en realidad no me conoce del todo. Es mi oportunidad de hacerle ver que lo del domingo por la noche no fue más que una ida de pelota. Una versión *alter ego* petardo de Ellison Sparks. Yo soy la versión real. La versión guay y serena a la que no le afecta lo más mínimo que su novio hable con todas las animadoras del mundo tanto rato como quiera.

Dibujo una sonrisa despreocupada.

—¡Hola, Daphne! ¿Qué tal ha ido la venta de comida? ¿Habéis sacado mucha pasta?

¿Lo ves? Esa es la Ellie enrollada, despreocupada, la criatura misteriosa.

Daphne me lanza una mirada que dice: «Tienes suerte de que te aguante siquiera».

Me reprimo para no poner los ojos en blanco.

—A lo que iba, Tristan —suelta mientras se dirige de nuevo a mi novio—. Tengo muy buenas noticias.

Tristan vuelve a echarme un vistazo, yo le sonrío y miro hacia la taquilla, como si estuviese totalmente ensimismada con mi sujetabolis magnético.

«Los imanes son bastante flipantes, ¿verdad? Vamos, ¡que se pegan al metal por naturaleza! ¡Es de locos!», reflexiono.

Despego el sujetabolis de la puerta y lo vuelvo a pegar. Una y otra vez.

«¡Alucinante!».

—Me he enterado de que el grupo que tocaba esta noche en la feria se ha caído del cartel y les queda un hueco libre. Así que he movido algunos hilos y ¡os he conseguido el concierto a los Guaca-Mola!

El sujetabolis se me escapa de la mano y se estampa contra el suelo: bolis, lápices y rotuladores desparramados a mis pies.

¿Cómo que ella le ha conseguido el concierto? Pero si era yo la que se suponía que le conseguía el concierto.

Solo que no lo hice. Porque elegí ir directa a la clase de Lengua y Literatura y entregar mi trabajo para subir nota.

Porque elegí seguir las reglas y esos estúpidos mandamientos.

Pero ¿cómo se ha enterado esta tía? No se ha podido enterar de ninguna de las maneras. La única razón por la que yo lo sabía era porque ya he vivido antes este día, pero estoy segura de que no se lo conté a nadie.

En cuanto pienso eso, todo mi cuerpo se queda petrificado.

Sí que se lo conté a alguien. Se lo conté a Owen. De camino al gimnasio antes de los discursos. Estaba intentando demostrarle que mi vida no gira en torno a Tristan.

Las palabras me vuelven volando a la cabeza como si me tirasen un jarro de agua fría: «Me he enterado de que el grupo que tenía que tocar esta noche en la feria ha cancelado la actuación, así que podría saltarme las clases para ir a conseguirle el concierto a los Guaca-Mola, pero no voy a ir porque tengo otras cosas que hacer».

Supongo que Daphne lo oyó, no sé cómo. U otra persona me oyó y se lo chivó a Daphne, y entonces fue ella la que le consiguió el concierto al grupo de Tristan.

Observo horrorizada cómo Tristan flipa en colores casi exactamente igual que flipó conmigo.

—¿En serio? —chilla—. ¡Daphne! ¡Es increíble!

Se abalanza sobre ella, la abraza y la hace girar en volandas. Menos mal que se salta la parte del beso. Daphne me mira de reojo mientras él la vuelve a dejar en el suelo.

Aprieto los labios y fuerzo una sonrisa.

Sexto mandamiento para las chicas: Jamás demostrarás que estás celosa.

—¡Es increíble! —repito. Me vuelvo hacia Tristan y lo abrazo—. Me alegro mucho por ti.

Nunca antes me había considerado una buena actriz, pero esta actuación es tan digna de un Óscar como la que más.

—¿Cómo lo has hecho? —le pregunta Tristan.

Daphne se encoge de hombros.

—No fue nada. Solo tienes que conocer a la persona adecuada.

Resoplo y tanto Daphne como Tristan me miran. Finjo que tengo algo en la nariz y busco un pañuelo en la taquilla.

¿Que solo tienes que conocer a la persona adecuada? Menuda sarta de sandeces, como diría Owen. Estoy segura de que lo único que hizo fue coger el coche, irse derechita a la feria y preguntarle al tío calvo y sudado, igual que hice yo. La cuestión es: ¿a ella también la castigaron? ¿O se le da mejor que a mí lo de escaparse del instituto?

—Entonces, supongo que te veo esta noche, ¿no? —pregunta Daphne pasándole la mano por el brazo a Tristan.

—No lo dudes —responde Tristan; y juro que suena como un niño de diez años a quien acaban de invitar a conocer al verdadero Spiderman.

Daphne desaparece por el pasillo y Tristan se vuelve hacia mí, con una sonrisa tan ancha que tengo miedo de que se le rompa algún músculo importante de la mandíbula.

—Increíble —susurra—. Y eso que ni siquiera me hacía tanta ilusión lo de la feria, pero ahora... —Da un saltito—. ¡Tengo que contárselo ya a los chicos!

«¿Que ni siquiera le hacía tanta ilusión lo de la feria...?», pienso.

¿Qué se supone que quiere decir? ¿Que ir a la feria solo conmigo no es algo que pueda hacerle ilusión?

Empiezo a notar la frustración al rojo vivo que me hierve por dentro, el monstruo de ojos verdes levantando su horrorosa cabeza, y a punto estoy de abrir el pico para pedir explicaciones, pero consigo controlarme justo a tiempo.

—¡Increíble! —vuelvo a repetir, sintiendo que esta palabra ha perdido todo su significado por los siglos de los siglos.

—En realidad, no hacía falta que se tomara la molestia de hacerlo —comenta Tristan.

—No. En realidad, no —asiento, mientras escondo el rechinar de dientes tras una sonrisa y obedezco a pies juntillas otro mandamiento: no matarás.

My Little Runaway

«Mi pequeña fugitiva»

15:22 H

¿Así que una animadora exageradamente alegre, malnutrida y envenenadora a base de almendras va detrás de mi novio? ¿Y a mí qué? Menuda novedad. ¿Qué tiene esto de nuevo? No hay ni una sola chica en el instituto que no quisiera salir con Tristan si tuviese la oportunidad. Algunas simplemente... se lo curran más que otras.

No voy a dejar que esto me haga perder el rumbo. ¡Yo seguiré viento en popa! Si tuviera en la pared uno de esos pósteres para motivarse, sería uno con un escalador que dijese: ¡PERSEVERANCIA!

Tristan es mi montaña. ¡Y llegaré a la cima!

Daphne y su faldita, demasiado corta para resultar aceptable, no son más que un obstáculo en mi camino. Como una roca o un árbol.

Le repito a Tristan lo contenta que estoy por lo del concierto y le prometo que por la noche iré a verlo a la feria.

Pero antes me espera el equipo de softball del instituto.

Mientras me dirijo hacia los vestuarios para cambiarme, la secretaria de la escuela recuerda a los alumnos por megafonía que hoy es el último día para apuntarse a las audiciones para el musical del instituto. Después anuncia los resultados de las elecciones.

Ay, sí, se me había olvidado.

—Y con una victoria aplastante, tras obtener el setenta y dos por ciento de los votos, los representantes serán ¡Kevin Hartland y Melissa O'Neil!

¿En serio? ¿Hemos perdido otra vez? ¿A pesar de las mejoras en mi discurso de campaña? Empiezo a pensar que esto de ser segunda representante no está hecho para mí.

Aunque, la verdad sea dicha, no me quedo con la moral tan por los suelos como las veces anteriores. ¿De verdad quería pasarme lo que queda de curso intentando satisfacer cada uno de los antojos de Rhiannon? Seguramente, no. Además, estar en el consejo escolar tiene toda la pinta de hacer perder una cantidad enorme de tiempo. Así tendré más tiempo para estar con Tristan y su grupo.

Me cambio para ponerme la ropa de entrenamiento y salgo trotando hacia el campo. Cuando me toca batear, reconozco las señas que el entrenador le hace a la bateadora (¡gracias a los dos lunes anteriores!) y golpeo la bola fuera del parque.

—¡Guau! —exclama sorprendido el entrenador, mientras observa cómo va a parar a la tribuna la última bola con efecto—. Cuánto has mejorado el *swing*, Sparks. Al primer equipo del instituto le vendría muy bien una bateadora como tú.

Suelto el bate igual que un rapero suelta el micro y me piro del campo. Me tengo que contener para no decir «¡Sparks, FUERA!», porque eso ya sería pasarse un tanto de lista.

16:25 H

El trayecto en coche hasta casa siempre es un poco más solitario sin Owen. No está apuntado a ningún equipo ni a ninguna actividad extraescolar, por lo que normalmente coge el autobús. Pero hoy el coche me parece aún más vacío que la mayoría de los días, después de nuestra extraña pelea en la biblioteca. Pero es que ¿de qué iba todo eso? ¿De verdad estaba enfadado conmigo por haber leído *La ladrona de libros* sin decírselo? Me parece una razón tontísima para cabrearse.

¿O era por otra cosa?

Freno hasta pararme en un semáforo en la intersección entre Providence Boulevard y Avenue de Liberation. La escena del crimen. Fulmino con la mirada las cámaras ocultas del radar con mala idea que hay alrededor del cruce. Aquí ya me han endosado dos multas, aunque por suerte esta mañana he sido lo bastante lista para librarme de la tercera. En realidad, hoy he conseguido librarme de un montón de cosas: la humillación pública, un castigo, una reacción alérgica grave, un suspenso en el control de Historia y, eso espero, si todo sale según mis planes, una ruptura demoledora esta noche.

Por desgracia, Owen no me habla desde el almuerzo.

¿Por qué tengo la impresión de que he conseguido mejorar todos los aspectos de este día, pero en lo que a mi mejor amigo se refiere, las cosas no han hecho más que ir de mal en peor?

El semáforo se pone en verde, pero tengo la cabeza demasiado liada para darme cuenta. Un estridente piiiii me llega desde atrás y me devuelve de golpe a la realidad. Parpadeo y pongo el pie en el acelerador. Y es justo en ese momento cuando veo a alguien que camina por la acera a mi derecha. Una chica. Pequeña y frágil, y, por lo que parece, calada hasta los huesos. Tiene el pelo enmarañado y apelmazado sobre la frente. Lleva la ropa pegada al cuerpo. No la reconozco a la primera.

¿Hadley?

Otro piiiii impaciente resuena detrás de mí, lo que hace que la chica mire en esa dirección. Nuestras miradas se cruzan y un destello de pánico le asoma en la cara. Baja la cabeza y retoma el paso, como si esperara que no la hubiese visto.

¡Ah! Pero sí que la he visto.

Piso a fondo el acelerador y doy un volantazo hacia el bordillo, chirriando hasta pararme pocos metros delante de ella. Hace como si no me viera, mantiene la vista puesta en la acera y pasa caminando a toda mecha por mi lado. Salgo del coche de un salto y dejo el motor encendido.

—¡Hadley! —la llamo. Pero no mira.

Tengo que salir pitando para llegar a su altura e interceptarla.

—Hadley, ¿qué haces? —Me quedo de pie delante de mi hermana. Intenta rodearme, pero yo soy más rápida. Amago a la izquierda y luego a la derecha, hasta obligarla a que finalmente se pare, pero sigue sin querer mirarme a la cara—. ¿Por qué vas andando a casa? ¿Por qué no has cogido el autobús?

—Lo he perdido, ¿vale? —Su tono es seco y borde. No se parece ni por el forro a la Hadley con la que hablé esta mañana.

«Qué raro. ¿Cómo que ha perdido el autobús?», me pregunto.

¿Ayer también perdió el autobús? ¿Y antes de ayer? No, estoy casi segura de que estaba encerrada en su habitación cuando llegué a casa. Pero esos dos días, me pasé por lo menos diez minutos dando vueltas deprimida después de las pruebas de softball, lamentándome por mi fracaso. Hoy, me largué en cuanto me admitieron en el equipo.

Puede que Hadley haya ido caminando a casa en todas y cada una de las versiones de este día sin que yo lo supiese.

—¿Cómo es que has perdido el autobús? —Me fijo en la ropa chorreando y el pelo empapado—. ¿Y por qué estás toda mojada?

—No quiero hablar. —Otro latigazo como respuesta.

—Vale. —Echo un vistazo al coche en marcha, con la puerta de par en par—. Bueno, ¿te llevo?

Se lo piensa un segundo, debatiéndose en silencio entre sus opciones: seguir caminando a casa empapada, que no debe de ser lo más cómodo... ni calentito, o venir conmigo en coche y verse potencialmente obligada a aguantar mis preguntas.

—Voy andando —decide.

Sacudo la cabeza.

—Hadley, no seas tonta. Sube al coche.

Me esquiva y sigue caminando.

Pero ¿de qué va? ¿De verdad tengo que agarrarla y meterla en el coche como si fuese una secuestradora? Lástima que no lleve un saco de patatas en el maletero.

—¡Hadley! —la llamo mientras se aleja, pero no se detiene.

—¡Déjame en paz, Ellie!

Suspiro y regreso al coche. Frustrada, meto una marcha y avanzo lentamente junto al bordillo, manteniéndome a la altura de mi hermana, que avanza a una velocidad de seis kilómetros por hora. Me quedo justo detrás de ella, observándola todo el tiempo. Debe de saber que estoy ahí, aunque se niegue a admitirlo. A este ritmo, tardamos diez minutos más en llegar a casa. Se escapa corriendo por el camino de entrada y se escabulle por la puerta del garaje, que acabo de abrir con el mando.

Aparco el coche y salgo de un salto, la sigo dentro de la casa. Me saca una buena ventaja mientras sube las escaleras como una flecha. Llega a su habitación unos segundos antes que yo y me da un portazo en las narices.

Llamo a la puerta con delicadeza, tres veces.

—¿Hadley? ¿Puedo entrar?

—¡No! —grita y oigo cómo se le rompe la voz. Sería capaz de reconocer el sonido de una chica llorando donde fuese. Al fin y al cabo, después de los últimos días, ya tengo bastante práctica—. ¡Pírate!

—Solo quiero hablar.

—¡No, no es verdad! Quieres preguntarme qué me ha pasado y no te lo voy a decir. Así que largo. ¡Vete a tu estúpida feria con tu estúpido novio!

«¿Estúpida feria?».

«¿Estúpido novio?».

¿Desde cuándo piensa que Tristan sea estúpido? Siempre le ha caído bien y siempre ha mostrado interés por nuestra relación. Vamos, demasiado interés. Hasta el punto de ponerse pesada.

Me paro a pensar en las dos variaciones anteriores de este día e intento encontrar alguna pista adicional para comprender qué puede estar pasando. Cuando hablé con Hadley esta mañana, parecía estar bien. Estaba animada y soltaba expresiones del Urban Dictionary a diestro y a siniestro, como de costumbre. ¿Pero por la noche? ¿Qué pasó por la noche?

Siento una punzada de culpa al darme cuenta de que en los dos últimos lunes casi no he cruzado palabra con mi hermana después de irme de casa por la mañana. La primera noche, pasé por su habitación y me preguntó si quería ver *El club de los cinco* con ella, pero le dije que no. Estaba demasiado enfrascada en mi desengaño, demasiado distraída por mis propios problemas para pasar tiempo con ella. ¿Se había enfadado? ¿Era esa la razón por la que estaba volviendo a ver su película favorita por enésima vez?

Me muerdo el labio y me quedo mirando la puerta cerrada de Hadley. Está claro que no voy a poder acercarme a ella en este momento. Si en algo se parece a mí, es en que necesita un poco de tiempo para calmarse.

—Vale —digo a través de la puerta—. Pero si quieres hablar, estoy aquí.

—No quiero —responde con tanta mala leche que me siento como si me hubiese dado con la puerta en las narices por segunda vez.

I Saw Her Standing There

«La vi allí, de pie»

20:11 H

—¡Muchas gracias por estar aquí esta noche! Somos los Guaca-Mola y si os gusta lo que oís, ¡podéis seguirnos en Instagram!

Me quedo de pie detrás de la muchedumbre, con un ojo puesto en Tristan y el otro en el móvil. Intento aparentar que no estoy demasiado interesada en lo que pasa en el escenario porque no quiero saltarme el tercer mandamiento para las chicas: «Siempre debes dar la impresión de ser importante y estar ocupada». Por el momento, los mandamientos parecen estar funcionando como un hechizo. Tristan me envió dos mensajes para asegurarse de que venía al concierto.

No le respondí, siguiendo el cuarto mandamiento, y me propuse llegar tarde, justo cuando la banda se estaba subiendo al escenario. De todas formas, en cuanto llego me aseguro de que nos miramos a los ojos y le lanzo una sonrisa coqueta (¡criatura misteriosa!) para que sepa que estoy aquí.

El grupo se embarca en su penúltima canción del repertorio, *Fall Down*, y noto cómo mi cuerpo comienza automáticamente a vibrar siguiendo el ritmo. Es casi instintivo. Me detengo y echo un vistazo al móvil, me desplazo arriba y abajo por las actualizaciones de Instagram para mantenerme distraída.

«¿Demasiado plasta, eh, Tristan?», pienso para mis adentros. Bueno, pues mírame ahora. ¡Casi no estoy ni escuchando! Más o menos a mitad de la canción, hago clic en las actualizaciones de Guaca-Mola y compruebo el número de seguidores. Después de pasarme el verano como su publicista extraoficial, la verdad es que no puedo evitarlo. Ya llevan cincuenta y tres nuevos seguidores esta noche. No está nada mal.

Echo un vistazo a sus publicaciones y me quedo de piedra al ver una foto de Tristan y Daphne posando juntos, como una pareja de tortolitos. Él le agarra la cintura diminuta con el brazo y tienen las cabezas ladeadas el uno hacia el otro. Han debido de hacérsela justo antes de que los Guaca-Mola empezasen a tocar. Si entorno los ojos, puedo ver la noria al fondo. Esto es lo que pasa cuando llegas tarde al bolo de tu novio. ¡Que se pone a hacerse fotos con animadoras petardas y robanovios!

Cierro la aplicación y me embuto el móvil en el bolsillo.

—Jamás demostrarás que estás celosa. Jamás demostrarás que estás celosa —me susurro a mí misma, cerrando los ojos con fuerza e intentando no prestar atención a las puñaladas traperas que se me clavan en las costillas.

Tristan canta a grito pelado las letras finales del puente de la canción y yo me derrito de alivio. Una canción más después de esta y se habrá acabado todo. Luego, será todo mío. Esta noche es la noche. Mi cita de ensueño en la feria por fin se hará realidad. Lo he puesto todo en marcha. He seguido las reglas. He obedecido los mandamientos. Y ahora por fin puedo recoger los frutos.

Echo un vistazo a la multitud. Por alguna razón, todo parece más abarrotado que anoche y sé que es imposible. Probablemente el concierto solo me parece más grande porque estoy detrás y desde aquí veo mejor a todo el mundo. Ayer estaba tan concentrada en mirar el escenario desde la primera fila que casi no me di cuenta de nada más.

Un poco más adelante, hay una pareja viendo el espectáculo con leve interés. Ella es delgada, tiene el pelo moreno y la piel pálida.

Él es alto, lleva unos vaqueros oscuros y un jersey gris. Al instante reconozco los signos de una primera cita. Los dedos inquietos que quieren tocarse. La distancia entre ambos cuerpos, que se acorta, luego aumenta y luego se acorta otra vez. El juego de cabezas que giran e intentan ver a la otra persona sin ser vistas.

No la reconozco a ella hasta que le lanza una mirada furtiva a él. Es la chica de la cafetería. A la que Cole Simpson hizo tropezar durante el almuerzo. No logro ver la cara del chico, pero observo cómo su mano se acerca insegura a la de ella y sus dedos se entrelazan. Me hace sonreír. Podríamos decir que, después de todo, su primer día en el instituto no ha ido tan mal.

Jackson ejecuta el redoble final y hace sonar los platillos con una floritura. La multitud chilla. Yo estoy a punto de unirme, pero decido limitarme a un aplauso educado.

—Bueno, vamos a cantaros una última canción —anuncia Tristan por el micro, casi sin resuello. Se aparta de un manotazo el mechón de pelo sudoroso que se le ha metido en los ojos—. Está dedicada a la chica que nos ha conseguido el concierto.

Me quedo de piedra.

Luego oigo el sonido. No es un chillido repulsivo de ardilla, sino un coro de chillidos repulsivos de ardilla. Sigo la mirada de Tristan hasta la primera fila, donde ha acampado todo el equipo de animadoras del instituto. Daphne no para de saltar arriba y abajo, y por un instante me parece que esté por dirigir a todo el equipo en un «¡Vamos, equipo; arriba, Tristan!», con sus aplausos sincopados y sus convulsiones.

Él le lanza una sonrisa. Pero no es cualquier sonrisa. Es esa sonrisa. Mi sonrisa.

—Gracias por ser tan alucinante, Daphne Gray.

«Ay, Dios, mío», yo sí que alucino.

No puedo respirar. Esas palabras. Son exactamente las mismas palabras. Lo único que ha cambiado es el nombre. Es como si la dedicatoria en sí ni siquiera importara. Tristan puede limitarse a cortar y pegar el nombre de la chica, el resto da lo mismo.

Empieza a cantar la canción.

Mi canción. La que escribió sobre mí.

She.

She laughs in riddles I can't understand.

She.

She talks in music I can't live without.

«Ella.

»Se ríe con un misterio que no sé comprender.

»Ella.

»Habla con una música sin la que no sé vivir».

Otro frente frío me golpea donde más duele.

¿Y si no es sobre mí?

¿Y si no es más que una canción en general sobre una chica en general? Si es capaz de repetir como un loro las dedicatorias de sus canciones, ¿por qué no habría de hacer lo mismo con las letras?

La letra no habla de Ellie, sino simplemente de «ella», «la chica». Pero aparentemente «ella» puede ser cualquiera. Yo. Daphne. O ya puestos, Pipi Calzaslargas.

Tristan debería aprender a ser más preciso con sus letras. Si yo entregase un trabajo de Lengua con la palabra *ella* escrita por todos lados, sacaría un cero patatero y la señorita Ferrel me escribiría una nota que dijese: «Sé más concreta».

Paso.

Antes de que lleguen siquiera al primer estribillo, me alejo decepcionada del escenario, con el propósito de buscarme otra cosa que hacer. Bueno, además de martirizarme.

Me vuelvo a sentar en el juego de carreras de caballos y esta vez apuesto por el caballo número tres. Puede que tenga alguna especie de significado cósmico. Al fin y al cabo, esta es la tercera vez que vivo este día. Mi tercera vez en esta feria. Mi tercera vez jugando a este juego. Meto un dólar en la ranura. Antes de que empiece el juego, saco rápidamente el móvil y me hago un selfi con los caballos de fondo, todos alineados, listos para la carrera.

En un segundo escribo un título.

¡Pasándolo bomba en la feria! ¡Hagan sus apuestas! ¡Apuesten por mí!

Lo que buscaba era pasarlo bien, ligar y, por supuesto, parecer ocupada e importante; pero cuando subo esta foto a Instagram lo único que veo es un corazón roto en mi mirada. Hasta con el filtro Clarendon, que normalmente me saca tan alegre.

Suena la bocina, me embuto el móvil en el bolsillo e intento concentrarme en el juego. Sin embargo, no sé por qué no me sorprende que el caballo número tres acabe el último.

Take Another Little Piece of My Heart

«Llévate otro pedacito de mi corazón»

20:43 H

—¡Guau! ¡Ha sido increíble! ¿Nos has visto actuar? ¿Has visto cuánta gente?

Tristan no ha parado de moverse en los últimos cinco minutos. Si no está dando brincos sobre los talones, está dando puñetazos en el aire o haciendo algún movimiento nuevo, algún saltito con giro que yo no he visto antes.

—Sí que lo he visto —contesto con calma—. Todo el mundo se lo estaba pasando superbién.

Parece que Tristan casi no me oye.

—¡Dios, me encanta estar ahí arriba! ¡La energía! ¡Los gritos! ¡La música! Esta noche estábamos que lo petábamos. Creo que nunca hemos sonado tan bien. Y cuando llegamos a *Mind of the Girl*... ¡BUM! Los teníamos a todos comiendo en la palma de la mano.

Lanzo una sonrisa forzada.

—Sí. En la palma.

Poco a poco se me contagia su subidón, me voy animando y se me pasa el humor de perros. Pero tengo cuidado de seguir respondiendo con contención, sin perder de vista el segundo mandamiento para las chicas: «Siempre te mostrarás femenina y refinada en una cita». Las damas sofisticadas no van dando saltos y gritos. Se sientan con la espalda recta y cruzan las piernas.

Bueno, justo ahora no estamos sentados, pero me acordaré de cruzarlas en cuanto nos sentemos.

—¡Por lo menos cinco personas han venido después del concierto a pedirnos que toquemos en otra sala! —sigue contando, dándose puñetazos en la palma de la mano.

—Uf, eso es...

«Sofisticada. Contenida. Femenina».

—...formidable.

«¿Formidable?».

Tristan nos dedica a mí y a mi elección de adjetivo una mirada de extrañeza antes de señalar con la cabeza en dirección a la feria.

—Entonces ¿qué te apetece hacer?

—¿Qué te apetece hacer a ti? —le reboto la pregunta casi de forma instintiva. Se me está dando bastante bien esto de la criatura misteriosa.

Aunque en cuanto la pregunta me sale de la boca, se me pasan por la cabeza todos los puntos de mi lista para una cita de ensueño en la feria, uno detrás de otro. Cosas como los autos de choque, la noria o el juego de ensartar aros.

—Eeeh —dice Tristan señalando a un puesto cercano—. ¿Qué te parece el juego de lanzar aros?

A la porra lo de actuar como una dama. La sonrisa que se me pone en la cara es cualquier cosa menos sofisticada.

Tristan se da cuenta.

—Supongo que eso es un sí.

Asiento.

Nos acercamos al puesto, donde un empleado de la feria nos da cinco aros diminutos a cambio de un dólar. Echo un vistazo a los premios que cuelgan del techo y enseguida ubico el que quiero. Es un caniche de peluche, blanco y gigante, casi igualito que el muñeco

238

que el doctor Jason Halloway consiguió para Annabelle hace seis años. Al lado hay un letrero que dice 4 AROS.

Para ganarlo, hay que ensartar cuatro de los cinco aros en los cuellos de botella. Me muerdo el labio y observo cómo a Tristan le entran los nervios mientras se coloca para tirar.

Lanza el primer aro.

Se queda corto. Rebota en la mesa que hay delante de las botellas y cae al suelo. Tristan parece desanimado.

—¡No pasa nada! —digo con voz de pito—. Este era para practicar.

Se prepara de nuevo, distribuyendo el peso del cuerpo hasta encontrar el equilibrio. Luego tira el segundo aro. Toca una de las botellas y sale despedido a un lado.

La decepción me embarga, pero intento que no se me note. Aunque ¿y qué más da si Tristan no es capaz de ganar el maldito peluche? Lo que cuenta es que está aquí conmigo. Está jugando. Estamos pasando una velada juntos, tal como yo quería. Es más de lo que puedo decir de los dos lunes anteriores.

Tristan se gasta tres dólares más en otras tres partidas, pero sigue sin conseguir ensartar ni un aro en el cuello de una botella.

—Aquí hay tongo —refunfuña unos minutos más tarde, mientras muerde un churro que acaba de comprarse en un puesto de comida cercano—. Tiene que haber tongo. Fijo que los cuellos de las botellas son más anchos que los aros.

—Seguro —le doy la razón—. No se explica de otra manera.

Intento no hacer caso a la vocecita mental que me recuerda que el doctor Jason Halloway se las apañó para meter cuatro aros en cuatro botellas. Lo vi con mis propios ojos. Así que, obviamente, no hay tongo que valga.

«Déjalo ya», me riñó a mí misma. «El doctor Jason Halloway no existe. Es producto de tu imaginación. Lo más probable es que ese tipo ni siquiera fuese veterinario».

Tristan me acerca el churro a la boca.

—¿Quieres un poco?

Enseguida me animo. Un churro entre dos no es lo mismo que un batido entre dos, pero la intención es lo que cuenta, ¿no?

Me inclino para darle un mordisco, pero me detengo al oír las palabras de la doctora Louise Levine en mi cabeza.

Nunca comas delante de él.

Es parte del quinto mandamiento para las chicas: «Serás siempre una criatura misteriosa».

Pero es que ese churro tiene una pinta de muerte.

«Qué chorrada de quinto mandamiento», pienso.

Pero me echo para atrás.

—No, gracias. He cenado una barbaridad.

Tristan se encoge de hombros y le da otro bocado enorme, luego se limpia el azúcar con canela de la comisura de los labios.

—¿Qué te apetece hacer ahora? —pregunto enhebrando mi brazo en el suyo e intentando acurrucarme contra él.

Se saca el móvil del bolsillo de los vaqueros y mira la pantalla.

¿Está mirando la hora? ¿Tiene que ir a otro sitio? ¿Me va a venir ahora con que tiene que irse con el grupo otra vez?

Séptimo mandamiento para las chicas: Siempre debes ser la primera en poner fin a un beso y una cita. ¡Déjalo con ganas de más!

Vale. Hora de actuar. Hora de recuperar el control de la noche. De la relación.

Le echo un ojo a la pantalla de su móvil.

—¡Ay, Dios mío!, ¿es esa hora? Tengo que irme pitando. Se me olvidó que tengo que estudiar para un megacontrol de Historia.

Inclina la cabeza.

—Creía que era hoy cuando tenías Historia.

—¿He dicho Historia? —tartamudeo—. Quería decir Cálculo. Siempre las confundo. —Otra frase rara. Tengo que cerrar el pico y acabar con esto antes de que vaya a peor. Desengancho mi brazo del suyo—. Pues sí, será mejor que me vaya. —Me pongo de puntillas para darle un beso en la mejilla—. Gracias por una noche genial. Hasta mañana.

Me doy la vuelta y desaparezco entre un mar de gente. Mis piernas quieren salir corriendo. Trotando. Volando. ¡Pies para qué os quiero! Tengo que huir antes de que él tenga tiempo de decir nada. Antes de que pueda echar a perder este día por tercera vez.

Encuentro el término medio, un paso ligero y enérgico, y suspiro de alivio cuando por fin llego al coche.

Lo logré.

Lo hice.

¡Me estoy yendo de la feria y Tristan y yo seguimos juntos!

Rebusco las llaves en el bolso, le doy al botón de desbloquear puertas y abro la del conductor de par en par.

En ese momento lo oigo.

Mi nombre.

Su voz.

—¿Ellie?

Corazón a mil, estómago hecho un nudo, me doy media vuelta. Ahí está Tristan. Ha ido a la carrera para alcanzarme. Reduce el paso hasta pararse a pocos metros de mí.

—Antes de que te vayas, me gustaría hablar contigo.

Only the Lonely

«Solo los solitarios»

21:51 H

Las escaleras de mi casa nunca me han parecido tan insuperables. Tiro de mi cuerpo para subir cada peldaño, con la sensación de pesar una tonelada. Al pasar delante de la habitación de invitados hace un segundo, he oído a mi padre dentro, roncando bajito. Por lo que parece, su noche no ha ido mucho mejor que la mía.

No lo entiendo.

Esta vez lo he hecho todo bien. He sido una perfecta y obediente seguidora de los mandamientos. He sido la Criatura Misteriosa Suprema. Y a pesar de todo, Tristan no se ha quedado embelesado con mi nueva actitud. A pesar de todo, ha vuelto a romper conmigo.

Ha utilizado exactamente las mismas palabras. El mismo discurso ambiguo y atormentado.

«No puedo seguir con esto...».

«Estoy hecho un lío, Ellie. Un auténtico lío. Y no sé qué decirte...».

«Solo sé que esto no funciona...».

—¡Pero no lo entiendo! —farfullé entre lágrimas al oír sus excusas. Más y más lágrimas. Venga lágrimas—. Hoy he estado distinta.

No me he comportado como una plasta. ¡Ayer me dijiste que era porque era demasiado plasta!

Parecía estar hecho un lío de verdad. No podía echarle la culpa. Seguro que todo le había sonado como un sinsentido total.

—¿Es por la pelea? ¿Es por el gnomo del jardín que te tiré a la cabeza?

Se le escapó una sonrisita al recordarlo, pero se esfumó enseguida.

—No, te juro que no.

—Entonces ¿por qué? —supliqué.

—No lo sé, Ellie. —Me abrazó contra él y me acarició la espalda con movimientos suaves y firmes—. No creo que hagamos buena pareja.

—¡¿Que no hacemos buena pareja!? —grité separándome a las bravas de Tristan—. ¿Cómo que no hacemos buena pareja?

No contestó. Se limitó a mover la cabeza y a acercarse para darme un beso en la frente.

—Lo siento, Ellie. De verdad.

Ya sabía lo que venía después. Sabía que estaba a punto de alejarse de mí de nuevo y no podía volver a pasar por aquello. Así que esta vez le di la espalda. Me metí en el coche, di un portazo y arranqué el motor.

Me negué a mirar por la ventanilla. Me negué a volver a soportar otro gesto de lástima por su parte.

Agarré la palanca de cambios, dispuesta a salir chirriando del aparcamiento en medio de una nube de polvo. Pero no me podía mover. Nada funcionaba. Mis manos, mis pies, mis pulmones. Se quedaron paralizados. Parecía que solo mis conductos lacrimales seguían en funcionamiento. Trabajaban a toda máquina.

Unos lagrimones como puños me rodaban por las mejillas. Apoyé la cabeza en el volante y seguí llorando.

Ahora, con gran esfuerzo, logro por fin llegar a la segunda planta de mi casa y me detengo en el rellano, frotándome los ojos hinchados.

«¿Que no hacemos buena pareja?».

Pero ¿qué clase de respuesta ridícula es esa?

¿No se acuerda de nuestra primera noche juntos? ¿No se acuerda de las cosas que me dijo? ¿De lo distinta que era del resto de las chicas con las que había salido? ¿De lo refrescante que era?

¡Refrescante!

¡Soy la chica refresco más molona del lugar!

¿Por qué ya no lo ve? ¿Por qué no puede aferrarse a lo que teníamos con el mismo empeño que lo intento yo?

Aunque me haya jurado que no, tiene que ser por la pelea del domingo por la noche. Nunca debí reaccionar de aquella manera. Nunca debí lanzarle aquel maldito gnomo de jardín. ¿Por qué no puedo regresar y volver a vivir ese día una y otra vez, en vez de este? Sabría exactamente cómo arreglarlo. Y así Tristan y yo seguiríamos juntos.

Al pasar delante de la habitación de mi hermana, oigo el sonido familiar de *El club de los cinco*. A punto estoy de pasar de largo por tercera vez, hasta que recuerdo lo que ha ocurrido por la tarde.

Es difícil olvidar la mirada desgarradora en sus ojos mientras volvía del colegio a casa calada hasta los huesos. Es difícil pasarla por alto. Me paro y llamo a la puerta entrecerrada.

—¡Entra! —grita.

Hadley está metida en la cama, recostada sobre unas mil almohadas. Tiene las rodillas pegadas al pecho y la cara limpia, sin rastro de restos horrorosos de rímel. Probablemente no puedo decir lo mismo de la mía, pero espero que la oscuridad camufle las pruebas.

Me siento en el borde de la cama y miro hacia el televisor. La película está a punto de terminar. Están todos sentados en círculo, desahogándose.

Quiero preguntarle por esta tarde, pero tampoco quiero que se enfade y me eche de una patada. Parece tan tranquila ahora mismo... Veré la peli y ya. Si quiere hablar conmigo, supongo que lo hará.

Mientras escucho a Emilio Estévez contarle al grupo su historia lacrimógena, oigo un leve susurro detrás de mí. Me doy la vuelta para mirar a mi hermana. Está recitando las frases en voz baja, al mismo tiempo que él. No se equivoca ni en una sola palabra.

Igual que yo puedo cantar las letras de todas y cada una de las canciones de mis innumerables listas de reproducción para cambiar de humor, parece que mi hermana también es capaz de recitar cada palabra de esta peli y de vete tú a saber cuántas más. Le echo una ojeada a su estantería alta. Los tres estantes superiores están dedicados a novelas románticas contemporáneas para adolescentes. Los tres estantes inferiores están repletos de estuches de DVD: todos y cada uno de ellos tratan sobre alguna historia de instituto.

—Hads —digo de repente, interrumpiendo el gran monólogo final de Emilio.

—¿Hmm? —responde.

—¿Por qué ves estas pelis?

Se encoge de hombros.

—¿Por qué ve pelis la gente?

—Me refiero a este tipo de pelis en particular. Sobre la vida en el instituto.

Sus ojos no se apartan de la pantalla en ningún momento. Está tan embelesada con el diálogo entre los miembros de *El club de los cinco* que se podría pensar que es la primera vez que la ve. Sin embargo, el modo en que su boca se sincroniza a la perfección con las frases de todos los personajes te dice que no van por ahí los tiros.

Coge el mando y detiene la película.

—Empiezo el instituto el año que viene. ¿Se te había olvidado? —anuncia como si su respuesta fuese obvia. Como si debiera sentirme tonta por que no se me hubiese ocurrido a mí solita.

Miro el fotograma congelado en la pantalla. Molly Ringwald y Ally Sheedy están sentadas en una barandilla de la biblioteca. La una junto a la otra, hacen el contraste perfecto. La reina del baile de fin de curso y la bicho raro. La chica popular y la marginada. La que es aceptada y la que se esconde a plena luz del día.

—¿Tú te crees que estas pelis te van a ayudar a sobrevivir en el instituto? —le pregunto y al caer en la cuenta de lo que le pasa a mi hermana me siento como si una bola con efecto me golpease en la sien.

—Pues claro.

Hadley presiona un botón del mando y la peli prosigue.

Me quedo mirando a mi hermanita con incredulidad, después miro su estantería. De repente todo cobra sentido. Es una investigación. Los libros, las pelis, la obsesión con Urban Dictionary. Está intentando prepararse para algo para lo que es imposible prepararse.

Miro el mando. Quiero quitárselo, parar la película y acabar con esta farsa de una vez por todas. Quiero zarandearla hasta que lo entienda. Para sobrevivir en este mundo, no existen atajos. Ni para triunfar en el instituto. Si existiesen, todos los tomarían. Quiero aclararle que lo único que está haciendo es prepararse para la decepción.

Pero entonces me doy la vuelta y la observo mientras ve la película, con su carita en forma de corazón iluminada por la pantalla, su pelo ondulado recogido en un moño mal hecho, sus ojos abiertos de par en par y fascinados ante la imagen. Molly Ringward se lleva a Ally Sheedy al baño para la gran escena de la transformación. Una fuerza invisible me obliga a mantener la boca cerrada.

No seré yo quien le explote la burbuja. No seré yo quien le diga que, en el mundo real, el instituto no se parece en nada a los de las pelis. Que no importa cuántas películas veas, no importa cuántos libros leas o cuántas frases de moda memorices, jamás sentirás que encajas.

No importa, ya que, por muy a conciencia que prepares tu día, o tu vida, seguirás fracasando.

Igual que yo.

No. Desde luego que no se lo diré. Por lo menos hoy no. La dejaré que siga con su vida, creyendo que el mundo tiene sentido. Creyendo que el esfuerzo equivale al éxito.

Simplemente me quedaré aquí sentada, a su lado, hasta que la peli termine.

Me apoyo contra la pared para ponerme cómoda. Hadley me pasa una almohada y me la coloco detrás de la espalda. Molly Ringwald da los toques finales a la transformación radical de su amiga.

Siento como Hadley se tensa detrás de mí, esperando la gran revelación. Debe de ser su escena favorita.

Unos instantes más tarde, Ally Sheedy sale del baño y parece una persona totalmente distinta: el pelo está bien peinado; la cara, despejada; el maquillaje de ojos oscuros ha desaparecido; todo su rostro luce radiante e inmaculado. La reacción de Emilio Estévez no tiene precio. Se queda literalmente con la boca abierta cuando de repente la ve desde una perspectiva nueva.

Yo también me quedo boquiabierta y se me escapa una exclamación.

Hadley me lanza una mirada de extrañeza.

—¿Es la primera vez que ves *El club de los cinco*? —pregunta con tono acusatorio y horrorizado.

No respondo. Me levanto disparada de la cama, farfullo un «buenas noches» a toda prisa y luego me escabullo por el pasillo, como alma que lleva el diablo, hasta mi dormitorio. Abro de un tirón la puerta del armario y miro por encima mi selección de ropa. No tendré que lidiar con una tonelada de ropa, me las apañaré con lo que hay. Tampoco es que comprar todo un guardarropa nuevo a las diez de la noche sea una opción. Empiezo a descolgar perchas de la barra y a organizar mi nueva imagen sobre la cama, probando con diferentes combinaciones.

Emilio Estévez no se dio cuenta de que hacía buena pareja con Ally Sheedy hasta que la vio transformada. La chica llevaba toda la vida escondiéndose bajo ese horroroso disfraz de vagabunda.

Puede que yo haya estado haciendo lo mismo.

Puede que tuviese miedo de ser yo misma de verdad.

Oigo un crujido cerca de la ventana de mi dormitorio y mi cabeza se gira como un resorte. En la cara se me dibuja una sonrisa. No veo el momento de contarle a Owen mi gran plan. Le va a encantar.

Corro hasta la ventana y la abro bruscamente. Luego saco la mano para ayudarlo a entrar, pero fuera no hay nadie. Solo el viento, que sopla entre las hojas del árbol.

Después recuerdo los acontecimientos de la noche. No lo he

visto en la feria. No me he ido corriendo y llorando. No habría ninguna razón para que viniese a comprobar cómo estoy. Seguimos en la misma situación incómoda en la que hemos dejado las cosas esta tarde.

Siento una punzada de culpabilidad en el pecho, pero rápidamente la alejo de mí. Mañana, Owen ni siquiera se acordará de la pelea. Mañana, lo arreglaré todo. Haré las paces con él.

Supongo que tendré otra oportunidad. Otro lunes. ¿Por qué no habría de tenerla? Aún sigo sin haber arreglado el día con éxito.

Tras media hora de prueba y error de vestuario, por fin logro componer el conjunto perfecto. Un conjunto con el que está prácticamente garantizado que Tristan reaccione. Cree que no hacemos buena pareja, ¿eh? Bueno, pues espera hasta que vea bien esto.

Estoy a punto de hacerle una foto con el móvil al conjunto cuando caigo en la cuenta de que mañana por la mañana ya no estará. Así que, en vez de eso, hago una instantánea mental y después recojo como puedo toda la ropa para devolverla al ropero.

Estoy colgando la primera prenda cuando se me ocurre una idea.

¿Para qué me molesto en ordenar todo esto? Mañana por la mañana, ¿no estará todo en su sitio como por arte de magia cuando el día vuelva a empezar de cero?

Una sonrisa maliciosa se extiende sobre mi cara. Desde que era pequeña, jamás en la vida he tenido desordenada la habitación. Todo ha estado siempre colocado en el sitio correcto. Mi madre solía fardar con sus amigas de lo ordenada que era. De pequeña, lo que más me gustaba era jugar a las amas de casa.

Echo un vistazo a la ropa que tengo en los brazos y cojo mucho aire.

Luego...

La suelto.

La ropa y las perchas caen en un montón horripilante a mis pies. Me retuerzo, luchando contra el impulso de recogerla para que no se arrugue. Echo un vistazo a mi dormitorio pulcro y organizado. Los pósteres están perfectamente alineados en la pared. La estantería meticulosamente alfabetizada por autor. La colección de figuritas de cristal colocadas al milímetro sobre mi tocador. La tira de tenues lucecitas de colores colgadas sobre la cama. Las carpetas etiquetadas y apiladas sobre mi escritorio.

Después de volver a respirar hondo, emito en silencio un grito de batalla y me lanzo a la acción. Me convierto en el huracán Ellie. De categoría siete. Una fuerza destructora. Tiro libros al suelo. Saco más ropa de las perchas. Arranco pósteres de la pared. No dejo títere con cabeza. Hasta que no queda nada de mi viejo mundo, en el que me siento a salvo.

Esta es la nueva Ellison Sparks. Es temeraria. Tiene las cosas claras. Con ella no hay bromas que valgan.

Sin resuello, me derrumbo sobre la cama, con el corazón a mil por hora. Me siento como un animal salvaje al que por fin han dejado salir de su jaula y ha sembrado la destrucción en el pobre pueblo vecino.

Me incorporo y examino los daños.

Impresionante. Casi no se ve la alfombra.

A la vieja Ellie ahora mismo le estaría dando un ataque. La siento enterrada muy muy dentro de mí. Siento cómo intenta dirigir mi cuerpo, manipular mis músculos, ordenar a mis piernas que se muevan, a mis brazos que recojan, a mis manos que limpien. Pero la reprimo. La empujo cada vez más abajo.

Tuvo su oportunidad y la desaprovechó.

Perdió al chico.

Lo echó todo a perder.

Ya es hora de probar suerte con algo totalmente distinto. Es hora de convertirse en alguien nuevo.

The Way We Were

«Tal como éramos»
(Tercera parte)

CINCO MESES ANTES...

—No estoy de acuerdo —le rebatí. Saqué las piernas de la piscina y me las abracé contra el pecho en un esfuerzo por paliar el viento fuerte que soplaba en el jardín de Daphne Gray—. Tengo un gusto musical alucinante. Si mi gusto musical fuese un sabor de helado, sería...

—Chocolate Rocky Road —dijimos los dos a la vez.

Tristan sonrió.

—No lo sé, Ellie —dijo como si fuese un boxeador de antaño a punto de retarme a un combate—. Tengo serias dudas...

—Solo porque pensaba que tu música era... —preferí no continuar.

—Ruido —me recordó con amabilidad—. Dijiste que era ruido.

Mis mejillas tomaron el color de dos tomates cherry. De los supermaduros.

—Lo siento mucho.

—Bueno, y si no te gusta mi música, ¿qué tipo de música te gusta?, ¿eh?

—Esto... —murmuré—, pues ya sabes, eh, la música antigua.

—¿Música antigua? ¿Te refieres a la del Renacimiento? ¿A la mú-

250

sica medieval? Porque si quieres, podría tocar un concierto barroco muy guay con la guitarra eléctrica.

Solté una risita.

—No, me refiero a la música de los años sesenta.

—Ah. Entonces ¿eres *hippie*?

—No toda la música de los sesenta es *hippie*.

Se inclinó hacia atrás.

—Muy bien, *hippie*. Y ¿cuál es tu canción favorita de los sesenta?

Dejé caer los brazos, abatida.

—Eso es imposible. No puedes obligarme a elegir.

—Ejem, pues creo que acabo de hacerlo.

—Eh, pues no sé qué responder.

Alargó el brazo por detrás de mí y agarró una de mis zapatillas de deporte. La apretujó con aire posesivo contra el pecho.

—Si quieres recuperar la zapatilla, tendrás que hacerlo.

Por supuesto, mientras mi corazón corría como un hámster en la rueda, lo único que podía pensar era: «Por favor, que la zapatilla no huela mal».

—¡Eh!

Traté de arrebatársela. Tristan la apartó para que quedase fuera de mi alcance.

—No, no. Te cambio la zapatilla por una canción.

—¡No puedo elegir una canción favorita! Hay demasiadas.

—No hace falta que la escribas con sangre. Nadie sabrá si es tu favorita o no. No levantaré a Jim Morrison de su tumba para contarle que le has dado esquinazo.

Resoplé, resignada.

—Vale. Supongo que podría elegir *You've Really Got a Hold on Me*, de Smokey Robinson and the Miracles.

Apretó los labios como si estuviese muy concentrado. Luego reconoció:

—Eh, no. No la conozco.

Me quedé boquiabierta.

—¡Venga ya! ¿Cómo no vas a conocer esa canción? Es un clásico. Y te haces llamar músico...

Se golpeó el pecho con la suela de la zapatilla como si fuese una daga clavada en el corazón.

—¡Ay!

Intenté arreglarlo.

—Uy, lo siento. Otra vez. Pero en serio, seguro que conoces esa canción.

Se encogió de hombros.

—No sé. ¿Cómo es? Cántamela, a ver si me suena.

De forma instintiva, me alejé de él.

—Uy, no. No, no, no, no. Que no...

Levantó los brazos.

—¿Qué?

—No pienso cantar. Y mucho menos para ti.

—¿Para mí? Pero si no soy más que un tío que se «hace llamar» músico, pero que en realidad solo sabe hacer ruido.

Las palabras fueron hostiles, pero su cara me convenció al cien por cien de que intentaba ligar.

—Venga —insistió—. Canta. Me muero de ganas de escuchar esa obra de arte clásica que no es ruido sino música divina.

Negué con la cabeza.

—Que no. No voy a hacerlo.

—¿Por qué no?

—¡Porque no sé cantar!

—Todo el mundo sabe cantar.

—Vale. Pues no sé cantar «bien».

Enarcó una ceja.

—¿Ni siquiera en la ducha? Todo el mundo suena mejor en la ducha. Porque sí que cantas en la ducha, ¿verdad?

—Claro, pero...

De repente, me tiró de la mano y empezó a ponerme en pie. Se agachó, recogió mi otra zapatilla de deporte y se la puso junto con la primera debajo del brazo.

—Pues venga, vamos.

Notar su mano arropando la mía me dejó de piedra.

—¿Adónde vamos?

—A la ducha. Tengo que escuchar esa canción.

Intenté apartar la mano, pero la tenía agarrada con fuerza.

—Eh, perdona —protesté—. No pienso meterme en la ducha con alguien a quien acabo de conocer.

Tristan siguió andando.

—No vamos a abrir el grifo. Es por la acústica. Puedes quedarte vestida. —Hizo una pausa y miró mis zapatillas, que aún sujetaba debajo del brazo—. Aunque bueno, estarás descalza. Te las devolveré en cuanto te oiga cantar.

Avancé un paso por detrás de él hasta que me condujo a la puerta acristalada y de ahí a los brazos descontrolados de la fiesta. A cada paso, me azotaban sacudidas de energía nerviosa.

Notaba miles de pares de ojos puestos sobre nosotros. Era como si oyese sus pensamientos escandalizados, sus silenciosos gritos de incredulidad.

«Pero ¿qué hace con esa tía?».

«¿Ahí fuera es donde ha estado todo este rato?».

«¿Por qué lleva cogidas sus zapatillas?».

«O mejor aún, ¿por qué la lleva cogida de la mano a ella?».

Tristan Wheeler no tenía permitido volver a entrar en esa fiesta ¡conmigo! El planeta no tenía permitido salirse tanto de órbita.

Sin embargo, por alguna razón milagrosa e imposible de explicar, me dio igual lo que pensara el resto. A lo mejor era porque a Tristan le daba igual. Jo, ni siquiera parecía darse cuenta. Era el lobo en aquella sala y los demás eran sus ovejas. Y los lobos no pierden el sueño por la opinión de las ovejas.

Me condujo hasta las escaleras y de allí al cuarto de baño que había junto al distribuidor de la planta de arriba. No me soltó de la mano ni un momento. Ni siquiera cuando cerró la puerta detrás de nosotros, cosa que tuvo que hacer con el codo del brazo con el que sujetaba las zapatillas.

—Pensaba que el trato era que me devolverías la zapatilla cuando te dijera cuál era mi canción favorita —me quejé.

Entonces me soltó la mano y cogió la primera zapatilla que me había mangado.

—Tienes razón. Toma. —Me la entregó, pero siguió sujetando con fuerza la otra zapatilla—. Esta es por la actuación.

Apartó la cortina de ducha de plástico con un siseo y se metió en la bañera. Se sentó con las piernas cruzadas junto al grifo, se puso cómodo y acunó mi zapatilla en el hueco que se le formó entre las piernas.

Dio unas palmaditas en la parte de la bañera que tenía delante.

—Vamos. Tienes sitio de sobra.

Me entraron ganas de reír. No podía creer que me estuviese ocurriendo esto. Menos de treinta minutos antes, estaba resignada a volver sola a casa y ver la reposición de un episodio de *Ley y orden*, o tal vez dos si me sentía especialmente gamberra, pero ahora estaba a punto de meterme en una bañera vacía, totalmente vestida, con Tristan Wheeler.

Estas cosas no les ocurren a las chicas como yo. Es más, estas cosas no le ocurren a nadie.

A regañadientes, dejé la zapatilla en la repisa del lavabo, entré en la bañera y deslicé la espalda por la pared hasta que las rodillas me quedaron debajo de la barbilla.

Tristan volvió a correr la cortina de la ducha, para sellarnos, a solas, dentro de ese pequeño refugio de fibra de vidrio. Luego me miró y esperó.

—¿De verdad tengo que hacerlo?

Señaló alrededor.

—Estamos dentro de la bañera. Es como la ducha. Y nadie canta mal en la ducha, ¿te acuerdas?

Respiré hondo. Me temblaban las manos. El corazón me latía a la velocidad de la luz.

Abrí la boca y, vacilante, dejé que la letra del primer verso saliera por mis cuerdas vocales.

—I don't like you, but I love you...

«No me gustas, pero te quiero...».

Cantaba tan bajito, las palabras se entremezclaban tanto con mi respiración esporádica, que me pregunté si Tristan la oía siquiera. Confiaba en que no.

No me quitaba ojo de encima. Tenía la mandíbula distendida, en una sonrisa natural. Sus ojos bailaban. Cerré con fuerza los míos. No me veía con fuerzas de mirarlo mientras sucedía todo esto.

«¡Estoy cantando! ¡Delante de Tristan Wheeler! ¿De dónde ha salido esta dimensión paralela de mi vida?».

Cuando estaba a punto de empezar el estribillo, pensé en dejarlo ya. Tristan no había dicho que tuviera que cantar toda la canción. Pero entonces, de repente, mi voz se elevó. Sin saber cómo, empezó a sonar con más cuerpo. Más segura. Me di cuenta de que era porque alguien con un registro mucho más grave se había unido a mi voz y la complementaba.

Abrí los ojos y nuestras miradas se toparon por segunda vez esa noche. Una colisión de la que estaba segura que no saldría viva. Ni siquiera con cuatro cinturones de seguridad y todos los airbags del mundo.

Cantamos juntos el estribillo. Yo cantaba la melodía principal y él cantaba el tercio más bajo.

—You really got a hold on me.

«Desde luego, me tienes atrapada», pensé.

Cuando llegamos al final de la estrofa, lo miré con los ojos entrecerrados, algo mosca.

—Pensaba que habías dicho que no la conocías.

Me lanzó la zapatilla. La atrapé.

—Ah, bueno —dijo con una sonrisa—. Quizá te mentí para meterte en la bañera.

EL CUARTO
LUNES

Papa's Got a Brand New Bag

«Papá marca un ritmo nuevo»

7:04 H

¡Blop, pi, pi, blop, blop, ping!

Me siento de un brinco en la cama, me froto los ojos para despertarme del todo y miro alrededor.

La alfombra. Veo la alfombra.

La estantería. Todos los libros están en su lugar, por orden alfabético.

El escritorio. Los papeles bien apilados.

La pared. Los pósteres colgados todos al mismo nivel, como siempre.

Todo está como debería estar. Todo está perfecto. Es como si el huracán Ellie que azotó anoche mi cuarto nunca hubiera tenido lugar.

¡¡¡¡QUÉ GUAAAAAY!!!!

¡Blop, pi, pi, blop, blop, ping!

Aparto la colcha, me pongo de pie encima de la cama y empiezo a bailar. A bailar y a cantar y a saltar y a chillar y a dar patadas al aire como una campeona de artes marciales.

Hadley irrumpe en mi cuarto al cabo de un momento. Se queda parada en la puerta y me mira con auténtico desconcierto. Hago un amago de golpe de kárate y exclamo:

—¡Yi-ja!

—Eh... —dice con cautela—. ¿Qué haces?

—¡La vida es asombrosa!, ¿a que sí? —digo a pleno pulmón. Salto, salto, salto—. ¡¿Cómo es que nunca había probado lo mucho que rebota este colchón?! Hads, ¡tienes que probarlo!

—Eeeeeeeeeh —repite, y alarga tanto la palabra que parece que tenga un montón de sílabas—. Paso.

Dejo de botar, inclino la cabeza hacia atrás y suelto una carcajada de bruja.

—¿Te has drogado o qué? —pregunta Hadley.

—¡No! —Me siento de culo en la cama y brinco de nuevo para ponerme de pie. Acompaño el aterrizaje abriendo los brazos como si fuese una gimnasta olímpica—. ¡Un 9,6 de parte del juez ruso!

—¡Mamá! —grita Hadley sacando la cabeza hacia el pasillo—. ¡Ellie ha fumado *crack* o algo! ¡Es una *crankenstein*!

Me parto de risa.

—¡Crankenstein! ¡Qué bueno!

Mi hermana se larga y cierro la puerta para empezar a prepararme.

Cuarenta minutos después, me he transformado por completo.

He cogido un top ajustado de encaje negro sin mangas que suelo llevar debajo de las camisas muy escotadas para que sean «aptas para el insti» y lo he convertido en una minifalda. Lo he conjuntado con una camisa de manga larga entallada también negra a la que he atacado con unas tijeras, para dejarle los hombros al aire. Me he maquillado los ojos con sombra oscura pero brillante, me los he perfilado con un lápiz de ojos negro grueso, les he dado a los labios un tono rojo intenso muy sensual y me he pintado las uñas de negro.

¡Sí! Cambio de imagen total: La nueva Ellie va a por todas.

Lo único que me falta son los zapatos. Pero creo que sé dónde encontrar unos ideales. Me cuelgo la mochila al hombro y me cuelo en el dormitorio de mis padres. Mi madre guarda todos los disfraces viejos de carnaval en el fondo del armario. Encuentro unas botas de vampiresa de caña alta atadas hasta arriba, de la vez en que se disfrazó de Spice Girl hace cuatro años, y me las pongo con unas medias de rejilla que llevé para una obra de teatro en el campamento. Las botas me van clavadas, pero tardo un año y medio en conseguir pasar los malditos cordones por los orificios de toda la caña. Cuando lo logro, doy por terminado mi cambio de imagen.

Contemplo mi reflejo en el espejo de cuerpo entero de mamá y admiro a mi nuevo yo. Mi yo «mejorado». Ya no soy Ellie Sparks. Soy Elle, la víbora segura de sí misma, atrevida y con ganas de comerse el mundo. Es imposible que Tristan (o cualquier otro tío del planeta) sea capaz de resistirse a Elle.

Ay, eso me recuerda una cosa. Saco el móvil del fondo de la mochila y veo los dos mensajes de Tristan.

Tristan: No puedo dejar de pensar en lo que pasó anoche.
Tristan: Tenemos que hablar cuanto antes.

Tecleo la respuesta a toda prisa. En realidad, ya la tenía pensada, porque anoche me pasé una hora preparándola mientras intentaba conciliar el sueño.

Yo: Ja, ya te daré yo tema de conversación, Tristan Wheeler.

Suelto un grito acelerado mientras doy a «Enviar» y bajo las escaleras. Entro en la cocina con elegancia, contoneándome como si estuviera en una pasarela de la semana de la moda de París. El Circo Familiar se para en seco. Hadley cierra de golpe el libro. A mi padre casi se le cae el iPad de las manos. Mi madre (que estaba a punto de cerrar de un portazo el armario) deja caer los brazos muertos junto al cuerpo.

Cojo una manzana del frutero y le doy un mordisco grande, sabroso.

Las tostadas son para las blandas. Chica nueva. Dieta nueva.

—¿Qué pasa? —pregunto con la boca llena de pulpa de manzana.

Espero sus protestas. Ahora es cuando mi padre dice: «¡No pensarás salir de casa con esa pinta, jovencita!» o «¡Ve a cambiarte ahora mismo de ropa, señorita!» o «Cariño, creo que te has olvidado de ponerte los pantalones».

Pero no dice nada de eso.

Todos los miembros de mi familia están tan alucinados que no saben qué decir. Bueno, salvo Hadley, que susurra: «Ya te lo dije» mirando a mi madre.

Cojo el paraguas y avanzo contoneando el cuerpo hacia la puerta del garaje. Me paro el tiempo justo para darme la vuelta y decir:

—Ah, mamá, por cierto. Te he cogido las botas. Espero que no te importe.

Asiente con la cabeza, sin dar crédito a sus ojos.

—¿A que molan? —le pregunto a Hadley con la mirada puesta en mis pies. Saco el móvil y hago una foto rápida—. ¡Un zapaselfi!

Luego desaparezco en el garaje.

Lo que habría dado por tener una cámara oculta en la cocina ahora mismo.

Me acomodo detrás del volante, enciendo el motor y me abrocho el cinturón de seguridad.

¡Blop, pi, pi, blop, blop, ping!

Saco el móvil y sonrío al ver que Tristan ha respondido a mi último mensaje.

Tristan: ¿Eres Ellie?

Me río a carcajadas y doy al botón de mezcla de la lista de reproducción «¡Uala, uala!». Sale la animada *Good Golly Miss Molly*, con Little Richards al piano, y subo el volumen a tope.

«No, Tristan —pienso mientras salgo del garaje—. Desde luego que no soy Ellie».

Get Back to Where You Once Belonged

«Vuelve al lugar al que perteneces»

8:01 H

—Ostras. Llueve que te ca... —Owen se detiene en mitad de la frase y me mira perplejo con la portezuela abierta y los ojos como platos.

—¿Sí? —pregunto. Hago una mueca con los labios pintados de rojo.

No entra. En lugar de eso, cierra la puerta y se queda en el jardín, bajo la lluvia.

—¡Owen! —grito con la puerta cerrada—. ¿Qué haces?

Entre un barrido y otro del limpiaparabrisas observo a Owen, que rodea el coche para ponerse delante y se agacha, como si quisiera examinar algo del guardabarros. Luego entra en el coche y moja el salpicadero al sacudirse la lluvia del pelo.

—Pues sí, no cabe duda de que es su matrícula —murmura en voz baja.

—¿A qué venía eso?

—Pero desde luego, no es ella la que conduce.

Pongo los ojos en blanco.

—Owen.

Frunce los labios, muy concentrado, mientras repasa el interior del coche.

—Eso no deja lugar para muchas explicaciones plausibles, salvo la más evidente.

—Owen...

—Los alienígenas han establecido contacto por fin. Se han llevado a Ellie a su planeta para realizar una serie de experimentos muy invasivos pero, lo reconozco, muy atractivos, y han dejado a un robot impostor en su lugar.

Suspiro.

—Ja, ja, ja. Ya lo pillo. No parece que sea yo.

Sigue pasando de mí, armando su teoría como un detective de una peli de misterio.

—Por supuesto, se trataba de un modelo muy avanzado con apariencia humana, porque la raza alienígena sin duda está a años luz de la Tierra en avances tecnológicos. Pero salta a la vista que al robot no le dieron instrucciones sobre el atuendo apropiado o la forma de comportarse de la persona a la que estaba reemplazando. Por eso, la impostora se limitó a buscar en Google la palabra «adolescente» y le salió esto... —Señala mi ropa—. Una representación asombrosamente poco realista de los adolescentes modernos.

Gruño y salgo marcha atrás del camino de su casa.

—O tal vez... —dice Owen con un toque de inspiración.

—Owen.

—¿Sí, suplantadora de Ellie?

—Si te cuento una cosa, ¿me prometes que no pensarás que estoy loca?

—Nunca haría una promesa tan imposible de mantener.

Giro a la izquierda en la bifurcación y me meto en Providence Boulevard.

—Me ha pasado algo muy raro.

—Ya se nota.

—Ayer no te lo conté, pero sí que te lo dije el día anterior, y ahora quiero volver a contártelo.

—Y —dice Owen, que ha vuelto a adoptar la voz de detective— parece que el robot impostor (podríamos llamarlo Paral-

Ellie) empieza a estropearse. ¿Acaso tendrá algún cable suelto y le fallará la programación? ¿Un cortocircuito provocado por la lluvia?

—¿Puedes hablar en serio un momento?

—¿Y tú?

—¡Te hablo en serio!

—Me cuesta creerlo cuando te presentas en mi casa como si acabases de salir de un vídeo musical.

—Es que... hoy he intentado probar algo nuevo.

Suelto un suspiro.

—Ya se nota —repite.

—Quiero contártelo esta vez porque, no sé, ayer me sentí un poco sola sin que tú estuvieras. Me refiero, en el día...

Alarga el brazo por detrás de mí y rebusca por la espalda de la camisa.

—Tiene que haber algún panel de control por aquí escondido. Si consigo abrirlo y...

—¡Me he quedado atrapada en el mismo día, que se repite una y otra vez! —grito por fin—. Cuando me despierto, cada día es lunes. Este lunes. Se pone a llover y tú siempre dices: «Ostras. Llueve que te cagas, ¿no?», y toca hacerse las fotos para el álbum del instituto y tengo que dar ese terrible discurso de candidatura y las animadoras montan un puesto de comida para recaudar dinero y mienten sobre los ingredientes del pastel y un pájaro se mata al chocarse contra la ventana de la clase de Español y es la última noche de la feria y Tristan me deja y me ponen una multa. —Alzo la mirada y veo que el semáforo de Avenue de Liberation se pone en ámbar. Aprieto el acelerador a tope y vuelo por la intersección mientras las cámaras empiezan a soltar fogonazos—. Ahora mismo.

Miro a Owen de reojo. Está callado, pero no me mira. Se observa las manos.

Por eso, sigo con mi perorata.

—Y no sé por qué. A ver, creo que sí sé por qué. Y he intentado arreglarlo de muchas formas, pero no ha funcionado, así que ahora he optado por algo extremado, porque ya no se me ocurre qué más hacer.

Abre la boca para intervenir, pero se lo impido.

—Y antes de que digas nada, anoche soñaste que te bañabas desnudo en la piscina del instituto con la directora Yates.

Se queda boquiabierto, pero no pronuncia ni una palabra. Avanzamos en silencio durante lo que me parecen horas. Las estaciones cambian en el exterior. La Tierra da una rotación completa alrededor del sol. Y aun con todo, sigue siendo lunes.

Entro en el aparcamiento del insti y aparco en un hueco libre. Dejo el motor encendido.

—Di algo —le apremio—. Por favor...

—¿Te ha dejado?

Arrugo la cara.

—¿En serio? De todas las cosas que acabo de contarte, ¿con eso es con lo que te has quedado?

Parpadea varias veces, como si intentase despertarse de un sueño.

—Lo siento, no... Pero, o sea..., ¿por qué ha roto contigo?

Me desplomo sobre el asiento. Elle, la atrevida y valiente estrella del vídeo musical, pasa a segundo plano y en su lugar vemos cómo la tímida e insegura Ellie hace un cameo.

—No lo sé. Cada día me da una razón diferente, aunque todas son igual de absurdas. Pero mira, ¿sabes qué tengo que hacer para solucionarlo? Mover ficha. Tengo que impedir la ruptura. Esa es la única explicación que le veo.

Inclina la cabeza, confundido.

—¿Por qué es esa la única explicación?

—¡Porque hice un pacto con el universo! —exclamo con exasperación.

—¿Y eso qué es? ¿Algo parecido a un pacto con el demonio?

—No. Sí. Yo qué sé. Le dije al universo que, si me daba otra oportunidad, arreglaría las cosas. Y por eso, ahora estaré atrapada en este día hasta que lo solucione.

Mira con ciertas dudas mi atuendo.

—¿Y crees que así lo vas a solucionar? ¿Vistiéndote como una puti de carretera?

Suelto un bufido y abro la puerta del coche. Agarro el paraguas, que estaba en el asiento de atrás.

—Déjalo. Olvida que te lo he contado.

De pronto, me pone la mano en el brazo.

—Ellie, espera. Lo siento. —Ha suavizado el tono de voz. Me doy la vuelta y miro sus suplicantes ojos verdes—. Puti de categoría —se corrige—. De primera categoría, sí. Me refiero a alguien que cobra un millón de dólares la hora.

Sacudo el brazo y salgo del coche. Abro el paraguas. Ya es hora de volver a entrar en el personaje. Es hora de comerme el mundo. A bocados.

Cierro de golpe la puerta con el tacón de la bota, respiro hondo y camino con paso decidido hacia el edificio, intentando rezumar confianza y atractivo sexual a cada paso.

No me importa lo que piense Owen. No es más que... que... un bobo que no puede aceptar que su mejor amiga, a quien conoce desde que tenía nueve años, crezca. Madure. Se convierta en una mujer más fuerte y más vital.

La pequeña Ellie ha desaparecido.

El día de hoy, y todos los días que seguirán, pertenecen a Elle.

—¡Espera! —grita Owen, y corre para alcanzarme. Oigo el crujido de un plástico en su mano—. ¡Te has olvidado de elegir tu sabrosa buena suerte!

—No la necesito. No la quiero. ¡No me importa! —grito por encima del hombro.

Camino con orgullo bajo la lluvia.

Born to Be Wild

«Nacido para ser salvaje»

8:25 H

Owen me alcanza por fin cuando estoy junto a la taquilla, mientras me retoco el pelo y el maquillaje para la ¡cuarta! foto del álbum de clase de la semana.

—Vale, supongamos que dices la verdad.

Se apoya en la taquilla de al lado.

Me aparto un mechón de pelo de la cara.

—Es que digo la verdad.

—Vale. ¿Es así como te has enterado de lo que soñé anoche?

—Ajá.

—¿Es porque te lo conté en otra versión de este día?

—Sí.

—Así que ¿ya hemos mantenido esta conversación antes?

Me retoco los labios y los aprieto para repartir el carmín.

—Bueno, no esta conversación exacta, sino una similar.

—¿Dónde?

—¿Dónde qué?

—Dónde hemos mantenido esta conversación.

—En mi habitación. Después de que Tristan rompiera conmigo. Me viste llorando en la feria y trepaste por mi ventana.

—¿Anoche? ¿O el lunes anterior? O... lo que sea.

Dudo un momento.

—No. Hace dos noches.

—¿Y rompe contigo todas las noches?

«Salvo hoy», pienso con mucha confianza.

—Ajá.

Mira por encima de un hombro y luego del otro, para comprobar que no hay ningún cotilla cerca. Después susurra:

—Entonces ¿cuándo te conté lo del sueño de la piscina?

Me encamino hacia la clase de Química y Owen me sigue el paso.

—La primera noche, antes de que empezara todo esto. Intentabas alegrarme y funcionó.

Suelto una risita divertida al recordarlo.

De repente, la cara de Owen se pone gris como la ceniza.

—Te juro, Ellie, que si se lo cuentas a algún bicho viviente, te mataré mientras duermes y haré que parezca un ajuste de cuentas de la mafia.

La risita da paso a unas sonoras carcajadas.

—Eso es justo lo que dijiste la primera vez.

Sonríe.

—¿Qué puedo decir? Mi otro yo es un tío listo.

Sacudo la cabeza.

—Sí, eso he oído.

8:42 H

—Di: «¡Dos años más!» —canturrea con voz estridente la fotógrafa desde detrás de la cámara.

Pongo mi pose más sensual, intentando canalizar a la Marilyn Monroe que llevo dentro. No sonrío. La sonrisa es para los niños. Me siento de lado en el taburete, me coloco el pelo rizado por encima del hombro, saco pecho, junto los labios y pongo esos morritos con los que sale la gente en las fotos que cuelga en Instagram. Siempre pensé que era ridículo, pero cuando me contemplo en el visor de la cámara, me sorprendo de lo mucho que me gusta mi imagen. Parezco sofisticada y pícara. Alguien que no se anda con chiquitas.

—Muy... guapa —dice la fotógrafa, poco convencida.

De verdad, esa mujer tiene que aprender a mentir mejor. Sobre todo, teniendo en cuenta su profesión.

Aunque me importa un bledo lo que piense, claro. Quiere que parezca la típica niña buena del vecindario para poder vender miles de copias de la foto a mis familiares.

Bueno, pues no será hoy, señora.

9:50 H

Cuando termina la primera clase, voy directa a la taquilla de Tristan. Ya me está esperando. Tiene el libro de Español en la mano. Levanta la mirada cuando me acerco y parpadea muy rápido varias veces, mientras intenta averiguar quién soy. A juzgar por su cara, no me reconoce hasta que estoy a dos pasos de él.

Veo cómo se le contrae la nuez cuando traga saliva.

—¿Ellie?

Lo agarro del codo, cierro su taquilla de un portazo y lo arrastro hasta una habitación en la que pone «Cuarto del conserje». En cuanto se cierra la puerta detrás de nosotros, lo empujo contra ella y busco sus labios. Lo beso con más pasión que nunca, apretando mi cuerpo contra el suyo para que note cada centímetro de mi piel.

Me agarra por los brazos y me aparta.

—¿Ellie? —vuelve a preguntar—. ¿Qué haces?

—¿No está claro?

Lo beso otra vez, ahora con lengua. Le meto mano por debajo de la camiseta y recorro su pecho tonificado y liso de arriba abajo.

Suelta un gemido y al instante me pone las manos en la espalda, que acaricia sin cesar, se recrea en mi cintura, agarra con fuerza la tela de mi top convertido en falda.

Suena el timbre que indica que va a empezar la siguiente clase, pero ninguno de los dos parece inmutarse. Estamos demasiado absortos en este beso.

Antes de separarme de él, le muerdo el labio inferior y le hinco un poco los dientes. Luego lo suelto para que el labio vuelva a su lugar.

La cara que pone Tristan en ese momento no tiene precio. Una mezcla de confusión, falta de aliento y excitación. Tiene las pupilas tan dilatadas que parecen dos monedas. Lleva el pelo alborotado y la boca manchada de carmín. Le limpio las marcas de los labios y la mejilla.

—¿Querías hablar de algo? —le pregunto mientras jugueteo con la costura de su camiseta.

Me mira como si acabase de pedirle que me explicara la teoría de la relatividad de Einstein.

—¿Eh?

Le paso una uña pintada de negro por la pechera de la camiseta.

—Sí. En el mensaje decías que querías que hablásemos. ¿De qué?

—Yo... —titubea. Parpadea muy rápido—. Ya no me acuerdo.

—Embelesado, ensarta un dedo en uno de mis rizos y observa cómo se enrosca igual que una serpiente—. Por Dios, ¿de dónde has salido?

Me encojo de hombros.

—Puede que haya estado aquí desde el principio y simplemente no te hayas dado cuenta hasta ahora.

Esa sonrisa que corta la respiración vuelve a aparecer, igual que el único hoyuelo que ilumina este cuartucho a oscuras. Entonces alarga los brazos, me agarra por las caderas y tira de mí. Inclino la cabeza hacia atrás y dejo que entierre la boca en mi cuello.

A la mierda los mandamientos para las chicas. Un minuto con Elle y mi relación vuelve a estar encarrilada.

Keep Me Hanging On

«Me tienes atrapada»

9:59 H

Por supuesto, llegamos tarde a la clase de Español, pero nadie parece darse cuenta. Todos están apiñados junto a la ventana, observando el pájaro muerto que ha caído en la hierba, al lado del edificio.

«Ya estamos...», pienso. Me he olvidado del maldito pajarraco. Otra vez.

Tristan y yo logramos sentarnos en nuestro sitio, en la última fila, antes de que la señora Mendoza siga con la lección. Una lección que ya he escuchado tres veces.

Si no soy capaz de conjugar este verbo aún, es que no tengo remedio.

En Historia, vuelvo a acertar todas las respuestas del control de clase y me deleito en los ojos fríos e inexpresivos de Daphne cuando me devuelve una vez más el test puntuado. No me pasa desapercibida la mirada de desprecio y rabia que dirige a mi atuendo mientras me da la hoja.

«Siento ser mejor que tú en todo, Daphne».

A la hora de comer, Tristan me pregunta si quiero ir con ellos al ensayo.

—Bah, no —le contesto—. Creo que me quedaré en la cafetería.

—Entonces, creo que me quedaré contigo —contesta.

—No hace falta, ¿eh? —murmuro.

Me inclino para ponerme peligrosamente cerca de su boca.

—Ya lo sé —contesta, y se acerca un poco más para besarme—. Me apetece.

La victoria nunca ha sabido tan dulce.

Varias personas nos miran en la cafetería. Supongo que es porque Tristan no va casi nunca. Percibo que Daphne Gray nos vigila desde su atalaya en el puesto para recaudar fondos y no nos quita ojo de encima cuando Tristan se sienta a horcajadas en el banco, con una rodilla a cada lado de mi cuerpo y los brazos relajados sobre mi cintura.

Me aparta el pelo del hombro para poder besar el hueco que queda entre este y la clavícula.

—Me encanta tu nueva imagen —susurra pegado a mi piel.

Siento escalofríos por todo el cuerpo.

Sonrío y pego un mordisco al bocadillo de pavo.

—Me lo imaginaba...

Se aparta y recorre mi conjunto con la mirada.

—¿De dónde has sacado estas botas? Son tan... —busca la mejor descripción.

—¿Punki rockeras molonas?

Tristan suelta un gemido.

—¡Sí! Son superguáis.

Al instante, vuelve a pegar los labios a mi hombro.

Por el rabillo del ojo veo la mesa de las animadoras. Daphne parece uno de esos personajes de dibujos animados a los que les sale humo por las orejas y que tienen espirales rojas en lugar de ojos. Le dedico una sonrisa provocadora.

Murmura algo a una de sus colegas animadoras y sale bufando de la cafetería. Ahora mismo me siento la reina del mambo. Todo está saliendo según el plan. Elle era el antídoto que me hacía falta. Es imposible que a Tristan se le ocurra romper conmigo esta noche. Además, me da la impresión de que verlo tan colado por mí ha hecho que Daphne Gray se pusiera de los nervios y tuviera que marcharse de la cafetería.

Reconozco que no era mi objetivo, pero es un buen complemento.

—Bueno —digo.

Pego otro mordisco al bocadillo.

—¿Ajá...? —murmura Tristan sobre la piel desnuda de mi hombro.

Es como si sus labios hubieran quedado cosidos quirúrgicamente a mi cuerpo. Y espera a que consiga el concierto para su banda esta noche... Tristan empieza a recorrerme el brazo a besos.

—¿Qué crees que debería ponerme esta noche para ir a la feria?

—Esto —dice y me abraza con más fuerza.

Visualizo la cita romántica que había planeado para esta noche. Con la que he estado fantaseando desde que tenía diez años.

—He pensado que podríamos jugar a alguno de esos juegos cutres de la feria.

Vuelve a pegar los labios a mi cuello.

—Lo que tú quieras.

—Y podríamos montarnos en la noria, ¿no?

Tristan gime sin separarse de mí.

—Guay.

Suelto una risita y me aparto de su boca.

—Hoy todo te parece guay, ¿eh?

Guau. ¿Quién iba a decir que lo único que hacía falta era cambiarme de ropa y modificar un poco la actitud? Debería escribir a la autora de *Los 10 mandamientos para las chicas* y decirle que no se moleste en escribir todas esas normas absurdas. O mejor aún, debería escribir mi propio libro con consejos para ligar.

Paso n.º 1: Confía en ti misma y vístete con ropa atractiva.

Paso n.º 2: No hay paso n.º 2. Y punto.

Paso n.º 3: Véase el paso n.º 1.

No tenía ni idea de que los chicos fuesen tan básicos. Si lo hubiera sabido antes, podría haberme ahorrado cuatro días. Pienso en todas esas revistas para adolescentes, en todos esos libros de autoayuda y todos esos gurús de las citas que nos hacen creer que los hombres son tan complicados y difíciles de descifrar. A ver, confiaba en que esta versión tentadora, sexi y segura de sí misma funcionara, pero nunca imaginé que fuese a funcionar ¡tan bien!

De repente, una leve alarma se activa en mi mente.

¿Acaso está funcionando «demasiado» bien?

A toda prisa, elimino ese pensamiento.

«No seas ridícula, Ellie. Esto es lo que querías. Lo que llevas intentando conseguir desde hace cuatro días».

Es cierto. Esto es lo que quería. Justo lo que quería.

Pero entonces ¿por qué siento que me falta algo?

Antes de que tenga oportunidad de desarrollar más el pensamiento, noto una silueta fornida y alta como una torre que se cierne sobre nosotros.

—Muy bien, tortolitos. Que corra el aire.

Levanto la cabeza y veo a la directora Yates, que me perfora con la mirada. Me repasa dos veces de arriba abajo.

—Esperaba más de ti, Sparks —dice antes de marcharse con pasos de gigante.

Tristan me mira a los ojos y nos aguantamos la risa.

—Oye, ¿no tenías que dar un discurso, eh, dentro de diez minutos? —me pregunta, mientras busca mi pie con el suyo por debajo de la mesa.

—Creo que paso de ir.

Levanta mucho las cejas.

—¿Qué ocurre? —le pregunto.

—Llevo cinco meses saliendo contigo, Ellie. No eres de las que pasan de las cosas.

—¿Por qué no? Puedo pasar de algo si quiero.

—No eres una pasota.

Bebo un sorbo de zumo.

—Bueno, a lo mejor te sorprendo.

Por el rabillo del ojo, veo a una chica con una bandeja que sale de la cola del bufé y se dirige a una de las mesas del fondo de la cafetería. Conozco a esa chica. La vi ayer en esta misma cafetería. Es la chica nueva. La que se tropieza porque Cole Simpson le gasta una broma de mal gusto.

Justo cuando ese pensamiento me viene a la cabeza, veo la escena que empieza a desarrollarse. Cole, sentado a una mesa no muy alejada, le da un codazo a uno de sus colegas y le dice que mire. Coloca el pie contra la mochila, listo para darle una patada y plantarla delante de la chica.

Miro con urgencia a la chica nueva. Busca ansiosa un sitio libre donde sentarse. Va directa a la trampa.

Me levanto como un rayo.

—¡Eh! —grito y muevo los brazos por encima de la cabeza.

Cole empuja a toda prisa la mochila, que resbala por el suelo de linóleo y se para delante de ella.

—¡Eh, tú! ¡La chica nueva! ¡Por aquí!

Se detiene un palmo antes de tropezarse con la mochila y mira hacia mí, con la confusión dibujada en el rostro. Sus ojos oscuros se agrandan, como si se preguntase: «¿Es a mí?».

—¡Sí, tú! —exclamo sin dejar de sacudir los brazos como si estuviera loca.

La invito a unirse a nuestra mesa. Se da la vuelta, evitando por los pelos la mochila de Cole, y se dirige a nosotros.

—Pero ¿qué haces? —pregunta Tristan.

Se da la vuelta también para ver a quién hago señas.

—Ser hospitalaria. —Sonrío a la chica, que acaba de aparecer por detrás de Tristan—. Siéntate con nosotros.

Parece encantada e increíblemente aliviada cuando se deja caer en el banco que tenemos enfrente. Se me ensancha el corazón. No solo he salvado a esta chica de la humillación social más absoluta, sino que también le he proporcionado un lugar donde sentarse, algo que escasea cuando alguien es nuevo en el insti.

—Hola —digo en tono cordial—. Este es Tristan y yo soy Ellie...
Pero ¿sabes? Hay quien me llama Elle.

Tristan me mira a los ojos.

—¿Ah, sí?

Le doy una patada por debajo de la mesa.

—Hola, soy Sophia —contesta ella en voz baja.

—Qué nombre tan bonito —dice Tristan y sus ojos repasan el cuerpo de la chica, deteniéndose algo más de lo necesario en su pecho.

«Oye, pero ¿qué haces?», pienso.

Quizá no haya sido una idea tan genial invitarla a sentarse con nosotros.

Tristan se da cuenta de que lanzo cuchillos por los ojos y se apresura a carraspear y volver a fijar la mirada en mí, con una sonrisa radiante.

«No me lo puedo creer».

Lo miro con severidad antes de preguntarle a Sophia:

—¿Es tu primer día en el insti?

—Sí.

—¿De dónde vienes?

—Los Ángeles.

—¿En serio? —exclama Tristan—. Y ¿qué tal es?

La chica suspira.

—Una ciudad de locos.

—Algún día tendré que ir —comenta Tristan muy emocionado—. Soy músico y, ya sabes, Los Ángeles es el paraíso de los músicos.

—Sí, ya lo sé. Mi padre es ingeniero de sonido en Capitol Records.

Creo que Tristan acaba de tener un ataque al corazón. Se agarra el pecho como si estuviera a punto de darle un síncope.

—¿Tu padre? ¿Trabaja para Capitol Records?

La chica asiente.

—Sí, él sigue en Los Ángeles. Mis padres acaban de divorciarse y mi madre y yo nos hemos mudado. Supongo que vivió por aquí de pequeña o algo parecido.

Tristan le ofrece su cara triste.

—Cuánto lo siento. Mis padres se divorciaron hace unos años. Es horrible. Si en algún momento necesitas hablar con alguien... No termina la frase. No hace falta. Sophia entiende de forma clara y diáfana lo que le está insinuando. Por eso se ruboriza e inclina un poco la cabeza.

—Gracias, qué chico tan dulce —murmura.

Tristan le sigue el juego y quita importancia al piropo.

—Bueno, es que tomo mucha azúcar.

Sophia suelta una risita boba.

«Espera, ¿qué ocurre aquí? ¿Está tonteando con ella?», me pregunto.

No me lo puedo creer. Yo intento hacer una buena obra y Tristan va y se aprovecha. Sé que lo más probable es que pierda el culo solo porque la chica tiene enchufe en Capitol Records, pero ¡aun así! ¿Tiene que hacerlo delante de mis narices? Ya empezamos otra vez. Es como la dichosa conversación con las fans del domingo por la noche. No hacía falta que leyera ¡treinta! mensajes de Snapchat con fotos de chicas monas mientras intentábamos ver una peli juntos. Y ahora no hace falta que suelte el rollo de «Estoy aquí para lo que necesites, nena» mientras intento comer.

¿Quién se cree que es la pava de Sophia? Le hago un grandísimo favor, le evito convertirse en una paria social de por vida y ¿me lo paga riéndose del chiste malo de mi novio?

«Es que tomo mucha azúcar».

Jua, jua, jua. Me parto. Original que te cagas...

De repente, desearía tener otro gnomo de jardín a mano para tirárselo a la cara.

«No», me reprendo. «Cálmate. Es el mismo tipo de pensamiento irracional y visceral que te metió en este embrollo. Respira hondo. Coge las riendas. Tú puedes».

Expulso el aire y vuelvo a meterme en la piel de mi personaje.

Me sacudo la melena y empiezo a mover lentamente la bota izquierda por la cara interna de la pierna de Tristan. Da un respingo y reacciona. Vuelve a clavar la mirada en mí. Inclino la cabeza mientras una sonrisa coqueta baila en mis labios.

—Creo que debería ir a ensayar el discurso. Ya sabes, en algún sitio tranquilo y tal vez un poco apartado.

Me paso la lengua por los dientes. Poco a poco, para que Tristan tenga tiempo de pillar la indirecta.

Y ya lo creo que la pilla. Se levanta del banco más rápido que un cohete lanzado al espacio.

—Seguro que necesitas ayuda.

Suelto un suspiro exagerado.

—Pues sí. —Sonrío un momento a Sophia—. Encantada de conocerte. Confío en que te vaya bien el primer día.

Parece un poco decepcionada ante nuestra repentina despedida, pero enseguida recupera los buenos modales.

—Gracias por invitarme a sentarme con vosotros.

—Nos quedaríamos más rato —añado a toda prisa—, pero me presento a segunda representante de los alumnos de mi curso y tengo que dar un discurso dentro de diez minutos, conque...

—Ah, no, tranquila, no pasa nada —se apresura a contestar ella—. Lo entiendo perfectamente. Ya nos veremos en otro momento, ¿no?

—Por supuesto.

—Mi banda toca a menudo por la zona —añade Tristan—. Deberías ir a alguno de nuestros conciertos.

—Me encantaría —dice Sophia en voz baja.

En ese momento parece totalmente inofensiva. De repente, me siento culpable por pensar mal de ella. En realidad es muy maja y a lo mejor ni siquiera se había dado cuenta de que éramos pareja.

—Venga, hasta luego —me despido.

Me dirijo a la puerta de la cafetería. No me hace falta volver la cabeza para comprobar que Tristan me sigue y me observa mientras camino con el mismo interés que pone un estudioso en su investigación.

Hay cosas que una chica sabe sin más.

And Then He Kissed Me

«Y entonces me besó»

En el fondo, solo hay una cosa que debería pasarte por la cabeza cuando un atractivo dios del rock and roll de pelo rubio oscuro y metro ochenta de altura te mete la lengua hasta la garganta. No estoy del todo segura de qué cosa es, pero supongo que será algo tipo...

«¡Genial!».

«¡Qué pasada!».

«¡Me vuelves loca!».

Llevo siete minutos tratando de encontrar la expresión ideal, el tiempo que Tristan y yo llevamos encerrados en una cabina de grabación de la segunda planta de la biblioteca en una maratón de morreos, pero soy incapaz de concentrarme en buscar la descripción perfecta del momento. Mi mente vuelve una y otra vez a la cafetería. Al modo en que los ojos de Tristan se quedaron «pegados» a esa pobre chica mientras yo estaba allí sentada.

«Pero ¿qué le pasa? ¿Acaso piensa que esa tía está más buena que yo?».

No. Esa no es la clase de cosas que se supone que debería estar pensando ahora mismo. ¿Qué tal...?

«¿Flipante?».

«¿Desmelenado?».

«¡Escandaloso!».

Sí, sin duda «escandaloso» es una buena definición. Al fin y al cabo, estamos en el recinto escolar. Y justo al otro lado de esta puerta, hay gente que sigue con sus rutinas diarias (buscar libros, leer artículos para un trabajo, mandar correos electrónicos) sin tener ni la más remota idea de que Tristan y yo nos estamos dando el lote en esta minúscula cabina insonorizada.

Ya lo creo que es minúscula.

Me he golpeado cinco veces con el codo en la pared.

Pero ha sido durante los arrebatos de pasión, así que no me ha dolido nada.

Aunque bueno, un poco sí me ha dolido. Porque, o sea, me he dado justo en el hueso de la risa. Las cinco veces. Creo que al final me va a salir un cardenal.

Además, se me está secando la boca, pero Tristan no para. Me besa como si se acabara el mundo y nuestros morreos fuesen la clave de la salvación de la humanidad. ¿Le quedará saliva? ¿Cómo es posible, ya desde el punto de vista biológico? Mis glándulas salivales están haciendo horas extra para intentar mantenerse a su altura.

Y ¿qué se supone que tienes que hacer con las manos mientras te enrollas con alguien durante tanto rato?

Ya le he masajeado el pelo, le he agarrado de la camiseta, le he acariciado la parte baja de la espalda, le he cogido la cara... He hecho todas las cosas que hacen las chicas de las pelis, pero me he quedado sin movimientos. ¿Qué tengo que hacer ahora? ¿Meterme las manos en los bolsillos?

No, sería muy raro. E incómodo. Además, ni siquiera llevo bolsillos.

Me apuesto a que la chica nueva, Sophia, sabría qué hacer con las manos. Es de Los Ángeles. Seguro que allí en el colegio les enseñan a colocar las manos mientras se enrollan con alguien. Supongo que será una optativa. Y me apuesto lo que quieras a que sacó un sobresaliente.

«Basta».

«Deja de pensar en Sophia».

«Tristan está aquí contigo. No con ella».

Sin embargo, eso solo es porque prácticamente le puse el cebo delante de las narices, como una zanahoria a un burro de tiro. ¿Habría venido conmigo si no le hubiera ofrecido una sesión de magreo clandestina? ¿Si no hubiese llevado la minifalda más corta que me he puesto en mi vida? ¿Si no llevara medias de rejilla?

¿Qué habría hecho si sencillamente le hubiese pedido que me acompañase?

¿Habría preferido quedarse en la cafetería con la chica nueva y seguir contando chistes malos sobre su ingesta de azúcar?

Suena el timbre y noto un destello de alivio. Se me estaba empezando a pelar la barbilla con el roce de la cara áspera de Tristan. Me aparto y miro a mi novio a la cara. Este novio guapo, atractivo, que además es una estrella del rock. Continúa con los ojos cerrados. Su bonito pelo rubio oscuro está todavía más despeinado que de costumbre.

—Guau. —Casi exhala la palabra más que pronunciarla.

—Sí —coincido—. Guau...

¡Esa es la palabra que estaba buscando!

«Pues claro».

—Bueno —digo mientras me recoloco la camisa—. Creo que tengo que ir volando al gimnasio. Ya sabes, lo del superdiscurso y tal.

Alargo el brazo para acceder al pomo de la puerta, pero noto las manos de Tristan en la cintura. Me empuja otra vez hacia él.

—Espera, no te vayas. Quédate un poco más.

«¿Un poco más?».

¿Cuánto tiempo más se supone que pueden besarse dos personas? No es que no me guste. Sí me gusta. Vaya, me encanta. Tristan está que te mueres, pero, ya sabes, tengo que pensar en el discurso.

Desenredo sus brazos de mi cintura.

—No, no —digo procurando que mi voz suene despreocupada y juguetona—. Tengo cosas que hacer. Personas a las que impresionar. Elecciones que ganar.

Me abalanzo sobre la puerta antes de que Tristan tenga tiempo de volver a meterme en la cabina. La bocanada de aire fresco me sorprende. ¿Habremos gastado todo el oxígeno de ese diminuto cubículo?

Me dirijo a la escalera que lleva a la planta principal de la biblioteca. Ya estoy en mitad del tramo cuando oigo que me llaman.

—¡Ellie!

Se me tensa el cuerpo. ¿En serio pretende Tristan volver a abducirme dentro de esa guarida sin oxígeno para enrollarse otra vez conmigo? Sin embargo, entonces me doy cuenta de que la voz ha sonado por delante de mí, no por detrás.

Miro hacia abajo y veo a Owen al pie de las escaleras, radiante. Bajo los pocos escalones que me quedan para saludarlo.

—¿Qué tal ha ido el club de lectura? —le pregunto.

—Te lo diría, pero me da la impresión de que ya lo sabes.

—Muerte. Narradora. Película. Y tal y tal y tal.

Sonríe.

—¿Cómo te va con tu nueva imagen?

Justo en ese momento Tristan aparece en lo alto de la escalera. Owen pasea la mirada entre uno y otro. Es muy probable que se haya fijado en la ropa arrugada y el pelo alborotado de Tristan, así como en mi falta de pintalabios.

—Ah —dice después de juntar las piezas—. Entonces, supongo que bastante bien.

Tristan baja trotando hacia nosotros y me rodea con el brazo.

—¡Eh, hola, Rietzman!

Saluda con la cabeza a Owen.

¿Por qué los tíos siempre tienen que llamarse por el apellido?

—Hola, Wheeler —responde Owen en la misma línea, pero su voz suena rara. Es más grave y rasposa que de costumbre, como si intentase disfrazarla. Se vuelve hacia mí—. Nos vemos en el gimnasio.

—Sí, ahí era donde íbamos —le digo—. Ven con nosotros.

Algo indescifrable cruza la cara de Owen durante un segundo.

Me recuerda a la mirada que puso en sexto de primaria cuando Jacob le dio en el estómago mientras jugaban a balón prisionero.

—¿Sabes qué? Acabo de acordarme de que tengo la reunión con el orientador justo ahora, así que tendremos que vernos más tarde. Buena suerte con el discurso.

En cuanto lo oigo, sé que es mentira. No solo porque Owen siempre tiene un tic raro en los ojos cuando miente, sino también porque ya he vivido este día cuatro veces y esta es la primera vez que Owen tiene que reunirse con el orientador.

Sin embargo, antes de que tenga tiempo de rebatírselo, Owen sale disparado y nos deja a Tristan y a mí solos al pie de la escalera. No puedo evitar preguntarme por qué, por primera vez en nuestros siete años de amistad, Owen ha sentido la necesidad de mentirme.

Time Is on My Side

«El tiempo está de mi parte»

13:34 H

El error más común a la hora de concebir en qué consisten los discursos de las elecciones del instituto es pensar que de verdad hay que dar un discurso. Resulta que plantarse delante del micro y pasarse tres minutos contando chistes verdes funciona igual de bien, o puede que incluso mejor.

Cuando la directora Yates me arranca físicamente el micrófono de la mano, tengo a todo el alumnado metido en el bolsillo. Mis compañeros vitorean, gritan y levantan los puños.

Por eso, cuando vuelvo al aula de tutoría y marco la casilla que hay junto a mi nombre en la papeleta, soy bastante optimista sobre nuestras posibilidades de ganar.

13:57 H

—¡Hola! ¡Debes de ser...!

La voz del señor Bueno se detiene cuando irrumpo en su despacho y ve mi atuendo.

—Ellison. Sí. Soy yo.

Carraspea mientras me siento. Suena igual que el ronquido de un oso salvaje.

—Eh... bueno. Encantado de conocerte.

Aunque, en realidad, no parece encantado. Ni él ni su cara. Más bien parece que acaben de arrojarlo a la guarida de una serpiente. ¿Y eso que le brilla en la frente es sudor?

Se levanta del escritorio y camina hasta la puerta que acabo de cerrar.

—Voy a... —Pero no termina la frase. Abre un poco la puerta—. Así está mejor.

Se reclina en el asiento y se limpia el sudor de la cara. Bien. Me estaba poniendo mala...

—Esto, eh, ¿por dónde íbamos?

—Estaba usted a punto de decirme que estoy en un curso un poco durillo.

Me mira con ojos perdidos.

—Cuánta razón tienes, sí, cuánta razón. Es durillo, ya lo creo, ¿eh?

—Y después iba a decirme: «¡Y eso por no hablar del tema de la uni!, ¿eh?» —Imito lo mejor que sé al señor Bueno. Incluso pongo su sonrisa de payaso y coloco las manos como si fuesen pistolas—. «Es hora de empezar a pensar en tu futuro. ¡Pum, pum!».

Se queda sin habla. Se limita a mirarme a la cara, sentado en la silla.

Pero a ver, no tengo todo el día para estas chorradas. Así que, si no piensa mover ficha él, tendré que tomar las riendas yo.

—Le han encargado que se reúna con todos los alumnos de mi curso para hablar sobre los próximos dos años. —Recito el discurso que ya le he oído pronunciar tres veces—. «¿Has pensado ya a qué universidad te gustaría ir? ¿No? Bueno, ya sabes, tic tac, tic tac. Se te acaba el tiempo».

El señor Bueno se frota la boca con la mano y baja las comisuras de los labios.

—Y ahora viene la parte en la que me dice que mi vida no está bien encarrilada y me da uno de los panfletos que tiene ahí detrás.

Aturdido, da la vuelta a la silla giratoria y casi da un respingo al ver los panfletos en la repisa. Como si se hubiera olvidado de que estaban ahí. Saca uno rojo del abanico y me lo entrega deslizándolo por la mesa.

Ojeo el folleto. Tiene una foto de una chica sentada en una esquina de la cama, con la cabeza entre las manos. En segundo plano, desenfocado, hay un chico. En la parte superior de la portada pone:

Tomar las decisiones adecuadas en materia sexual

Me obligo a sonreír.

—¡Genial! —Levanto el panfleto y le doy un golpe brusco con el dorso de la otra mano—. Muchas gracias. Me muero de ganas de leerlo. ¡Me será muy muy útil, de verdad!

Al salir del despacho del señor Bueno y acercarme a la recepcionista para que me dé el justificante, veo el reloj digital que hay en la pared. Marca las 14:08 horas. De repente, se me ocurre una idea.

Me acerco a un tablón de anuncios que hay por ahí y finjo estar megainteresada en un póster a todo color sobre la autoestima, aunque en realidad no le quito ojo de encima al reloj. En cuanto marca las 14:10, me dirijo al mostrador.

—¡Hola! —digo muy contenta—. Necesito un justificante para poder entrar tarde en clase.

La recepcionista me sonríe.

—Por supuesto.

Levanta la vista para comprobar la hora.

—Las dos y diez —digo a toda prisa—. Son las dos y diez.

Me mira con cara extrañada, pero escribe 14:10 en la casilla reservada para la hora y me entrega el papel de color rosa.

Le doy las gracias y salgo pitando del despacho. En cuanto me encuentro en el pasillo, saco un bolígrafo negro de la mochila, apoyo el justificante contra la pared y con dos rayas rápidas, convierto el 1 en un 4. Soy una profesional.

Ya está. Ahora tengo hasta las 14:40 para salir cagando leches del instituto, convencer al grasiento encargado de la feria de que le deje dar un concierto a mi novio y volver al recinto antes de que me castiguen.

Eso es menos de media hora. No es ideal, pero tampoco es imposible.

Salgo como una flecha por la puerta trasera que da al aparcamiento de los estudiantes, sin dejar de sonreír en ningún momento.

Al parecer, esta nueva imagen no solo me ha convertido en una mejor novia, sino también en una mejor delincuente.

Gente, eso es lo que yo llamo progresar.

I Get Around

«Sorteo los obstáculos»

14:39 H

Llego al insti a tiempo por los pelos. Después de aparcar, agarro la mochila y corro hacia el edificio principal. La conversación con el encargado de la feria ha sido corta y cordial, y ahora el escenario está reservado para Guaca-Mola.

Cuando ya solo me separan unos pasos del aula donde hacemos Lengua y Literatura, la inmensa sombra de la directora Yates se cierne sobre mí y tengo que pararme.

—Señorita Sparks —pronuncia mi apellido como si fuese una funcionaria de prisiones de una peli.

—Señora Yates —intento imitar su tono. No parece hacerle gracia.

—Confío en que tenga justificante.

Le sonrío de oreja a oreja, enseñando los dientes.

—Pero por supuesto. ¿Por quién me toma? ¿Por una gamberra?

Ni siquiera mueve los labios.

«Es dura de roer», pienso.

Saco el papelito rosa del bolsillo y se lo entrego.

—Vengo de hablar con el orientador. El señor Bueno quiere reunirse con todos los alumnos de mi curso. Para que empecemos a pensar en la universidad. ¡Tic tac, tic tac!

La directora Yates desliza las gafas de lectura para ponérselas en la parte baja de la nariz y me mira por encima de la montura. Analiza el justificante durante más tiempo del necesario y empiezo a ponerme nerviosa. ¿Y si compara la tinta de los dos bolis? ¿Se dará cuenta de que el 4 está manipulado? Me preparo por si lo pone a contraluz para verificar si es auténtico, como si se tratara de un billete de cien dólares falso.

El corazón me salta hasta la garganta. No pueden castigarme otra vez... No puedo volver a soportar ese pozo de desesperación ni arriesgarme a perderme otra vez las pruebas de softball.

La directora Yates se coloca de nuevo las gafas en la cabeza a modo de diadema y me devuelve el justificante. Suelto un suspiro y me dirijo al aula.

—Un discurso interesante el que ha dado hoy, señorita Sparks —dice a mi espalda.

Me parece que no hemos terminado aún.

Me doy la vuelta poco a poco.

—¡Gracias!

—Si se le puede llamar así...

Me encojo de hombros y digo:

—Un político tiene que hacer lo que tiene que hacer.

Refunfuña.

—Tenga cuidado, señorita Sparks. Decirle a la gente lo que quiere oír no es lo mismo que ganar.

Eh, vaaaaale. ¿Qué pasa? ¿Es la hora de los consejos crípticos aleatorios de la directora, o qué?

—Eres una buena chica, Ellie —dice en un tono más cercano—. No me gusta nada ver que vas por mal camino.

Dibujo una sonrisa forzada.

—Bueno, lo tendré en cuenta.

Asiente con la cabeza y dobla la esquina del pasillo. Casi me entran ganas de reírme en su cara. ¿Mal camino? No tiene ni idea. Ahora mismo, voy por el mejor camino del mundo.

My Boyfriend's Back

«Mi novio ha vuelto conmigo»

15:22 H

—Y, con una victoria aplastante, tras obtener el ochenta y dos por ciento de los votos, las nuevas representantes de los alumnos de su curso serán ¡Rhiannon Marshall y Ellison Sparks!

Me paro en seco. Me dirigía a la taquilla después de la séptima hora de clase, pero es como si los pies se me hubieran congelado de repente. La gente pasa acelerada a mi lado, se choca conmigo, se tropieza para esquivarme.

«¿Hemos ganado? ¿De verdad hemos ganado?».

Después de perder las elecciones tres días seguidos, digamos que empezaba a pensar que ganar con Rhiannon Marshall como compañera de campaña era imposible.

¡Pero hoy lo hemos logrado!

—¡Te felicito, Sparks! —exclama alguien y cuando me doy la vuelta veo a un deportista con una cazadora típica del instituto, que me tiende el puño para chocarlo con el mío—. ¡Un discurso alucinante!

¿Los deportistas que ni conozco quieren ser colegas míos?

Insegura, levanto el puño y lo choco contra el suyo. Asiente como si lo hiciéramos a diario.

—¡Sí! —exclama.

—Sí —me hago eco con mucho menos entusiasmo.

«Pero ¿qué pasa aquí?».

—¡Bravo, Ellison! —oigo que dice otra persona. Me doy la vuelta y una chica a la que no he visto en mi vida me da un abrazo—. Lo has bordado. ¡Sabía que podrías hacerlo!

—Eh, ¿quién eres? —le pregunto al oído.

Se echa a reír y se aparta. Me da un golpecito en la nariz.

—¡Qué graciosa eres!

Esto es muy raro...

¿Así se siente alguien cuando es popular? ¿Vayas donde vayas la gente actúa como si fuese tu mejor amiga?

Mis pies se descongelan al fin y camino a trompicones por el pasillo hasta mi taquilla. Tardo siglos. Todo el mundo siente una necesidad repentina de saludarme o darme un abrazo o chocar los cinco. A pesar de lo extraño que resulta, tengo que admitir que es estimulante. No me extraña que los narcisistas se metan en política.

Me refiero a que es cierto que, cuando Tristan y yo empezamos a salir, de pronto muchos estudiantes supieron quién era yo, pero no es lo mismo. Entonces me veían como una amenaza, un reto. Una ganadora a la que derrotar. Ahora es como si fuese la heroína de todos ellos.

¿Solo porque he contado unos chistes subidos de tono?

Cuando llego a la taquilla, veo que Rhiannon me está esperando. Se nota que está contentísima. Cuando me ve acercarme, da un saltito.

—¡Madre mía! ¡Lo hemos conseguido! ¡Sabía que podíamos hacerlo! No me sorprende nada. Puede decirse que la política corre por mis venas. ¿Sabías que mi padre fue administrador del distrito durante ocho años seguidos? Prácticamente he nacido para ser representante en el consejo escolar. Me preocupé un poco después de ese discurso horrendo que diste (en serio, Ellis, ¿en qué pensabas?), pero me di cuenta enseguida de que había conseguido encarrilarlo de nuevo gracias a mi discurso. Menos mal que una de nosotras iba preparada, ¿eh? Me pasé semanas ensayando el discurso y no cabe duda de que ha valido la pena.

Me muerdo la lengua mientras tecleo la combinación de la taquilla.

—No sé qué decirte —contesto como si tal cosa. Abro la cremallera de la mochila y saco los libros—. Creo que mi discurso también ayudó.

Se inclina contra la taquilla de al lado y suspira.

—No seas ridícula. Fue una birria. Deberías considerarte afortunada por haberte presentado conmigo. Hoy te he salvado, Ellison.

Noto la sangre en la boca. Me entran ganas de agarrarla por esos hombros enclenques y sacudirla. Sí, sacudirla con fuerza hasta que esa ridícula diadema rosa se le caiga de la cabeza. Me muero de ganas de decirle que su discurso era una mierda. Que nos hizo perder las elecciones tres días seguidos y que la única razón por la que hoy hemos ganado es gracias a mí.

Pero no lo hago.

Porque, ¿ahora qué más da? Hemos ganado. El resto son menudencias.

—Bueno, es igual. Deberíamos reunirnos mañana y empezar a preparar el programa anual —dice Rhiannon.

Se estira un rizo rubio sobre la mejilla.

—Claro —le digo—. Se me han ocurrido un millón de ideas. Como una competición de grupos de música o quizás...

—Eh, eh, eh. Para el carro. ¿Aquí quién es la primera representante?

—¿Perdona?

Me dedica la sonrisa más falsa del mundo e inclina la cabeza como si hablase con una niña que acaba de perderse en el centro comercial.

—Ellie. Me encanta que tengas tantas ideas. De verdad, me encaaaanta. Pero si te soy sincera, permite que te recuerde que no tienes experiencia en política. Yo sí.

—¿Solo porque tu padre ha sido administrador del distrito?

—Durante ocho años seguidos.

—¿Fue acusado de prevaricación?

Una mueca de horror contrae sus facciones blanquecinas durante una milésima de segundo.

—Fue una acusación infundada.

Asiento con la cabeza.

—Ya.

Se pone aún más erguida.

—Bueno, a lo que íbamos. Creo que el mejor plan de acción es que este año te quedes en segundo plano, detrás de mí.

—¿En segundo plano?

—Sí, ya sabes, como si fueras una becaria. Yo te enseñaré todo lo que necesitas saber. Será genial.

Tiro la mochila dentro de la taquilla y cierro de un portazo.

—Rhiannon... —empiezo a decir, pero de inmediato me interrumpen unos brazos que me rodean por la cintura, me levantan del suelo y empiezan a darme vueltas en volandas.

—¡Felicidades, nena! —exclama Tristan. Me besa y hago una mueca de dolor. Todavía tengo los labios hinchados y magullados de nuestra maratón de morreos en la cabina de grabación de la biblioteca—. Mi pequeña representante.

Rhiannon carraspea detrás de nosotros.

—Ejem, «segunda» representante.

Parece que Tristan no la ha oído. O si lo ha hecho, es lo bastante listo como para hacerse el despistado.

—¡Qué orgulloso estoy de ti!

—¿De verdad?

—Claro, joder. Las políticas molan. Toman decisiones importantes. Llevan traje con minifalda. Aporrean con el mazo. Son superguáis.

Me echo a reír.

—No creo que nosotras llevemos traje. Y los mazos son para los jueces.

—No te rías de mí.

Se inclina y aprieta la boca contra mi cuello.

Rhiannon suelta un suspiro impaciente.

—Bueno, ¿qué? ¿Estamos de acuerdo? ¿Con mi plan?

Intento quitármela de encima.

—Sí, claro. Lo que tú digas.

Tristan vuelve a acercar los labios a mi boca; me agarra fuerte por la parte baja de la espalda. Cierro los ojos y escucho los pasos de Rhiannon, que se alejan por el pasillo.

No estoy segura de cómo voy a aguantarla a ella y a sus delirios de grandeza y poder durante un año entero, pero ahora mismo no tengo energía para preocuparme de eso.

Unchained Melody

«Melodía desencadenada»

15:25 H

Cuando Tristan se aparta de mí al fin para coger aire, tengo oportunidad de contarle lo del concierto y eso lleva a otra ronda de besos, abrazos y vueltas en volandas. Por desgracia, tengo que liberarme de sus brazos para poder llegar a tiempo a las pruebas de softball, aunque, a decir verdad, mis labios me agradecen que les dé un poco de tregua. Creo que los noto más hinchados ahora que cuando tomé el pastel de plátano de marras.

Mientras me quito el atuendo de víbora atrevida y me planto la ropa de deporte, me digo que toda esta obsesión por pegar las bocas con silicona es temporal. Es que estamos atravesando un periodo de excitación renovada. Una segunda luna de miel, si quieres llamarlo así. No todos los días de nuestra relación serán así. Recuerdo los días que siguieron a nuestro primer beso. Esas largas noches de verano cuando no teníamos nada mejor que hacer salvo enrollarnos y ningún otro sitio en el que estar salvo en los brazos del otro. No me cansaba de él. Era como si estuviese gravemente enferma y Tristan fuese la cura. Estaba rodeada de silencio y Tristan era la música.

Y menuda música.

En todo momento.

Pegada a mis oídos veinticuatro horas al día. Cantándome una serenata cuando estaba despierta. Cantándome una nana cuando me iba a dormir.

Tristan fue la banda sonora del verano. El ritmo que seguía al caminar. La melodía que respiraba. Las letras que vivía.

Y ahora, de repente, hoy, mejor dicho, en esta «versión» de hoy, es como si alguien hubiese vuelto a encenderlo. A todo volumen. A tope.

Como si me hubiera sincronizado con su ritmo de nuevo, después de haber perdido el compás durante demasiado tiempo.

16:09 H

Después de cagarla en las pruebas de softball otra vez, corro al vestuario y me cambio a toda prisa para ponerme la minifalda y las botas. Quiero encontrar a mi hermana antes de que salga del colegio. Supongo que, si la pillo aún en la escuela, tal vez pueda averiguar qué le ha ocurrido. Embuto la ropa deportiva en mi taquilla del gimnasio y corro como un rayo hasta el coche.

La escuela secundaria está al lado del instituto así que, por suerte, no tengo que ir muy lejos.

Paro en el carril de recogida reservado para los padres y observo la puerta principal. He hecho cálculos. Si ayer la vi en el cruce de Providence Boulevard con Avenue de Liberation alrededor de las cuatro y media, significa que debería salir de clase más o menos ahora.

Al momento, oigo un portazo y un grupo de cinco chicas sale corriendo entre risas por una puerta lateral, a la vuelta de la esquina de la puerta principal del edificio. Mi hermana no es una de ellas. Las observo mientras parlotean sin parar y corren a un coche que las espera. Imagino que será la madre de alguna de ellas.

No oigo lo que dicen porque llevo las ventanillas subidas, pero se parecen mucho a las chicas que había en mi colegio cuando hacía secundaria, hace unos años. Crías de trece años que intentan aparentar treinta. Piernas bronceadas, pantalones casi inexistentes, demasiado maquillaje. A partir de entonces, vigilo la puerta principal y las laterales, con la esperanza de ver salir a mi hermana, pero no hay ni rastro de ella.

«Qué raro».

Doy vueltas con el coche por el aparcamiento, con los ojos pegados a las salidas. Al final, cuando estoy a punto de darme por vencida e irme a casa, veo movimiento por el rabillo del ojo. Procede del campo de fútbol vacío.

Me vuelvo desde el asiento para ver mejor y sí, ahí está mi hermana. Otra vez está calada hasta los huesos y corre por el campo de fútbol en dirección al aparcamiento. Salgo del coche y camino hacia ella. Me ve y se para en seco. Se limpia la cara.

—¿Ellie? ¿Qué haces aquí?

Casi me estalla la cabeza con tantas preguntas acumuladas. Quiero soltárselas a bocajarro todas a la vez.

«¿Por qué estás empapada?».

«¿Qué hacías en el campo de fútbol?».

«¿Por qué sigues en el colegio a estas horas?».

Pero sé que, si le preguntase eso, mi hermana volvería a cerrarse en banda, así que me muerdo la lengua y finjo no haberme dado cuenta de que da pena.

—No lo sé. Tenía el presentimiento de que estarías aquí y me acerqué a ver si querías ir conmigo a mangar en una tienda de chucherías.

Esboza una sonrisa minúscula.

Logra que me sienta como si acabara de ganar la lotería.

—¿Y si nos pillan? —me pregunta al instante.

Me encojo de hombros.

—No me da miedo el reformatorio. ¿Y a ti?

—A mí no me da miedo nada.

—Bien. —Señalo el coche, que está aparcado—. Pues vamos.

Hadley se recoloca las asas de la mochila y camina hacia el coche. Me doy cuenta de que da saltitos al andar.

De pequeñas solíamos jugar a «Rayas de caramelo», sobre todo justo después de Halloween. Escribíamos nuestras iniciales con punzones en trozos de caramelo de nuestra particular reserva y los escondíamos por la casa. La hermana que consiguiera encontrar más pedazos de caramelo de la otra ganaba la partida.

El nombre «Rayas de caramelo» surgió porque un día oímos ese término en una película de la tele y ninguna de las dos sabíamos a qué se refería. Yo dije que recordaba a los bastones de caramelo a rayas de la casita de Hansel y Gretel, y pensé en las personas que pintaban esas rayitas en las golosinas. Hadley dijo que a ella le sonaba a una especie de grafiti que podía hacer algún gamberro rayando la pared con caramelos; por supuesto, tenía que ser con caramelos mangados en una tienda, para darle más emoción. Al final, nos decidimos por su interpretación y acabamos convirtiéndola en un juego. Tardamos mucho en enterarnos de que en realidad el nombre se refería al uniforme que llevaban antes las voluntarias de hospital, vestidas con la típica cofia y el delantalito de rayas rosadas y blancas, que recordaba a un caramelo. Pero para entonces, ya habíamos creado nuestra propia definición.

Unos años más tarde, empezamos a bromear con llevar el juego de las «Rayas de caramelo» un paso más allá y ponernos a mangar caramelos, como los gamberros de los que hablaba mi hermana. Nos pasábamos horas planeando el «golpe» a la tienda de chucherías, elegíamos nuestro objetivo (esa parte era muy fácil, porque solo hay una tienda de golosinas en la ciudad), estudiábamos los mapas de la zona adyacente, seleccionábamos el mejor caramelo que podíamos mangar (alguna gominola, porque así no se derretía en el bolsillo) y pensábamos en todos los detalles (cosa que solía consistir en que una de las dos distrajera a la dependienta con preguntas chorras sobre distintas chucherías mientras la otra cogía un puñado de golosinas del cuenco).

—¿Y si nos pillan? —me preguntó Hadley la primera vez que

íbamos a dar un «golpe», justo en la puerta de la tienda, en el momento más oportuno.

—No me da miedo el reformatorio —le contesté yo con audacia—. ¿Y a ti?

—A mí no me da miedo nada —dijo Hadley bravucona.

—Bien. Pues vamos.

En realidad, nunca llegamos a robar nada. Siempre nos acobardábamos y pagábamos las chucherías, pero eso no nos impedía volver a planear el siguiente «atraco» y el siguiente y el siguiente...

—Bueno —digo mientras Hadley se abrocha el cinturón de seguridad—. ¿El plan de siempre? ¿Quieres ser tú la que despiste al de la tienda o lo hago yo?

Mira mi ropa de arriba abajo.

—Creo que lo harás mejor tú.

Asiento con seriedad.

—Sabia decisión. A lo mejor el de la caja es un chico y puedo dejarle ver un poco de chicha.

Hadley suelta una risita y me muerdo el labio para ocultar la sonrisa victoriosa que amenaza con dar al traste con mi estrategia.

—¿Ells? —me pregunta al cabo de unos segundos en silencio.

—¿Sí?

Parece ansiosa por lo que va a decir. Como si temiera decepcionarme o algo parecido.

—¿Qué pasa? —pregunto intentando sonar tan comprensiva como puedo.

—¿Por qué no vamos a comprar las chucherías y ya está? Total, es lo que acabamos haciendo siempre.

Inclino hacia atrás la cabeza y suelto una carcajada.

—¿Qué? —pregunta.

—Nada. Pensaba que ibas a decir otra cosa.

Arruga la frente.

—¿Qué pensabas que iba a decir?

Miro de reojo su ropa empapada y el pelo chorreante, los restos de maquillaje que le resbalan por la cara. Alargo el brazo hacia la guantera y saco un pañuelo de papel. Se lo ofrezco sin pronunciar ni una palabra.

Lo coge y empieza a limpiarse la cara.

Tal vez ayer lo hice todo al revés cuando me la encontré. Tal vez no haya nada que decir. Tal vez no haya nada que preguntar.

Tal vez lo único que hacía falta que dijese era: «Claro, Hads. Vamos a comprar chucherías».

Porque tiene razón. Total, es lo que acabamos haciendo siempre.

Come Together Right Now

«Ven conmigo ahora mismo»

20:16 H

—Esta canción está dedicada a la chica que nos ha conseguido el concierto. Gracias por ser tan alucinante (y añado: por ser tan sexi), Ellie Sparks. ¡Eres genial!

Vuelvo a estar en primera fila. Me desmeleno junto con el resto del público. Cuando Tristan toca los primeros acordes del riff que abre *Mind of the Girl*, me armo de valor y subo al escenario. Corro y me coloco a su lado, empiezo a contonear las caderas, provocativa, al ritmo de la música. Tristan parece sorprendido de verme ahí (en nuestros cinco meses de relación, nunca me he subido al escenario con él), pero su sorpresa no tarda en transformarse en una sonrisa y frota la espalda contra la mía mientras rasguea con furia la guitarra eléctrica azul.

No me he cambiado de ropa y debo reconocer que lo que llevo es perfecto para la ocasión. Yo soy perfecta para la ocasión. Owen tenía razón, sí que parezco salida de un vídeo musical. Es una pasada estar subida al escenario. ¿Así es como se sienten los cantantes? No me extraña que a Tristan le encante actuar. Me sorprendo al ver lo cómoda que me siento en esta situación. Normalmente, me daría una vergüenza horrorosa actuar delante de un puñado de personas, pero cuando Tristan empieza a cantar la primera estrofa, mi cuerpo se mueve por iniciativa propia. Dejo que la música me conquiste. Dejo que me gobierne. Tristan no despega los ojos de mí. Me dedica toda la canción, canta para mí. La multitud corea mi nombre.

Si ya pensaba que el subidón posterior a los conciertos de Tristan vivido desde fuera era genial, eso no es nada comparado con vivirlo en directo. Es puro éxtasis. Me siento capaz de cualquier cosa. Podría hacer submarinismo. O sumo. Incluso volvería a zamparme el pastel de plátano contaminado con almendras de Daphne Gray. Por cierto, ¿dónde está la pequeña robanovios?

Echo un vistazo entre la multitud y repaso la primera fila, en la que la vi anoche, pero no está allí. De hecho, todo su séquito parece haberse perdido en combate.

Barro con la mirada el mar de caras, todas cantando a la vez y contoneándose al compás de la canción. Se alimentan de la energía que Tristan y yo irradiamos.

Localizo a la chica nueva, Sophia, en la parte central del público. También baila, pero me fijo en que no está con el chico con el que la vi anoche. Me pregunto qué habrá pasado con él. Espero que no haya venido para intentar ligarse a Tristan. A ver, si en la cafetería no se ha dado cuenta de que éramos pareja, desde luego a estas alturas tiene que haberlo pillado.

La canción llega a su fin. Tristan toca un último acorde de guitarra apoteósico mientras Jackson toca los címbalos. El ruido del público es ensordecedor y, al mismo tiempo, es el sonido más hermoso que he oído nunca.

—¡Gracias a todos! —exclama Tristan con voz grave y atractiva—. Somos Guaca-Mola. ¡Confiamos en que os hayáis divertido esta noche! ¡Os esperamos en el próximo concierto!

Con el corazón a mil y unos pitidos resonándome dentro, tomo una decisión impulsiva. Corro hacia Jackson, que está sentado a la batería, y le susurro algo al oído. Asiente con la cabeza y le pregunto lo mismo a Lance, que toca el bajo, y a Collin, el segundo guitarra. Ambos ponen los pulgares hacia arriba.

Aparto un poco a Tristan del centro del escenario y saco el micro del soporte.

—En realidad —digo y alucino al oír el sonido de mi propia voz que reverbera en los altavoces—, queda una canción más. Una canción sorpresa. Es una de mis favoritas y tiene un significado muy especial.

Tristan bebe un trago del botellín de agua, con las cejas enarcadas.

—¡¿Pero qué haces?! —me grita por encima de los aullidos de la multitud.

Le dedico una mirada coqueta.

—Ya lo verás. —Agarro el micro e inclino la cabeza hacia Jackson—. Vamos, chicos.

Jackson marca el ritmo y Collin entra un momento después con una versión atrevida y muy guay del riff original de la canción. Me balanceo hacia delante y hacia atrás; mis nervios amenazan con cerrarme la garganta.

«¿De verdad voy a cantar delante de toda esta gente?».

Nunca he cantado delante de nadie. Bueno, salvo delante de Tristan, metidos en la bañera, la noche de aquella fiesta en casa Daphne.

Sin embargo, entonces oigo el primer verso que se aproxima a mis cuerdas vocales como un tren a toda velocidad y yo estoy atada a las vías. No hay escapatoria.

Cierro los ojos, levanto el micro hacia los labios y empiezo a cantar.

«I don't like you, but I love you».

Como la primera vez... «No me gustas, pero te quiero...».

Noto a alguien a mi lado. Cuando abro los ojos, tengo ahí a Tristan, inclinándose hacia delante para compartir el micrófono. Igual que hicimos aquella noche metidos en la bañera sin agua, armoniza el estribillo conmigo y da más cuerpo al sonido de mi voz. Lo hace tan bien que me entran escalofríos por todo el cuerpo.

«You really got a hold on me».

Sí, «me tienes atrapada».

Al público le encanta. Emiten toda clase de vítores, gritos y piropos. Noto que me ruborizo, pero no me importa. No, ahora que Tristan está aquí a mi lado, ahora que nuestros hombros se rozan y nuestras voces se entremezclan.

Cuando termina la canción, Tristan entrelaza una mano sudorosa en la mía y hacemos una reverencia juntos. Al incorporarnos de nuevo, veo que me observa, con una sonrisa radiante. Me acerco para susurrarle:

—¿De qué querías hablarme?

—¿Qué? —contesta por encima del ruido.

Coloco la palma de la mano en su pecho liso y empapado.

—Esta mañana, en el mensaje. Decías que teníamos que hablar.

Se echa a reír y sacude la cabeza.

—¡Pues ya no me acuerdo!

Sonrío, victoriosa.

—Me lo imaginaba.

Estoy tan absorta en las luces, los aplausos, Tristan, que no me doy cuenta siquiera de que Owen se encuentra entre el público hasta que estoy a punto de salir del escenario. Lo veo en la última fila, con los brazos cruzados y una expresión inescrutable... No sé si es porque está demasiado lejos para poder interpretarla o porque la esconde a propósito para que no sepa qué piensa.

Algo se me retuerce en el estómago. Algo que no sé identificar.

¿Sentimiento de culpa?

No. Es ridículo. ¿Qué motivos tengo para sentirme culpable? No es como si hubiera roto alguna promesa que le había hecho. No es que acordásemos venir juntos a la feria. Él sabía que tenía previsto venir con Tristan. Y, aun así, cuando nuestras miradas se cruzan por encima de esa gigantesca multitud enlatada, no puedo evitar sentir que me está juzgando.

Interrumpo el contacto visual e intento bajar de un salto del escenario, pero Tristan me agarra por el codo y tira de mí. Me choco contra su pecho. Nuestros labios se funden. Su mano me agarra por la cintura. Su lengua encuentra la mía.

Es un beso tórrido y sudoroso, cargado de adrenalina.

A la muchedumbre le encanta.

Cuando se aparta, estoy sin resuello y muerta de vergüenza.
¡Quién fue a hablar de las muestras de afecto en público! Sin pensar,
mis ojos vuelven de inmediato al lugar en el que estaba Owen hace
un instante.

No estoy segura de por qué pensaba que seguiría allí. Y tampoco
estoy segura de por qué casi me entran arcadas cuando compruebo
que no está.

I Think We're Alone Now

«Creo que estamos a solas»

20:32 H

Después del concierto me despido de Tristan. Le doy un beso largo e intenso antes de inventarme una excusa sobre el toque de queda y correr al aparcamiento.

En realidad, no tengo toque de queda, puedo llegar a casa a la hora que me apetezca. Lo que ocurre es que no quiero arriesgarme a que se tuerza algo. Quiero terminar la noche con buen sabor de boca. El doble sentido no es casualidad, ja, ja.

Por supuesto, Tristan y yo no hemos hecho ninguna de las cosas de mi lista para una cita ideal en la feria (y, técnicamente, sigo sin haberme estrenado en la noria), pero ¿qué más da? Lo que hemos hecho ha sido mejor incluso.

Tristan y yo hemos cantado a dúo. En el escenario. Me ha besado. En el escenario. Delante de todo el mundo. Me ha dicho que ni siquiera se acordaba de qué quería hablar esta mañana.

No me imagino una velada mejor.

Hemos creado nuestra propia cita ideal en la feria y ha sido mágica, fantástica.

De todos modos, mientras me dirijo al aparcamiento no puedo evitar sentir que la victoria es insulsa.

Sí, he ganado. He impedido que Tristan cortara conmigo. Pero ¿de verdad ha sido una victoria limpia? ¿O en cierto modo he hecho trampas en el juego?

Me vuelve como un flash lo que me dijo la directora Yates a las puertas del aula de Lengua y Literatura. «Decirle a la gente lo que quiere oír no es lo mismo que ganar».

Pero eso es ridículo, ¿no? ¿A quién le importa cómo he ganado? Lo importante es que lo he hecho. Debería estar contenta de que Tristan y yo sigamos juntos. Eso es lo que quería lograr desde el principio. Ese era el objetivo primordial de todo el día. Tengo que dejar de analizarlo todo en exceso, parece que esté loca. Tengo que empezar a valorar las cosas buenas cuando llegan.

Doy al botón de apertura de puertas del mando y observo el centelleo de los faros del coche.

Se acabó. Basta de lamentos.

Basta de darles vueltas a las cosas.

Esto no es un partido de softball. No tengo que analizar lo que hice bien y lo que hice mal para poder repetir la victoria. Esta vez no hay necesidad de repetir nada. El día ha terminado. He conseguido el objetivo que tenía que conseguir. Mañana será martes, y punto.

La vida continúa.

—¿Ya te vas? —oigo que me pregunta alguien mientras abro la puerta del coche.

Alzo la mirada y me topo con Owen, que camina hacia mí, con las manos metidas en los bolsillos y los hombros encogidos, cerca de las orejas. Es lo que hace cuando está nervioso por algo. Como aquella vez en cuarto de primaria cuando se enfadó y pisó todos los botes de pintura, y yo lo obligué a confesar el delito a la profesora. Fue arrastrando los pies hasta su mesa, encogido como una tortuga que intentase desaparecer dentro del caparazón.

Pero ¿por qué está tan nervioso ahora?

—Sí —contesto.

Estoy a punto de soltarle la trola del toque de queda, pero me contengo. Owen sabe que mis padres no me marcan una hora tope.

Nunca lo han hecho. Nunca he sido el tipo de chica que necesita que le pongan límites.

—Buena actuación —me dice.

Dibujo una sonrisa tímida.

—Gracias. Espera, ¿te refieres al concierto?

Se encoge de hombros.

—Bueno, sí. Si quieres, lo dejamos ahí.

—Ha sido una pasada estar subida en el escenario. No me extraña que a Tristan le guste tanto.

—Me lo imagino. —Se detiene cuando llega al capó del coche—. No veo lágrimas. Supongo que significa que tu plan ha funcionado.

Sonrío de oreja a oreja.

—¡Ya te digo! Misión cumplida.

—Bien hecho.

«¿Bien hecho?».

¿Por qué se comporta de esa forma tan rara? ¿Por qué no habla con normalidad?

—Gracias.

Frunce los labios, como si intentase pensar qué otra cosa puede decir. Hasta que al final la encuentra:

—Entonces ¿se ha acabado todo?

Arrugo la frente, confundida.

—El lunes —aclara—. El extraño *déjà vu*, lo de la historia que se repite sin cesar. ¿Se acabó? ¿Mañana será martes?

Me encojo de hombros.

—Supongo. O sea, sí.

Señala mi conjunto con la barbilla.

—¿Significa eso que vas a tener que vestirte así todos los días?

Bajo la mirada. Tengo que admitir que es un tanto ridículo. A ver, ¿quién se pone medias de rejilla y camisas cortadas con los hombros al descubierto? Hace dos meses no me habrían pillado así vestida ni muerta, ni siquiera en Halloween. Aunque supongo que en eso consiste la vida. En cambiar. Adaptarse. Avanzar.

—No lo sé. No he pensado tan a largo plazo.

Asiente, todavía plantado junto al capó del coche, con las manos metidas hasta el fondo de los bolsillos.

Señalo el asiento del copiloto.

—¿Quieres que te lleve a casa?

Vuelve la cabeza hacia las luces de la feria. El bullicio de la gente, las atracciones y los juegos se han convertido en un leve murmullo.

—En realidad, estaba pensando en que a lo mejor podríamos, no sé, ya sabes, ir a dar una vuelta.

Buf, ¿puede saberse por qué habla Owen de una forma tan rara? Da miedo... ¿Será que mi nuevo aspecto lo incomoda? Por cómo agacha la cabeza y desvía la mirada, da la impresión de que sienta vergüenza, como si le estuviera pidiendo salir a una chica a la que acaba de conocer. En lugar de pedirle a su mejor amiga que vaya a dar una vuelta con él. No puedo saberlo a ciencia cierta porque está muy oscuro, pero diría que Owen se ha puesto colorado.

—¿Por aquí? ¿O cerca de mi casa? —le pregunto. Me siento igual de incómoda.

En otras circunstancias, lo normal sería que todo fluyera entre nosotros de forma natural. Nada de titubeos. Nada de preguntas. Simplemente, no sé, vamos a dar una vuelta y punto. Pero de repente, parece que Owen me esté proponiendo ir a una cena de gala o algo así.

—Por aquí —contesta a toda prisa, como si quisiera soltarlo antes de que le abrasara por dentro y le hiciera un boquete en el pulmón—. En la feria. Es la última noche, ¿te acuerdas? Ya sabes, si mañana es martes y tal.

—Exacto —digo apresurada—. Mañana. Martes. Eso significa que se acaba la feria de atracciones.

—Exacto —repite.

Bueno, esto ya es demasiado. Primero me miente en la biblioteca. Ahora estamos aquí los dos plantados como dos desconocidos bobalicones. Tenía pensado arreglar esta situación incómoda con Owen hoy. Iba a solucionar las cosas, pero parece que solo he conseguido que vayan a peor. Owen y yo necesitamos volver a la normalidad, eh, y punto. No seré capaz de soportar mucha más dosis de esta incomodidad.

Echo un vistazo rápido al móvil. Tristan me ha mandado dos mensajes. En uno dice que esta noche ha sido alucinante y en el otro dice que se va a casa de Jackson a pensar una estrategia y decidir los próximos pasos que tiene que dar el grupo. Eso significa que es imposible que me tope con él en la feria y lo mande todo al traste. Cierro la puerta del coche con un contundente pam.

—Vale —digo intentando que suene espontáneo. Despreocupado. «Normal». Pero, de todos modos, suena demasiado alegre—. Vamos a... eh... —Señalo de forma vaga en dirección a la feria—. Vamos a dar una vuelta.

There's a Moon Out Tonight

«Esta noche ha salido la luna»

20:43 H

La conversación no mejora cuando nos ponemos en marcha. Owen y yo paseamos por la feria con el «modo silencio» puesto, igual que dos desconocidos que no tienen nada en común. Me esfuerzo por encontrarle sentido a la situación.

¡Pero si es Owen! El chico que trepa por mi ventana y hace bromas sobre mi Hipo de peluche.

El chico con el que vigilaba la cantina en el campamento de verano.

El chico que me proporciona Benadryl cuando como almendras por equivocación.

¿Por qué de repente se ha levantado un muro entre nosotros? ¿Por qué este loco día repetitivo nos ha convertido en dos personas que no son capaces siquiera de encontrar un mísero tema de conversación?

—Entonces quieres...

—A lo mejor podríamos...

Hablamos a la vez. Chasqueo la lengua.

—Tú primero.

—Iba a preguntarte si querías echar una partida a algo de la feria.

—¡Sí! —contesto con un entusiasmo exagerado.

Me vale cualquier cosa que nos mantenga entretenidos en lugar de deambular por aquí en silencio.

—¡Genial! —Su entusiasmo suena tan artificial como el mío.

Nos dirigimos a la parte de las casetas de juegos y Owen se detiene delante del puesto de las anillas.

—Ay —digo al recordar la decepcionante experiencia que tuve la noche anterior—. Estoy casi segura de que el juego está trucado.

Owen deja un dólar en el mostrador con una palmada llena de confianza.

—Me arriesgaré.

El empleado de la feria coloca cinco anillas delante de Owen y le dedica una sonrisa falsa que deja al descubierto varios dientes de oro. Lo miro con recelo. Me fío tanto de estos tíos como de la integridad estructural de la noria.

Aparto los ojos de Don Dientes de Oro y vuelvo a mirar a Owen. Parece que está realizando un calentamiento muy concienzudo. Estira el cuello a un lado y a otro, sacude los brazos adelante y atrás, salta de un pie a otro como un boxeador mientras espera a entrar en el ring...

—¿Owen? —pregunto con cautela—. ¿Qué haces?

—Calentar.

—¿Para qué?

Da unos puñetazos al aire. Izquierda. Derecha. ¡Bam! ¡Bam!

—El secreto de estos juegos es la memoria muscular. Estoy calentando los músculos.

Miro al empleado del puesto. Ambos compartimos una mirada de incredulidad.

Owen da una palmada y por fin agarra las anillas y las tira una por una hacia los cuellos de botella. Sus movimientos son fluidos, casi ensayados. Todos los lanzamientos son idénticos, un sutil pero seguro giro de muñeca. Y todas y cada una de las anillas vuelan por el aire antes de encontrar un lugar sólido en el que descansar: el cuello de una botella.

—¡Un aplauso para el ganador! —anuncia el empleado.

Me quedo mirando a Owen anonadada. Me cuesta creer lo que acabo de presenciar. ¿Un milagro? ¿Un superhéroe en acción?

—Uf —tartamudeo y paseo la mirada por el grupo de espectadores que se ha reunido para mirar—. ¿Qué ha pasado?

Owen casi no oye mi pregunta. Está demasiado ocupado levantando el puño y dando saltos de aquí para allá.

—¡Sí, sí, sí! —grita—. ¿Quién es el rey? ¡YO! ¡Claro que sí!

Incluso el empleado de la feria parece impresionado.

—Vaya, vaya. Parece que alguien ha estado practicando...

Ese comentario interrumpe el baile de la victoria de Owen. Vuelve a meterse las manos en los bolsillos.

—Qué va. Creo que ha sido la suerte del principiante.

—¿La suerte del principiante? —repito incrédula—. Owen, nadie consigue hacer esto la primera vez.

Mi amigo se encoge de hombros y señala la colección de animales de peluche que cuelga del techo del puesto.

—¿Cuál quieres?

—Has ganado tú —contesto—. Tienes derecho a elegir.

Sacude una mano para restarle importancia.

—No. Elige tú.

—No puedo. De verdad, hazlo tú. Te lo mereces.

Señala el enorme caniche blanco; el mismo al que eché el ojo ayer. El empleado lo baja y se lo entrega a Owen, quien a su vez me lo pasa a mí.

—¿Estás seguro? —le pregunto.

—A ver, desde luego yo no puedo volver con esto a casa. Toma. Cógelo. Lo he ganado para ti.

Me pica la garganta e intento tragar mientras acepto el perro de peluche y lo abrazo contra mi cuerpo.

—Gracias. Me encanta.

Owen asiente y desvía la mirada.

—No hay por qué darlas.

Nos ponemos a caminar otra vez. Owen carraspea haciendo mucho ruido.

—Bueno, ¿y ahora qué viene? ¿Los autos de choque? ¿Un helado compartido? ¿Un beso a la luz de la luna en lo alto de la noria? Me detengo y vuelvo la cabeza como un resorte hacia él. Me alivia ver la sonrisa guasona de su cara.

—¿Te acuerdas?

Chasquea la lengua.

—Pues claro que me acuerdo, Ells. Me obligaste a seguir a esa pareja de pánfilos durante horas. Me sentí como un acosador. ¿Qué nombre les pusiste? ¿Angie y el doctor Johnson?

—Annabelle y el doctor Jason Halloway —murmuro mientras oculto la sonrisa detrás de las mullidas orejas del perro.

—Claaaaaro. ¿Cómo he podido olvidarme del doctor Jason Halloway? Ese nombre suena a personaje de un culebrón que desaparece y vuelve dos temporadas más tarde después de haberse hecho una cirugía estética muy bestia, para que puedan utilizar a otro actor.

Le doy un golpe con el peluche.

—No es verdad. Es un nombre romántico.

Se burla.

—Sí, claro. Para una cría de once años.

—Tenía diez.

—Peor aún.

—No puedo creer que aún te acuerdes.

—Ells —dice con solemnidad, como si se dispusiera a darme una mala noticia—. Yo me acuerdo de todo.

She's Got a Ticket to Ride

«*Tiene permiso para montar*»

21:08 H

Me quedo mirando la rueda giratoria de la muerte y noto una sacudida de terror que me recorre de arriba abajo.

—No puedo —sentencio.

Salgo de la fila. Owen me agarra por el brazo y vuelve a meterme.

—Claro que puedes.

Niego con la cabeza.

—Que no. No puedo, de verdad. No estoy preparada para morir hoy.

Se ríe.

—No vas a morir. Es igual que en el cursillo del campamento, ¿te acuerdas?

Sí que me acuerdo. Así fue como nos conocimos Owen y yo. Fue el verano de tercero a cuarto de primaria. En el Campamento Awahili. Mi grupo y el de Owen se habían apuntado a hacer un cursillo de cuerdas, pero me negué a participar. Me senté junto a la instalación y observé al resto de las compañeras del grupo mientras trepaban por un poste de teléfonos que parecía subir hasta el cielo. Luego se ponían en equilibrio en lo alto del poste y saltaban a una especie de trapecio que había al lado.

Aunque todo el mundo iba sujeto con un arnés que, según me había jurado el monitor, era totalmente seguro y pasaba controles de calidad anuales, me negué a probarlo.

¿Por qué iba a tentar a la muerte a propósito de semejante manera?

Casi había terminado el tiempo que duraba la actividad y me moría de ganas de volver a la cantina y ahogar mis penas en una Coca-Cola gigante, pero entonces se me acercó Owen y se sentó a mi lado. No nos conocíamos. Un chico delgaducho con pecas y el pelo oscuro, los dientes torcidos, la nariz un poco respingona y ojos verdes que bizqueaban cuando sonreía.

Me preguntó por qué no había querido hacer la actividad. Le conté que me aterrorizaba la posibilidad de caerme.

Se rio al oírlo e intenté no parecer ofendida.

—¿Estás de broma? ¡Caerse es la parte más divertida!

Lo miré como si estuviera loco.

—¡En serio! —insistió—. Es superdivertido, porque llevas este arnés de seguridad. —Tiró de las correas que le cruzaban el pecho—. Y debajo hay una red elástica. ¡Es como caer de culo en un trampolín gigante! Algunas veces me tiro a propósito, para aterrizar en esa cosa.

—¿De verdad?

Un sonido parecido a pufff salió de sus labios.

—Lo hago continuamente. Deberías subir y tirarte de culo, en serio. Te reirías un montón y así ya no te daría miedo, porque ya te habrías caído una vez.

Todavía tuvo que alentarme un poco más, pero al final accedí. Dejé que me pusieran el arnés. Me subí a lo alto de aquel poste y, al llegar arriba, me dejé caer. Directa a la red.

Así fue como Owen me ayudó a superar el miedo al cursillo de cuerdas.

Vuelvo a mirar la noria.

—Owen, no se parece en nada al campamento. Aquí no hay arnés. No hay red. Y no creo que este cacharro haya pasado un control de calidad desde hace años.

Owen sigue sin soltarme el brazo. Bajo la mirada hacia su mano, aferrada a la mía.

—¿Qué es lo peor que puede pasar? —me pregunta.

—¿Eh? Que muera...

Vuelve a hacer ese sonido: pufff. Y sin querer me transporta a aquel día del cursillo en el campamento, cuando un Owen de nueve años me convenció para que me pusiera el arnés.

—No seas boba. No te vas a morir.

—Protesto. Podría morir.

—Protesto. Falta de pruebas.

—Tengo muchas pruebas —contraataco—. Una vez vi un documental sobre las ferias ambulantes y...

—¡Tú y tus documentales!

—Sí, yo y mis documentales. Son muy informativos.

—Lo que tú digas. Me da igual. Vas a montarte en la noria.

—Que te digo que no. Lo siento, Owen. No puedo. No soy tan valiente como tú.

Me suelta el brazo y deja un punto frío en el lugar donde hasta ese momento estaba su mano. Clava los ojos en mí unos segundos. Parece indeciso.

—No soy valiente.

Lo dice tan bajito que apenas lo oigo por encima del ruido de la feria.

—Pues claro que sí. Eres la persona más valiente que conozco.

Baja la mirada hacia el suelo.

—No te lo creas. Hay un montón de cosas que me gustaría hacer, pero no me atrevo.

—¿Como qué? —lo reto.

Se rasca la barbilla con la mente perdida y me mira a la cara. Nuestras miradas se encuentran en algún punto medio del reducido espacio que hay entre los dos. Respira hondo, como si intentase inspirar un valor invisible del aire.

—Como...

—¡Oye! —nos grita alguien por detrás—. ¿Pensáis moveros o no?

Owen y yo parpadeamos y volvemos la cabeza. La cola ha avanzado varios pasos y ha quedado un hueco inmenso delante de nosotros. Owen avanza y, al ver que yo sigo dudando, tira de mí (esta vez cogiéndome de la mano) y me azuza para que camine.

Me pongo de puntillas para contar las cabezas que tenemos delante. Solo quedan diez personas para que nos toque. Mi estómago da un salto mortal.

—En serio, no me veo capaz de montar.

Suspira. Empieza a perder la paciencia.

—Sí que puedes.

—Tengo un nudo en el estómago. Creo que voy a salir de la cola y te esperaré mientras te montas.

—¿Y si te lo pidiera él? —La pregunta surge de la nada. Como una bofetada. Owen ha empleado un tono hiriente e inesperado.

—¿Qué?

—¿Qué pasaría si él te propusiera montar en la noria? Lo harías, ¿a que sí? Sin dudarlo ni un momento. Te tragarías el miedo y montarías en la atracción de las narices.

—Protesto —me quejo—. Falta de respeto.

—Venga ya, Ellie. No te hagas la tonta. Sabes que tengo razón.

Ahora sí que parece enfadado de verdad. ¿A qué viene todo esto? ¿Qué ha pasado con el Owen amable y divertido de siempre, con el que estaba haciendo cola hace unos segundos? ¿Cuántas caras distintas tiene?

—Ni siquiera sé de qué me hablas.

—Lo que digo es que con él eres diferente. Pierdes la cabeza si estás con él. No eres tú misma. Eres otra persona. Alguien con quien crees que él quiere salir. Es como si te hicieras la muerta a su lado.

Noto un picor por toda la piel. Me rasco los brazos.

—Eso no es verdad.

Owen suelta una risotada explosiva y cínica.

—¿Ah, no? ¿Qué ropa llevas? —Señala mi falda—. ¿Esto qué es? Desde luego, no eres tú.

—Soy una nueva versión de mí —me defiendo, pero el argumento tiene poco peso cuando sale de mis labios.

Me da la espalda. Estoy tan cabreada que me entran ganas de largarme. Que se monte en la dichosa noria él solo. Me piro a casa.

Sin embargo, antes de que pueda dar un solo paso, Owen se vuelve hacia mí de nuevo, con la cara enrojecida y los ojos entrecerrados.

—No lo pillas, ¿verdad? No te hace falta. Nada de todo esto. No tienes que ser otra persona. Deberías gustarle por ser como eres. Eres una de las personas más especiales, locas y apasionadas que conozco. ¡Eres única! Luchas. Defiendes lo que piensas. Das tu opinión. Te pones celosa.

Una piedra invisible se me forma en la garganta. Intento tragarla, pero se me queda atascada en algún punto de la tráquea.

—Pero cuando estás con él, es como si te pusieras en «modo silencio» —continúa—. Te lo callas todo. Finges ser una persona modosa, tímida, sumisa y aburrida.

—¡Me ofende que digas eso! —le suelto irritada—. No soy aburrida.

—¡Claro que no! —Owen sacude las manos—. ¡Eso es lo que intento decirte! Eres la persona menos aburrida que conozco. —Se muerde el labio inferior. Luego añade—: Siempre que no estés con Tristan.

Ya está. Ha pronunciado su nombre. No me había dado cuenta hasta ahora de lo raro que suena, lo fuera de lugar, cuando sale de los labios de Owen. Tal vez sea porque, durante los últimos cinco meses, no estoy segura de habérselo oído decir ni una sola vez.

¿Cómo pueden sonar de forma tan distinta siete míseras letras?

¿Cómo puede un solo nombre (un nombre que de costumbre me hace sentir en una nube) provocar que de repente me sienta como si me cayera del poste de teléfonos sin una red que me recoja?

—Vale —gruño. Levanto la cuerda que delimita la cola y meto la cabeza por debajo—. Si tan aburrida soy, te ahorraré el tostón de tener que seguir conmigo.

Me marcho a grandes zancadas. Las lágrimas me resbalan por la cara con cada paso. Una parte de mí quiere que Owen corra a buscarme. Otra parte de mí espera que no lo haga. Porque me vería llorar. Porque entonces se daría cuenta del efecto que tienen en mí sus palabras.

—Aun así, he ganado —murmuro para mis adentros cuando llego al coche, todavía ofendida, y me desplomo detrás del volante. Me paso la mano por las mejillas mojadas—. Aun así, he ganado.

Pero la victoria ya no solo me parece insulsa. Me parece inútil.

Will You Still Love Me Tomorrow?

«¿Seguirás queriéndome mañana?»

22:02 H

—¿Se puede saber en qué piensas? —me dice Hadley cuando me siento al borde de su cama para ver los últimos diez minutos de *El club de los cinco*.

Esta noche me he perdido la mayor parte de la película por la cita improvisada con Owen.

«¿Cita?».

¿Por qué he pensado eso? Quería decir por haber dado una vuelta con Owen. Por el rato de colegas.

No era una cita. Por supuesto que no era una cita.

Pero al mismo tiempo, en cierto modo se parecía a una cita, ¿no? Hasta que empezamos a pelearnos como nunca y me largué enfadada.

Pero ¿por qué se parecía a una cita? ¿Acaso era porque estábamos solos?

Pero Owen y yo hemos hecho cosas a solas un millón de veces. Es mi mejor amigo desde hace una eternidad. Lo conozco casi tan bien como me conozco a mí misma. Puede que incluso mejor. Y, sin embargo, esta noche, casi parecía que fuese la primera vez que salíamos juntos.

—¡Eo, Ells! —La voz de mi hermana se cuela en mi ensoñación y vuelvo la cara hacia ella.

Ha puesto en pausa la película y me está mirando.

—Perdona, ¿qué decías?

Se echa a reír.

—Que en qué pensabas. Pareces distraída.

Me concentro otra vez en la pantalla.

—Qué va. Estoy cien por cien concentrada en la peli.

—¿Es por Tristan?

Muevo la cabeza como un resorte para mirar otra vez a Hadley.

—¿Qué? No. A medias. No.

—¿No? —pregunta.

—No —zanjo—. No es por Tristan.

Señala con la cabeza el caniche que he dejado en el suelo junto a la cama al entrar en su habitación.

—¿Te ha conseguido eso en la feria?

Se me encoge el pecho.

—No, lo ha ganado Owen.

—¿Owen? —pregunta Hadley incrédula—. ¿Owen tiene coordinación mano-ojo?

Su comentario me hace reír. Pienso en la poca gracia que tiene siempre mi amigo cuando trepa por la ventana. ¿Volverá a entrar por mi ventana alguna vez después de las cosas que nos hemos dicho esta noche?

—¿Y por qué estabas por ahí con Owen? —me pregunta—. ¿Os habéis vuelto a pelear Tristan y tú?

Niego con la cabeza.

—No. En realidad, con quien he discutido ha sido con Owen.

Quita importancia a mi respuesta.

—¡Venga ya! Owen y tú siempre discutís.

Tiene razón. Discutimos mucho. Pero nunca sobre cosas serias. Nunca sobre cosas de verdad. Esta noche ha sido distinto. Esta noche parecía... «definitivo».

—Pues menos mal que no estabas en casa —dice Hadley—. Te

has librado de una buena. Mamá y papá han tenido una bronca increíble. Los he oído gritar. Ha sido muy desagradable.

Pienso en las últimas cuatro mañanas, en mi madre aporreando cosas en la cocina, en mi padre durmiendo en la habitación de invitados.

—¿Sabes por qué se han peleado?

—Papá se ha olvidado de su aniversario de bodas.

Me encojo.

—Ay... Mamá da mucha importancia a los aniversarios.

—Ya lo sé. Pero espera, que eso no es todo. No solo se olvidó, sino que hizo planes con sus amigos del trabajo y ha llegado a casa bastante tarde. Mamá pensaba que a lo mejor iba a sorprenderla con una velada romántica en algún sitio chulo, así que se arregló y esperó en la sala de estar hasta que papá volvió a casa.

—Ay, Dios. Qué mal.

—Sí... —Hadley me mira y se muerde los labios—. Y entonces ¿Tristan y tú habéis hecho las paces o ha sido una *reconcifusión*?

—¿Una qué?

—Sí, ya sabes, cuando intentas reconciliarte con alguien, pero el otro no tiene ni idea de por qué estabas enfadada.

Niego con la cabeza.

—Huy, no. No ha sido una *reconcifu...* Como se diga. Ha sido distinto.

—Entonces ¿todo vuelve a ir bien entre vosotros?

Miro el televisor. Hadley ha parado la imagen justo en la parte en la que Ally Sheedy sale después de la transformación radical y Emilio Estévez la observa boquiabierto y con los ojos como platos. De repente, se me ocurre que la peli está incompleta.

¿Qué pasa después de esa escena?

¿Siguen juntos para siempre?

¿O rompen?

¿Al final se casan y tienen un montón de hijos?

La peli no nos cuenta lo que sucede después de que todos vuelvan a casa convertidos en una versión nueva y mejorada de sí mismos. Sí, claro, Emilio termina saliendo con Ally, y Molly Ringwald termina con Judd Nelson. Pero eso es solo una tarde. ¿Qué ocurre al día siguiente? ¿O al cabo de dos días? ¿Vuelven a ser como eran antes? ¿Retroceden para ser de nuevo los personajes que eran? ¿O mantienen su nueva personalidad para siempre?

La pregunta que me ha planteado Owen esta noche en el aparcamiento no para de rondarme la cabeza.

«¿Significa eso que vas a tener que vestirte así todos los días?».

En ese momento no he sabido qué contestarle y ahora sigo sin tener una respuesta clara.

¿Cómo será mañana?

—Sí —contesto a mi hermana. Me obligo a sonreír—. Todo va genial entre nosotros.

Parece que con eso ha quedado satisfecha su sed de cotilleos. Reanuda la película y abraza el almohadón contra el pecho mientras se desarrollan las últimas escenas. Molly Ringwald le regala a Judd Nelson uno de sus pendientes de diamantes. Emilio Estévez le da a Ally Sheedy un beso de despedida.

Miro de reojo a Hadley. Parece igual de contenta y saltarina que Ally después de ese beso.

«Pues claro que al final les saldrán bien las cosas a los personajes», me digo. De lo contrario, la película no tendría sentido. De lo contrario, la historia no conmovería a tanta gente. A gente como mi hermana.

Eso me da esperanza.

Tristan y yo estamos bien. Mejor que bien. Estamos genial. Hoy, le he recordado lo que se perdería si rompiera conmigo. Hoy, le he recordado por qué empezamos a salir. Hay química entre nosotros. No hace falta que me vista así a diario. Ya he demostrado que tenía razón y eso es lo que importa.

La escena final de la peli se prolonga mientras una voz en off dice que los miembros de *El club de los cinco* son un cerebrín, un atleta, un caso clínico, una princesa y un delincuente.

Junto a mí, Hadley suspira y me doy cuenta de que se frota los ojos.

—Te encanta esta peli, ¿verdad? —le pregunto.

Asiente con la cabeza.

—Es tan parecida a la vida. Tan real...

Me gustaría llevarle la contraria, porque en el fondo ella no tiene ni idea de cómo es el instituto, así que ¿cómo puede estar tan segura de que va a ser así? Sin embargo, mantengo el pico cerrado. Después de todo lo que ha ocurrido hoy, algo me dice que lo que necesita mi hermana ahora mismo es que la consuele.

—Es como tú, ¿sabes? —añade.

Me pilla por sorpresa.

—¿El qué es como yo?

Hadley señala con la barbilla los créditos que pasan por una imagen congelada de Judd Nelson dando un puñetazo al aire.

—Tú eres una cerebrín y una atleta y un caso clínico, incluso una princesa, desde que empezaste a salir con Tristan. —Hace una pausa para pensar en su analogía—. Eres una especie de mezcla de todas esas cosas. Salvo el delincuente.

Prefiero no mencionar mis diversos encontronazos con la «ley» durante los últimos lunes que he vivido.

—¡Estás por todas partes! —bromea.

Le doy un puñetazo de broma en el brazo.

Aunque tengo que admitir que en cierto modo tiene razón. Desde hace un tiempo, parece que estoy por todas partes, pero es solo porque he intentado averiguar por todos los medios cómo apañármelas para salir de este demente agujero negro que es hoy.

Ahora las cosas por fin podrán volver a la normalidad.

Me despido de Hadley, recojo el perro de peluche y me retiro a mi habitación. Me quito las botas de caña alta y la minifalda. Luego me limpio la gruesa capa de rímel negro de los ojos. Después de meterme en la cama, le mando a Tristan un mensajillo corto. Solo para comprobar que está bien.

Yo: Buenas noches.

Al cabo de unos segundos, me llega su respuesta:

Tristan: Buenas noches, sexi. Nos vemos mañana.

«¿Lo ves?», me digo mientras pongo a cargar el móvil y lo dejo en la mesita de noche.

«Todo arreglado».

The Way We Were

«Tal como éramos»
(Cuarta parte)

CINCO MESES ANTES...

—Creía que íbamos a tomar una pizza —dije mientras Tristan me llevaba al piso de arriba de su casa y me metía en su habitación.

—Sí, luego, pero antes quiero hacer una cosa.

Me sujetó con fuerza la mano, lo que me hizo cosquillas por todo el brazo, y me dijo que me sentara en la cama. Cerró la puerta del dormitorio.

—Huy —dije. Miré a mi alrededor. ¿Dormitorio? ¿Puerta cerrada? ¿Cama?—. Es nuestra primera cita.

Soltó su hermosa risa cantarina.

—No es eso. Joder, Ellie, ¿qué clase de tío crees que soy?

Al oír mi nombre pronunciado por sus labios me alegré de estar sentada.

—La clase de tío que liga con las chicas en fiestas y luego se las camela para meterlas en la ducha.

Se acercó al escritorio, abrió un cajón y rebuscó dentro.

—¿Hace falta que te recuerde que no te toqué cuando estábamos en la bañera? —Se dio la vuelta y me dedicó una sonrisa maliciosa—. Aunque no fue por falta de ganas...

Mis mejillas se encendieron como dos llamaradas.

Habían pasado cuatro días desde la fiesta. Tres días y doce horas desde que Tristan me había escrito un mensaje para pedirme salir. Y, aun así, seguía sin poder creer que me estuviera ocurriendo de verdad. Paseé la mirada por la habitación, me fijé en los pósteres de la pared (todos ellos de grupos que no había oído en mi vida), el color azul marino de la alfombra y la colección de vinilos en lugar de libros en la estantería. Eso fue lo que acabó de cautivarme.

¡Estaba en la habitación de Tristan Wheeler! Era surrealista. Me sentía como si estuviera en Júpiter.

—Pero soy un hombre de honor —continuó Tristan.

Sacó unos auriculares negros gigantes del cajón del escritorio y desenredó el cordón de entre una maraña de cables no identificados.

Se me escapó una risita.

—¿Un hombre de honor?

Fingió haberse ofendido.

—Sí. Honor. Un caballero. Y un caballero siempre pregunta antes. —Se acercó a la cama e hizo un gesto hacia el espacio vacío que quedaba a mi lado—. ¿Puedo sentarme?

Le dije que sí.

—¿Lo ves?

Se sentó en la cama, sacó el móvil del bolsillo y conectó la clavija de los auriculares en el orificio del teléfono.

—Bueno, y ¿qué era eso que tenías que hacer a toda costa antes de que pudiéramos devorar la pizza? Porque me muero de hambre.

Levantó los auriculares.

—Necesito que escuches mi música.

Me aparté, como si la idea me resultara repulsiva.

—Ni hablar. Ese ruido no.

Cerró los ojos un instante, fingiendo reunir paciencia.

—De eso se trata. Me temo que entraste en contacto con mi música en el entorno equivocado. Estabas bajo presión. Acababas de robar unas piedras preciosas valiosísimas de la casa de Daphne Gray...

—Presuntamente —le corregí—. Todavía no has demostrado nada.

—Bueno. Presuntamente habías robado unas piedras preciosas de la casa de Daphne Gray. Estabas desesperada por salir de allí. El equipo de música que tenían era una mierda. Había mucho barullo en la fiesta. Las circunstancias eran inadecuadas; eso, en el mejor de los casos.

—¿Inadecuadas? —repetí intentando sin éxito ocultar mi sonrisa.

Asintió.

—Sí, inadecuadas. Por eso, creo que deberías darle una segunda oportunidad a mi música. En mejores circunstancias.

Señalo el entorno.

—¿En tu habitación? ¿En tu cama?

Levantó los auriculares.

—Con esto.

—¿Estos cacharros conseguirán que tu música suene mejor? ¿Son mágicos?

Me dio un golpe con el hombro.

—Dijiste que mi música era ruido. Pues mira, son auriculares que «anulan» el ruido.

Me eché a reír.

—Ya, claro.

—Hablo en serio. La música está pensada para escucharla con un equipo de calidad. Que sea capaz de extraer la mezcla, los detalles y las partes ocultas de las notas.

Suspiré.

—Vale, de acuerdo. Enséñame las partes ocultas.

Arqueó una ceja.

Le di un puñetazo.

—¡De la música, pervertido!

Parpadeó.

—Ah, bueno.

Contuve la respiración mientras Tristan acercaba las manos a mí, separaba los auriculares y me los colocaba con cuidado en la cabeza.

Seguí sin respirar cuando me rozó el pelo con los dedos.

—Voy a ponerte una de nuestras canciones más nuevas. La he escrito esta misma semana. La grabamos ayer, en el garaje de Jackson. Mi corazón empezó a palpitar con fuerza.

«¿Esta semana?», pensé.

«¿Eso significa que la escribió después de conocerme?».

—Se titula *Mind of the Girl*, «En la mente de la chica» —me contó—. Trata de lo que sientes cuando acabas de conocer a alguien, no puedes dejar de pensar en esa persona y te mueres de ganas de saberlo todo sobre ella. Incluso todo lo que le pasa por la cabeza. Lo bueno y lo malo. Lo que la hace sonreír y lo que la hace llorar.

Mis pulmones se pararon de nuevo. Otra vez en huelga.

—Todavía no está pulida del todo. —Pasó varias pantallas del móvil para buscar la canción—. Los ajustes todavía son un poco bruscos. Así que no te fijes en eso. —Entonces me miró, con el dedo suspendido sobre el botón de inicio—. ¿Preparada?

«¿Para esto?», pensé.

«No».

«Nunca».

Me obligué a asentir.

Le dio al botón de inicio. Un ritmo de batería rápido y dinámico atronó en mis oídos. La música estaba exageradamente alta, pero no quería ofenderlo quitándome los auriculares o pidiéndole que bajara el volumen. Así pues, me concentré en la música e intenté mover la cabeza al compás.

Tristan levantó la rodilla, con la pierna doblada sobre la cama, para poder inclinarse hacia mí. Para poder observarme. Entraron las guitarras. Ansiosas y eléctricas, seguidas de toda la banda. Traté de concentrarme, pero me costaba mucho hacerlo con Tristan tan cerca de mí. Lo único que veía eran sus manos encima de la cama, a pocos centímetros de mi pierna, los ojos intensos e impacientes, que estudiaban la expresión de mi cara por si detectaban una pizca de emoción.

La música aminoró y dio paso a un único redoble de tambor, a unas pocas notas al teclado, a la voz de Tristan.

¡Buf! Madre mía, qué voz tan sexi.

Profunda, gutural, con el punto justo de angustia.

> *She.*
>
> *She laughs in riddles I can't understand.*
>
> *She.*
>
> *She talks in music I can't live without.*

> «Ella.
>
> »Se ríe con un misterio que no sé comprender.
>
> »Ella.
>
> »Habla con una música sin la que no sé vivir».

Una única palabra me bailaba por la cabeza.

«¡Guau!».

No sé si fue la letra, los atrevidos riff de guitarra que sonaban entre las estrofas, o la manera en que Tristan había inclinado la cabeza para mirarme por debajo del velo de sus pestañas mientras la escuchaba, pero me pareció la canción más asombrosa que había escuchado en mi vida.

Empezó a mover los labios. Yo no oía lo que me decía porque la música había subido de intensidad. Cogí los cascos e hice ademán de quitármelos, pero Tristan me lo impidió. Colocó las manos encima de las mías, noté el calor de su piel suave que penetraba en mi piel.

—No te los quites.

Con cuidado, guio mis manos hasta que volví a tener los auriculares bien puestos.

Miró alrededor y, de repente, se puso a rebuscar por el escritorio hasta encontrar un cuaderno y un bolígrafo. Garabateó algo en una página en blanco, se sentó a mi lado y levantó el papel.

¿Te gusta?

Asentí enérgicamente.

—¡Es increíble! —chillé por encima de la música, antes de darme cuenta de que no hacía falta gritar—. Perdón —susurré.

Tristan agachó la cabeza sobre el cuaderno y comenzó a garabatear otra vez.

Sigue escuchando.

Cerré los ojos y dejé que la canción fluyera por mis venas. Tristan tenía razón. No era ruido. Era preciosa. Conmovedora y descarnada. Fuerte y suave a la vez. La música fue ganando intensidad de nuevo. Notaba cada uno de los instrumentos en todas las partes de mi cuerpo. Contuve la respiración mientras me preparaba para la voz de Tristan otra vez.

Tell me where to go.
To know the things you know.
Kiss me in the street.
Where everyone can see.

«Dime adónde debo ir
»para saber en qué piensas.
»Bésame en la calle,
»donde todos nos vean».

Cuando abrí los ojos, Tristan había escrito otro mensaje en una hoja del cuaderno y se lo había colocado delante del pecho.

Estás adorable con los cascos.

—¿Adorable? —pregunté fingiendo estar ofendida.

Tuve que esforzarme por borrar esa sonrisa bobalicona que amenazaba con dar al traste con mi coartada de chica dura.

Tristan pasó la página del cuaderno. Movía la mano con mucho ímpetu. Al cabo de un momento, me enseñó la frase corregida:

Estás ~~adorable~~ *muy atractiva con los cascos.*

Me eché a reír a mandíbula batiente. Tristan se llevó un dedo a los labios y señaló el móvil.

Modifiqué a conciencia mi expresión para que denotara una tranquila contemplación. Como si fuese la ejecutiva de algún sello serio escuchando una canción seria.

Nadie me había dicho antes que era «atractiva». Bueno, en realidad, nadie me había piropeado antes.

Pasó la página y garabateó otra pregunta en la siguiente hoja en blanco.

¿Ya eres fan de mi música?

¿Fan? Pero si ya había empezado a navegar por Instagram mentalmente para crear mi propio club de fans.

Comenzó el estribillo e intenté concentrarme de nuevo en la letra de la canción, pero tener el cuerpo de Tristan tan próximo a mí me distraía muchísimo.

Me daba la sensación de que se acercaba un poco más con cada golpe de tambor, a pesar de que sabía que era imposible porque no se había movido.

Volví a intentar concentrarme.

> *Inside the mind of the girl,*
> *Is the reason we lose sleep.*
> *A map through the best dreams.*
> *The secret to everything.*

> *Inside the mind of the girl,*
> *Time passes in light-years*
> *Ships sink in the atmosphere*
> *But someday I'll get there.*
> *Someday I'll get there.*

«Dentro de la mente de la chica...
»Querer entrar allí nos desvela.
»Es un mapa de los mejores sueños.
»El secreto de todas las cosas».

«Dentro de la mente de la chica,
»el tiempo pasa en años luz,
»los barcos se hunden en la atmósfera,
»pero algún día llegaré allí.
»Algún día llegaré allí».

En cuanto terminó el estribillo, empezó la segunda estrofa. Tristan bajó la cabeza para escribir algo. Me incliné hacia delante para intentar leerlo, pero tapó el cuaderno y se lo pegó al pecho. Por eso, me concentré en la letra de la segunda estrofa, con un nudo cada vez más apretado en el estómago conforme más me acercaba a ese estribillo que me nublaba el pensamiento.

Por los cascos, Tristan cantó:

Tell me where to go.

«Dime adónde debo ir».

Enfrente de mí, Tristan le dio la vuelta al cuaderno.

Dime adónde debo ir.

Por los cascos, Tristan cantó:

To know the things you know.

«Para saber en qué piensas».

Tristan pasó la página.

Para saber en qué piensas.

Mi corazón estalló, el fuego me recorrió las venas y se apoderó de mí. Tristan empezó a garabatear de nuevo. La música ganó intensidad. Un poderoso redoble que marcó el inicio de la segunda parte del estribillo.

Un redoble que ya sabía a qué palabras acompañaba.

Unos versos que ya me había aprendido de memoria.

Kiss me in the street.

«Bésame en la calle».

Tristan le dio la vuelta al cuaderno a cámara lenta.

Bésame en la calle.

Levanté la mirada. Sus ojos desprendían fuego. Una mirada intensa, fija.

—No estamos en la calle —le dije.

Era lo peor que podía decir. Y era lo mejor que podía decir.

Le dio la vuelta al cuaderno de nuevo. Movió la mano a toda velocidad, con urgencia, por la página.

Bésame de todos modos.

Solté un suspiro nervioso.

—Creía que un caballero siempre preguntaba antes.

Una vez más, le dio la vuelta al cuaderno y añadió dos garabatos.

¿Bésame de todos modos?

Solté una carcajada, pero el sonido se vio interrumpido cuando Tristan me acunó la cara entre las manos. Cuando me acercó hacia su cuerpo. Cuando sus labios cubrieron los míos.

El estribillo atronaba en mis oídos, me zambullía en su voz, su olor, su boca. La canción subió de intensidad de nuevo mientras la melodía avanzaba, a punto de llegar al puente.

De improviso, Tristan estaba por todas partes.

Su voz y el resto de él eran como una explosión.

Él era todo lo que oía. Todo lo que saboreaba. Todo lo que notaba.

Ese beso podría haber durado unos segundos o podría haber durado días. Nunca seré capaz de decir cuál de las dos opciones fue la real, porque me perdí en sus labios. Perdí mi propio ritmo dentro del ritmo de su redoble de tambor. Perdí mis palabras dentro de la conmovedora letra que envolvía mis oídos. Me convertí en una melodía errante, sin dirección. Sin objetivo. Sin pensamiento. Preparada para dejarme llevar por él.

Si me hubieran dado la opción, creo que habría sido capaz de seguir besando a Tristan eternamente. Sin embargo, al cabo de un rato él se apartó y ambos nos quedamos arrebatados y sin aliento.

Entonces oí por primera vez el silencio y me di cuenta de que ya no salía sonido alguno de los cascos. La canción había terminado y no tenía ni idea de cuánto tiempo hacía de eso. Llevaba un rato escuchando el vacío de la energía estática, pero seguía sonándome a música.

Me quitó los auriculares y noté una ráfaga de aire fresco que me rozó las orejas.

—No he dicho que sí —le susurré mientras él apoyaba la frente contra la mía.

Me sonrió con ternura.

—Me he arriesgado...

EL QUINTO LUNES

Here I Go Again

«Allá voy otra vez»

7:04 H

¡Blop, pi, pi, blop, blop, ping!

No. Es demasiado temprano. Necesito dormir hasta tarde. Llevo casi una semana entera de lunes. Me merezco un fin de semana. Me merezco descansar.

Además, ¿quién me manda un mensaje a estas horas? ¿Owen? A ver si se relaja.

Grogui y con la visión borrosa, agarro el móvil, sin querer tiro un vaso de agua que hay en la mesita de noche y parpadeo ante la luz de la pantalla. Salto como un resorte cuando veo el nombre de Tristan en la pantalla.

¿Tristan me ha mandado un mensaje?

¿De qué quiere hablar?

¿De nuestra romántica velada de anoche? ¿De lo sexi que estaba en el escenario a su lado? ¿De lo contento que está de que salgamos juntos?

Es obvio que esas son las tres únicas opciones.

Es obvio...

Tristan: No puedo dejar de pensar en lo que pasó anoche.

No. Imposible. No puede ser. No...

¡Blop, pi, pi, blop, blop, ping!

Tristan: Tenemos que hablar cuanto antes.

¡¡¡¡¡¡NOOOOOOOOOOOOOOOOOOOOOOOOOOOOOO
OOOOOOOOOOOOO!!!!!

Pulso rápidamente en la aplicación del calendario y mi dormitorio se encoge hasta el tamaño de una lata de sardinas.

Lunes, 26 de septiembre.

Lunes.

Lunes.

¡LUNES!

¿Pero se puede saber por qué puñetas sigue siendo lunes? ¡Estoy hasta el moño!

Ayer solucioné el problema. Arreglé lo que estaba mal. Hice exactamente lo que dije que haría cuando le pedí al universo aquel deseo imbécil y desafortunado, y supliqué que me diera otra oportunidad. No puede seguir siendo lunes.

Sacudo el móvil, deseando con todas mis fuerzas que cambie de fecha.

—¡¿Qué demonios sabrás tú?! —grito y con toda la rabia lanzo el móvil por los aires hasta la otra punta de la habitación.

Se estrella contra el espejo y ambos se hacen añicos. Llueven trozos de móvil y cristales rotos sobre la alfombra.

Un instante más tarde, Hadley entra por la puerta de sopetón, observa el desastre y da un respingo.

—¿Qué ha pasado?

—¡Largo! —le chillo—. ¡Que te largues!

Su expresión dolida me lanza un disparo de culpa al pecho mientras se escabulle sin pronunciar palabra, como un personaje de Disney rechazado.

Paso. Me da igual. Que se sienta herida. Que el espejo salte en pedazos. Todo volverá a empezar de cero mañana, porque está claro que ya no importa nada de lo que haga.

Nada.

Podría prenderle fuego a la casa, correr desnuda por los pasillos del instituto, asesinar al alcalde, y mañana nadie lo recordaría siquiera. Mañana volveré a despertarme justo aquí, en esta cama, con esos estúpidos mensajes en el móvil, estoy segura.

Una y otra vez.

Estoy atrapada en una pesadilla. Me voy a pasar el resto de mi vida en este día horrendo e insoportable.

¿Por qué no podría haber sido un sábado? ¿O un domingo?

¿Por qué no podría haber sido mi cumpleaños o Navidad o el día en que Tristan y yo nos dimos el primer beso? Me hubiese parecido perfecto revivir ese día una y otra vez. ¿Pero este?

¿El día en que Tristan me odia?

¿En el que está a puntito de acabar con todo lo que había entre nosotros?

Por no hablar de que es el día del discurso para las elecciones y la lluvia y las fotos para el álbum de clase y las pruebas de softball y la multa y...

¡Grrrrr!

No puedo hacerlo. No puedo volver a pasar por todo de nuevo. No puedo seguir intentando arreglar las cosas con Tristan para luego ver cómo mis esfuerzos se borran a la mañana siguiente. Es como correr en la cinta. Corres y corres y corres, pero al final no llegas a ninguna parte. ¿Para qué diantres sirve?

Me quedo tumbada en la cama, con la firme intención de no moverme. No voy a ir al instituto. Nadie me puede obligar. No es que me vayan a poner una falta de asistencia en mi expediente permanente. ¡Si ya no tengo ningún expediente permanente!

No sé cuánto tiempo me paso tumbada en la cama, porque mi móvil con el único reloj que tengo en la habitación está hecho pedazos en una esquina, pero al final mi padre llama a la puerta y entra.

—Owen pregunta por ti en el fijo. Dice que te ha llamado varias veces al móvil, pero le salta directamente el buzón de voz. ¿Estás enferma?

—No. Vete.

Mi padre no se mueve. Supongo que esa orden solo funciona con las hermanas pequeñas.

—No pienso ir al instituto —anuncio.

—Si no estás enferma, sí que irás al instituto. Además, hoy tienes las pruebas de softball.

Refunfuño y me doy la vuelta en la cama, mirando a la pared.

—¿Qué sentido tiene? Ya haré las pruebas mañana.

—El aviso que envió tu entrenador decía que las pruebas eran solo hoy. Sin excusas. Hoy tienes tu única oportunidad, Ellie.

Aprieto la cara contra la almohada y suelto un grito.

Cuando vuelvo a mirar, mi padre está sentado en el borde de la cama.

—¿Es por Tristan? Tu hermana me ha contado que anoche os peleasteis.

«¡Vete a la porra, Hadley!».

Noto cómo se me acumulan las lágrimas, pero me niego a llorar delante de mi padre. Y menos, por un chico.

—No —mascullo, pero suena igual de convincente que una declaración de amor en un *reality show*.

A mi padre se le escapa un suspiro.

—Vaya, siento que tengas... problemas de chicos, pero esa no es razón para saltarte las clases. Estás en un curso muy pero que muy importante si luego quieres ir a una buena universidad, y no puedes dejar que un amorío de nada mande al traste tus posibilidades de tener un buen futuro.

Suelto un gruñido y aparto la sábana de un manotazo.

—No es un amorío de nada, papá. ¿Tengo que recordarte que estás casado con tu novia del instituto?

Levanta las manos en el aire en señal de derrota.

—Está bien, está bien. Tienes razón. Lo siento.

Me arrastro hasta el cuarto de baño y abro el grifo del agua caliente del lavabo.

—¿Significa eso que vas a ir al instituto? —dice detrás de mí.

—Sí, claro. Total, qué más da —respondo y luego doy un portazo.

Me quedo mirando mi reflejo en el espejo. Soy la misma de siempre. El mismo lunes de siempre. Con la misma estúpida vida de siempre.

Me pellizco las mejillas y me paso los dedos por el pelo.

Y el mismo pelo de siempre.

Abro el cajón del mueble del lavabo y rebusco hasta encontrar un par de tijeras. Me recojo todo el pelo con la mano, respiro muy hondo hasta llenar los pulmones de aire y empiezo a cortar. Las tijeras no están lo suficientemente afiladas para cortarlo todo de una vez, así que tengo que ir poco a poco, aserrando la mata de pelo como un leñador.

Finalmente, una gran maraña de pelo cae en el lavabo, mientras que el resto de mis mechones, ahora trasquilados y llenos de picos, se revuelven alrededor de mis hombros. Tiene una pinta horrorosa. Disparejo y desigual. Hay pelos más cortos que se rizan alrededor de las orejas, mientras que los más largos me llegan hasta el hombro. Parece que hubiese ido a una peluquería regentada por niños de preescolar.

Bueno, por lo menos sé que volverá a crecer mañana por la mañana.

Me pongo unos vaqueros rotos y subo la cremallera de una sudadera raída de capucha ahora gris, pero en su momento negra, que no se ha lavado en décadas; me pongo la capucha para cubrir el corte de pelo vanguardista. Echo un vistazo a mi reflejo en el espejo reventado del dormitorio. La imagen distorsionada y llena de esquirlas es de lo más digna.

Mientras preparo la mochila, mi mirada va a parar al sillón de lectura que hay junto a la ventana. Es ahí donde dejé el caniche de peluche que anoche me consiguió Owen en la feria. El sillón está vacío. Se ha borrado la noche entera, incluida nuestra pelea. Una parte de mí se siente aliviada, otra parte tiene ganas de llorar.

8:20 H

Cuando bajo las escaleras, Hadley ya se ha ido y mis padres están enzarzados en una discusión acalorada. Está claro que no es más que la culminación del portazo al armario que mi madre dio hace un rato.

Alcanzo a ver el reloj del microondas. Las clases empiezan en diez minutos. Owen me va a matar.

—Si por lo menos me dijeses qué es lo que va mal, ¡podría arreglarlo! —le dice mi padre a mi madre intentando rodearla con el brazo.

Ella se aparta.

—Si prestases un poco de atención a las cosas... ¡No tendría que decírtelo!

Abre su maletín y empieza a llenarlo de carpetas.

—Mira, olvídalo. Estoy bien.

Cierra el maletín con violencia.

—Está claro que no estás bien —insiste mi padre con la intención de arreglarlo—. Y lo siento si últimamente he estado más distraído de la cuenta por...

—¡Por el Apalabrados! —mi madre estalla—. Distraído por esos dichosos jueguecitos, a los que juegas con desconocidos de la otra punta del planeta.

Pongo los ojos en blanco. De verdad, he perdido la paciencia para aguantar estas cosas.

—¡Te has olvidado de vuestro aniversario! —le recrimino a mi padre a voz en grito, haciendo que los dos se paren y me miren boquiabiertos—. ¡Por eso está cabreada! —Me subo la mochila un poco más al hombro y salgo hecha una furia por la puerta del garaje—. ¡Ostras ya! ¡A ver si crecéis los dos!

Good Golly, Miss Molly

«Caramba, señorita Molly»

Llueve. Otra vez. Cómo no. Siempre está lloviendo. Mi vida es una enorme nube de lluvia de la que no puedo escapar jamás. Me planteo volver corriendo a casa para coger el paraguas, pero luego pienso: «A la porra. Total, ¿qué más da?».

Cierro la puerta del coche de un portazo, revoluciono el motor y salgo del garaje dando marcha atrás, con las ruedas chirriando y rechinando sobre el pavimento resbaladizo.

Cuando minutos más tarde aparco en la entrada de casa de Owen, él sale corriendo de debajo del tejadillo del porche delantero, donde me ha estado esperando.

—Ya, ya lo sé, llueve que te cagas —refunfuño en cuanto abre la puerta del coche—. Entra.

Owen frunce el ceño y se deja caer en el asiento del copiloto.

—Vaya, vaya, alguien se ha levantado con el pie izquierdo esta mañana.

Meto marcha atrás de un manotazo.

—Muy agudo.

Mientras recorro la calle a toda pastilla, Owen empieza a buscar algo en el coche. Por fin, al no dar con lo que busca, me pregunta:

—¿Dónde tienes el móvil? Conozco a una que necesita su lista de reproducción «Remedios para animarme» ya mismo.

—Esta mañana lo lancé contra el espejo y se rompió.

Owen se queda de piedra y en silencio un segundo.

—¿Qué te ha pasado? —Su voz adquiere un tono prudente, como si yo fuese una asesina en serie y él acabara de darse cuenta después de siete años siendo amigos—. ¿Has roto con la estrella del rock o qué?

—Negativo. Aún no.

Giro a la izquierda hacia la carretera principal sin siquiera pararme a comprobar que no venga tráfico. Owen se prepara para el impacto contra la ventanilla mientras un coche nos esquiva de chiripa tocando el claxon a fondo.

—¿Estás loca?

No le hago ni caso y piso el acelerador hasta alcanzar el coche que nos ha pitado. Me pongo a su altura, manteniendo su misma velocidad, y aprieto el claxon hasta que el conductor me mira. Entonces lo mando a la mierda enseñándole el dedo corazón.

Owen me agarra la mano y la baja de un tirón.

—¿Quieres que te quiten el carné de conducir? ¿O que te peguen un tiro?

—Relájate. No va a pasar nada. Soy invencible.

—¿Invencible? —repite desconfiado.

—Ajá. Se acabó lo de seguir las reglas. Se acabó lo de ser una niña buena, tierna y modosita en la que todos pueden confiar. ¿Sabes por qué siempre he seguido las reglas?

—No —responde Owen incómodo—. Pero me da a mí que me lo vas a contar.

—Porque siempre he tenido pánico a las consecuencias. Si suspendo un examen, no iré a una buena universidad. Si me salto las clases, me castigarán. Si digo o hago algo que esté mal, o no consigo ser la chica enrollada que nunca monta un drama, despreocupada y fría como un témpano, la chica que Tristan quiere, entonces romperá conmigo. Pero ¿sabes qué? Estaba equivocada. Todo este tiempo. Me he preocupado por las consecuencias toda mi puñetera vida, cuando en realidad no hay consecuencias. Ni una. Nada de lo que haga importa. Así que ¿por qué me tendría que molestar en cumplir las normas?

Owen parece aterrorizado. Avisto el fatídico semáforo que acabará por ponerse en rojo, en la intersección entre Providence Boulevard y Avenue de Liberation. Justo empieza a ponerse en ámbar y yo todavía estoy a unos doscientos metros como mínimo.

—Esto, Ellie. El semáforo está en ámbar. Yyyyy ahora está en rojo.

Piso a fondo el acelerador.

Owen se agarra al tirador de la puerta.

—¡Ellie!

Mientras cruzamos la intersección a toda mecha, suelto el volante y me levanto la sudadera, dándoles a las cámaras una buena instantánea de mi sujetador.

—¡Chupaos esa! —grito.

¡Flash, flash, flash!

Me siento como una modelo de Victoria's Secret a la fuga.

Solo que con un poquitín menos de escote.

Cuando me bajo la sudadera y vuelvo a poner las manos en el volante, me doy cuenta de que Owen me está mirando con la boca abierta.

Pero no a la cara.

A mis...

—¿Y tú qué miras? —le pregunto. Mi tono no es acusatorio, sino divertido.

Rápidamente desvía la mirada y se pone del color de un camión de bomberos.

—Eeeh... nada.

Suelto una carcajada.

—¡Ni que fuera la primera vez que ves unas tetas!

Se le pone la cara de un rojo aún más intenso.

—Pues es que... eh... es la primera vez que veo... ya sabes, tus tetas.

—Espera —salto de repente, me puede la curiosidad—. ¿Y a quién le has visto las tetas?

No hay respuesta.

—Interesante —reflexiono.

—¿Qué es interesante?

—Nada —muevo la cabeza, y una sonrisa juguetona me baila en los labios—. Bueno, ¿dónde está mi dichosa galletita de la suerte?

8:35 H

—A ver, ¿me vas a contar por qué te estás comportando como una maníaca suicida? —me pregunta Owen mientras hace una pelotita con su mensaje de buena suerte y lo lanza al asiento de atrás.

Una vez más, su papel vuelve a poner lo mismo, pero el mío ha cambiado a:

Tú creas tu propia felicidad.

No me sirve de mucho.

He intentado crear mi propia felicidad. Llevo intentándolo desde hace cuatro días y *niente*. Por eso, no hace ni falta que diga que también hago una pelotita con mi mensaje y lo tiro al asiento de atrás.

—¿Quieres la versión larga o la corta? —pregunto en respuesta a la pregunta de Owen.

Mira por la ventana.

—Pues mira, dado que estamos a unos veinte segundos del instituto y la primera clase empezó cosa de cinco minutos, la versión corta.

—Es la quinta vez que vivo exactamente este mismo día.

La cara de Owen es un poema.

—Vale, puede que necesite la versión larga.

Entro en el aparcamiento y encuentro un sitio al fondo. Cuando aparco el coche, Owen no hace ademán de salir. Se cruza de brazos con expectación.

—Soy todo oídos.

—Ya llegas tarde.

—Por eso. Ya llego tarde. Así que desembucha.

Se me escapa un suspiro y me echo hacia atrás la capucha de la sudadera.

Los ojos de Owen se abren como platos al ver lo que me he hecho en el pelo.

—¡Ostia! Ells, ¿qué has hecho?

No respondo a la pregunta. En breve lo entenderá.

—Quizás esta vez sea mejor empezar con la prueba. Puede que así todo vaya más rápido.

—¿Qué prueba?

—¿Por casualidad no habrás soñado esta noche que te bañabas en bolas con la directora Yates?

8:55 H

Cuando veinte minutos más tarde llego a la clase de primera hora, estoy calada hasta los huesos y el grupo ya ha regresado de hacerse las fotos para el álbum de clase.

—¿Tienes justificante? —pregunta el señor Briggs mientras entro por la puerta como si nada y me dejo caer en la silla.

—No.

—Pues entonces espero que tengas una excusa muy buena.

Muevo la cabeza.

—No. Tampoco tengo excusa.

Me lanza una mirada exasperada.

—Bueno, pues entonces no me queda otra opción que ponerte un parte.

Asiento.

—No esperaba menos.

—¿Ellie? —pregunta como si ni siquiera me reconociese.

Busco en la mochila y me meto un chicle en la boca. No está permitido masticar chicle en clase.

—¿Ajá?

—¿Qué mosca te ha picado?

Me encojo de hombros.

—¿Qué mosca le ha picado a usted?

La cara del señor Briggs se vuelve de un color morado claro.

—Más te vale controlar esa lengua. Una insolencia más y te mando a ver a la directora Yates, y eso sí que irá en tu expediente permanente.

Hago una pompa con el chicle.

—Yo no estaría tan segura.

La clase entera estalla en risitas. El señor Briggs vuelve hecho una furia a su escritorio, saca un taco grueso de hojitas de color rosa del cajón superior y garabatea furiosamente. Arranca la primera hoja.

—Ellison Sparks. Fuera de mi clase. Ahora mismo.

Suelto un enorme suspiro, levanto la mochila y camino hasta la parte delantera del aula para aceptar mi destino.

—Bueno, ha sido divertido, chicos y chicas —me dirijo a toda la clase—. No dejéis el instituto. No toméis drogas.

Luego, con un saludo, desaparezco por la puerta.

There's a Bad Moon on the Rise

«Está saliendo una mala luna»

Recorro el largo camino hasta el despacho de la directora. En condiciones normales, ahora mismo estaría subiéndome por las paredes. En mis dieciséis años de vida, nunca jamás me han enviado al despacho de la directora. Solo tengo contacto con la directora Yates cada vez que me entrega un premio por estar incluida en el cuadro de honor o por no tener ni una falta de asistencia. (Bueno, eso sin contar los encontronazos que he tenido con ella esta semana, que yo obviamente no cuento.)

La Ellie de antaño se moriría de la vergüenza ahora mismo. Para ella, esto sería lo más humillante que le podría pasar. Pero para mí no. Ya no. La antigua Ellie ya no existe. El universo la ha devorado y luego la ha escupido como si fuese comida sin digerir.

En estos momentos no podría importarme menos lo que la directora piense de mí.

Al abrir la puerta del despacho principal, me sorprende ver una cara familiar esperando en una de las sillas junto a la puerta de la directora Yates. Tiene el cuerpo encorvado, con las manos sujetas entre las rodillas.

—¿Owen? —pregunto incrédula.

Alza la cabeza, hay una leve sonrisa que lucha por dibujarse en sus labios.

—Hola.

—¿Qué haces aquí?

—Me puse a pensar en lo que dijiste. En lo de que no existen las consecuencias. Que no importa nada de lo que decimos o hacemos. Y me dije, ¿por qué no? Así que le di a la profe una pequeña muestra de O-Potra.

O-Potra es el nombre de rapero que Owen se puso en la secundaria una noche que estábamos aburridos y nos topamos con un generador online de nombres de raperos.

El mío era E-Cañón.

Ahora Owen utiliza ese nombre cada vez que se cree un tipo duro.

Le lanzo una mirada no del todo convencida.

—¿Le diste caña a la señora Leach?

—Sí —dicen sus labios, pero sus ojos lo delatan.

—Que conste en acta que el testigo miente.

Vuelve a agachar la cabeza y su voz pierde toda la chulería que tenía hace un segundo.

—Vale, vale. Me ha mandado por llegar más de treinta minutos tarde a clase y no tener justificante.

Me muerdo el labio.

—Lo siento, O.

Se encoge de hombros.

—Mañana ya no importará, ¿verdad?

—No. Nada de nada.

Se frota la barbilla con preocupación. Apuesto a que sigue intentando procesar lo que le he contado en el coche. Quiere entenderlo. Básicamente, es lo mismo que llevo intentando yo los últimos cinco días.

—A ver, para que me aclare. Tú y —no dirá su nombre; nunca dice su nombre— el rubiales tuvisteis ayer una bronca.

—Fue el domingo. Para mí, hace cuatro días.

—Exacto. Y hoy va a romper contigo. Pero ayer (o ayer para ti) conseguiste evitar que te dejara, ¿no? ¿Disfrazándote de estríper?

Venga, va. Dicho así, suena bastante ridículo.

—Resumiendo mucho, sí.

—Pero hoy te has despertado y seguía siendo el mismo día.

Asiento.

—Y no tengo ni idea de por qué.

—Pero —argumenta Owen, mordiéndose el labio—, ¿no habría roto contigo de todas formas?

—¿Qué? ¿Por qué?

—Porque tú no eras esa. Estabas interpretando un papel. Tú misma lo dijiste. No habrías sido capaz de seguir actuando para siempre y, tarde o temprano, él te habría dejado de todas formas.

—¡Y tú qué sabes! —replico de inmediato.

Se encoge de hombros.

—No lo sé, pero...

—¿Pero qué?

—Da igual.

—No. Acabe su declaración, letrado.

Intuyo que se avecina otra pelea y de verdad de la buena que no quiero volver a discutir con Owen.

—¿Qué pasó después de que no rompiese contigo?

Tengo la sensación de que no es eso lo que pensaba decir hace un minuto, pero no rechisto.

—Me fui de la feria, Tristan se marchó con los del grupo, y entonces...

«Díselo», me ordeno a mí misma. «Dile la verdad a Owen: tú y yo fuimos a dar una vuelta. Lo pasamos genial. Dejaste de piedra a un empleado de la feria en el juego de ensartar aros. Y luego nos metimos en la peor pelea que hemos tenido desde que somos amigos».

—¿Y entonces? —me incita a seguir.

—Y entonces... nada —acabo.

¿Por qué he dicho eso? ¿Por qué no puedo contárselo y ya está? Se merece saber la verdad.

Se queda muy callado, mirándose las manos. Luego dice por fin:

—Ellie, ¿te puedo preguntar una cosa?

No tengo ni idea de adónde nos llevará todo esto, pero por alguna razón noto que se me hace un nudo en el estómago.

—Claro —es lo que digo, pero es una mentira como una casa. A estas alturas, de lo único que estoy segura es de que ya no tengo nada claro. O dicho de otro modo, estoy cien por cien insegura de tenerlo todo claro.

Se pasa la mano por el pelo. No es un gesto sin más. Indica que está hecho un lío. Parece como si quisiera arrancarse los mechones de raíz.

—¿Crees que podrías...?

La puerta del despacho de la directora Yates se abre y su enorme cuerpo llena todo el espacio de la entrada. Nos mira primero a uno y luego al otro; aparentemente, trata de decidir a cuál despachar primero.

Suspira.

—Señor Reitzman.

Sabia decisión. Dejar lo más difícil para el final.

Owen se pone de pie y sigue a la directora, pero antes de desaparecer en el templo de la muerte, busca mi mirada. Veo algo en sus ojos. Una intensidad que nunca antes había visto. Me provoca emociones en lo más hondo del pecho. Emociones que ni siquiera reconozco.

No me gusta.

No me gusta un pelo la extraña electricidad invisible que fluye entre nosotros ahora mismo.

—Pórtate bien ahí dentro. —Me meto con él con una subida de cejas provocadora—. La piscina está al final del pasillo, ya sabes.

Ambos contenemos la risa mientras Owen acaba de entrar en el despacho y la directora Yates cierra la puerta.

Como si nada, Owen es Owen de nuevo. El chico que me convenció para subir a un poste telefónico en el campamento de verano de hace siete años.

Y yo soy...

Bueno, el jurado sigue deliberando sobre eso.

Hold On! I'm Comin'

«¡Aguanta! Ya llego»

9:32 H

La directora Yates me ha mandado al aula de castigados. Parece que se ha quedado hecha polvo. Como si le doliese hacerlo. A Owen, según me he enterado por un mensaje que me ha enviado más tarde, solo le han hecho una advertencia, pero como yo he llegado tarde y, además, le he contestado mal al señor Briggs, ahora parece que soy la mayor amenaza para la seguridad del instituto.

Cuando la directora Yates me ha preguntado qué había aprendido de los incidentes ocurridos, le he dicho que meditaría sobre el tema y la tendría informada.

Así que me ha dicho que tendría que volver al aula de castigados mañana.

Ante lo cual, le he soltado:

—Buf, sería genial. Ojalá hubiese un mañana...

Entonces me ha extendido el castigo hasta el miércoles.

Guau, sí que soy el gamberro John Bender de *El club de los cinco*.

«Se busca a Ellison Sparks: delincuente». Diría que hasta me gusta cómo suena.

No voy a ver a Tristan a su taquilla antes de tercera hora porque, total, ¿para qué? Podría razonar y suplicar y cambiar mi aspecto y seguir todos los mandamientos del mundo, daría lo mismo. Puede que rompa conmigo o que no lo haga, pero eso no cambiará lo que pase mañana.

No le hago ni caso durante toda la clase de Español. Cuando aquel pájaro idiota y suicida se estrella contra la ventana y todo el mundo monta un revuelo por eso, yo grito:

—Venga ya, cerrad el pico, volverá estar vivo mañana por la mañana.

Durante toda la clase, me doy cuenta de que Tristan intenta llamar mi atención. Pero estoy demasiado ocupada durmiendo sobre el pupitre como para preocuparme por los dramas de nuestra relación.

¿Es que no ve que estoy cansada?

Mi semana ha sido muy larga.

Cuando suena el timbre, agarro mis cosas y desaparezco por el pasillo. Él me alcanza segundos después y me agarra del brazo. Tira de mí hasta un hueco entre las taquillas.

—¿Qué es lo que te pasa? —pregunta—. ¿Sigues enfadada por lo de anoche?

—Qué va. Enfadada no.

Intento alejarme caminando, pero me bloquea.

—Entonces ¿qué mosca te ha picado? ¿Y qué te has hecho en el pelo?

—No sé de qué me hablas.

Suspira y se mueve inquieto.

—Sí que estás enfadada. Oye, quiero hablar sobre lo que pasó. Sobre la pelea.

—Tristan. No estoy enfadada. Es solo que me importa una mierda. ¿De acuerdo?

Lo aparto hacia un lado y me alejo. Esta vez se queda demasiado pasmado como para intentar detenerme.

11:20 H

A tercera hora, suspendo el control de Historia de Estados Unidos, pero es probable que sea porque en vez de rodear una de las respuestas de opción múltiple, escribo la mía propia.

Gran Bretaña cubrió su necesidad de mano de obra durante la Revolución mediante:
A) El aumento de las primas de contratación.
B) La reducción de los requisitos físicos.
C) El empleo de tropas extranjeras.
D) Todas las anteriores.
E) La venta online de literatura erótica escrita por fans de Harry Potter.

12:40 H

A la hora del almuerzo me sumo a una pandilla de amigos nuevos que se reúnen en el aparcamiento. Se quedan sentados en el coche, fuman cigarrillos y hablan de programas de televisión que no me suenan de nada, pero que está claro que tengo que grabar en DVD. ¿Quién me iba a decir que era aquí donde se juntaba la gente molona?

Cuando nos colamos en la cafetería antes de que acabe la hora del almuerzo, me fijo en la venta de pasteles que las animadoras han montado en un rincón y en la larga cola de gente que espera para dejarse la pasta.

Daphne Gray está anunciando por el micrófono que esta es la última oportunidad de comprar pastelitos y contribuir así con el equipo.

Pido disculpas a mis nuevos conocidos, me acerco pavoneándome y le arrebato el micrófono de la mano.

—Eeeh, perdona —protesta—. ¿Qué estás haciendo?

No le hago ni caso.

—Me gustaría advertir algo por vuestra seguridad. Lamento de verdad tener que ser yo quien os lo diga, pero por desgracia Daphne Gray tuvo ayer una diarrea explosiva mientras estaba preparando algunos de estos deliciosos manjares y la cuestión es que no se lavó las manos antes de manipular los ingredientes. Pensaba que debíais saberlo. Aunque el bizcocho de plátano está buenísimo. *Bon appétit!*

Me bajo de la tarima y no hago nada por ocultar mi sonrisita mientras veo como la larga fila de gente se dispersa. Daphne me llama por mi nombre, pero no contesto. No tengo nada que decirle, así que sigo caminando.

Casi he llegado al pasillo cuando oigo la voz de Daphne que sale por el altavoz.

—¡Serás callo malayo! —Me paro, pero sigo mirando hacia la puerta—. Todo el mundo sabe que la única razón por la que Tristan Wheeler empezó a salir contigo es porque estabas desesperada por meterte en su cama.

De repente, se hace el silencio en la cafetería. O puede que sea el pitido en mis oídos lo que ahoga el resto de sonidos.

Me doy la vuelta lentamente y regreso ofendida y decidida hasta la mesa. Acabo de acordarme de que sí tengo algo que decirle a Daphne Gray.

Me ve venir y cruza los brazos delante del pecho, como si me estuviese retando a acercarme más. Subo los tres peldaños de la diminuta tarima, levanto el puño hacia atrás y se lo planto en toda la cara.

We Gotta Get Out of This Place

«Tenemos que largarnos de aquí»

13:08 H

Nunca antes me había metido en una pelea. Es bastante decepcionante. Yo me esperaba zancadillas y patadas voladoras a cámara lenta, pero en realidad no es más que un montón de tirones de pelos y gritos y manos en la cara.

—¡Aquella iba a ser nuestra noche! —brama Daphne mientras me barre y se sienta a horcajadas sobre mí—. ¡Di esa fiesta para Tristan y para mí! ¡No para que tú te colases tan fresca y me lo robases!

Ah, pues eso sí que tiene sentido. Por lo menos ya sé por qué Daphne Gray me tiene tanta tirria.

Me la quito de encima y me pongo de pie.

—Entonces ¿por qué estaba fuera sentado junto a la piscina más aburrido que una ostra?

Ruge, carga contra mí y me empuja hasta el círculo de alumnos que nos han rodeado. Todos gritan y nos jalean. No entiendo exactamente qué dicen, pero creo que la mayoría están de parte de Daphne.

Menuda sorpresa.

Una decena de manos me empuja y me devuelve a la contienda

justo en el momento en el que la directora Yates pone fin a todo el tinglado.

—¡Gracias a Dios que está usted aquí! —grita Daphne—. Ellison Sparks salió de la nada y me atacó sin motivo.

Pongo los ojos en blanco. Qué original.

—¡Sparks! —suelta la directora Yates con un alarido—. Vuelva a mi despacho.

—Pero tengo que dar un discurso dentro de un par de minutos. Hay estudiantes a los que debo inspirar —protesto, jadeando un poco tras el rifirrafe.

La directora Yates me arrastra por el hombro hacia el pasillo.

—No. Ya no.

13:30 H

A Rhiannon Marshall le va a dar un soponcio. Llevo los últimos quince minutos en el despacho de la directora. Probablemente se esté tirando de los pelos y preguntándose dónde estoy. Digamos que la imagen mental me hace sonreír.

La directora Yates lleva un rato dándome la matraca, pero no le hago demasiado caso. Me preocupa mucho más decidir qué debería hacer con mi pelo después. Se me ocurre que tal vez podría hacerme una permanente de rizo pequeño muy pero que muy loca. O tal vez me lo tiña de morado. Siempre he querido tener el pelo morado.

—No me queda otra opción salvo expulsarte una semana del instituto —oigo decir a la directora.

Con indolencia, vuelvo a prestarle atención.

—¿Solo una semana? ¿Por qué no un mes? ¿Por qué no para siempre?

Suspira como si tirase la toalla definitivamente.

—¿Pero qué mosca te ha picado? La semana pasada eras una de las alumnas más prometedoras y hoy pareces una persona totalmente distinta.

—En una semana pueden pasar muchas cosas, pero que muchas
—farfullo entre dientes.

13:50 H

Se supone que tengo que esperar a que mis padres vengan a recoger-
me. Al parecer, a los alumnos expulsados no se les permite marcharse solos a casa. Pero como probablemente imaginarás, no estoy muy
dispuesta a hacer lo que se supone que tengo que hacer.

En vez de eso, espero a que Owen salga de su última clase. Cuando dobla la esquina y me ve, los ojos le hacen chiribitas. Antes de
que tenga tiempo de decir nada, lo cojo por el hombro y lo arrastro
hasta el cuarto del conserje que hay cerca.

Solo tardo unos segundos en darme cuenta de que es el mismo
cuartucho en el que Tristan y yo nos enrollamos ayer. No es que me
importe.

—¿De qué va todo esto? —pregunta echando un vistazo incómodo al espacio estrecho y apretado—. ¿Por qué hueles a tabaco?

—Eso no importa.

—¿Y por qué va Daphne Gray soltando el absurdo rumor de que
empezaste una pelea con ella?

—Ah, no es un rumor. Es la verdad.

Deja caer la mochila al suelo con un ruido sordo.

—Ells, ¿qué te está pasando?

Gruño.

—Ya hemos hablado de esto. Ya te he contado qué es lo que me
pasa.

—Vale, sí, ¿pero tú? ¿En una pelea?

—Mira, da igual. Tengo que salir de aquí y tú tienes que venir
conmigo.

Owen aprieta los labios, con cara de estar destrozado.

—No sé, Ells.

—¡Venga ya! ¡Mis padres van a llegar de un momento a otro!

—¿Tus padres? ¿Y eso?

—La directora Yates me ha expulsado.

Creo que la cabeza de Owen podría estallar en cualquier momento.

—¿Qué? ¿Cuánto tiempo?

—¡Qué más da! ¡Vámonos!

Duda.

—¿Saltarnos las clases? No sé. Hoy ya estoy en la lista negra de Yates. No puedo meterme en más líos.

Se me escapa un gruñido de frustración.

—Owen. ¿No has escuchado ni una sola palabra de lo que he dicho? Meterse en líos no importa. ¡No hay consecuencias!

Se mueve inquieto. Está claro que no sabe qué hacer.

Le pongo las manos en los hombros y lo obligo a que me mire, pero en vez de eso me mira las manos.

—Vamos, ¿qué harías si no hubiese un mañana? Si pudieses hacer cualquier cosa y no importase.

—No sé, Ellie. ¿Y si te equivocas?

—Protesto. Nunca me equivoco.

—Protesto. Se me ocurren un montón de veces en las que te has equivocado.

—¿Como por ejemplo?

—Solo diré tres palabras: espray de bronceado.

—Protesta retirada. Pero escúchame, Owen, esta vez no me equivoco. Tienes que confiar en mí en esto. ¿Cuánto tiempo llevamos siguiendo las reglas? ¿Haciendo todo lo que se supone que tenemos que hacer? ¿No crees que ya es hora de que O-Potra y E-Cañón se diviertan un poco?

Casi puedo oír como todo encaja en su sitio dentro de la mente de Owen. Casi puedo ver al rebelde que lleva dentro abriéndose camino a empujones hasta la superficie.

Una sonrisa maliciosa por fin supera sus dudas.

—¿Qué tenías en mente?

Money (That's What I Want)

«Dinero (es lo que quiero)»

14:05 H

—Querría sacar dinero, por favor —le digo con dulzura a la cajera del banco.

Tengo claro que mi sudadera con capucha raída y manchada la pone nerviosa. Por no hablar del moretón que me está saliendo debajo del ojo izquierdo a causa del estupendo gancho derecho de Daphne.

Empujo mi tarjeta de débito por encima del mostrador junto con el permiso de conducir. Ella, para asegurarse, compara una y otra vez la fotografía con mi cara, pero parece totalmente escéptica.

—Me he cortado el pelo —le explico atusando mis mechones trasquilados y disparejos—. ¿Le gusta?

—¿Cuánto quiere retirar? —pregunta haciendo caso omiso de mi comentario.

Me lo tomaré como un no.

—Todo —le respondo.

Frunce el ceño.

—¿Todo?

—Ajá. Hasta el último centavo.

—¿Va a cerrar la cuenta?

—No. Solo quiero todo mi dinero.

No parece seguirme.

—¿Ha tenido alguna experiencia negativa con nuestro banco?

—No. Solo quiero mi dinero.

Me dedica otra mirada sospechosa antes de aporrear varios botones en el teclado.

—¿Cómo lo quiere? ¿En billetes de cien? ¿De veinte?

—Prefiero de un dólar —contesto. Miro a Owen—. ¡Así podemos bañarnos en billetes como los gánsteres!

Mueve la cabeza con pesar como respuesta.

La cajera hace poco por disimular su fastidio mientras empieza a contar los tres mil doscientos cuarenta y nueve dólares del dinero ganado con el sudor de mi frente en billetes de un dólar. Le lanzo a Owen una sonrisa enseñando los dientes y me meto el efectivo en la mochila.

—Vámonos.

Nuestra primera parada es el supermercado, para aprovisionarnos de víveres. Empujamos el carrito por el pasillo y tiramos dentro todos y cada uno de los productos de comida basura, repletos de químicos e inflados de azúcar, que encontramos: todas las cosas que mis padres nunca me permiten comer.

Mientras esperamos en la cola para pagar, me pillo todas las revistas cutres de cotilleos que hay en el estante y las echo a la cinta de la caja. Casi todas tienen la misma historia en portada: una famosa heredera se va a casar con un antiguo trabajador en prácticas de la empresa de su padre. Al parecer, se conocieron cuando su padre la obligó a trabajar en un montón de puestos mal pagados, si quería ganarse la herencia, y le asignaron al becario como acompañante. En la prensa amarilla lo han bautizado como el mejor cuento de la Cenicienta al revés de la década.

Owen coge cajas enteras de caramelos y chicles de la estantería de compras impulsivas y vierte el contenido sobre la cinta.

—¿Lo ves? ¿No te parece la monda? —pregunto.

—Depende. No vamos a hacernos tatuajes después, ¿verdad?

Mi mirada se ilumina.

—¡Oooh!

—No —replica Owen inflexible.

—¡Mañana ya no estarán!

—Entonces ¿para qué pasar por el dolor?

—Bien visto.

Nos olvidamos de los tatuajes y, en vez de eso, nos pasamos el resto de la tarde conduciendo por la ciudad, engullendo comida basura hasta casi vomitar. He comprado tinte morado en el supermercado y, como fugitivos que somos, Owen me ayuda a teñirme el pelo en los servicios de una gasolinera. Pero no seguimos las instrucciones del todo y mi pelo acaba pareciendo más verde que morado.

Más tarde continuamos atiborrándonos de aperitivos y postres en el restaurante más lujoso de la ciudad. Al principio no querían darnos mesa, pero le pasé a la *maître* un fajo de billetes de un dólar y de repente ya no hubo problema.

—¿Podemos hablar en serio un minuto? —me pregunta Owen desde el otro lado del mantel de hilo blanco.

Me llevo el bol de helado vacío a los labios y echo la cabeza hacia atrás, sorbiendo hasta la última gota derretida y pegajosa de helado.

—No hay nada más serio que este helado —contesto volviendo a poner el bol sobre la mesa.

Varias personas nos miran fijamente, pero ¿y a mí qué?

Owen se ríe y se acerca para limpiarme con su servilleta el sirope de chocolate de la cara.

—Lo digo de verdad.

—¡Y yo! Estaba que te cagas.

Owen me dedica una mirada severa, yo bajo las manos al regazo y pongo mi cara más sombría.

—¿Sí, Owen? —pregunto con voz seria y grave.

—¿De qué va todo esto?

—¿De qué va el qué?

Hace un gesto señalando al restaurante.

—¿Esto? Este día. La comida basura, el pelo, lo de conducir como una maníaca y el...

—Te lo dije —lo interrumpo—. ¡No existen las consecuencias! ¡Así que puedo hacer lo que me dé la gana! —Esta última parte la digo a grito pelado, lo que atrae aún más la atención de los otros comensales.

Owen se encoge de vergüenza. Me da la sensación de que no acaba de pillar del todo el tema de la falta de consecuencias, porque sigue pareciendo demasiado preocupado por lo que la gente piense de nosotros.

—Repítelo las veces que quieras —replica Owen; mantiene la voz tan baja que me resulta frustrante—. Pero te conozco, Ellie, y tú no eres así.

—¡Pero de eso se trata! —No sé por qué, pero de repente mi tono se vuelve brusco. ¿Por qué está intentando aguar la fiesta con sus estúpidas preguntas serias?

—Insisto. ¿De qué se trata?

—¡De ser otra persona! —grito—. De no tener que ser tú mismo nunca más.

—¿Qué tiene de malo ser tú misma?

Lanzo las manos al aire.

—¡Todo! Soy demasiado dramática. Soy una plasta. Soy demasiado celosa. No soy una criatura misteriosa. No soy fría como un témpano. Soy un callo malayo al que Tristan pidió salir ¡solo porque estoy desesperada por meterme en su cama!

Eso, al parecer, es la gota que colma el vaso. Un hombre con un traje oscuro y bien planchado se acerca a nuestra mesa. No parece contento con mi comentario.

—Disculpe, señorita. Me temo que vamos a tener que pedirle que se marche del restaurante. Está perturbando la cena de los demás clientes.

—¡Y además! —le grito a Owen—. ¡Soy una perturbadora!

—Por favor, señorita. Si no abandona la mesa por las buenas, nos veremos obligados a hacer que se marche por la fuerza.

El comentario me hace reír. ¡Pero reír con ganas! La idea de que los seguratas del restaurante me saquen a pulso físicamente es demasiado.

—¿Ah, sí? —le suelto al hombre trajeado—. Seguro que hay, digamos, cinco hombres fornidos con auriculares en la parte de atrás esperando a tener algo que hacer.

El hombre trajeado —que supongo que debe de ser el encargado— le hace un gesto a alguien detrás de mí. Antes de que pueda soltar otra bromita, siento como al menos tres pares de manos me levantan del asiento. Me llevan a empujones por todo el restaurante y me ponen de patitas en la calle. Owen sale un instante después con nuestras mochilas. Parece disgustado.

—Vaya, sí que ha sido divertido. —El sarcasmo casi le chorrea por la barbilla.

Suspiro.

—Mira, cállate, ¿vale? No quiero que nos peleemos otra vez.

La cara de Owen refleja un destello de confusión.

—¿Otra vez?

Oh, oh. He hablado demasiado. Jolín, quería mantener en secreto lo de la pelea de anoche.

Comienzo a caminar hacia el aparcamiento.

—¿Qué hacemos ahora? ¿Robamos en la tienda de la esquina?

Pero Owen se coloca de repente delante de mí.

—¿Por qué has dicho «otra vez»?

—Olvídalo —intento esquivarlo, pero se interpone en mi camino.

—No, no lo olvido.

La descarga eléctrica de este día empieza a perder fuerza y me desinflo como un globo.

—Está bien —resoplo un suspiro exagerado—. Tuvimos una bronca. De las gordas. ¿Vale?

—¿Cuándo?

—Ayer. Y antes de ayer. Pero la de ayer fue la más gorda.

La cara de Owen parece un poema y me da pena.

—¿Por qué nos peleamos?

—¿Por la noria? ¿Por Tristan? De verdad que no lo sé. En un momento estábamos bien, riéndonos de todo, y al siguiente me acusabas de estar en «modo silencio».

—¿En «modo silencio»? —repite.

—Sí. Y dijiste que cuando estoy cerca de Tristan me hago la muerta.

Owen aparta la mirada, casi avergonzado.

—¿Yo dije eso?

—Ajá.

—¿Y el día anterior? ¿Por qué fue la pelea?

Suspiro.

—Por el club de lectura, supongo.

—¿Por el club de lectura? —se burla incrédulo.

—Sí, me acusaste de leer el libro o algo así.

—¿Y? —me incita—. ¿Has leído el libro?

Aprieto los labios y miro hacia las atracciones de la feria. Desde aquí, justo se ve la noria, iluminada y dando vueltas. El grupo de Tristan no tocará esta noche. No le conseguí el concierto y nunca tuve la conversación con Owen, así que Daphne no pudo oírla. El escenario se quedará a oscuras esta última noche.

—¿Ells?

—Que sí, me he leído el libro, ¿vale? Me leo todos los libros.

Owen se rasca una ceja.

—¿Te lees todos los libros del club de lectura, pero no quieres apuntarte? —Se ríe de esta última parte y tengo que admitir que, en cierto modo, a mí también me hace gracia. En cuanto a secretitos vergonzosos, el mío se lleva la palma, casi a la altura de una colección de sellos secreta—. ¿Se puede saber por qué haces eso?

Trazo dibujos en el suelo con la punta del zapato.

—No lo sé. Quería leerlos. Tenían buena pinta.

—Pero no querías apuntarte por miedo a que te quitara tiempo para estar con él.

No es una pregunta. Owen lo afirma como un hecho. Porque me conoce muy bien. A veces demasiado bien, por lo que parece.

—¿Qué más da ya eso? —grito—. Va a romper conmigo y mañana me voy a despertar y tú no te acordarás de nada y yo tendré que volver a empezar desde el principio.

Se me quiebra la voz y noto como las lágrimas se me acumulan otra vez.

Estoy cansada de llorar.

Estoy cansada de perder.

Estoy tan cansada...

De repente, los brazos de Owen me rodean. Su hombro me sostiene la frente. Su barbilla está apoyada sobre mi maraña demencial de pelo morado verdoso.

Su camiseta absorbe mis lágrimas. Sus brazos fuertes absorben mis escalofríos.

El Owen que conozco desde hace casi media vida, mi mejor amigo, absorbe un pedacito de mi corazón roto.

—No sé. Quizá ya haya acabado todo... —me susurra al oído mientras me acaricia la espalda con delicadeza—. Quizá mañana te despiertes y sea martes, ¿no?

—Por desgracia, no —digo llena de pena—. Estoy atrapada para siempre en este día.

Noto cómo su pecho sube y baja en respiraciones cortas. Noto cómo su corazón late fuerte bajo mi mejilla.

—Quizás —vuelve a empezar— deberíamos aprovechar la última noche de feria. Ya sabes, por si resulta que estás equivocada.

Me sorbo la nariz y levanto la cabeza. Nuestras miradas se funden como nunca antes lo han hecho. Es el tipo de mirada que cambia las cosas. Cosas que nunca pensaste que quisieras cambiar.

Owen me toca la cara y me enjuga las lágrimas de las mejillas. Su cara está a pocos centímetros de la mía. Puedo sentir su aliento en los labios.

—Si estoy equivocada —digo en voz baja—, mañana tendré que dar un montón de explicaciones.

Y entonces, a los dos nos da un ataque de risa.

It's Been a Hard Day's Night

«La noche después de un día duro»

20:05 H

—¡Un aplauso para el ganador!

Owen da un salto y lanza un puño al aire.

—¡Sí, sí, sí! —grita—. ¿Quién es el rey? ¡YO! ¡Claro que sí!

Me echo a reír y observo incrédula, una vez más, los cinco aros en los cinco cuellos de botella. Un grupo de espectadores se ha vuelto a reunir a nuestro alrededor y de repente caigo en la cuenta de que esta es la muchedumbre entre la que tuve que abrirme paso a empujones la primera noche, cuando Tristan rompió conmigo y yo salí corriendo entre lágrimas. Me dio la impresión de que Owen había aparecido de la nada para preguntarme qué pasaba. Pero no surgió de la nada. Estaba jugando a este juego.

—Parece que alguien ha estado practicando... —comenta el empleado.

Owen deja de bailar y se mete las manos en los bolsillos.

—Qué va. Creo que ha sido la suerte del principiante... —Se vuelve hacia mí y señala los premios—. ¿Cuál quieres?

—Creo que sabes el que quiero.

Compartimos una mirada cómplice antes de que se dé la vuelta hacia el puesto.

—Nos llevamos el caniche.

El empleado me entrega el perro de peluche y nos abrimos paso a empujones entre los curiosos. Llevo a Owen hasta el juego de las carreras de caballos y esta vez me siento en el número cuatro. Owen prueba suerte con el número cinco.

—Veamos si tu habilidad se contagia —lo reto.

Introducimos los dólares en la máquina y suena la bocina. En cuanto sale la pelotita roja, la agarro y la mando rodando hacia arriba con un sutil giro de muñeca. Se hunde justo en el agujero número tres. Mi caballo avanza tres casillas.

—¡Ajá! —grito.

Owen mira a los caballos.

—¿Ya has ganado?

—No. Por fin he conseguido meter la estúpida bola en el estúpido agujero. Es una mera cuestión de giro de muñeca.

Durante la carrera, meto tres bolas más en los agujeros con los números dos y tres, pero aun así, tampoco gano. Por lo menos, cuando vuelve a sonar la bocina, esta vez no he acabado en último lugar. Algo es algo.

—No me gusta este juego —se queja Owen, mientras se levanta para irse.

Echo un vistazo al panel de resultados. El caballo número cinco sigue en la línea de salida.

Me entra la risa.

—Supongo que tu habilidad no se contagia.

—Vamos a hacer otra cosa.

Mientras paseamos por la calle de juegos de la feria, veo a una chica esbelta de pelo negro azabache que está de pie y sola cerca de un puesto de comida. La reconozco de inmediato, es la chica nueva que acaba de mudarse desde Los Ángeles.

—¡Sophia! —la llamo a gritos.

Se da la vuelta, pero por su cara veo que no me reconoce.

—Soy yo. Ellie. Nos conocimos a la hora de comer, ¿te acuerdas?

Está claro que no se acuerda y entonces caigo en la cuenta. No ha sido hoy. Fue ayer, cuando Tristan y yo casi nos liamos en la cafetería. Evité que Cole Simpson hiciese que ella se tropezara y vino a sentarse con nosotros.

—Perdona —dice—, ¿estás en alguna de mis clases?

Estoy a punto de mascullar «No importa» y largarme, cuando un chico con vaqueros oscuros y un jersey negro aparece con un algodón de azúcar y un *pretzel*. Es el mismo tío con el que la vi cogidos de la mano durante el concierto de Tristan hace unos días. Nos da a Owen y a mí un repaso visual mientras le ofrece a Sophia el algodón de azúcar.

—¡Gracias! —contesta ella y, cuando lo mira, veo la misma expresión de adoración que vi la otra noche. No anoche, porque anoche estaba sola, sino hace dos noches.

Después, de sopetón, caigo en la cuenta de una cosa.

Este es el chico al que le tiró la comida por encima en la cafetería. La chica nueva no lo hubiese conocido si Cole Simpson no hubiese hecho que se tropezara. Ayer, impedí que eso sucediera y vino sola a la feria. Hoy, yo no estaba allí para evitarlo y ahora están aquí juntos.

¿Es posible que realmente salga algo bueno del hecho de que Cole Simpson sea un capullo integral?

—Bueno, pues encantada de conocerte... —comenta Sophia rebuscando mi nombre.

—Ellie —me presento y después señalo a Owen— y él es Owen.

—Yo soy Sophia y este es Nate. Puede que nos veamos por el instituto.

Asiento.

—Claro. Hasta luego.

Veo como se alejan, rozando los hombros. Nate alarga la mano e intenta robarle a Sophia un trozo de algodón de azúcar. A ella le da la risa tonta y se lo aleja, pero él lo coge de todas formas. Ella hace lo mismo con el *pretzel* de él.

—¿Amigos tuyos? —pregunta Owen.

Muevo la cabeza.

—No, es una chica del insti que yo pensaba que necesitaba ayuda, pero resultó que al final no.

Pasan unos segundos más y Owen pregunta:

—Entonces ¿también vamos a perseguirlos?

Me río y le doy un puñetazo en el brazo.

—Cierra el pico.

—Solo lo pregunto para estar preparado. Aunque debería advertirte que me he dejado todos los artilugios de espía en mis otros pantalones.

Comienzo a caminar.

—Eres lo peor.

—De todas formas, déjame que te lo diga sin tapujos —me advierte Owen intentando sin éxito sonar serio—. No hay ninguna probabilidad de que ese Nate domine el lanzamiento de aro tan bien como el doctor Johnson y yo.

—Doctor Halloway —lo corrijo—. Y en cuanto a eso, ¿me vas a contar cómo lo hiciste o qué?

Owen se encoge de hombros.

—Te lo dije. La suerte del principiante.

—Ni por el forro. No te creo. Seguro que has estado practicando. ¿Tienes, digamos, un juego de lanzar aros instalado en el sótano o algo así?

Suelta una carcajada.

—Hmm, eso sería muy raro.

Me agarro a su brazo y le doy un tirón con mal genio.

—¡Entonces confiesa!

—Ni hablar.

—¡Owen!

Jugueteando, retira el brazo que le he agarrado, intentando escapar, pero nuestras manos se enredan y, por un segundo, nos quedamos allí parados, mirando los dedos entrelazados, preguntándonos qué hacer ahora. Preguntándonos quién se soltará primero.

—Vaya, por fin te encuentro —dice una voz, rompiendo la burbuja que parecía haberse formado alrededor de Owen y de mí.

Mi cabeza da un respingo por la sorpresa y veo a Tristan de pie delante de nosotros. Tiene la mirada fija en nuestros dedos entrelazados.

Libero la mano y la dejó caer a un lado.

Tristan carraspea.

—Te he estado buscando por todas partes. ¿Dónde estabas?

Doy un paso a un lado, alejándome de Owen.

—Aquí. En la feria.

—Eso deduje —comenta. Su voz no cambia de tono. Es como una pared blanca sin cuadros—. Como no contestabas a mis llamadas ni a mis mensajes, se me ocurrió buscarte por aquí.

—Mi teléfono está roto. —Mantengo la voz exactamente igual de neutra.

La mirada de Tristan pasa como una flecha de Owen a mí, y viceversa.

—Esto... ¿podemos hablar?

Me vuelvo hacia Owen.

—Esto... ¿Me das un minuto?

—Claro. No pasa nada. —No se me escapa el deje irritado de sus palabras al marcharse.

Tristan señala con la cabeza hacia un banco que hay cerca... el mismo banco donde rompió conmigo por primera vez, donde empezó esta locura de semana de Alicia en el País de las Maravillas.

—¿Te quieres sentar?

—No, me quedo de pie.

Tristan cambia el peso de un pie al otro, hecho un manojo de nervios.

—Vale. Eeeh. No tengo claro por dónde empezar. He venido solo a decirte una cosa y no quería hacerlo por teléfono.

—Ya, ya, vas a romper conmigo —digo impaciente—. ¿Qué excusa barata tienes esta vez?

De verdad que no estoy de ánimo para quedarme aquí escuchando el mismo rollo patatero otra vez. Calculo que lo mejor es hacerlo rápido.

Tristan se sobresalta, con cara de estar totalmente atónito.

—Eeeh... —balbucea.

—¿Soy demasiado plasta? ¿No hacemos buena pareja? Algo se ha roto y no sabes cómo arreglarlo. ¿El qué?

—Exacto. Algo se ha roto entre nosotros —repite Tristan y parece aliviado de que le haya quitado las palabras de la boca—. Es solo que no tengo claro qué es.

—¿Alguna vez te has parado a pensar que puede que seas tú quien necesita arreglo?

Por un instante, Tristan se queda sin palabras. Después parece ordenar sus pensamientos.

—Es solo que no quiero dramas en mi vida.

—¡Ah, claro! —exclamo, como si experimentase una gran epifanía—. ¡Los dramas! —Mi voz es lo bastante alta como para atraer la atención de la gente que pasa. Me doy cuenta de que llamar la atención, y mi volumen, incomoda a Tristan. Así que sigo adelante—. ¡Tú y tus lloronas dramáticas! No quieres nada de dramatismos. Solo quieres navegar por la vida en el más sereno de los mares de cristal. Y en cuanto tienes el presentimiento de que se avecina una ola, vas y saltas del barco. *Sayonara, baby.* ¿No es eso, Tristan? —Prácticamente escupo su nombre.

Abre la boca para decir algo, pero de sus labios no sale más que un tartamudeo incomprensible.

Pero yo solo estoy calentando motores.

—Bueno, pues lo siento. A veces la vida es dramática. A veces las relaciones son dramáticas. Sales con todas estas chicas y luego acabas dándoles una patada por la misma razón. Siempre. Crees que están locas. Están lo bastante chifladas como para reclamar toda tu atención. ¡Qué concepto más novedoso! Te voy a dar una pista. ¡A tus novias no les gusta que uses Snapchat con otras chicas! A tus novias no les gusta que ligues con otras chicas delante de sus narices. No hay que ser un genio para entenderlo. ¡Ni tú ni yo somos genios! ¿No se te ha ocurrido nunca que quizá son dramáticas por tu culpa? No. Claro que no. Estás demasiado ocupado encontrándoles pegas, buscando razones para no seguir con ellas, y luego intentando hacer pasar esas razones por sentimientos para así poder decir que solo estás siendo fiel a lo que sientes. Apuesto lo que quieras a que, si realmente salieses con el tipo de chica con la que crees que quieres salir, te aburrirías de ella en cuestión de minutos y la dejarías de todas formas. Así que, ¿cómo lo ves, Tristan? —Levanto la voz unos decibelios más y grito para que se oiga en toda la feria—. ¿Encuentras esto lo bastante dramático para tu gusto?

Tristan mira al círculo, cada vez más grande, de cotillas entrometidos a nuestro alrededor.

—Eeeh... —titubea—. Lo siento, Ellie, de verdad.

—Sí, ya lo sé —contesto—. Y mira cuánto me importa.

Me doy la vuelta, agarro al primer tío que veo (de hecho, creo que es un novato de primero del instituto) y le planto un besazo húmedo y baboso en los morros. Para cuando el chico vuelve en sí e intenta besarme también, ya me lo he quitado de encima de un empujón y he desaparecido entre la multitud.

What a Wonderful World

«Qué mundo tan maravilloso»

20:33 H

Cuando tienes todo el tiempo del mundo, te ocurre una cosa curiosa. En teoría, sería de esperar que no tuvieras prisa. Puedes tomarte las cosas con calma. Puedes dar mil pasos para llegar a un destino que solo está a diez pasos de distancia. Pero en realidad, ocurre lo contrario. Cuando tienes el tiempo de tu parte, de pronto te entra un deseo imperioso de aprovecharlo al máximo.

Cuando encuentro a Owen ocioso junto a un carrito de palomitas, lo agarro de la mano y no lo suelto.

Camino rápido, arrastrándolo detrás de mí. No miro atrás hasta que hemos llegado al principio de la cola. Saco de la mochila todos los billetes de un dólar que me quedan y se los arrojo a la empleada de la feria, una mujer bajita.

—Quiero montarme en esta atracción ¡ahora mismo!

Ni siquiera parpadea. Se mete en el bolsillo el fajo de billetes, acciona una palanca y delante de nosotros se detiene una cesta vacía.

—Toda vuestra —dice.

Señala los dos asientos que hay pegados.

Mi estómago da vueltas sin cesar. Aprieto fuerte la mano de

379

Owen, tanto que estoy segura de que se le han puesto los dedos blancos.

—Ells, no hace falta que lo hagas —me dice en voz baja.

—Al revés —le contesto—. Es justo lo que tengo que hacer. Y tú eres la persona ideal con quien tengo que hacerlo.

Inspiro hondo (un aire que posiblemente retenga hasta que volvamos a estar en tierra firme) y me desplomo en el asiento. Owen se sienta a mi lado y observa mi reacción con cuidado cuando el empleado de la feria baja la barra de seguridad y la encaja en la pieza del cierre.

¿Ya está? ¿Eso es todo lo que me separa de una muerte segura? Una delgaducha barra de metal.

«Relájate —me obligo a pensar—. Pasará rápido».

—¿Qué fue lo que me dijiste cuando no quería subirme al poste de teléfono?

Owen se tensa. Se ha puesto nervioso al ver lo nerviosa que estoy yo.

—Te dije que caerse era la parte más divertida.

Miro al empleado, que acciona la palanca de la muerte, y nos balanceamos hacia atrás. Grito y le aprieto la mano a Owen todavía más fuerte. Él me aprieta la mía como respuesta.

—Algo me dice que ese consejo no puede aplicarse en esta situación —chillo.

Owen se ríe.

—Pues no, la verdad.

La noria continúa moviéndose. Primero retrocedemos un poco y luego empezamos a subir. Hemos dejado de tener la plataforma de la atracción debajo. Ahora solo tenemos aire. Observo cómo el suelo se aleja cada vez más bajo mis pies, que cuelgan de la cesta.

—¡No puedo! —cierro los ojos—. Ay, Dios mío, Owen. Qué mala idea he tenido. No puedo hacerlo.

¿¡Cómo pude pensar en algún momento que esto iba a ser romántico!? Es casi la cosa menos romántica que he hecho en mi vida. Creo que voy a vomitar. Me siento como si fuese a echar no solo toda la comida que llevo en el estómago, sino el propio estómago también. ¡El bazo, el hígado, los pulmones, todo! «¿Cómo es posible que siga en movimiento? ¿Cómo es posible que continuemos subiendo? ¿Es que esta cosa no se para nunca?».

Justo cuando ese pensamiento cruza por mi mente, noto una sacudida y el mundo se para de golpe.

—Ay, Dios. Ya está, ¿no? Se ha roto. Se ha soltado un tornillo. ¡Vamos a morir aquí arriba!

—Ellie —me susurra Owen, arropándome la mano con la suya con un gesto seguro—. No vamos a morir. Abre los ojos.

Sacudo la cabeza, obstinada.

—No. Preferiría morir con los ojos cerrados.

—No es cierto. No eres esa clase de chica.

—Creo que, no sé cómo, he conseguido engañarte para que pienses que soy alguien que no soy en realidad.

Se produce un silencio a mi lado y, por un minuto, me planteo abrir los ojos solo para comprobar que Owen sigue ahí. Que no se ha resbalado por debajo de la barra y ha salido propulsado hacia el suelo. Sería muy fácil que se escurriera por el hueco de esta cosa. Es muy flaco, ya te lo he dicho. Bueno, por lo menos, solía serlo. Antes de que se pusiera cachas este verano sin avisarme.

Entonces me doy cuenta de que le estoy dando la mano. Sigue aquí.

—Sé perfectamente quién eres —me dice Owen, pero estoy segura de que no me mira mientras lo dice.

El viento se lleva sus palabras.

Abro los ojos y el corazón me da un vuelco.

La estampa es sobrecogedora. Tan hermosa. Tan tranquila. Tan aterradora...

Estamos altísimos. Es como si el mundo se hubiese convertido en una maqueta a escala. Una de esas recreaciones en 3D que se ven en los museos. Las luces de nuestra pequeña ciudad titilan abajo. Incluso distingo Providence Boulevard, la calle principal que lleva al recinto del instituto. La sigo con los ojos (uno, dos, tres, cuatro semáforos), luego giro a la izquierda y vuelvo a girar.

—¡Mira! —Suelto la mano de Owen para señalar con el dedo—. Veo mi casa. —Retrocedo tres calles más—. ¡Y ahí está la tuya!

Owen chasquea la lengua al notar mi entusiasmo.

—¿A que es guay?

—Es como si fuésemos dioses o algo así. Incluso el aire es distinto aquí arriba.

—Dioses —repite, como si quisiera probar si la palabra le sienta bien—. Me gusta. Seré el dios de la astucia y la frivolidad.

Me burlo de él.

—Ese dios no existe. No es real.

—Ah, claro, porque lo que buscábamos aquí era realismo, ¿no?

—De acuerdo. Entonces yo soy la diosa del rock clásico.

—Pensaba que el dios del rock era Jim Morrison.

—Tienes razón. No le puedo quitar el título.

—Además, está claro que eres la diosa de los lunes.

Gruño.

—No me lo recuerdes.

—¿Cuántos lunes ha tenido ya esta semana?

—Cinco.

—¿Y todavía no has conseguido ver el primer episodio de la nueva temporada de *Presunto culpable*?

—He estado liada.

—Menuda excusa de mal pagador.

Suelto un bufido.

—¿Qué has dicho?

—Significa que es una excusa barata, una trola.

—Bueno, vale.

—Te lo aseguro —dice Owen muy serio—. Tienes que verlo. Te has perdido lo mejor...

Miro por el lateral de nuestra cesta para contemplar la feria, a nuestros pies.

—En realidad, creo que no.

Veo la caseta de las anillas, los autos de choque, incluso el puesto en el que Annabelle y el doctor Jason Halloway compartieron el batido. Está todo ahí. Todos los elementos de mi lista de la cita ideal. De repente me siento imbécil por haber pensado que podría recrear una velada que había presenciado entre dos desconocidos seis años antes. ¿Quién hace una lista de elementos imprescindibles de una cita ideal, eh?

¿Hay algo menos romántico que una lista de requisitos?

Es como si me hubiese obsesionado tanto con hacer las cosas bien que se me hubiese olvidado disfrutarlas.

Con un arrebato de valentía y atrevimiento, me inclino hacia delante en el asiento e intento ver el resto de la feria de atracciones, pero justo entonces la cesta empieza a balancearse. Suelto un grito y vuelvo a agarrar a Owen de la mano. Pongo la espalda recta.

Se echa a reír.

—No te preocupes. Se supone que tiene que balancearse.

Toda la confianza que sentía hace un momento se ha esfumado.

—No me gusta este balanceo.

—Pero si es muy divertido.

Niego con la cabeza.

—Te juro que, si mueves este cacharro a propósito, te mataré mientras duermes y haré que parezca un ajuste de cuentas de la mafia.

Sonrío en cuanto me doy cuenta de que le he robado las palabras y las he empleado en su contra.

Una mirada perdida cruza la cara de mi amigo. Es casi como si él también pudiera recordar las palabras. La conversación entera. Puede que recuerde todas las conversaciones. Como una especie de reverberación que se transmite por el espacio. Un eco fantasmal que cruza el tiempo.

Aunque, por supuesto, eso es imposible. Owen no puede recordar las demás conversaciones. Esas versiones alternativas de nosotros mismos. Habitan en otra realidad. En otro universo.

Y nosotros vivimos aquí.

En este.

Me apretuja la mano.

—No te preocupes. No dejaré que te caigas.

Fijo la mirada en él.

—Creía que caerse era la parte más divertida.

Su risa ha desaparecido, pero la ilusión aún permanece en sus ojos. Me suelta la mano el tiempo suficiente de entrelazar los dedos entre los míos. Ese cambio tan sutil, un simple reajuste de las extremidades, hace que todo cambie en el mundo.

—Puede ser —murmura en voz baja.

Noto seca la garganta. Todavía me da vueltas el estómago, pero ahora no sé si es porque soy una acrofóbica que está a sesenta metros del suelo o si es otra cosa.

¿De qué tengo miedo en realidad?

¿Qué es lo que me paraliza en el fondo ahora mismo?

¿Es la altura? ¿Pensar que me voy directa a la muerte?

¿O es el hecho de tener a Owen aquí mismo? Ahora mismo. Cada vez más cerca de mí. Inclinándose sobre mí. Con los labios separados, los ojos tiernos pero fijos en mí.

O acaso es porque acabo de darme cuenta de que ha estado aquí todo el tiempo...

Me siento atraída hacia él. Es una sensación nueva. El deseo de estar más cerca de Owen. La repentina necesidad imperiosa de saber a qué saben sus labios. Por un instante fugaz, el resto de la feria desaparece. Las luces se apagan. El ruido ensordece. Ya no estamos suspendidos en lo alto de la noria. Estamos suspendidos en la cima del mundo.

Y sin duda, la caída nos mataría a los dos.

Cierro los ojos. La cercanía de su cuerpo es tangible. La noto en los dedos de los pies. Percibo su mano fría cuando la apoya en mi mejilla y, al mismo tiempo, el calor se extiende por todo mi cuerpo.

—Ellie —dice en un susurro. Me deja sin aliento.

Sus manos me acercan a él, dirigen mi boca hacia la suya. Nuestros labios apenas se rozan y lo noto en todas partes.

La noria da una sacudida violenta, que nos separa mientras suelto otro chillido sobresaltado. Nos miramos a los ojos durante un momento largo y tenso, hasta que Owen aparta la mirada y se lleva consigo su calor y su aire.

Entonces, de pronto, nos ponemos en marcha otra vez. Descendemos de los cielos. Volvemos a pisar tierra firme.

I Second That Emotion

«Siento la misma emoción que tú»

20:48 H

Lo primero que veo cuando nuestra cesta llega a la plataforma de la atracción es a mi madre. Está junto a mi padre y ninguno de los dos parece muy contento.

El técnico detiene la noria y levanta nuestra barra de seguridad. Me bajo y camino vacilante hacia mis padres.

Escasamente me he acercado lo suficiente para oír a mi madre, cuando grita:

—¡¿En qué demonios pensabas?!

Hablando de volver a la realidad...

«¡Mierda!».

No soy de esas chicas que se meten en problemas con frecuencia, pero aun así, sé que es mejor no contestar. Cualquier cosa que diga solo servirá para empeorar las cosas.

—¡¿Te han expulsado del instituto por pelearte?!

Casi me entra la risa cuando oigo a mi madre decirlo. Suena demasiado increíble para ser verdad. De todas las cosas por las que sería de esperar que me expulsaran, provocar una pelea con otra estudiante estaría sin duda la última de la lista. ¿Montar una protesta para exigir libros de texto de mejor calidad? Puede ser. ¿Discutir con un profesor porque una nota me parezca injusta? Puede ser. Pero ¿ejercer violencia física? Imposible.

—¿No tienes nada que decir? —pregunta mi madre.

Vuelvo la cabeza hacia mi padre, que niega con la cabeza para hacerme una advertencia sutil. Capto el mensaje. «No abras la boca si quieres conservar los dedos de las manos y de los pies».

—No —murmuro.

—Bueno, pues te puedes imaginar que estás castigada sin salir —continúa mi madre—. A partir de mañana.

Owen y yo compartimos una mirada conspiratoria.

Mi madre me agarra por el codo y tira de mí hasta que llegamos al aparcamiento, como si fuera una niña pequeña.

Ni siquiera tengo oportunidad de despedirme de Owen.

21:45 H

Abrazo contra el pecho el perro de peluche que Owen acaba de ganar para mí, me siento en la cama y me quedo mirando la ventana. Llevo por lo menos media hora sin hacer nada más que esperar.

¿Se presentará Owen en algún momento?

¿O solo trepa por mi ventana si me ha visto llorar?

Estoy hecha un lío sobre lo que ha ocurrido entre nosotros esta noche. No estoy segura de si quiero intentar comprenderlo. Pero sé que quiero volver a verlo. Tengo que volver a verlo.

Mi móvil sigue roto a los pies del espejo, junto con algunos cristales, así que no paro de mirar la pantalla del portátil para saber qué hora es. ¿En qué punto da marcha atrás todo el tinglado? ¿A medianoche? ¿A las 7:04 h, cuando llega el primer mensaje de Tristan?

¿Y si esta noche no me acuesto?

¿Desaparecerá todo sin más? ¿Se me nublará la vista? ¿Será como si me desmayara?

Toc, toc, toc.

Me incorporo de un salto y voy a la ventana. Subo la hoja de guillotina con ímpetu para abrirla. Owen cae con torpeza en la habitación, igual que una cría de jirafa que se pone en pie por primera vez. Me río y lo ayudo a incorporarse. Luego nos quedamos mirándonos. Ninguno de los dos está seguro de lo que viene a continuación. Ni siquiera sabemos qué decir.

Soy la primera en romper el hielo.

—No sabía si vendrías.

—No sabía si querías que viniera.

—Sí quiero. Que diga, sí quería. —Resoplo. Me he puesto nerviosa—. Me alegro de que estés aquí.

Asiente y luego vuelve ese silencio tan incómodo. Una clase de silencio que no había existido nunca entre nosotros. Una clase de silencio que me hace sentir como si caminara a oscuras y buscase a tientas un interruptor de la luz que siempre ha estado ahí.

—Entonces ¿te han puesto un buen castigo? —me pregunta.

Me alegro de que lo diga con tono distendido.

Me desplomo en la cama y vuelvo a coger en brazos el peluche.

—Sí. Menos mal que mañana no se acordarán, ¿eh?

Se sienta a mi lado, pero mantiene la mirada pegada al suelo.

—Sí, menos mal.

Sin embargo, noto cierta incertidumbre en sus palabras. Una duda.

—Cuánto me alegro de no haberme hecho el tatuaje. Si no, puede que a estas alturas estuviera muerta.

Se ríe, pero no responde. Nos limitamos a quedarnos ahí sentados, mirando la ventana de un modo incómodo, sin decir ni una palabra. Me muero de ganas de volver a consultar el reloj del portátil, convencida de que ha transcurrido una eternidad.

—¿Por qué es tan rara la situación? —pregunta al fin Owen.

Suelto un suspiro.

—No lo sé.

—¿También era raro las otras noches cuando me colaba por tu ventana?

—No. Era... ya sabes, como ha sido siempre.

—¿Y de qué hablábamos?

Sonrío al recordarlo.

—Una noche hablamos de Hipo.

—Se merece tener un nombre de verdad —afirma Owen. Agarra el peluche que tiene detrás—. Llamar a algo por su genérico no es ponerle nombre.

Sonrío de nuevo.

—Eso mismo dijiste la otra vez.

—¿Qué puedo decir? Mi otro yo es un tío listo.

—Y la otra noche, hablamos de lo que me sucedía.

—Eso solo son dos noches —señala—. Pensaba que habías dicho que esta era la quinta vez que se repetía el día.

—Y así es.

—Entonces ¿qué paso las otras dos noches?

Levanto las piernas y las abrazo contra el pecho.

—La tercera noche no te vi en la feria, así que no viniste a mi habitación, y anoche nos peleamos.

—De acuerdo —dice Owen. Su voz suena distante—. La pelea. Parece que últimamente estás un poco picapleitos.

Me echo a reír. En cierto modo, alivia la tensión.

—Ni que lo digas.

—Podríamos ver el capítulo de *Presunto culpable* —propone. Señala el televisor de mi cuarto con la barbilla.

—Bah, ya lo veré mañana. Ahora estoy cansada.

Asiente con la cabeza y se levanta. Camina hacia la ventana.

—Vale, te dejaré dormir.

Alargo la mano hacia él.

—¿Owen?

Se da la vuelta y me mira a la cara. Cuántas cosas se reflejan en esos ojos.

—¿Sí?

—¿Por qué no te quedas?

Todo el cuerpo se le pone tenso.

—¿Te refieres a que me quede a dormir?

—Como cuando éramos pequeños.

Se remueve, incómodo, y temo que me responda que no. Pero no lo hace.

—Claro —contesta.

El primer verano que fui al Campamento Awahili volví con un mejor amigo. Un chico llamado Owen Reitzman. Nunca pensé que pudiera ser amiga de un chico. Cuando tenía nueve años, los chicos eran tontos. Eran inmaduros, sucios y aficionados a fingir que se tiraban pedos. Pero Owen era distinto. No se parecía en nada al resto de los chicos que conocía.

Empezó a quedarse a dormir en mi casa cuando teníamos diez años. Habíamos quedado para ver una peli juntos. Yo quería ver *Algo para recordar* por enésima vez. Él insistió en que viéramos una peli de terror, *La señal*. Ninguno de los dos la había visto antes, así que no sabíamos el enorme error que íbamos a cometer.

Esa noche pasé tanto miedo que no quería meterme en la cama. Sentía tanto pavor que ni siquiera quería apagar la luz. Estaba segura de que alguna chica espeluznante saldría reptando del televisor de mi habitación. Le pedí a Owen que se quedase a dormir y también le pedí que sacara el televisor al pasillo, por si acaso.

Dormimos cada uno en un extremo de la cama. Con sus pies al lado de mi cabeza y mis pies junto a la suya. Le estaba tan agradecida por haberse quedado, que ni se me ocurrió quejarme de que le olían los calcetines. Pasamos muchas noches así (casi siempre en verano), tumbados al revés, pies con cabeza. Nos dedicábamos a hacer sombras en la pared o a practicar nuestras habilidades psíquicas: uno de los dos pensaba un número, un animal o un país, y el otro tenía que intentar adivinarlo por telepatía.

En cuanto empezamos la secundaria, dejó de quedarse a dormir. No lo hablamos. No debatimos los pros y los contras. Sencillamente fue algo que dejamos de hacer, sin más. Como una regla tácita fijada de forma espontánea.

No obstante, cuando Owen se mete en la cama conmigo esta noche, no desplaza el almohadón al otro extremo de la cama, como solía hacer. Se cobija debajo de la colcha con los vaqueros y la camiseta puestos y se acurruca de lado, con la cara hacia mí.

Nos quedamos tumbados así. Cabeza con cabeza. Pies con pies.

Cuando comienzo a conciliar el sueño, sus ojos —abiertos, verdes, bonitos— son lo último que veo. Su respiración suave y tranquila es lo último que oigo.

Hasta que...

—¿Ellie?

—¿Sí? —murmuro medio despierta.

—Entonces mañana no recordaré nada de todo esto, ¿verdad?

Siento un hormigueo en la garganta al percibir las lágrimas detrás de los párpados cerrados.

—No.

Mañana me despertaré y él no estará. Volveré a estar sola.

Doy por hecho que se ha dormido, porque transcurre un buen rato en el que no hay más que silencio. Me voy adormilando otra vez. Noto la oscuridad que me envuelve. Intento mentalizarme para lo que sé que ocurrirá mañana.

La luz matutina entrará a chorro por la ventana. El teléfono (de nuevo, de una sola pieza) pitará para indicar que Tristan me ha escrito. Tiraré el vaso de agua cuando intente coger el aparato. Recogeré a Owen para ir al insti y todo —¡todo!— empezará de nuevo.

Espero que ocurra.

Espero que ocurra.

Espero que ocurra.

Y justo cuando el sueño me atrapa y los últimos atisbos de conciencia desaparecen, oigo decir a Owen:

—Entonces no recordaré que te he confesado que llevo enamorado de ti desde que íbamos a secundaria.

The Way We Were

«Tal como éramos»
(Quinta parte)

CUATRO MESES ANTES...

Una no se hace a la idea de lo rápido que se propagan las noticias en un instituto hasta que es el origen de una de esas noticias. El lunes posterior al día en que Tristan me besó en su habitación y me llevó a cenar una pizza, me convertí en otra persona. Pasé a ser una entidad conocida. No importaba mi nombre. Lo único que importaba era mi nuevo estatus: «La novia de Tristan Wheeler».

Durante la primera mitad del día, creí que me había puesto la ropa del revés, había pisado una caca de perro, me había salido urticaria o había sido la víctima de alguna broma de las redes sociales. Cientos de explicaciones para esa repentina atención me cruzaron por la mente. Ninguna de ellas era la auténtica. Porque nunca jamás, ni en un millón de años, habría imaginado que salir con Tristan Wheeler pudiera atraer tanto la atención del resto. La gente susurraba a mis espaldas en el pasillo, las chicas me repasaban de arriba abajo en los lavabos, en cuestión de horas tuve por lo menos veinte seguidores nuevos en Instagram.

Me sentía como la amante en un escándalo político.

Me alegré un montón cuando empezaron las vacaciones de verano un mes más tarde. El repentino interés me ponía nerviosa. Había empezado a cambiar de ruta e ir por caminos más largos al insti para evitar las miradas de reproche. Había dejado de usar el cuarto de baño en el edificio principal, porque estaba convencida de que las chicas analizaban el sonido del chorro mientras meaba.

Y durante todo ese tiempo, creo que Tristan ni siquiera se dio cuenta.

Él estaba acostumbrado: su vida era así. Llamar la atención era parte de su existencia. Nunca se le ocurrió que pudiera no ser parte de la mía. Y nunca se lo comenté. Lidié con eso yo sola, en privado. No quería ser la típica chica que se queja de lo famoso que es su novio y de los daños colaterales que ella sufre a causa de eso.

La primera vez que fui testigo de la influencia que Tristan ejercía en la gente (léase, en las chicas) fue durante el primer concierto de Guaca-Mola al que fui. Lo montaron el último día de clase, en un local pequeño de un pueblo cercano que permitía la entrada de menores antes de las once de la noche.

El sitio estaba a reventar. No sabía que todo el insti pudiera caber en ese espacio tan petado, pero no sé cómo, los alumnos consiguieron meterse.

—Ya sabes que eres mi amuleto —me dijo Tristan entre bastidores, unos minutos antes de que salieran a actuar.

Estaba afinando la guitarra y yo estaba sentada sobre la caja negra que protegía el tambor, jugueteando con el cierre metálico. Lo abría y lo cerraba, lo abría y lo cerraba...

—Seguro que se lo dices a todas las chicas que te llevas detrás del escenario.

Dejó de afinar y me miró. Sus ojos azules se pusieron serios.

—Nunca llevo a nadie detrás del escenario.

Se me congelaron los dedos sobre el cierre.

—Es verdad —dijo Jackson, el batería, para defender a su colega—. Eres la primera.

Dio unas palmaditas junto a mí para que me levantara de la caja porque tenía que sacar algo.

Me bajé de un salto.

—¿En serio?

Tristan me sonrió con ese hoyuelo que te conquistaba.

—En serio.

—¿Y por qué?

Se encogió de hombros.

—No quiero que me distraigan justo antes de un bolo. Quiero tener tiempo para concentrarme.

Caminé hasta él y levanté la barbilla para mirarlo a los ojos.

—¿Y yo no soy una distracción? —pregunté coqueta.

Se agachó y rozó mis labios con los suyos.

—Eres la mejor de las distracciones.

—Entonces tal vez deberías echarme —murmuré dentro de su boca.

Despegó las manos de las cuerdas y me agarró por la cintura. Tiró de mí. La guitarra me golpeó la cadera, pero no me quejé.

—Jamás —contestó.

Y me besó con pasión. Saboreé la adrenalina que desprendía Tristan. Me la transmitió, de modo que el beso me dejó traspuesta y sin aliento.

—Bueno, tortolitos —dijo Lance, que tocaba el bajo—. Tenemos que salir a tocar.

Tristan me soltó, pero volvió a agarrarme al instante.

—Este verano será asombroso.

Se me quedó la garganta seca. Todavía no le había dicho que había vuelto a apuntarme de monitora en el Campamento Awahili ese verano y que estaría fuera tres meses, vaya, casi todo el verano. Se suponía que tenía que irme a la semana siguiente.

—Ah, por cierto... —empecé a decir, pero de inmediato supe que no era buen momento.

No podía soltárselo justo antes de salir al escenario. Nunca había sido una *groupie*, pero hay cosas que se saben por instinto.

Me acarició la nariz.

—¿Qué?

—Nada —contesté. Y me separé un poco de él—. Ahora, ve a... ya sabes... A darlo todo.

Levantó las cejas.

—¿A darlo todo?

—Sí. A dejarlos patitiesos. A darles su merecido. A dejarte la piel... Lo que sea que hagas ahí arriba.

Tristan sacudió la cabeza.

—Ay, cuánto tengo que enseñarte...

Lo miré con una sonrisa triunfal.

—Estaré al fondo de la sala e intentaré no ponerme tapones para el ruido.

—¡Eh, oye! —exclamaron al unísono Lance y Jackson.

Tristan levantó una mano.

—Lo dice en broma. Es una broma privada.

Me lanzaron una advertencia simpática con la mirada.

Cuando ya me alejaba, Tristan me cogió de la mano.

—Espera. No puedes quedarte al fondo. Tienes que estar en primera fila.

Varias mariposas empezaron a revolotear en mi estómago. Nadie me había dicho que tendría que ponerme delante. Tristan solo me había pedido que fuese al concierto. No dijo que tuviera que estar en primera fila.

—No sé... —contesté insegura. La idea de estar ahí delante, con toda esa gente a mi espalda, me aterraba. Me entraba claustrofobia solo de pensarlo—. Lo veré mejor desde el fondo.

—Pero entonces ¿cómo sabré que estás ahí?

Me eché a reír.

—No pienso irme a ninguna parte.

—Quiero verte. Quiero mirarte a los ojos cuando cante *Mind of the Girl*.

Sus palabras fueron como un tornillo que se enroscara en mi pecho. Me moría de ganas de decirle que sí. De darle todo lo que quisiera. Todo lo que me pidiera. Ya le había ofrecido mi corazón. ¿Qué más podía perder?

—Intentaré encontrar un hueco en la primera fila —le prometí.

Su sonrisa iluminó todo el espacio y pensé: «¿Para qué necesitan focos en el escenario si cuentan con una sonrisa tan radiante?».

Un maestro de ceremonias presentó al grupo y todos los músicos salieron al escenario con el ímpetu de una manada de toros. Me escabullí por la puerta que daba a la parte delantera del pub y observé cómo se colocaban cada uno en su sitio. También eché un vistazo al espacio que había delante del escenario. Estaba a petar de gente, en su mayoría chicas. Habría necesitado un helicóptero solo para llegar allí y pensar en abrirme paso a codazos bastó para que me flaquearan las piernas.

Segura de que la mirada de Tristan se había perdido entre la muchedumbre, me deslicé por un lateral de la sala de conciertos hasta que llegué a la barra. Pedí zumo de arándanos con soda y agarré el vaso de tubo como si fuese un salvavidas.

Estaba supernerviosa. Nerviosa por Tristan. Nerviosa por sus colegas. Nerviosa por si no me gustaba nada el concierto, por si aborrecía cómo sonaban. Si era así, tendría que pasarme el resto de nuestra relación mintiéndole.

Entonces, Jackson empezó a tocar la batería y de repente el ambiente del local cambió. Era como si alguien hubiese pasado un cable con corriente por toda la sala y pudiera freírnos a todos en cualquier momento. Era la anticipación de lo que vendría. Era la emoción de saber que el concierto estaba a punto de empezar. Esa tensión exaltada fue la sensación que tuve durante los cuarenta y cinco minutos que duró el bolo.

Tristan era pura magia en el escenario. Estaba tan seguro de sí mismo, era tan atractivo, tenía una voz tan gutural y masculina, cantaba unas letras tan profundas y poéticas... Su presencia capturó a todos los asistentes. Incluida a mí. Y eso que estaba en la última fila.

No recuerdo la música. Era irrelevante. El espectáculo era Tristan, me había abducido, era una conversa.

En cuanto terminó el concierto y Tristan reapareció de entre bastidores, lo rodearon por todas partes. Apenas tenía espacio para moverse. Todos querían un pedazo de él. Todos querían prolongar lo que fuera que hubiesen sentido al verlo en el escenario, pero él fue directo hacia mí. Empujó, vadeó y nadó entre los cuerpos como si no fuesen más que algas y plantas marinas.

Cuando llegó hasta donde yo estaba, colocó las manos sobre mis mejillas, me miró fijamente a los ojos, durante por lo menos cinco segundos, antes de acercar mi boca a la suya.

Me besó.

Delante de todos. Y a pesar de todos.

Nunca me había sentido tan importante.

—Creía que estarías en la primera fila —me dijo con cara de enojo.

Me eché a reír.

—No había sitio. Habría hecho falta un tractor para abrirme paso entre todos los fans que te adoran.

—Tú eres la única fan que me importa.

Me fallaron las rodillas. Menos mal que las manos de Tristan todavía me sujetaban.

—La próxima vez me pondré en primera fila.

—¿Me lo prometes?

—Te lo prometo.

Lo primero que hice a la mañana siguiente fue llamar al director del Campamento Awahili y decirle que ese verano no podría ir.

EL SEXTO
LUNES

I Look Inside Myself and See My Heart Is Black

«Cuando miro en mi interior, veo un corazón negro»

7:04 H

¡Blop, pi, pi, blop, blop, ping!

Debo de estar muerta.

No hay otra explicación. He muerto y ahora vivo en una especie de purgatorio.

«Por favor, universo, déjame salir de aquí».

Que lo apaguen. Que detengan esto. Quiero bajarme. Ya no puedo seguir así.

Retiro todo lo que dije sobre tener otra oportunidad. Retiro todo lo que dije sobre todos los demás temas. Vamos, universo, no me hagas esto otra vez.

¿Qué pasa si no abro los ojos? ¿Qué pasa si me niego a despertarme? Mientras tenga los ojos cerrados, todo es posible, ¿o no? Owen sigue tumbado a mi lado. El mensaje que acabo de recibir era para otra persona. El sol brilla al otro lado de la ventana.

Hoy es martes.

El universo no es un sádico cruel y enfermo al que le parece divertido atrapar a los pobres adolescentes inocentes en el mismo día terrible una y otra vez, una y otra vez.

¡Blop, pi, pi, blop, blop, ping!

«No lo hagas —me ordeno—. Por lo que más quieras, no abras los ojos. Vamos a seguir fingiendo».

Abro los ojos. A mi lado noto un espacio vacío. Busco algún pelo suelto de Owen, una arruga en la almohada, restos de su olor. Algo que demuestre que ha estado aquí. Algo que demuestre que anoche existió.

Pero no hay nada.

Nada.

Nada.

Mi vida es un gran ciclo vacío y sin sentido.

«¿Lo ves?», martillea una voz dentro de mi cabeza. «Por eso no tenías que abrir los ojos».

Apago el despertador, me doy la vuelta e intento volver a dormir. A lo mejor puedo pasarme todo el día durmiendo.

A lo mejor puedo pasarme toda la vida durmiendo, cosa que, curiosamente, viene a ser lo mismo. Mi vida es este día, no hay más. No hay escapatoria.

Estoy aquí atrapada para siempre.

¿Se puede saber qué he hecho para merecer esto? ¿Fue porque robé un bastón de caramelo en el supermercado cuando tenía seis años? ¿O por los cuatro dólares con ochenta y cinco centavos de multas acumuladas en la biblioteca que debo desde el año pasado? ¿O por esa vez en la que le mentí al profe y le dije que nuestro perro estaba enfermo y necesitaba un día más para terminar el trabajo?

Ni siquiera teníamos perro. Y ahora lo estoy pagando.

Mi padre llama a la puerta y asoma la cabeza.

—¿Ells? Owen pregunta por ti en el fijo.

«Owen».

De inmediato, mi mente vuela a la noria. Al momento en que sus labios rozaron con sutileza los míos. Y luego, a lo que dijo justo antes de que me quedara dormida. ¿Fue real? ¿Ocurrió en realidad o fue un sueño?

Aparto ese recuerdo. Ahora mismo no puedo lidiar con eso.

—Dice que te ha llamado varias veces al móvil, pero le salta directamente el buzón de voz —añade mi padre—. ¿Estás enferma, hija?

—No —le corrijo—. Estoy muerta.

Mi padre contiene la risa.

—Pues yo te veo vivita y coleando.

—Es una ilusión. —Me tapo la cabeza con la almohada—. No puedo ir a clase. Dile a Owen que tendrá que buscarse otro chófer.

—¿Y qué pasa con las pruebas de softball? —pregunta mi padre decepcionado.

Le doy un puñetazo al almohadón.

—Tampoco pienso hacerlas.

—Pero es tu oportunidad de pasar al primer equipo.

Me destapo la cara.

—¿Sabes qué, papá? Tal vez me dé igual entrar o no en el primer equipo. Tal vez no quiera jugar al softball. Tal vez no quiera hacer nada. Tal vez lo único que quiera hacer el resto de mi vida sea quedarme aquí tumbada.

Entonces su cara se ilumina, como si lo hubiese captado. Se sienta en el borde de la cama.

—Ah, ¿es por un chico? ¿Es por Tristan?

Almohadón. Cara.

Mi padre suspira.

—Vaya, siento que tengas... problemas de chicos, pero esa no es razón para saltarte las clases. Estás en un curso muy pero que muy importante si luego quieres ir a una buena universidad y no puedes dejar que un amorío de nada mande al traste tus posibilidades de tener un buen futuro.

—No pienso ir a clase —murmuro con la cara enterrada en el almohadón—. Nunca más.

—A ver, si no estás enferma... —dice mi padre.

—Es que sí estoy enferma. Muy muy enferma.

No miento. Salta a la vista que me pasa algo grave. Lo que ocurre es que no se puede diagnosticar consultando un manual de medicina.

Mi padre se levanta.

—De acuerdo. Ahora te traigo una tostada y algo caliente. Y llamaré al entrenador para que te aplace las pruebas de selección, no te preocupes.

7:59 H

Mis padres discuten en la planta baja.

No he tocado nada de lo que me ha traído mi padre. Toda la comida sigue intacta en la mesita de noche.

Intento volver a conciliar el sueño, pero es inútil. El universo es tan despiadado que ni siquiera me concede ese deseo.

Durante el resto del día, me quedo tumbada en la cama escuchando en bucle *Paint It Black* de los Rolling Stones.

Observo cómo pasan los minutos en el móvil.

8:02 h – Owen se mete en el coche y dice: «Ostras, llueve que te cagas».

8:11 h – Me salto el semáforo del cruce de Providence Boulevard con Avenue de Liberation y me ponen una multa.

8:42 h – Salgo horrible en la foto para el álbum del insti.

9:58 h – Un pájaro kamikaze se estrella como una bomba contra la ventana de la clase de la señora Mendoza.

11:20 h – Control de Historia sobre la Revolución estadounidense.

13:22 h – Doy el peor discurso político del mundo.

14:10 h – El señor Bueno me entrega otro folleto. «¡Pum, pum!».

15:25 h – El entrenador intenta engañarme con una bola curva.

Así una y otra vez, una y otra vez.

Me llegan tres mensajes de Tristan y cinco de Owen. No me molesto en leerlos ni en contestar. ¿Para qué?

Mañana todo seguirá igual.

Oigo un portazo abajo y mi hermana sube las escaleras dando grandes zancadas. Seguro que está empapada, pero sigo sin saber por qué. Cuento sus pasos por el distribuidor y luego desaparece en su dormitorio.

Enciendo el televisor de mi cuarto y echo un vistazo a las pelis y series que tengo grabadas. El estreno de la nueva temporada de *Presunto culpable* está el primero de la lista. Es el episodio con el que Owen me ha estado dando la brasa durante los últimos cinco días. Le doy a la tecla de inicio.

Owen tenía razón. Es un episodio alucinante. Trata de una mujer llamada Simone Hudson a quien roba la identidad otra mujer que se parece escandalosamente a ella. La verdadera Simone Hudson termina por denunciar a la falsa Simone Hudson acusándola de robarle la identidad, pero entonces, en un giro inesperado, después de una pausa publicitaria larguísima, la falsa Simone Hudson también denuncia a la verdadera Simone Hudson y asegura que la víctima del robo de identidad fue ella, no la otra. El abogado de la falsa Simone Hudson es tan convincente a la hora de defender a su cliente que, al final del episodio, ya no eres capaz de decir cuál de las dos es la verdadera Simone Hudson.

Es un episodio tan intenso que, cuando termina, siento que me falta el aliento y estoy un poco mareada. Qué miedo, ¿no? Imagínate que alguien te robara la identidad y luego se diera la vuelta y asegurara que has sido tú quien le has robado la suya... Las dos Simone Hudson tenían partidas de nacimiento, tarjetas de la Seguridad Social y pasaportes con su nombre. Es evidente que una de esa serie de documentos es falsa, pero ¿cuál? Y ¿qué importancia tiene? ¿Cómo sabes en realidad que tú eres tú? ¿Solo porque pone tu nombre en un papel?

Cojo la mochila y saco el monedero. Me quedo mirando el permiso de conducir por lo menos cinco minutos, escudriñando a la chica de la foto y leyendo con detenimiento el texto que hay escrito al lado.

Ellison Beatrice Sparks
Briar Tree Lane, n.º 546
Altura: 1,65 m
Peso: 50 kg
Fecha de nacimiento: 15 de julio

Desde luego, la de la foto se parece a mí y no cabe duda de que esos son mi nombre, mi fecha de nacimiento y mi dirección. Pero ¿y si no soy yo? ¿Y si la verdadera «yo» está en otra parte, viviendo otra vida? ¿Y si estudia en otro instituto?

Apuesto lo que quieras a que la otra Ellison Sparks lo tiene todo controlado. Apuesto a que, para empezar, su novio nunca ha roto con ella. Apuesto a que nunca ha estado a punto de besar a su mejor amigo en lo alto de la noria. Lo más probable es que ni siquiera tenga miedo de las alturas.

Apuesto a que, para ella, hoy es martes.

Vuelvo a ver el episodio. Cuando termina, lo veo una vez más. Busco pistas, algo que me ayude a averiguar el secreto de mi propia existencia retorcida, pero solo consigo acabar aún más confundida.

Al final, pierdo la cuenta del número de veces que he visto el episodio. Lo único que sé es que se ha hecho de noche. Mi madre llama a la puerta de mi habitación para decirme que Tristan ha venido porque quiere que hablemos.

—No quiero verlo —le digo—. Solo ha venido para cortar conmigo.

Una hora más tarde, mi móvil vibra nueve veces seguidas. Echo un vistazo a los mensajes.

Tristan: Siento tener que hacer esto con un mensaje.
Tristan: Pero no contestas al móvil ni quieres hablar conmigo.
Tristan: No puedo seguir con esto.

Tristan: Me refiero a nosotros.

Tristan: Algo se ha roto y no sé cómo arreglarlo.

Tristan: Tampoco sé si tiene arreglo.

Tristan: Lo siento. Me rompe el alma hacer esto.

Tristan: Ojalá no me sintiera así, pero es lo que siento.

Tristan: Y tengo que ser sincero con mis sentimientos.

Apago el móvil y lo tiro al suelo.

Estoy a punto de darle a la tecla de inicio del mando a distancia para ver por enésima vez el episodio de *Presunto culpable* cuando alguien llama a mi puerta. Es mi hermana.

—Iba a ponerme a ver una peli. ¿Te apetece verla conmigo?

Sonrío y me obligo a salir de la cama.

—Claro. Pero que no sea *El club de los cinco*, ¿vale? La he visto mil veces.

Me mira con cara de sorpresa.

—¿Cómo sabías que iba a ver esa?

Me encojo de hombros.

—Una corazonada.

Mi hermana corre a su habitación para preparar otra película y, mientras tanto, me acerco a la ventana y contemplo el árbol solitario de nuestro jardín. El árbol por el que Owen ha trepado en tantas otras versiones de este lunes. No sé qué sucederá esta noche. De momento, ya la he cagado en todos los demás momentos del día.

De todas formas, quito el pestillo de la ventana y la abro un poco.

Porque a pesar de estar muerta y atrapada en el purgatorio, resulta que todavía me queda esperanza.

Break On Through

«Abrirse paso»

21:45 H

Hadley ha elegido *Una maravilla con clase*, otra peli para adolescentes de los años ochenta que trata de un tío que vacía toda su cuenta de ahorros de la universidad para invitar a salir a la chica más popular de la clase, pero luego descubre que en realidad está enamorado de su mejor amiga.

Mientras pasan los créditos de la peli, me dirijo a mi hermana y le pregunto:

—Hads, ¿qué te ha pasado hoy? ¿Por qué has llegado empapada del colegio?

Aturullada, busca el mando a distancia entre la maraña de mantas y para el DVD.

—¿Cómo te has enterado? ¿Lo han colgado en internet? —Agarra el móvil que tiene en la mesita y empieza a deslizar el dedo—. ¿Han subido un vídeo?

—¿Qué? —pregunto aún más confusa—. ¿Quién tendría que haber colgado algo en internet? Hadley, ¿qué ha ocurrido?

Pero una vez más, se cierra en banda.

—Estoy cansada. Tengo que ir a dormir.

Sé que me está pidiendo que me vaya, pero no me rindo.

—Hadley, sabes que puedes hablar conmigo de lo que sea, ¿verdad?

—¡No! —chilla. Me estremezco—. ¡No puedo!

—¿Por qué no?

—Porque no lo entenderías. Tú lo tienes todo controlado.

Su comentario me hace reír, pero al instante me doy cuenta de que he metido la pata, porque ahora Hadley piensa que me río de ella.

—¡No tengo nada controlado! —le contesto.

Se cruza de brazos. Es evidente que no me cree.

—¿Sabes por qué me he quedado hoy en casa sin ir a clase? —le pregunto entonces—. ¿Sabes el verdadero motivo por el que me he quedado en casa, eh?

—Estabas enferma.

—No. Tenía miedo.

Desde luego, mi respuesta no está en la misma galaxia que lo que mi hermana pensaba que le iba a responder.

—¿De qué?

—De mi vida. De afrontarla. De ser yo. De ser la misma tonta, día tras día.

—Pero si tu vida es perfecta —insiste.

—No lo es.

—Sacas unas notas inmejorables y les caes bien a los profes. Y vas a entrar en el primer equipo de softball. Y además, ¡sales con el chico más guapo del insti!

Suspiro.

—En realidad, no se cumplen ninguna de esas cosas. Y Tristan ha roto conmigo hoy.

Se queda boquiabierta.

—¿Por lo de la pelea?

—No, porque... —dejo la frase a medias. No sé qué decir. ¿Por qué me ha dejado? Seis rupturas consecutivas y sigo sin tener una respuesta convincente para esa pregunta—. Supongo que algo se ha roto entre nosotros.

—¡Pero podéis arreglarlo!

Miro su cara dulce e inocente y siento un pinchazo en el pecho. Está tan desesperada porque le diga que tiene razón... Que puedo arreglar lo mío con Tristan. Que mi vida en apariencia perfecta seguirá siendo como ella quiere que sea.

—No lo sé —admito—. Puede que algunas cosas no tengan arreglo.

—Puede que todo tenga arreglo... —dice Hadley.

Alargo la mano y le alboroto el pelo.

—¿Desde cuándo la sabia del grupo eres tú?

Se ríe.

—Siempre he sido la sabia del grupo. Lo que pasa es que no te has dado cuenta hasta ahora.

Asiento con la cabeza.

—Supongo que tienes razón.

Me levanto y me dirijo a la puerta.

—¿Ells? —me llama mi hermana.

—¿Sí?

—Me dijeron que Avery Frahm quería besarme. Es el chico más guapo de nuestra clase. No debería habérmelo creído. Me dijeron que lo esperara en el campo de fútbol. Y luego encendieron los aspersores.

Abro la boca para exigir saber quién lo hizo. ¿Quién iba a hacerle algo así a mi hermana? Sin embargo, antes de articular palabra, caigo en la cuenta de que ya lo sé.

Las chicas que se reían. Salieron del colegio por una puerta lateral cuando esperaba a Hadley. Ahora ya sé por qué se partían de risa.

Corro hacia mi hermana y la abrazo muy fuerte. La rigidez de su cuerpo me indica que se está esforzando por no llorar. Intenta hacerse la fuerte. Hadley es más fuerte de lo que habría sido yo si estuviera en su piel.

—No te preocupes —le digo—. Mañana lo arreglaremos.

Cuando llego a mi habitación, Owen está sentado encima de la cama ojeando mi ejemplar de *La ladrona de libros*. Debe de haberlo encontrado en la estantería.

Al verlo en mi habitación, sin querer vuelve a mí un alud de recuerdos no deseados. Intento obligarlos a salir de mi mente, pero me atacan por todos los flancos. De repente, veo a Owen en todas las versiones de este día. Cuando se agacha para examinar mis labios en los lavabos de chicas; cuando me da las buenas noches en cheroqui mientras sale de mi cuarto por la ventana; cuando reconoce que le gusta mi nueva imagen a las puertas del instituto, calados hasta los huesos; cuando salta como un lunático después de haber ganado en el juego de las anillas; cuando me aprieta la mano en la noria de la feria.

Y anoche, cuando me dice que está enamorado de mí.

Este recuerdo es el que me golpea con más fuerza. En el punto más vulnerable.

De repente, me inunda el alivio de saber que él no se acuerda. Que no hace falta que hablemos del tema. Porque, ¿qué le diría si me preguntara? ¿Qué podría decirle?

Es mi mejor amigo. Más que eso, es mi único amigo.

Sin embargo, al mismo tiempo parece que no llegó a ocurrir. O mejor dicho, que ocurrió, pero entre otras dos personas. Un Owen distinto y una Ellie distinta.

—Este libro te lo has leído —me acusa.

Levanta el libro y señala una página con la esquina marcada.

Chasqueo la lengua en voz baja.

—He leído todos los libros del club de lectura.

Observo su reacción. La sorpresa en sus ojos. La revelación que siente al oír esta confesión por primera vez.

Luego me echo a llorar.

Owen cierra el libro de golpe.

—¿Qué te pasa?

Me siento a su lado en la cama y me sujeto la cabeza con las manos. Sollozo sin hacer ruido. Noto que Owen está frenético. Intenta averiguar qué decir, qué hacer, cómo arreglarlo. Cómo ser Owen.

«Puede que algunas cosas no tengan arreglo».

«Puede que todo tenga arreglo», me repito.

—Tengo que contarte una cosa —murmuro entre sollozos.

Owen agarra a Hipo y me lo coloca sobre las piernas.

—Somos todo oídos.

—Lo más probable es que no te lo creas.

Owen respira hondo, como si se preparase para una mala noticia.

—Ponme a prueba.

God Only Knows What I'd Be Without You

«Solo Dios sabe cómo estaría sin ti»

Le he confesado mi secreto tantas veces a Owen que sería de esperar que ahora me resultara más fácil. No es así. Empiezo por el principio (el primer lunes) y no paro de hablar hasta que llego a este mismo instante. Le cuento lo de los mensajes de Tristan, la pelea de mis padres, lo de la multa, las galletas de la buena suerte, el sueño del propio Owen, el intento de Daphne Gray de envenenarme, los discursos para las elecciones a representante, lo del control de Historia, lo de la feria, *Los 10 mandamientos para las chicas*, mi transformación radical, la rebelión de ayer, incluso la misteriosa vuelta a casa de mi hermana Hadley.

Las únicas partes que omito son lo ocurrido en lo alto de la noria y su confesión de anoche. Porque ahora mismo no puedo enfrentarme a eso.

Cuando termino, Owen agarra a Hipo, me lo quita de las piernas y lo abraza fuerte contra su pecho.

—Creo que lo necesito más que tú.

Me echo a reír, pero la risa tarda muy poco en disolverse en más lágrimas.

—No sé qué hacer. Solo quiero recuperar mi vida. Quiero despertarme mañana y no saber qué va a ocurrir. Pensaba que lo tenía todo controlado. Pensaba que, si era capaz de impedir que Tristan cortase conmigo, el día se arreglaría, pero no ha sido así. Y ahora tengo miedo de quedarme aquí atrapada para siempre.

Me desplomo de espaldas y dejo que las lágrimas me resbalen por los laterales de la cara.

—Ellie —dice Owen al cabo de unos segundos de silencio. Tuerce el cuerpo para mirarme—. No puedes cambiarte para complacer a un tío. Si no te quiere tal como eres, no te merece.

Sorbo las lágrimas.

—Pareces uno de esos mensajes motivadores.

—Resulta que me gusta ese tipo de mensajes motivadores.

Sonrío entre las lágrimas.

—No me extraña.

Reflexiona un momento y luego me pregunta:

—¿Cuáles fueron tus palabras exactas esa primera noche?

—¿Eh?

—El primer lunes, cuando deseaste que el universo te diera otra oportunidad. ¿Qué palabras dijiste exactamente?

Pienso en esa noche e intento recordar. Es como si hubiera pasado una eternidad.

—No dije nada. Fue solo un pensamiento.

—Bueno, pues ¿qué palabras pensaste?

Suspiro.

—Ay, no sé. Algo tipo: «Por favor, dame otra oportunidad. Te juro que lo arreglaré».

En silencio, Owen se da la vuelta y deja de mirarme. Lo oigo respirar. Dentro, fuera. Dentro, fuera. Como si tratase de recordarle al aire hacia dónde debe dirigirse. Después dice:

—No lo mencionaste a él.

Me siento en la cama y me seco los ojos.

—¿Qué?

—No lo mencionaste específicamente. Dijiste: «Te juro que lo arreglaré».

—Ya, pero creo que mi relación con él estaba implícito en ese «lo» —digo a la defensiva.

—¿Y si no fuera así? —me provoca Owen—. ¿Y si este día nunca hubiera tenido la finalidad de que lo recuperases a él?

Su pregunta me deja sin habla. Ni siquiera se me había pasado por la cabeza la posibilidad de que todo esto no tuviera que ver con Tristan.

Las siguientes palabras de Owen son poco más que un susurro.

—¿Y si la finalidad era que te recuperases a ti misma?

—Ahora sí que pareces un mensaje motivador.

Se ríe y se levanta de la cama. Al principio, creo que va a marcharse y me entra un pánico repentino, pero en lugar de eso se mete la mano en el bolsillo del pantalón y saca dos galletas de la suerte.

—¡Elige tu sabrosa buena suerte! —exclama con una alegría artificial.

Niego con la cabeza.

—No tengo buena suerte. No hace falta que me lo diga ninguna galleta.

Me acerca la mano y la mueve.

—Venga.

Dudo entre las dos galletas y al final me decido por la de la izquierda. La arrojo encima de la cama y vuelvo a dejarme caer de espaldas. Owen se sienta y parte su galleta por la mitad.

—«Si tus deseos no son exagerados te serán concedidos» —recito con tono de aburrimiento.

Se echa a reír.

—Mis deseos siempre son exagerados, pero eso no es lo que dice el mensaje.

—¡¿Qué?!

Me incorporo de un bote y le arrebato la tira de papel de las manos.

Mañana te ofrecerá cosas inesperadas.

Ha cambiado. La suerte de Owen ha cambiado.

Pero ¿cómo? ¿Por qué?

Rebusco entre las sábanas revueltas hasta que encuentro mi galleta. Me apresuro a abrirla para leer el mensaje que contiene.

Lo único que tenemos es el día de hoy.

—¡Owen! —exclamo.

Me pongo de pie dando un brinco. Se sobresalta ante mi arrebato.

—¿Qué pasa?

—Creo que a lo mejor tienes razón.

—Pues claro que tengo razón. Siempre la tengo.

—Vamos, no siempre tienes razón.

—Eh, protesto. Nunca me equivoco.

—Protesto. Se me ocurren un montón de veces en las que te has equivocado.

—¿Como por ejemplo?

—Solo diré tres palabras: leche de oveja.

—Protesta retirada —murmura—. Pero oye, ahora que mencionas lo de equivocarse o no, ¿has llegado a ver el primer episodio de esta temporada de *Presunto culpable*?

—No —miento—. ¿Quieres verlo conmigo ahora?

Owen consulta la hora en el móvil.

—Pero es demasiado tarde, ¿no?

Puede que algunas cosas no tengan arreglo.

Puede que todo tenga arreglo.

O puede que lo importante sea saber distinguir qué cosas merecen arreglarse.

Niego con la cabeza y le sonrió de oreja a oreja.

—A mí no me parece que sea demasiado tarde.

The Way We Were

«Tal como éramos».
(Sexta parte)

DOMINGO POR LA NOCHE...

No era la película que más me apetecía ver, pero una vez que Tristan le dio a la tecla de inicio y se acurrucó a mi lado, dejó de tener importancia. Lo único que me importaba era tenerlo cerca. Era nuestra primera noche solos desde hacía mucho tiempo. Guaca-Mola había llevado un verano muy ajetreado. No habían parado de hacer conciertos por todas partes, pero ahora que había empezado el curso, el ritmo había vuelto a tranquilizarse un poco. Sabía que Tristan estaba nervioso por ese tema, pero en secreto, yo estaba agradecida. Habían sido unos cuantos meses agotadores, ya que me había pasado las noches en distintos clubes y los días en el garaje de Jackson pensando estrategias de marketing mientras el grupo ensayaba.

Y hace un mes empezó el curso. Yo tenía un horario de locos y una cantidad de deberes aún más loca, así que no era fácil encontrar tiempo para vernos. En el insti, volvíamos a estar bajo la lente del microscopio social. Sabía que todo el mundo iba contando los días, a la espera de que llegara el inevitable momento en el que Tristan me dejaría, igual que había dejado a todas las demás chicas. El mero hecho de saberlo hacía que me esforzase aún más por evitar que ocurriera.

Sin embargo, esta noche por fin estábamos a solas. La madre de Tristan había quedado con alguien y teníamos la casa para nosotros dos. Le propuse ver una peli porque me pareció un plan tranquilo, sobre todo después de nuestro verano de vértigo en salas abarrotadas y con música a tope.

Aunque la verdadera razón por la que le propuse una peli era que llevábamos veinte minutos en su dormitorio en un silencio casi absoluto. No sabía qué pensar: o algo rondaba la cabeza de Tristan, o sencillamente nos habíamos quedado sin tema de conversación.

Tristan escogió una peli de acción que no había podido ver en el cine. Yo habría preferido algo más romántico, pero no importaba. Mientras estuviéramos juntos, me daba igual.

Solo llevábamos doce minutos de película cuando las alertas de su móvil empezaron a sonar. Ni siquiera habían empezado las explosiones en la pantalla, pero su móvil ya echaba humo.

Reconocí el sonido de la alerta. Era de Snapchat. Alguien (no sé si una o varias personas) le estaba escribiendo. Sabía que Tristan utilizaba mucho Snapchat para promocionar su música. Ese programa e Instagram eran la forma que tenía de mantenerse en contacto con su creciente grupo de fans, pero me irritaba que no dejase de mirar la pantalla. En realidad, no respondió a ninguno de los mensajes (se limitaba a echarles un vistazo rápido y apartaba el móvil), pero el hecho de que no dejara de consultarlo —como si quisiera saber si en el mundo se cocía algo más interesante que nuestra cita— hizo que me pusiera de los nervios.

Yo había apagado el móvil en cuanto había llegado a casa de Tristan.

No quería que nada me distrajera.

Sin embargo, Tristan casi recibía las distracciones con los brazos abiertos.

Después de oír el pitido por decimoséptima vez, al final exploté.

—¿Quién te escribe sin parar?

Intenté que mi voz sonara despreocupada. Amable. Un comentario espontáneo acerca de la incesante actividad de su teléfono.

Quitó hierro al asunto sacudiendo la mano.

—Bah, unas chicas del concierto de la semana pasada.

«Chicas».

El mundo me golpeó como una bofetada en la cara. Es asombroso cómo seis míseras letras pueden concentrar tanta fuerza. Lo dijo como si fuese la palabra más inocente del idioma. Algo tan inofensivo y anodino como *pan, cuchara* o *silla*.

Pero para mí, esa palabra implicaba mucho más.

Lo único que veía a través de mis ojos teñidos de rojo eran promesas picantes, faldas demasiado cortas, risitas agudas y uñas con manicura.

Me obligué a mantener la calma. Tranquila. No te alteres...

«Vamos, Ellie, eres la antítesis de una llorona dramática».

—¿Qué te dicen? —le pregunté.

Se encogió de hombros.

—No gran cosa. Solo quieren saber cuándo damos otro concierto.

—¿Diecisiete veces?

La pregunta salió despedida de mi boca antes de que tuviera oportunidad de frenarla.

Tristan paró la película y se volvió para mirarme.

—¿Perdona?

Intenté retractarme.

—Me refería a que es raro que recibas diecisiete mensajes para preguntarte lo mismo.

—¿Los has contado?

En realidad, no era una pregunta. Era una acusación.

—Me distrae un poco —admití—. Ya sabes, oír el ruidito mientras intentamos ver una peli. —Le froté el hombro con la intención de desarmarlo—. No sé, esperaba que pudiéramos pasar un buen rato los dos solos.

—Pero si estamos solos.

Me mordí el labio. Esto empezaba a ponerse feo. Tenía que arreglarlo.

—Ya lo sé. Me refiero a sin los móviles. —Saqué el mío de la bolsa—. ¿Lo ves? Lo tengo apagado.

—Vale —dijo Tristan—. Lo pondré en silencio.

La decepción me inundó, pero me negué a expresarla. Sonreí.

—Gracias. No ha sido tan difícil, ¿a que no?

Pretendía que fuese un comentario gracioso, pero Tristan apenas sonrió. La tensión entre los dos era asfixiante. ¿Qué había sido del chico juguetón y cariñoso que solía correr hacia mí en cuanto se bajaba del escenario?

Me acurruqué junto a él y me prometí que mantendría los celos a raya durante el resto de la velada.

«No seas ridícula —me dije—. Tristan es músico. Tiene que estar pendiente de sus fans. Es parte del trabajo».

Mi sermón interior debió de funcionar, porque poco a poco se disipó mi frustración y me metí de lleno en la trama de la película, que tengo que reconocer que para ser de suspense no estaba mal. Era una de espías sobre un agente de la CIA a quien acusan de traición por error y tiene que esforzarse por demostrar su inocencia.

Cuando el protagonista consiguió escapar de una persecución muy intensa y emocionante por las calles de Roma, levanté la mirada hacia Tristan para compartir con él el momento de alivio, pero descubrí que ni siquiera estaba viendo la peli.

Volvía a mirar la pantalla del móvil.

Y esta vez, pude ver de reojo lo que salía en ella.

No era un mensaje. Era una foto. De una chica. Posaba con actitud provocativa, y había colocado el móvil por encima de su cabeza para capturar el escote desde el ángulo perfecto.

Furiosa, me levanté del sofá y me marché a toda prisa. Al llegar a la puerta de la casa, la abrí de golpe y salí al jardín hecha una fiera.

Tristan no tardó ni un segundo en alcanzarme.

—¿Ellie? ¿Adónde vas?

—¡A casa! —grité.

—¿Por qué?

Me dejó hecha polvo notar irritación en lugar de preocupación en su voz.

—¿Por qué te mandan selfis esas tías que ni siquiera conoces?

Suspiró.

—Porque les apetece... Yo no les pido que me los manden. Los envían y ya está. No puedo controlar lo que me manda la gente. Soy músico. Es parte del juego.

—¿Y por qué no apagas el teléfono y punto?

—No puedo. ¿Y si me llama alguien para proponernos un concierto?

—¿Alguien incapaz de dejar un mensaje en el contestador, quizá? —contraataqué.

—Ellie —dijo Tristan con un tono de voz cada vez más condescendiente—. Te estás pasando. No es para tanto. Solo era una foto. Ni siquiera le he contestado.

—¿Esa es tu gran justificación? ¿Que no le has contestado?

—No sabía que me hiciera falta una «gran justificación»?

—¡Pues claro que sí!

—Ellie —dijo en el mismo tono—. No he hecho nada malo.

Me entraron ganas de gritar. Me entraron ganas de aporrearle la cabeza hasta que lo captara. Mi parte racional me decía que me marchase de una vez. Que me metiera en el coche y me fuese antes de empeorar las cosas, pero mi parte irracional quería más. Quería darle una lección. Dejar huella. Demostrar lo cabreada que estaba.

Me entraron ganas de tirarle algo.

Miré alrededor de mis pies y mi vista aterrizó en el único objeto a mi alcance. Un adorable gnomo de jardín que estaba tan tranquilo entre las flores que delimitaban el camino central. Era el arma menos indicada, con su barba blanca larga, el gorro rojo puntiagudo y esa expresión siempre alegre, pero era lo único que tenía a mano.

Lo recogí y lo tiré, apuntando a la cabeza de Tristan.

Se agachó, pero habría dado igual. El gnomo se había desviado por lo menos dos palmos. Mi parte irracional tenía una puntería pésima. El gnomo chocó contra el pavimento del camino y se rompió en pedazos.

—¡¿Pero qué co...?! —chilló Tristan.

Ya no había rastro de condescendencia en su voz. Ahora solo le quedaba incredulidad ante mi reacción.

Bueno, por lo menos había dejado huella.

Me di la vuelta y corrí hacia el coche. Me desplomé en el asiento del conductor. Me temblaban las manos y mis pensamientos vibraban como si acabase de tomar un chute de cafeína.

«¿Pero qué has hecho? —me preguntaba mentalmente una y otra vez—. ¿Qué has hecho?».

Cuando llegué a casa, me quedé un rato dentro del coche, en el garaje, y encendí el móvil. Recé para que se pusiera en contacto conmigo. Un mensaje de texto o en el buzón de voz, un comentario de Instagram, lo que fuera. Me bastaba con que fuese de Tristan. Con que me indicara que todo volvía a su cauce. Que no acababa de mandar a la porra lo mejor que me había pasado en la vida.

El móvil se conectó a la red y contuve la respiración.

¡Blop, pi, pi, blop, blop, ping!

Solté el aire.

¡Blop, pi, pi, blop, blop, ping!

¡Blop, pi, pi, blop, blop, ping!

¡Blop, pi, pi, blop, blop, ping!

El móvil no dejaba de pitar. Los mensajes entraban tan rápido que no me daba tiempo de contarlos. Con una sonrisa, abrí la aplicación de la mensajería.

Hasta que vi de quién eran.

Owen: *Presunto culpable* empieza dentro de siete minutos. ¿Dónde estás?

Owen: ¡Quedan dos minutos! ¿Te apuntas o no?

Owen: ¡Ellie! Es el estreno de la temporada. ¡No me hagas el vacío justo ahora!

Owen: Vale, ya he visto los primeros cinco minutos. Este episodio es una pasada. ¿¿¿Por qué no me contestas???

Solté un gemido y tiré el móvil al otro asiento. Había unos veinte mensajes de Owen, pero no me veía con ánimo de leer el resto.

Me sentía como si el techo del vehículo fuese a aplastarme. Me había olvidado por completo de nuestro ritual de los domingos.

En una misma noche había conseguido decepcionar a las dos personas más importantes de mi vida. ¿Qué me estaba pasando? ¿Quién era la chica en la que me estaba convirtiendo? Era una extraña. Una extraña celosa, impaciente e histérica que utilizaba gnomos de jardín como arma arrojadiza.

Mis dedos se morían de ganas de contestar a Owen, mi corazón palpitaba con ansias de llamar a Tristan para pedirle perdón, pero no tenía fuerzas para hacer ninguna de las dos cosas.

Temía que esta nueva versión aterradora de mí misma solo acabase por empeorar la situación.

Por eso, hice lo único que se me ocurrió. Apoyé la cabeza en las manos y me eché a llorar.

EL SÉPTIMO LUNES

Take a Sad Song and Make It Better

«Toma una canción triste y mejórala»

6:30 H

Doy los últimos toques a la tortilla que acabo de preparar, adorno los platos con perejil y decoro la bandeja con una única rosa puesta en un jarrón.

Llevo en pie desde las cinco y media de la mañana. Estaba tan nerviosa que no podía dormir. Demasiado impaciente por empezar el día.

Oigo pasos en la planta de arriba.

Mi padre debe de haberse despertado.

Le mando un mensajillo al móvil para decirle que baje a verme a la cocina.

Llega al cabo de un momento, todavía en pijama, con el pelo alborotado.

Sus ojos adormilados se abren como platos al ver lo que he preparado.

—¿A qué viene esto?

Sonrío de oreja a oreja.

—Vuestro aniversario. —Le entrego la bandeja con las dos tortillas, magdalenas recién hechas y zumo de naranja—. Dile a mamá que lo has preparado tú.

Su reacción pasa de la incredulidad al reconocimiento y de ahí a la gratitud.

—Ay, madre. ¡Se me había olvidado por completo!

—Ya lo sé.

—Me has salvado el pellejo, Ells.

Suelto una carcajada.

—Ya lo sé. —Muevo el pie hacia él—. Venga, vamos.

Con cuidado de no derramar nada de la bandeja, se inclina hacia delante y me da un beso en la mejilla.

—Te debo una. Buena suerte en las pruebas de softball.

—Por cierto, papá.

Se detiene en mitad de la cocina.

—Eh, ¿sí?

—Creo que no me voy a presentar este año.

Mi padre deja la bandeja en la encimera.

—¿Qué? ¿Por qué?

Me encojo de hombros.

—El rollo del softball no acaba de ser para mí. Creo que ese rollo te va más a ti. Empecé a jugar porque parecía que te hacía feliz y a mí no me importaba.

Aprieta los labios mientras me mira.

—¿Estás segura de que no es porque tienes miedo de que no te cojan para el primer equipo?

—Sé que me cogerían. —Mi padre se ríe—. Pero lo que no sé es si me apetece.

Observo la decepción que tiñe las facciones de mi padre cuando vuelve a coger la bandeja.

—Siento haberte decepcionado, papá.

Me sonríe con tristeza.

—Campanilla, lo que quiero es que tú seas feliz.

Sonrío al oírle usar el apodo de mi infancia.

—Sí, yo también quiero lo mismo.

¡Blop, pi, pi, blop, blop, ping!
El primer mensaje llega justo cuando salgo de la ducha.

Tristan: No puedo dejar de pensar en lo que pasó anoche.

Cojo el móvil y miro la pantalla. Cuento los segundos (treinta y dos) hasta que llega el segundo:

Tristan: Tenemos que hablar cuanto antes.

Entonces escribo mi respuesta con cuidado.

Yo: Yo tampoco. Quedamos delante de mi taquilla antes de la clase de Español y así hablamos, ¿vale?

Dejo el móvil en la estantería y empiezo a arreglarme. Saco un vestido del armario; es un vestido cruzado de manga corta, azul marino con topitos blancos. Solo lo he llevado una vez (hace dos veranos, en el baile del campamento), pero en cuanto me lo pongo, me pregunto por qué no lo llevo más a menudo.

Me escurro bien el pelo con la toalla y opto por dejar que se me seque al aire. Me pongo una discreta capa de maquillaje y doy el toque final a mi aspecto con una diadema azul marino que le he pillado a Hadley.

—Qué guapa estás —me dice.

Se queda plantada en el umbral de la puerta mientras me doy los últimos retoques.

—Gracias.

La veo reflejada en una esquina del espejo y me doy cuenta de que ha torcido la boca hacia abajo y me mira fijamente.

—Hoy será un buen día —le digo.

Asiente con la cabeza, pero sé que no me cree.

—Hoy vamos a hacer las cosas bien, ya verás. Lo arreglaremos todo.

Junta las cejas para expresar su confusión.

—Oye —le digo cambiando de tema—. Como yo me he puesto una cosa tuya, ¿por qué no eliges algo de mi armario?

Toda su cara se ilumina como un árbol de Navidad.

—¿En serio?

Paso por delante de ella y salgo al pasillo.

—Claro. Lo que quieras. —Hago una pausa y lo pienso mejor—. Menos las medias de rejilla.

It's Gonna Work Out Fine

«Todo saldrá bien»

7:54 H

La lluvia cae como una cortina sobre el cristal del parabrisas mientras voy a casa de Owen cantando al compás de *Son of a Preacher Man* de Dusty Springfield.

Entro en el camino de su casa y mi amigo se acerca al coche a paso tranquilo. Se cala hasta los huesos.

—Ostras. Llueve que te cagas, ¿no? —dice y se desploma en el asiento del copiloto.

—¿A que sí, colega?

Me mira con cara de extrañeza.

—¿Qué pasa? —pregunto.

—¿Colega?

—No eres el único que puede usar palabras pasadas de moda...

—Vale. —Acerca la mano a la radio y sube el volumen—. ¡Ooooh! Qué canción tan buena. ¿Es la lista «En la cima del mundo»?

Sonrío de oreja a oreja.

—Ajá.

—¿A qué se debe?

—A nada en especial. Sé que te gusta esta canción.

Me mira de nuevo con cara de extrañeza.

—Alguien se ha levantado de buen humor.

—Ya lo creo, viejo amigo. Ya lo creo.

Doy marcha atrás y salgo del camino de entrada. Owen está muy callado mientras conduzco, algo raro en él. Noto sus ojos fijos en mí. Me observa con aire de sospecha.

—¿Intentas hacerme la pelota? —pregunta al fin—. ¿No se te ocurre otra forma menos cutre de arreglar el desplante de anoche?

Me paro por completo al llegar a la esquina y me vuelvo hacia él.

—Owen —lo digo en un tono tan serio que parece preocupado.

—No me digas que te vas a morir. No estoy preparado emocionalmente para lidiar con esa noticia.

Niego con la cabeza.

—No voy a morir.

—Entonces ¿qué ocurre?

Pongo la mano encima de la suya.

—Solo quería decirte que siento haberte dejado plantado anoche.

Baja la mirada hacia las manos.

—No pasa nada —dice algo incómodo.

—Sí, pasa. Y también siento haberte dejado plantado todo este verano. No volveré a fallarte, te lo prometo.

—¿Te has apuntado a algún programa de autoayuda o algo así?

Me echo a reír.

—Algo así. —Vuelvo a apoyar la mano en el volante y piso el acelerador—. Por cierto, qué episodio tan bueno, ¿no?

Owen activa de nuevo todas las alarmas.

—Eh, sí... ¿Te acuerdas del argumento definitivo que Olivia dio al final?

—¡Me puso los pelos de punta!

—Ya te digo, toda la piel de gallina.

—¡De la cabeza a los pies!

—Aunque me parece increíble que no nos desvelaran quién ganó el juicio.

—No creo que ese fuera el objetivo del episodio —comento.

—Ya lo sé, ya lo sé. Querían que el espectador se formara una opinión propia sobre quién es la verdadera Simone Hudson, ¡pero aun así!

—Está claro. La auténtica era la mujer que denunció primero.

Owen hace un ruido raro con la garganta que suena como una rana toro a la que están asfixiando.

—¡Protesto! Está claro que era la mujer que responde con otra denuncia —afirma.

—Venga ya. Esa mujer solo quería cubrirse las espaldas. Era una estratagema.

—¿Estás de broma? —pregunta chillando—. Los guionistas querían que pensaras justo eso. ¡Y te lo has tragado!

Una sonrisa ancha me ilumina la cara.

—¿Qué pasa? —exige saber Owen.

—Nada. Lo echaba de menos.

—¿El qué echabas de menos?

—A nosotros. El ser como somos.

Está cada vez más confundido.

—¿No éramos nosotros ayer?

Me muerdo el labio y contengo las ganas imperiosas de contarle la verdad. Ya lo he hecho un millón de veces. Sé que puedo convencerlo para que me crea. Puedo convertirlo en cómplice de esta locura otra vez.

Pero me lo guardo.

Todo.

No es él quien debe soportar esta carga. Hoy no. Hoy, la carga es mía y solo mía. No puedo seguir arrastrándolo hacia algo que sin duda tengo que solucionar yo sola.

—Eh —digo mientras señalo con la cabeza la mochila que ha dejado en el suelo—. ¿No te has olvidado de algo?

Me mira con cara de póquer, pero luego cae en la cuenta.

—¡Ay, claro! —Abre la cremallera del bolsillo delantero y saca las dos galletas con forma de media luna—. ¡Elige tu sabrosa buena suerte!

—Elige tú primero esta vez —le digo.

Frunce el entrecejo.

—Pero siempre eliges tú primera. Mi suerte siempre depende de tus elecciones. Podría decirse que nuestra amistad se basa en eso...

Sé que lo dice en broma, pero hay algo en su comentario irónico que suena tan cierto que me irrita un poco.

—Pues ya va siendo hora de hacer las cosas de otro modo.

Owen se encoge de hombros, elige una galleta y me pasa la que queda. La dejo sobre las piernas mientras mi amigo parte la suya por la mitad. Mantengo la mirada fija en la carretera y espero a que lea en voz alta el críptico mensaje que contiene.

—Vaya —dice al cabo de un momento.

Lo miro de reojo.

—¿Qué pasa?

—Está vacía.

«¿Vacía?», pienso.

Paro en seco en el siguiente semáforo en rojo y de inmediato cojo mi galleta. La rompo a toda prisa, sin que me importe lo más mínimo tirar un montón de migajas por todo el asiento.

Owen se inclina para leer por encima de mi hombro.

Pero no hay nada que leer.

Mi galleta también está vacía.

—¡Qué cosa tan rara! —exclama.

—Sí... —murmuro en voz baja.

—Semáforo en verde.

Owen señala el semáforo y levanto la vista. Hasta ese momento no me he dado cuenta de dónde estamos. En la intersección de Providence Boulevard con Avenue de Liberation. Justo el mismo punto en el que las otras veces me ponían la multa.

Se me pone la piel de gallina.

—¿Qué crees que significa esto? —pregunta Owen—. Una vez oí que da mala suerte que te salgan vacíos los mensajes de la suerte. ¿Crees que significa que nos va a ocurrir algo horrible?

—No —digo mientras piso el acelerador—. Creo que significa todo lo contrario.

Walkin' Back to Happiness

«Caminar hacia la felicidad»

8:42 H

—Di: «¡Dos años más!» —exclama la fotógrafa.

—¡Dos años más! —repito.

Hace la foto y me bajo del taburete para mirar a hurtadillas por el visor de la cámara. Me sorprende la imagen que me encuentro. La chica de la pantallita está tranquila y relajada. No encoje los hombros, no tiene una postura tiesa como un palo, su sonrisa no parece forzada.

Parece...

—Pareces feliz —comenta la ayudante de la fotógrafa.

Sí, eso es. Parezco feliz.

¿Por qué es la primera vez que hace ese comentario? ¿Tan triste parecía en las innumerables fotos anteriores que me han hecho esta semana?

9:50 H

Suena el timbre que da por terminada la primera hora de clase y salgo al pasillo con mis compañeros. Se supone que Tristan y yo hemos quedado justo ahora al lado de mi taquilla y no puedo evitar los nervios al pensar en que voy a verlo.

Sé que no recordará nada de lo vivido los seis días anteriores. Sé que, para él, este día ha empezado de cero. Pero yo sí me acuerdo. Recuerdo todo lo que me ha dicho, todas las razones que me ha dado para querer romper conmigo, todas las reacciones que he tenido ante sus palabras.

Ahora que lo rememoro todo a la vez (como una especie de *collage* mental), no puedo evitar que se me forme un nudo en el estómago.

Cuando llego a la taquilla, Tristan ya está allí. Todavía no me ha visto, así que tengo unos cuantos segundos para observarlo. Está apoyado contra la hilera de taquillas, con la guitarra colgada a la espalda y mira el móvil.

Me ve acercarme y yergue más la espalda. Se guarda el móvil en el bolsillo.

Sonrío y marco la combinación de mi taquilla.

—Hola —lo saludo.

—Hola —responde algo tenso. Carraspea—. Bueno, lo que pasó anoche... Creo que deberíamos hablar del tema.

Agarro un bolígrafo del sujetabolis, lo meto en la mochila y cierro la puerta.

—Sí —digo y me vuelvo para mirarlo a la cara.

Respiro hondo para aunar valor. He tardado una semana en llegar a este punto. Ahora por fin ha llegado el momento de decir las cosas que no he sido capaz de decir en los últimos seis días.

—Yo también tenía ganas de hablar contigo de eso. Mira, estoy harta de fingir que no me importa. Harta de ocultarte mis sentimientos. El motivo por el que me comporté como lo hice anoche es que me había guardado dentro esas emociones y pensamientos durante tantos meses que al final explotaron. Desde el día en que nos conocimos, he fingido ser otra persona. He fingido ser la chica que creía que querías que fuera. Pero no soy ella. Me pongo celosa cuando tonteas con otras chicas. Me enfado cuando intercambias fotos por Snapchat con ellas mientras se supone que estás viendo una peli conmigo. Así soy. Lo siento si te he dado una idea equivocada durante tanto tiempo. No ha sido justo para ti ni para mí.

Tristan me mira durante un buen rato. Salta a la vista que esto no es lo que esperaba que le dijera y, si te soy sincera, hace una semana tampoco yo habría esperado decirle algo así.

Parpadea varias veces e intenta ordenar sus pensamientos.

—Deberíamos ir a clase —le digo y paso por delante de él. Pero me detiene agarrándome con suavidad de la mano.

—Yo también lo siento.

Ahora soy yo la que se queda de piedra.

—¿Qué?

—Lo de anoche. Debería haber apagado el móvil. No debería haberte hecho sentir excluida. Fui muy desconsiderado. Sé que a mí también me reventaría que te escribieras con otros tíos mientras estás conmigo.

Me he quedado sin palabras y ni siquiera puedo moverme. ¿Tristan me está pidiendo perdón?

—¿Me perdonas?

Se inclina hacia delante y me roza los labios con los suyos. Su beso es tan tierno y sus disculpas son tan sentidas que lo único que puedo hacer es decir que sí.

Cuando suena el timbre, me saca de mi ensoñación. Miro el móvil.

¡Mierda!

Si corro, aún puede que llegue a tiempo. Hago un esprint por el pasillo.

—¿Ellie? —me llama Tristan.

—¡Llegamos tarde! —grito por encima del hombro—. ¡Hoy no va a morir! ¡Hoy no morirá nadie!

Oigo pasos a mi espalda.

—Pero ¿de qué hablas? ¿Quién va a morir?

¿Por qué no le propuse quedar delante de su taquilla? La de Tristan está justo enfrente del aula de Español, mientras que la mía está en la otra punta del insti.

Los pasillos se van vaciando mientras corro escaleras arriba, dejo atrás la biblioteca y entro en el departamento de lenguas extranjeras.

—¿Por qué corremos? —pregunta Tristan entre jadeos siguiéndome como puede.

Cuando irrumpo en el aula unos minutos más tarde, la señora Mendoza ya ha repasado la mitad de la conjugación del futuro del verbo ver.*

—Nosotros veremos* —enuncia delante de la clase. Hace una pausa al verme—. Ellison Sparks, me alegro de que hayas decidido acompañarnos.

Hago oídos sordos y vuelo por la clase. Voy apartando sillas y tirando libros al suelo sin querer.

—Ellison Sparks —repite, esta vez con un punto de exasperación—. ¿Quieres hacer el favor de sentarte?

Llego a la ventana, quito el pestillo y la abro de par en par justo a tiempo. El inmenso pájaro negro entra atolondrado en el aula. Casi me roza la cabeza. Algunas chicas gritan.

—¡Dios mío!* —exclama la profesora. Se lleva las manos al pecho.

El pájaro describe un círculo por la clase y obliga a la señora Mendoza a agachar la cabeza para no ser bombardeada en picado. Entonces, de forma igual de repentina que como ha entrado, vuelve a salir por la ventana. La cierro a toda prisa, aseguro el pestillo y corro a mi pupitre.

Todos los pares de ojos de mis compañeros se clavan en mí. Tristan sigue de pie junto a la puerta. Me mira sin dar crédito.

Me deslizo en la silla y les pregunto qué pasa.

—Señorita Sparks...* —dice la profesora con tono de reprimenda.

—Ay, perdón, en español. ¿Qué?*

Black Magic Woman

«La bruja de magia negra»

11:25 H

El control de Historia está chupado. Si a estas alturas no me he aprendido las preguntas del derecho y del revés, es que no tengo remedio. Una vez más, Daphne Gray se mosquea un montón al verse obligada a escribir un 10 en la parte superior de mi hoja. Y todavía se mosquea más cuando se da cuenta de que Tristan me está esperando en la puerta a la salida de clase.

Daphne me mira con desdén y sale al pasillo dando zancadas.

—Ey, hola —dice Tristan. Entrelaza los dedos en los míos—. ¿Te apuntas a comer con nosotros en la sala de música?

—No —le contesto. Y a modo de explicación añado—: Voy a ir a la reunión del club de lectura.

Contrae la cara, confundido.

—¿En el insti hay un club de lectura?

Le doy un caderazo en broma.

—Sí, en el insti hay un club de lectura, listo.

—Y ¿desde cuándo estás apuntada?

—Desde hoy.

Aún parece aturdido por el cambio de rumbo de los acontecimientos.

—Pero ¿te has leído el libro?

Asiento.

—Pues resulta que sí. Pero si quieres, puedes acompañarme a la cafetería. Voy a pillar algo y me lo comeré en la biblioteca.

Tristan no solo me acompaña, sino que hace cola conmigo y me paga el bocadillo de pavo.

—Entonces ¿estás segura de que no quieres venir al ensayo? —pregunta Tristan.

Se guarda el monedero en los vaqueros.

Sonrío y me pongo de puntillas para darle un beso en la mejilla.

—Estoy segura. Gracias por el bocata. —Empiezo a alejarme, pero me paro un momento—. Ah, y otra cosa. No estaría de más que te pasaras a ver al encargado de la feria. Me ha llegado el rumor de que busca grupo para que toque esta noche.

Le digo adiós con la mano y desaparezco en el pasillo justo cuando se oye un gran estrépito a mi espalda. Debe de ser la bandeja de Sophia, que se ha caído al suelo. Todo el flan de chocolate habrá caído en la camisa de su futuro novio.

Miro la hora.

12:49 h. Justo a tiempo.

Eso hay que reconocérselo a Cole Simpson. Será un trol cabezahueca, pero desde luego, es puntual.

12:51 H

—¿Qué me he perdido? —pregunto mientras me acerco al grupo de mesas agrupadas en el centro de la biblioteca.

Owen deja a medias la frase que estaba diciendo y me mira boquiabierto.

—¿Qué haces aquí?

—¿No es este el club de lectura? —pregunto.

Me siento en la silla que tiene al lado.

—Sí, pero no se supone...

—Quiero apuntarme —afirmo. Miro uno por uno a los otros siete miembros del grupo—. Si a los demás os parece bien, claro.

Todos asienten con la cabeza. Me dirijo a Owen.

—¿A ti también te parece bien, Owen?

—Pues claro —contesta emocionado—. Estábamos hablando de las razones por las que la película *La ladrona de libros* no es tan buena como la novela, pero como no te lo has leído, supongo que puedes quedarte a escuchar...

—En mi opinión, la peli no funciona igual de bien que el libro porque se pierde el poderoso impacto de la Muerte como narradora —suelto a bocajarro.

Al instante, enciendo un apasionado debate entre los demás miembros del club de lectura.

Miro a Owen y le guiño un ojo. No sé por qué es incapaz de cerrar la boca.

—¿No tienes que practicar el discurso? —me susurra al cabo de unos minutos.

Sonrío.

—Me apetecía animar un poco el cotarro por aquí antes.

—Creía que siempre comías en la sala de música con la banda.

—Te lo aseguro, esto es mucho más emocionante.

—¿Más emocionante que codearse con las estrellas del rock?

—Buf, ¡infinitamente más emocionante!

Owen suelta una sonora carcajada. El resto del club de lectura interrumpe el debate un momento y se nos queda mirando como si fuésemos de otro planeta. Escondo la cabeza en el brazo de Owen y contengo un ataque de risa.

Por primera vez desde hace mucho, sé a la perfección dónde tengo que estar.

Break on Through
(To the Other Side)

«Abrirse paso (hacia el otro lado)»

13:33 H

—Y como candidata a segunda representante de los alumnos de su curso, os presento a Ellison Sparks. ¡Sparks, Sparks, Sparks! —La voz de la directora Yates reverbera por el gimnasio y Rhiannon me da un leve empujón.

—¿Dónde tienes las fichas? —susurra.

Saco las tarjetas del bolsillo del vestido y les doy unos golpecitos con la mano. Luego me dirijo al micrófono y me aclaro la garganta.

—Hola a todos. Soy Ellison Sparks —arranco.

Miro la primera ficha. Lo cierto es que he dado este discurso tres veces ya, así que no me hace falta el guion. Casi me he aprendido de memoria el tostón que ha escrito mi compañera.

Localizo a Owen en las gradas. Vuelve a estar en primera fila. Me da ánimos con un movimiento de cabeza y dejo que mi mirada navegue por el resto de rostros que me observan. Los cientos y cientos de estudiantes que ni siquiera sabían mi nombre hasta que empecé a salir con el cantante de un grupo de rock de la ciudad.

Miro a Rhiannon. Me dedica otra de sus miradas calculadas, típicas de un político corrupto.

¿Qué hago aquí plantada? ¿Por qué le dije que sí cuando me pidió respaldarla?

¿Fue solo para poder añadir otro dato impresionante más en las solicitudes universitarias? ¿Fue porque sencillamente soy incapaz de decir que no a las tiranas insistentes como Rhiannon Marshall?

¿O tal vez exista otra razón?

—No te quedes ahí como un pasmarote —masculla Rhiannon entre dientes—. Habla.

Vuelvo a carraspear y bajo la mirada hacia las fichas. Entonces, antes de tener tiempo de pensarlo dos veces, me guardo las tarjetas en el bolsillo.

—Hola. Soy Ellison Sparks —vuelvo a presentarme—. Aunque la mayor parte de vosotros me conocerá como «La novia de Tristan Wheeler».

Unas cuantas risitas se oyen entre el público. Localizo a Tristan, sentado en la cuarta fila por el final, y le dedico una sonrisa. Me responde con esa deliciosa sonrisa que hace que le salga un hoyuelo.

—Admito que no es un mal título, la verdad. Sobre todo, después de ver a Tristan sin camiseta.

Las risitas pasan de inmediato a carcajadas y vítores. La directora Yates me lanza una advertencia con la mirada, mientras a mi espalda, oigo murmurar a Rhiannon:

—Pero ¿qué haces?

Paso olímpicamente de las dos.

—Y aunque el apodo es adecuado, porque, de hecho, soy la novia de Tristan Wheeler —miro a Owen, pero de repente parece más interesado en observar algo que tiene junto a los pies que en mi discurso—, no es el único apodo que me define.

El gimnasio se queda en silencio. Lo interpreto como una señal para que siga hablando.

—Supongo que, si voy a pediros que me votéis, si al final voy a representaros en el consejo escolar durante el resto del curso, deberíais saber más sobre mí aparte de con quién me lío en los pasillos...

Otra ronda de hurras rompe el silencio.

—La verdad es que nadie es solo una cosa. Todos tenemos muchas facetas y muchas etiquetas. Lo que ocurre es que, demasiadas veces, nos quedamos atrapados dentro de una única definición. La favorita del profe, el alumno obediente, la animadora, el atleta, la princesa, el caso perdido, el delincuente... O la novia de la estrella del rock. Tanto si hemos escrito nosotros esa definición como si nos la han impuesto, en cierto modo se convierte en nuestra única identidad. Nos perdemos tanto en ella que nos olvidamos de las demás piezas que componen nuestra persona, tal como somos. Sé que tengo la culpa de haber caído en esa misma trampa. Pero además de ostentar el título de ser «La chica que sale con Tristan Wheeler», también estoy orgullosa de poseer el título de «La chica que se sabe todas las letras de las canciones de los Rolling Stones».

Este comentario provoca más vítores.

—Y no solo eso. Soy «La chica obsesionada con los dramones de abogados» —continúo—. «La chica que hace listas de reproducción para todos sus estados de ánimo». «La chica que monta polémica en el club de lectura». «La chica cuyos labios se hinchan tanto que parecen salidos de un reportaje sobre pifias de cirugía plástica cuando come almendras».

El público se ríe a mandíbula batiente. Eso me proporciona el combustible que necesito para continuar con la enumeración.

—«La chica que todavía duerme con un hipopótamo de peluche». «La chica que canta en la ducha». «La chica que ve demasiados documentales y que luego se obsesiona con cosas que nunca sucederán... probablemente».

Incluso la directora Yates suelta una risita al oír esto último.

Respiro hondo.

—«La chica que es capaz de repetir el mismo día una y otra vez hasta que le sale bien». Porque hace poco he descubierto que soy también «La chica que nunca se cansa de intentar arreglar las cosas». Y eso es lo que pretendo hacer por vosotros si me elegís representante. Me propongo arreglar las cosas. No pararé hasta que las solucione, porque soy así, y no hay vuelta de hoja. Cuando veo un problema, tengo que buscarle una solución, sin más. Por ejemplo, hay una tremenda escasez de opciones alimentarias decentes en nuestra cafetería.

A juzgar por la reacción en las gradas, mis compañeros coinciden con esa afirmación.

—Así pues, ¿cómo pretendo arreglarlo? Pues trabajaré con la administración del centro para conseguir que distintos restaurantes de la ciudad ofrezcan algunos platos de su carta en el instituto.

Los estudiantes me aclaman y jalean. Bueno, todos salvo Rhiannon. Aunque no la veo porque la tengo detrás, noto que echa humo.

—Además, he visto que muchos de vosotros vais a los conciertos de Guaca-Mola. Algunos incluso estáis dispuestos a tragaros ciento cincuenta kilómetros de carretera para verlos tocar. Y, sin embargo, nunca se organizan conciertos en nuestro instituto. Por eso, si gano, montaré un concurso semestral de grupos de música.

Parece que esta idea les gusta todavía más.

—Y por esa razón, a pesar de los innumerables títulos y apodos que ya tengo, hoy me presento aquí para pediros que me ayudéis a añadir otro más a mi lista. Gracias a vuestros votos, podría tener el honor de ser «La chica que ganó las elecciones a segunda representante de los alumnos de su curso». Gracias.

Los estudiantes aplauden sin parar. Algunos incluso se levantan, aunque debo admitir que creo que se trata solo de Owen y unos cuantos miembros del club de lectura. Vuelvo a buscar la mirada de Tristan. No aplaude ni da patadas en el suelo como muchos otros. Tiene una expresión de alucine total, como si no tuviese ni idea de dónde he salido.

Me aparto del micro y me reúno con los demás candidatos. Parece que Rhiannon no acaba de decidirse entre aplaudirme o darme una patada en el culo. Le doy una palmada alentadora en la espalda, que hace que se tambalee.

—Los dejo en tus manos.

Cuando suena el timbre que marca el final de la hora de tutoría, entrego mi papeleta en la mesa del profesor. Owen me espera en el pasillo.

—Bueno, ¿cuándo te has convertido en el carismático Tony Robbins? —me pregunta mientras se apresura para cogerme el paso.

Me encojo de hombros.

—He tenido tiempo para practicar —contesto.

—En serio, ha sido un discurso genial.

—Gracias. ¿Nos has votado a Rhiannon y a mí?

—No —responde con total seriedad.

—¿No?

—Escribí tu nombre como primera representante.

Me detengo.

—¿Qué dices que has hecho?

—No mereces trabajar bajo las órdenes de esa dictadora fascista.

—Owen —gimoteo—. Has malgastado el voto. Una papeleta menos para nosotras.

—Lo siento, pero tenía que votar lo que me dictaba mi conciencia. Y no puedo votar sin remordimientos a Rhiannon Marshall para que se encargue de mis actividades extraescolares.

Me río y reemprendo la marcha.

—Qué petardo eres.

—Solo los iguales se reconocen —contraataca—. Espera, ¿por qué vamos hacia el despacho del orientador?

Me paro y señalo el techo. Justo entonces, la voz de la secretaria del instituto suena por el sistema de megafonía.

—Ellison Sparks, por favor, dirígete al despacho del orientador. Ellison Sparks, al despacho del orientador, por favor.

—Por eso —digo.

Owen se me queda mirando, asombrado.

—¿Cómo lo has sabido?

Enarco las cejas y lo miro.

—¿Te acuerdas de cuando éramos pequeños y practicábamos nuestras dotes psíquicas?

—Sí.

Abro la puerta del orientador.

—Supongo que las mías se han activado por fin.

14:02 H

—¡Hola! ¡Debes de ser Ellison! —dice el señor Bueno. Me ofrece asiento enfrente de él—. Me alegro mucho de verte, ¿eh? Qué caña. Soy el señor Bueno. Pero puedes llamarme señor Genial si quieres. —Se parte de risa ante su propio chiste y luego hace un gesto con la mano para apartarlo—. ¡Una bromilla de las mías! Bueno, ¿qué tal te va, eh? ¿Te las apañas bien, eh?

—Sí, estoy genial, señor Genial... ¡Qué caña!

Se ilusiona al ver mi entusiasmo.

—Bueno, estupendo. Me encanta que sea así. Qué caña, ¿eh? En fin, vayamos al grano. Los estudios. Un poco durillos, ¿nooo? ¿O síííí?

Me guiña un ojo.

—¡Ya lo creo! Guau. Buf, solo el día de hoy ha sido toda una odisea, se lo aseguro.

—¡Y eso por no hablar del tema de la uni!, ¿eh? Es hora de empezar a pensar en tu futuro. —Forma dos pistolas con los dedos y dispara hacia mí—. ¡Pum, pum!

Imito lo mejor que sé a alguien a quien acaban de disparar al corazón. Se parte de risa. Más de uno confundiría la risa del orientador con la de un burro. Me despierto de entre los muertos y me río también.

—Bueno, es hora de ponernos serios —dice mientras borra la diversión de su cara fingiendo que se pasa un limpiaparabrisas por delante—. Los orientadores de confianza tenemos la labor de reunirnos con todos los estudiantes de tu curso para hablar de cómo serán los dos últimos. ¿Has pensado ya a qué universidad te gustaría ir?

—Aún no, la verdad —digo. Suelto un suspiro—. Pero confiaba en que usted pudiera ayudarme a decidirlo.

Something Tells Me I'm into Something Good

«Algo me dice que esto pinta bien»

15:20 H

Cierro la taquilla y consulto la hora en el móvil. Faltan dos minutos escasos.

No estoy segura de por qué estoy tan nerviosa. Tal vez sea porque hoy es el día en el que de verdad me importa lo que sucede.

Tamborileo con los dedos en la pantalla del móvil, muy nerviosa. Ojalá el tiempo fuera más deprisa.

—¡Eh, hola!

Alzo la cabeza y veo a Tristan, que camina hacia mí con su habitual paso tan sexi.

—Menudo discurso has dado. Has estado alucinante.

Sonrío.

—Gracias.

—También quería darte las gracias por el chivatazo sobre la feria. ¡He conseguido que nos cedieran el concierto de esta noche! Por cierto, ¿cómo te enteraste de...?

Le pido que se calle al oír el tintineo que precede a los mensajes por megafonía.

Me muerdo el labio y me froto las manos, nerviosa, cuando la secretaria del colegio empieza a hablar.

449

—Atención, alumnos, tengo un par de noticias que dar antes de comunicaros los resultados de las elecciones de hoy.

Ya ha llegado. El día del Juicio Final.

—En primer lugar, las animadoras quieren daros las gracias por haber contribuido a que recauden dinero con el puesto de pasteles. ¡Han conseguido más de mil dólares! En segundo lugar, os recuerdo que las audiciones para el musical de otoño empezarán mañana por la tarde. La fecha límite para apuntarse a la audición es hoy, a las cuatro de la tarde. Este otoño, el Departamento de Teatro nos ofrecerá el famoso musical *Rent*.

El corazón me da un vuelco.

—Y por último, estos han sido los resultados de las votaciones.

Tristan me coge de la mano. Escucho con mucha atención mientras dan los resultados.

—Se ha producido una situación peculiar.

«¿Peculiar?».

Eso no puede ser bueno. Algo «peculiar» nunca es bueno.

—Este año ha habido una cantidad exagerada de alumnos que ha utilizado la casilla de «otras opciones» de la papeleta. Tras contar los votos, incluidos los que han añadido a mano el nombre de un candidato alternativo, podemos confirmar que vuestra nueva representante en el consejo escolar es...

Tristan me aprieta la mano. Yo hago lo mismo.

—¡Ellison Sparks!

Suelto la mano de Tristan.

«¿Qué?».

Tristan suelta un «Guaaaaau» y me levanta en volandas. Me da vueltas y más vueltas. Cuando me deja otra vez en el suelo, sonríe de oreja a oreja, aunque yo pongo cara de confusión.

—¡Has ganado! —exclama.

—Pe-pe-pero ¿cómo? —tartamudeo—. Ni siquiera me presentaba a primera representante.

—Ha habido un número suficiente de personas que han escrito tu nombre. Todos quieren que los representes en el consejo.

—¿En serio?

—El pueblo ha hablado —dice Tristan con voz típica de un tráiler de película.

Cuando me mira, sus ojos desprenden algo que no estoy segura de haber visto antes. Al principio ni siquiera lo reconozco, pero al cabo de un momento estoy casi convencida de que es orgullo.

—Representante Sparks —dice con mucha ceremonia—. Me gusta cómo suena.

Se inclina hacia mí, con el hoyuelo prácticamente resplandeciente. Me siento atraída hacia su gravedad, su energía, su atmósfera.

Justo cuando nuestros labios se tocan, oigo que alguien chilla mi nombre. No es un sonido agradable. Estaría entre el chirrido de las uñas sobre la pizarra y el chasquido de metal contra metal.

Los dos levantamos la mirada a la vez. Rhiannon Marshall se acerca por el pasillo con el ímpetu de una bola de fuego de las que salen en esas escenas de explosiones tan poco realistas de las pelis. Este sería el momento en el que Tristan y yo deberíamos echar a correr para cobijarnos a cámara lenta debajo de un coche para evitar estallar en mil pedazos.

Pero ninguno de los dos se mueve.

—¡Cómo te atreves! —chilla Rhiannon en cuanto llega adonde estoy—. ¡Cómo te atreves a darme una puñalada trapera y robarme la presidencia!

Tristan se coloca delante de mí y se dispone a hablar, pero lo aparto con cariño.

—No te he robado nada, Rhiannon —digo sin perder la calma—. Los estudiantes me han votado.

—Me has saboteado. Has amañado las elecciones.

Su acusación me deja de piedra.

—Y ¿cómo se supone que lo he hecho?, ¿eh?

Su cara pasa por todos los tonos de rojo mientras, furiosa, se esfuerza por encontrar una réplica.

—Puede que ahora mismo no tenga respuesta para eso, pero te

lo aseguro, habrá una investigación minuciosa. Llegaré al fondo de este asunto.

Asiento con la cabeza.

—Claro, hazlo. Y ya me dirás qué averiguas.

Cierro la puerta de la taquilla con un golpe contundente y me alejo.

Tristan acelera el paso para alcanzarme.

—No te preocupes por Rhiannon. Se le va la fuerza por la boca.

—Tranquilo, no me preocupo.

—¿Adónde vas? —pregunta Tristan—. ¿Los vestuarios no están al otro lado?

—Al auditorio —le contesto—. Mañana son las audiciones para la obra de teatro del insti. He decidido presentarme.

Tristan se para en seco.

—¿Para el musical? Pero si odias cantar delante de la gente.

—En realidad —digo mientras me paro junto a la hoja de inscripción y garabateo mi nombre bajo el papel de Maureen—, resulta que en parte me gusta.

Suena la alarma de mi móvil. Miro la pantalla y me vuelvo hacia Tristan.

—Tengo que salir pitando.

Parece aturullado.

—¿Qué? ¿Adónde vas? ¿Quieres que te acompañe?

Niego con la cabeza.

—No hace falta. Me las apaño sola.

Me rodea la cintura con las manos y tira de mí.

—Entonces ¿quieres que vaya a verte más tarde? —Lo dice con su clásica voz seductora. Esa voz que normalmente no solo me derrite, sino que derrite también toda mi fuerza de voluntad.

—Deberías prepararte para el concierto —señalo. Me libero de sus brazos—. Nos vemos esta noche en la feria, ¿de acuerdo?

Antes de que pueda contestar, ya voy por la mitad del pasillo.

Wooly Bully

«Toro peludo»

15:55 H

Cuando llego al aparcamiento de la escuela secundaria que hay al lado del instituto y bajo del coche, los autobuses ya se han ido y el carril de recogida que usan los padres está casi vacío. Aparco en un momento y corro a la puerta lateral del edificio, la puerta por la que vi salir a las chicas el otro día.

La abro con mucho cuidado y descubro que conduce a la oficina de seguridad del colegio, que ahora mismo está vacía. Todos los empleados deben de estar en alguna reunión general. Al cabo de un momento llegan las chicas. Una de ellas —una morena alta que sin duda es la líder— se sienta a la mesa y enciende el ordenador. Me asomo por el lateral del mueble archivador para echar un vistazo al monitor. La chica clica varias veces con el ratón y de repente aparece en la pantalla un vídeo del campo de fútbol.

Cámaras de seguridad.

Seguro que las tienen instaladas por todo el recinto del colegio.

Se observa movimiento en el vídeo y las chicas empiezan a reírse. La cabecilla las manda callar y señala la pantalla. Muy despacio, saco el móvil del bolsillo, voy a la función del vídeo y doy a grabar.

—Tías, ahora va al campo de fútbol —dice la líder—. Le dije que Avery se reuniría con ella dentro de unos minutos. Piensa que el tío quiere enrollarse con ella. ¿Os podéis creer que se haya tragado que alguien como Avery Frahm quería besarla? Ja, ja, ja. ¡Es una pava!

Me hierve la sangre cuando oigo que las chicas se ríen a carcajadas.

¿Esto es lo que tiene que aguantar mi hermana? ¿Estas chicas odiosas le están haciendo la vida imposible? No me sorprende que se refugie en todos esos libros y pelis. No lo hace solo para aprender cosas, sino también para distraerse.

—¿Cómo iba a querer tocar Avery esos horribles labios de sapo que tiene? ¡Ni en sueños! —añade otra de las chicas.

Vuelven a reírse con ganas a costa de mi hermana.

—Mirad —dice la líder—, ya está en medio del campo. Vamos a activar el sistema de aspersores en cinco, cuatro, tres, dos...

—Pero qué divertido, ¿no? —digo mientras salgo de detrás del mueble archivador.

Las chicas dan un bote. Es más, dos de ellas incluso sueltan un chillido.

La morena alta se pone al mando. Se levanta de su trono para plantarme cara.

—¿Quién eres? —me pregunta a bocajarro.

—Vaya fiesta os habéis montado, ¿eh?

Pone los ojos en blanco.

—Oye, ¿por qué no haces algo útil y te largas? Tenemos cosas que hacer.

—Sí —le contesto—. Ya lo veo. Tenéis muchísimas cosas que hacer y estoy segura de que al director le encantaría saber qué cosas son esas.

Doña Minifalda Rosa gruñe, como si le hiciera perder el tiempo.

—Haz lo que te dé la gana.

Vuelve a sentarse enfrente del ordenador.

Me hace falta toda la fuerza de voluntad que tengo para no plantarle un manotazo en la cabeza, pero me obligo a mantener la calma y a hablar con sangre fría.

—Huy, claro que lo haré —digo. Doy un paso hacia ella. Le enseño el vídeo—. Y ¿sabes qué me apetece? Darle a «Enviar» al correo electrónico que acabo de escribir con este vídeo adjunto.

Lo pongo en marcha y las voces de las chicas vuelven a ellas como un eco a través de los altavoces del móvil.

«Tías, ahora va al campo de fútbol. Le dije que Avery se reuniría con ella dentro de unos minutos. Piensa que el tío quiere enrollarse con ella. ¿Os podéis creer que se haya tragado que alguien como Avery Frahm quería besarla? Ja, ja, ja. ¡Es una pava!».

Le doy la vuelta al móvil y paseo el dedo por encima de la pantalla.

La líder vuelve a levantarse.

—¿Qué es lo que quieres?

—Quiero que le pidáis perdón a Hadley Sparks. Ahora mismo.

Menea la cabeza como si le pareciera un castigo ridículo.

—¿Y ya está?

Me encojo de hombros.

—Sí. Ya está.

Suelta un bufido.

—Vale. Vamos.

Contonea la cadera huesuda y sale de la oficina. Las otras chicas la siguen pisándole los talones.

—Y si se os ocurre volver a meteros con ella —les digo mientras se alejan—, este vídeo llegará también a manos de la policía.

Le mando un mensajillo a mi hermana y luego me siento a toda prisa delante del ordenador. En la grabación veo que Hadley consulta el móvil. Parece confundida al leer mi mensaje, pero por suerte se pone a caminar hacia el aparcamiento.

Un momento después, las otras chicas salen por las puertas del gimnasio. Van con chulería al campo de fútbol, como si fueran las reinas del lugar. Llegan al centro del campo y buscan a Hadley. Les sorprende su repentina ausencia.

Entonces activo los aspersores. Ha sido un detalle que me lo dejaran todo preparado.

El vídeo no tiene audio, pero por sus caras horrorizadas y las bocas abiertas presupongo que diversos gritos acompañan su búsqueda desesperada de refugio. Sin embargo, cuesta mucho correr con zapatos de tacón. Sobre todo, por el césped. Y más aún cuando el césped está mojado, como ahora. La líder del grupo se cae de culo mientras las otras chicas huyen y la dejan ahí tirada.

Apago el monitor del ordenador, me guardo el móvil y desaparezco por la misma puerta por la que he entrado.

Hadley me espera junto al poste, donde le dije que se reuniera conmigo.

—¿Qué haces aquí? —me pregunta.

—Nada. Tenía que hacer un recado. —Sonrío y pongo el brazo sobre los hombros de mi hermana—. ¿Quieres ir conmigo a mangar en una tienda de chucherías?

Wouldn't It Be Nice

«¿A que estaría bien?»

20:16 H

—Bueno, vamos a cantaros una última canción. —Tristan respira pegado al micrófono mientras se aparta un mechón de pelo sudoroso de la frente—. Está dedicada a la chica que nos ha conseguido el concierto, que además es la representante del consejo escolar de su curso en nuestro instituto: la guapísima Ellie Sparks.

Un cosquilleo de excitación me recorre el cuerpo cuando Guaca-Mola empieza a tocar la última canción del repertorio: *Mind of the Girl*. Es la canción con la que Tristan y yo nos besamos por primera vez. La canción que logró que su música dejase de parecerme ruido y pasase a ser arte. La canción con la que me hice fan de su grupo.

Verlo subido al escenario, oírlo pronunciar mi nombre delante de una feria llena de gente, escucharlo cantar unas letras que estoy segura de que escribió pensando en mí, es una sensación alucinante. Me envuelve y me aprieta como un abrazo. Me acuna y me da seguridad.

Y, sin embargo, mientras escucho cantar a Tristan, no puedo evitar pensar en todas las demás veces que he estado entre el público del concierto en esta feria.

El primer lunes, cuando la ruptura me pilló por sorpresa.

457

El segundo lunes, cuando no podía creer que sucediera otra vez.

El tercer lunes, cuando no conseguí arreglarlo.

El cuarto lunes, cuando pensé que lo había arreglado.

El quinto lunes, cuando ya me daba igual.

Pero ¿qué pasará esta noche? ¿Qué ocurrirá en menos de treinta minutos? ¿Tristan volverá a hacer lo mismo?

¿Me romperá el corazón por séptima vez? ¿Acaso importa ya?

«¿Qué quieres en realidad, Ellison?», me pregunto. Pero, de repente, me parece la pregunta más complicada del mundo. Una pregunta que no sé si llegaré a saber responder.

La música se intensifica y da paso al estribillo.

En el escenario, Tristan canta sobre mi mente impenetrable, mis pensamientos desconcertantes, mis emociones inescrutables... No me sorprende que le resulten un misterio. Si ni yo misma los entiendo.

Frustrada y con las lágrimas pinchándome en los ojos, me aparto del escenario y deambulo por la feria. Después de muchos pasos sin rumbo, no sé cómo me encuentro de nuevo en el maldito puesto de la carrera de caballos. Elijo el último asiento (el número de la mala suerte, el trece) y me preparo. Meto el dólar en la ranura y espero a que empiece la partida.

Alguien se deja caer en el taburete de al lado y entonces veo que es Owen. Me mira. Lo miro. Ninguno de los dos abre la boca. Y al mismo tiempo, es como si nos lo dijéramos todo.

No. No lo decimos.

¡Lo gritamos!

Llevamos años comunicándonos en silencio. Con pensamientos que nunca ha hecho falta decir en voz alta. Aunque esta conversación es nueva.

Nunca habíamos abordado este tema.

Y no estoy segura de si lo he comprendido bien.

Suena la bocina que nos saca de ese momento embobado. Alargo la mano para coger la bolita roja y, con un giro de muñeca muy practicado, la lanzo por la rampa. Cae directamente en el agujero del número tres y vuelve a bajar. Repito la acción: misma posición, mismo giro, mismo resultado.

Una y otra vez, meto la bola en el agujero que tiene la mayor puntuación.

Debo de entrar en una especie de trance, porque de repente noto que Owen me zarandea y señala los caballos.

—¡Has ganado!

Parpadeo y levanto la mirada. Ahí está el número trece, en la línea de meta, con varios caballos desperdigados y congelados en distintos puntos de su estela.

—¿He ganado?

—Sí, sí, has ganado —confirma.

El empleado de la feria se acerca y me entrega una gigantesca tortuga de peluche.

—Aquí tienes, señorita. Bien hecho.

Sin pensarlo mucho, me vuelvo hacia Owen y le planto la tortuga entre los brazos. Le pilla tan por sorpresa que casi se le cae al suelo.

—Para ti —murmuro—. Quiero que la tengas tú.

Frunce el entrecejo.

—¿Para mí?

Alargo la mano y acaricio la cabeza suave de la tortuga.

—Sin prisa pero sin pausa se gana la carrera, ¿no?

Owen se echa a reír.

—¡En tu caso sí te has dado prisa! —Señala mi caballo ganador—. Ha sido impresionante. ¿Habías practicado?

Me encojo de hombros.

—La suerte del principiante, supongo.

—Vaya, por fin te encuentro —dice alguien. Aparto la mirada de Owen y veo que se nos acerca Tristan, con el brillo del subidón posterior al concierto todavía reluciente en su piel—. ¿Cómo es que te has marchado?

Trazo dibujos en la arena con los pies.

—Lo siento, Tristan. Estábamos... Estaba jugando a las carreras, nada más.

—Guay —dice Tristan—. Bueno, ¿te apetece dar una vuelta por la feria y ver qué hay? ¿Y si nos montamos en la noria?

Miro a Owen y caigo rendida ante sus ojos vibrantes, que me suplican. Otra avalancha de palabras silenciadas se lanza sobre mí y ahora no me cuesta nada comprenderlas.

«Di que no».

«Quédate conmigo».

«Elígeme a mí».

He tardado una semana en identificarlas, pero eso no significa que sepa cómo reaccionar ante ellas.

Eso no significa que sea lo bastante valiente para enfrentarme a ellas.

Le dedico una sonrisa amistosa a Owen.

—Luego te escribo, ¿vale?

Parece que mi respuesta tarda un siglo en llegar a él. Como las balas que viajan a cámara lenta. Cuando por fin lo alcanzan mis proyectiles, Owen oculta bien las heridas. Pero lo conozco desde hace mucho. Sé ver lo que hay detrás de su fachada y el dolor de su cara rebota en mí. Me siento como si fuese yo la persona a la que han disparado.

—Claro —murmura—. Hablamos luego.

Entonces se aleja y veo que tira la tortuga de peluche en la primera papelera que pilla.

When You Change with Every New Day

«Cuando cada día eres distinta»

20:50 H

Nos elevamos por los aires, el suelo que tenemos bajo los pies se aleja cada vez más con cada segundo que pasa. Aúllo y agarro a Tristan por el brazo.

Chasquea la lengua.

—¿Tienes miedo de las alturas o algo así?

—Puede —chillo.

Me pasa el brazo por los hombros y me estrecha contra su cuerpo.

—No te preocupes. No dejaré que te caigas.

«Caerse es la parte más divertida».

Me acurruco a su lado e intento absorber su calor, la seguridad de su abrazo.

Sin embargo, parece que nada de todo eso penetra la superficie. Cuando llegamos a lo alto, la noria se para y nuestra cesta empieza a mecerse por el impulso que aún le queda.

Intento no mirar hacia abajo, pero por alguna extraña razón mis ojos se ven atraídos hacia el suelo.

Atraídos hacia las personas que he dejado atrás.

Qué pequeñas se ven desde aquí. Indistinguibles. Soy incapaz de reconocer sus caras. Y eso hace que me entren ganas de llorar.

—¿Buscas algo? —me pregunta Tristan mientras mira por encima de mí.

Niego con la cabeza y vuelvo a centrar la atención en él. En esto. Esta era mi ansiada fantasía. Una velada romántica en la feria de atracciones con el chico al que amo, que terminase con un beso a la luz de la luna en lo alto de la noria.

Miro hacia el cielo.

Está la luna.

Miro a mi izquierda.

Está el chico.

Tengo todo lo que quería.

Entonces ¿por qué me deja tan indiferente?

—Ellie —dice Tristan y vuelve a captar mi atención. De pronto, su tono de voz es serio—: Me gustaría decirte una cosa.

Mi estómago se contrae. Ya está aquí otra vez. La realidad de este momento. La realidad de todos los lunes que he vivido esta semana.

Tristan no se ha subido a la noria para darse un beso romántico a la luz de la luna. Tristan está aquí por la misma razón que siempre: para cortar conmigo. Para destrozar mi fantasía. Para romperme el corazón.

—¿Sí? —pregunto.

De pronto, la garganta se me ha secado por completo. Cierro los ojos y espero que lleguen las palabras que he oído infinidad de veces. El mismo discurso vago que me deja frustrada e increíblemente vacía.

Tristan respira hondo.

—Esta mañana me he despertado pensando que algo no marchaba bien. Pero no acababa de ver qué era. Todo me parecía... un desastre. No sabía si era por nuestra pelea de anoche o por otra cosa, pero enseguida me he dado cuenta de que la sensación no era nueva. Se ha estado fraguando poco a poco durante los últimos cinco meses.

«Espera, ¿qué ha dicho?», me pregunto.

Este no es el discurso de siempre. Es más, no se parece en nada a lo que dijo las otras veces. Me entran ganas de interrumpirlo y apuntarle las frases correctas que debe recitar, volver a encarrilar sus palabras. No obstante, guardo silencio.

—He ido a clase pensando que iba a acabar con esto —continúa—. Con lo nuestro. No encontraba motivos para que siguiéramos juntos. La verdad es que no sabía por qué. Era una sensación, nada más. Era como si algo se hubiera roto y no supiera cómo arreglarlo. Pero entonces, hoy ha pasado algo. Estabas... No sé cómo decirlo... Estabas tan diferente. Estabas... ¡radiante! Toda tú. Y me he dado cuenta de que tal vez el problema fuera que no había sabido verte antes con esos ojos. No había sabido ver lo mucho que destacas. Por ti misma. Pero ahora ya lo he pillado. Lo veo. Y te veo a ti tal como eres.

Me preparo para lo que pueda añadir. Tiene que haber algo más.

—Un momento —digo confundida—. Entonces ¿te refieres a que no quieres cortar conmigo?

Se echa a reír.

—No. Todo lo contrario. Quería que supieras lo contento que estoy de salir contigo.

Noto un escalofrío por todo el cuerpo.

No me lo puedo creer. Lo he hecho. Lo he conseguido. He impedido que Tristan rompa conmigo. No me han hecho falta trucos ni libros de autoayuda ni medias de rejilla. Solo ha hecho falta que me mostrara como soy.

De pronto, me siento como Dorothy en *El mago de Oz*, que llevaba los zapatos rojos desde el principio. Lo que pasaba era que estaba demasiado concentrada en otras cosas para percatarse.

Me vuelvo hacia Tristan. Luce esa sonrisa irresistible que tantas veces me ha conquistado.

Apoya la palma en mi mejilla. Guía mi boca hacia la suya. Me besa. De la forma en la que solo Tristan sabe besarme.

Hace seis días, eso era lo único que deseaba.

Hace seis días, esa era mi fantasía.

Pero en seis días pueden pasar muchas cosas.

Durante los últimos cinco meses, Tristan ha sido la música sin la cual no podía vivir. Ha sido la banda sonora que repicaba en mi mente, que sonaba sin cesar una y otra vez. He dedicado toda esta semana a intentar que esa música siguiera sonando. A intentar mantenerlo dentro de mi vida.

Sin embargo, ahora, cuando lo beso, ya no siento los labios del chico que me escribió una canción. Que gritó la letra desde el escenario para que todo el mundo la oyera. Solo siento los labios del chico que me ha dicho adiós seis veces. Que me ha roto el corazón una noche tras otra. Que quería detener esa música.

Hasta que no me he mostrado como realmente soy, no se ha decidido a seguir conmigo.

«No había sabido ver lo mucho que destacas. Por ti misma. Pero ahora ya lo he pillado. Lo veo. Y te veo a ti tal como eres».

Por el contrario, hay alguien ahí abajo que ha sabido verme tal como soy desde el principio. Que no necesitaba que le demostrase nada.

Yo estaba tan cegada por el brillo del foco que iluminaba a Tristan, que no supe ver lo que tenía delante de las narices. La música de Tristan sonaba tan alta que ahogaba el resto de las melodías. Era lo único que lograba oír. Lo único que quería oír.

Sin embargo, esa música nunca fue de mi estilo.

Era una banda sonora temporal. Un sucedáneo hasta que pudiera encontrar la verdadera canción de mi vida.

Empujo con delicadeza el pecho de Tristan y separo los labios de su boca. Las lágrimas me resbalan por la cara.

—¿Qué ocurre? —La preocupación que denota su voz es cruda y real.

—No puedo seguir con esto.

—¿Con qué? ¿La feria?

—No. Me refiero a nosotros.

—¿Qué?

La atracción se pone en marcha de nuevo y empezamos a descender.

—He tardado una semana entera en demostrarte cómo soy en realidad —le digo—, porque tenía miedo. Pensaba que era imposible ser yo misma estando a tu lado. Pensaba que no te gustaría tal como soy.

—Pero te equivocabas —se defiende Tristan—. Sí me gustas.

—Ya lo sé. —Dejo escapar un sollozo—. Pero ya es demasiado tarde.

—¿Demasiado tarde? —me pregunta—. No te entiendo.

—Tú y yo. No encajamos.

Entonces lo capta y se le nota en las facciones.

—Espera. ¿Quieres cortar conmigo?

Nuestra cesta llega al suelo y la atracción se detiene para que nos bajemos. Me vuelvo y veo la cara perpleja y desconsolada de Tristan.

—Lo siento mucho —digo con verdadero dolor—. Pero tengo que ser sincera con mis sentimientos.

Levanto la barra de seguridad y me bajo de un salto. Me alegro de volver a notar tierra firme bajo mis pies.

Echo a correr. No paro hasta llegar al coche. Enciendo el motor y la radio. La lista «En la cima del mundo» todavía sigue en marcha.

Es la favorita de Owen.

Subo el volumen. *Ruby Tuesday*, de los Rolling Stones, atruena por los altavoces. Me da el valor que necesito.

Los Rolling siempre me dan fuerza.

—*She would never say where she came from* —canto al son mientras pongo el automático y salgo del aparcamiento—. *Yesterday don't matter if it's gone.*

Cuánta razón tienen: «Nunca decía de dónde venía. Ayer no importa si ya se esfumó».

Mientras me alejo, miro de reojo la feria, que desaparece por el espejo retrovisor.

Creo que ya he tenido suficientes ferias de atracciones para una buena temporada. Ahora necesito algo un poco más estable.

Build Me Up Buttercup

«Deja que me haga ilusiones, bonita»

21:15 H

Siete minutos después, me planto en la casa de los Reitzman y aparco. Corro por todo el camino y aporreo la puerta. La madre de Owen sale a abrir al cabo de un momento.

—¿Dónde está Owen?

—Ha ido a la feria —contesta su madre confundida—. Pensaba que estaba contigo.

—Sí que estaba. O sea, sí que está. O sea, espero que pronto esté conmigo.

La madre de Owen me mira con cara rara.

—O sea, vaya, que voy a buscarlo —añado.

Me doy la vuelta. La mujer me observa con curiosidad desde el umbral de la puerta mientras corro desesperada hacia el coche.

Entro y cierro la puerta.

«¿Dónde puede estar?».

«¿Se habrá quedado en la feria?».

Saco el teléfono y le mando un mensaje.

Yo: ¿Dónde estás?

No me responde. Bueno, supongo que me tocará esperar aquí. A ver, en algún momento tendrá que volver a casa, ¿no?

Enciendo el motor y escucho otras tres canciones de la lista de reproducción. Por desgracia, con cada canción me siento un poco menos en la cima del mundo y un poco más en el fondo del pozo. Creo que la he pifiado.

No puedo dejar de pensar en la cara herida de Owen cuando lo he dejado plantado en la feria. Cuando le he dicho que le escribiría luego y he corrido a los brazos de Tristan.

El recuerdo me vuelve ahora con la fuerza de un puñetazo en el pecho.

¿Y si era mi última oportunidad?

¿Y si el universo solo me daba un día más para arreglarlo y no lo he conseguido?

¿Y si me despierto mañana y es martes y Owen ya no quiere saber nada de mí?

¿Y si...?

Me suena el móvil. Lo busco a tientas y lo desbloqueo. Me tiemblan los dedos.

Owen: Estoy en tu habitación. ¿Y tú dónde estás?

Ni siquiera me entretengo en escribir la respuesta. Lanzo el móvil al asiento del copiloto y salgo pitando del camino de su casa. Llego a la mía en un tiempo récord de cincuenta y tres segundos. Aparco en la acera, salgo a toda prisa del coche y trepo por el árbol del jardín.

Claro que podría entrar por la puerta.

Estoy en mi propia casa.

Pero no quiero arriesgarme a toparme con nadie. No quiero hablar con nadie.

Trepar por el árbol es mucho más difícil de lo que pensaba cuando veía hacerlo a Owen. Se requieren unos músculos que no tengo y un equilibrio que nunca pensé que necesitaría. Miro hacia la ventana. Ya está abierta. Supongo que por ahí habrá entrado también él. Intento seguir agarrada del tronco el máximo tiempo posible y poco a poco avanzo por la rama que conecta con la casa, procurando no mirar hacia abajo por miedo a ponerme nerviosa. Entonces me doy cuenta de que la rama de la que me he agarrado está mucho más baja que el alféizar de la ventana. Echo un vistazo por debajo de mis pies y se me nubla la vista al comprobar lo lejos que estoy del suelo.

¿Por qué no se hicieron mis padres una casa de una sola planta, eh?

Cojo aire, apoyo las manos en el alféizar y salto. Aplico toda mi fuerza para impulsarme y entrar por la ventana. Aterrizo en el suelo del dormitorio con un ruido seco. ¡Menudo trompazo!

Owen salta de la cama y corre a ayudarme.

—¿Estás bien? ¿Se puede saber en qué pensabas? ¿Por qué no has entrado por la puerta?

—«Lo único que tenemos es el día de hoy» —digo sin resuello.

Arruga la frente.

—¿Qué?

—Eso decía mi mensaje de buena suerte. «Lo único que tenemos es el día de hoy».

—Tu galleta de la suerte estaba vacía. Igual que la mía.

Niego con la cabeza y sigo intentando recuperar el aliento.

—No. Bueno, sí, hoy sí, pero ayer no. Y antes de ayer tampoco. Pero todos los días anteriores dan igual, porque lo único que tenemos es el día de hoy.

—Protesto —dice Owen divertido—. La testigo actúa de forma irracional.

—Protesto —replico—. Irrelevante.

—Protesto. Totalmente relevante.

—¿Tengo permiso para acercarme al juez? —pregunto.

Owen frunce el ceño.

—¿Eh?

Sin embargo, ya he empezado a andar. El espacio entre los dos ya se ha reducido. Mis brazos ya se abrazan a su cuello y tiran de él hacia mí. Mis labios ya saben hacia dónde deben dirigirse.

Al cabo de un instante, Owen me corresponde con otro beso. Y un segundo después, me pasa las manos por la cintura y me levanta del suelo.

Caemos hacia atrás y aterrizamos en la cama. Nos movemos con torpeza y nos falta coordinación, típico de nosotros.

Owen se aparta un poco para mirarme.

—¿Sabes cuánto tiempo hacía que deseaba hacer esto? —me susurra mientras me acaricia la cara.

Sonrío.

—No.

—La leche. Mogollón de tiempo.

Vuelve a perderse en mis labios y me besa con pasión.

Y es genial.

Y es como caer sobre la red.

Y oigo música. El tipo de música que se puede bailar. El tipo de música que ahoga el resto del mundo. Porque cuando encuentras lo que buscabas (cuando por fin arreglas las cosas), todo lo demás no es más que ruido.

Epílogo

7:04 H

¡Blop, pi, pi, blop, blop, ping!

Somnolienta y completamente desorientada, me obligo a abrir los párpados, que me pesan horrores, y miro el móvil. Lo tengo en la mesita de noche y tiene la pantalla iluminada porque acaba de llegar un mensaje.

Estoy tan nerviosa que las manos me tiemblan mientras lo cojo y lo desbloqueo.

Sin embargo, cuando veo el mensaje que me espera en la pantalla siento un peso enorme en la boca del estómago y me entran ganas de vomitar.

No puedo dejar de pensar en lo que pasó anoche.

No. No puede ser. No puede pasarme esto... Es un sueño. Peor, es una pesadilla.

Me abofeteo las mejillas para intentar despertarme.

«Por favor», suplico en silencio. Y luego lo digo en voz alta.

—¡Por favor!

Cierro los ojos con fuerza y después vuelvo a abrirlos.

La pantalla se va enfocando poco a poco. Entonces, me fijo por fin en quién envía el mensaje.

Owen.

Me levanto de un brinco.

«¿Owen?».

Parpadeo tres veces y vuelvo a mirar la pantalla, convencida de que lo he leído mal.

Pero el nombre no cambia.

¿Es Owen quien me ha escrito? ¿No es Tristan?

Paseo la mirada por la habitación en busca de pruebas, pero todo parece igual que siempre. Doy golpecitos en la pantalla del móvil y busco a toda prisa el calendario. Necesito ver la fecha. Necesito estar cien por cien segura. Sin embargo, antes de que me dé tiempo de abrir la aplicación, me llega otro mensaje.

¡Blop, pi, pi, blop, blop, ping!

Con el corazón en un puño, abro el mensaje. También es de Owen. Y dice:

Feliz martes.

Agradecimientos

¡Blop, pi, pi, blop, blop, ping!

Jessica Brody: Millones y millones de gracias a Janine O'Malley, Brendan Deneen y Mitchell Kreigman por permitirme contarle al mundo la historia de Ellie.

¡Blop, pi, pi, blop, blop, ping!

Jessica Brody: Un agradecimiento inmenso y resplandeciente a Jim McCarthy, un superhéroe disfrazado de agente. (No te preocupes, te guardaré el secreto.)

¡Blop, pi, pi, blop, blop, ping!

Jessica Brody: Gracias al eficiente equipo estelar de MacKids por creer en mí, libro tras libro, y por hacer que siempre parezca un proceso muy fácil (aunque sé que no lo es): Mary Van Akin, Angie Chen, Joy Peskin, Allison Verost, Molly Brouillette, Angus Killick, Simon Boughton, Jon Yaged, Lauren Burniac, Lucy Del Priore, Liz Fithian, Katie Halata, Holly Hunnicutt, Kathryn Little, Stephanie McKinley, Mark Von Bargen y Caitlin Sweeny.

¡Blop, pi, pi, blop, blop, ping!

Jessica Brody: Elizabeth Clark, siempre me dejas alucinada con las cubiertas de los libros que realizas. Son fabulosas. ¡Y esta vez te has superado! ¡Gracias!

¡Blop, pi, pi, blop, blop, ping!

Jessica Brody: Gracias a Terra Brody, que siempre pone un toque de estilo en todo... incluso en mis personajes. Y a mis padres, Michael y Laura Brody, que me apoyan hasta la locura.

¡Blop, pi, pi, blop, blop, ping!

Jessica Brody: Muchos abrazos para mis cachorros, ¡Honey, Gracie, Bula y Baby! Si alguien no entiende por qué merecen un agradecimiento propio, que me siga en Instagram. Lo pillará enseguida.

¡Blop, pi, pi, blop, blop, ping!

Jessica Brody: Como siempre, gracias a Charlie. Si tuviera que vivir una semana de lunes, los pasaría todos contigo.

¡Blop, pi, pi, blop, blop, ping!

Jessica Brody: Mi agradecimiento más efusivo, sentido y atolondrado es para mis lectores. No hay ni un solo día de la semana en el que no dé las gracias por teneros ahí. No habrá ni un solo libro en el que no os lo diga.